Robert Byrne
Der Tod eines Wolkenkratzers

Robert Byrne

Der Tod eines Wolkenkratzers

Ein Katastrophen-Roman

CARL HABEL VERLAG

Titel der amerikanischen Originalausgabe
SKYSCRAPER
Deutsche Übersetzung von Jürgen Langowski

*Für Sam, Luisa, Nell, Emily und Bill
in Zuneigung*

Satz: Compusatz GmbH, München
Gesamtherstellung: Carl Habel GmbH, Darmstadt
Printed in West Germany
ISBN: 3-87179-105-9

BAUORDNUNG FÜR DIE STADT NEW YORK

Kapitel 11 – Fundamente, Abschnitt C26–1111.2
Sicherheitsfaktoren

(a) Umstürzen – Der minimale Sicherheitsfaktor gegen ein Umstürzen des gesamten Gebäudes muß mindestens 1,5 betragen. Die Stabilität soll durch das Gesamtgewicht des Gebäudes selbst, durch Stützstreben, durch Verankerungen, durch das Gewicht des unmittelbar über den Mauerfüßen liegenden Erdreichs... oder durch beliebige Kombination der genannten Faktoren gewährleistet werden.

1

Der Vorortzug, der Edwin Lester am letzten Morgen seines Erdenlebens nach Manhattan brachte, war nicht ungemütlicher als ein beliebiger anderer. Er klammerte sich in einem quietschenden, schwankenden U-Bahnwagen an eine Metallschlaufe, von allen Seiten von Menschen eingequetscht, die er nicht kannte und die er nicht kennen wollte. Seine Augen waren trübe, sein Geist leer. Der Gedanke, daß er geschmackvoll gekleidet war, tröstete ihn etwas. Er dachte gern an sich als den bestgekleideten Angestellten in ganz New York. Selbst sein geripptes Baumwollunterhemd und seine Unterhose waren frisch gewaschen und gebügelt – eine modische Feinheit, die allerdings in der Leichenhalle kaum gewürdigt werden würde.

Der Zug hielt mit einem Ruck an. »Ist das die Fünfzigste?« fragte er, während er den Kopf in die aufgeschlagene Zeitung einer Frau senkte und aus dem schmierigen Fenster blickte.

»Ja«, sagte die Frau und zog die Zeitung vor seinem Kinn zurück. »Wo haben Sie denn Ihren Blindenstock?«

Edwin Lester eilte mit der Menge durch die Sperren und die Betonstufen hinauf. Er versuchte, nicht zu atmen, denn die Gerüche der Station in der Fünfzigsten Straße waren nicht die angenehmsten, die die IND-Linie zu bieten hatte. Auf dem Gehweg senkte er den Kopf und schob sich durch den steifen Westwind über die Eighth Avenue. Die Untergrundbahn hatte keinen Unfall gehabt, man hatte ihn nicht ausgeraubt, und niemand hatte auf seinen Mantel geniest oder gekritzelt. Noch einige wachsame Minuten, und er hätte die Sicherheit seines Büros im sechzigsten Stock des Zalian Building erreicht. Er war froh, daß er den Platz nicht aus westlicher Richtung betrat – dort war der Wind noch schlimmer.

Die Zalian Plaza war eine kahle Fläche, die sich zwischen

der Neunundvierzigsten und der Fünfzigsten Straße und der Eighth und Ninth Avenue erstreckte. Das Fehlen von jeglichem Schutz, allen bekannt, die hier arbeiteten und vom Architekten geleugnet, war das Hauptproblem, was den Wind anging. Wenn die Böen überall sonst in der Stadt mit erträglichen zwanzig Meilen pro Stunde bliesen, wehten sie auf der Zalian Plaza gut doppelt so heftig, was ausreichte, um die Unaufmerksamen von den Füßen zu fegen. Die Winde, die über den Hudson River und durch die städtischen Canyons von Manhattans Westside tobten, schienen begeistert aufzuheulen, wenn sie die freie Fläche erreichten, die einst den Madison Square Garden beherbergt hatte. Am Ende des Blocks, an der Ninth Avenue, teilte sich der Wind vor einem hohen, noch nicht fertiggestellten Neubau, um sich hier wiederzuvereinen und unbehindert über die Plaza zu rasen, als sei sie eine Beschleunigungsspur, wobei er manchmal Wolken aus Staub und Sand hundert Fuß hochtrieb und Miniaturtornados aus Pappbechern und Sandwichpapier erzeugte.

Irgend etwas mußte getan werden, um den Wind zu brechen und zu verlangsamen, darin waren sich alle Angestellten einig – eine Baumreihe vielleicht, oder eine Mauer. Ansammlungen von Steinbänken reichten einfach nicht aus. Breite Treppen, die zu einem versenkten Teich führten, gewährten manchmal, falls die Fontäne nicht in Betrieb war, eine Zuflucht; wenn sie eingeschaltet war, kam man sich vor wie in einer Autowaschanlage. Im Winter, bei Glatteis, war dieses Gelände besonders tückisch; dann mußte man entweder ein Draufgänger oder ein Akrobat sein, um zur Arbeit zu kommen. Im letzten Jahr hatte jemand eine Unterschriftenliste herumgehen lassen, damit die Plaza mit Geländern ausgerüstet würde, doch es war nichts daraus geworden. Der Architekt hatte die Idee als Schändung seines Konzepts in Grund und Boden verdammt.

Das Zalian Building stand in der nordöstlichen Ecke des Platzes, als versuchte es, den attraktiveren Adressen im Zentrum möglichst nahe zu sein. Es war ein kahler, beeindruckender Monolith, über den sich abwechselnd vertikale Streifen aus Granit und bronzefarbenem Glas zogen. Die vier Wände erhoben sich unvermittelt direkt an der Straße, bis sie, mit Ausnahme der kleinen Balkone im zweiten Stock durch keinerlei Verzierungen unterbrochen, über dem sechsundsechzigsten Stock in einem pyramidenförmigen Dach mündeten. »Erfrischend einfach« hatten die Pressemitteilungen das Design genannt. »Ein kraftvoller, optimistischer Beitrag zur Weiterentwicklung der Stadt.« Es war schlank – »von gewagter Schlankheit« – ein auffälliger Bau, der sich wie ein Eispickel in New Yorks Skyline bohrte. Man konnte sich gut vorstellen, wie Aram Zalian aus seiner Bürosuite im Penthouse nach Osten blickte und befriedigt feststellte, daß er sich auf gleichem Niveau mit dem Exxon Building, dem Rockefeller Center und dem Trump Tower und so altehrwürdigen, optimistischen Äußerungen wie dem Chrysler Building oder dem Empire State befand.

Vor den Aufzügen, die die Stockwerke vierundvierzig bis sechsundsechzig bedienten, warteten Angestellte, die heute gesprächiger waren als üblich. Das Zerren des Windes hatte sie aus ihrer normalen Passivität gerissen. Als Edwin Lester sich zu ihnen gesellte, hielt gerade ein junger Mann den Kopf vor die Aufzugtür und hieß die anderen mit erhobener Hand schweigen. »Hören Sie das?« sagte er. »Hören Sie nur!«

»Meinen Sie das Pfeifen oder die Kabel, die gegen die Wand schlagen?« fragte eine Frau.

»Nein, nicht das Pfeifen. Das ist nur der Wind, der um die Türen streicht. Ich meine das tiefere Geräusch, diesen Orgelton.« Er konzentrierte sich. »Klingt wie das D unter dem mittleren C.«

»Sie sollten sich das mal in meiner Etage anhören«, sagte eine Frau. »Ich arbeite im Dreiundfünfzigsten in der Nordwestecke. Bei einem Wetter wie heute höre ich den ganzen Tag Coyoten heulen.«

Die Aufzugtüren glitten auf, alle stürmten hinein und drehten sich mit den Gesichtern zur Tür. »Wenn der Wind über die Aufzuglüftungen auf dem Dach streicht«, erklärte der junge Mann, »verwandelt sich der Schacht in eine Orgelpfeife. Wir arbeiten in der größten Wurlitzerorgel der Welt.«

»Und – wo ist dann das Problem?« fragte ein anderer Mann, während sich die Türen schlossen. »Mögen Sie keine Musik?«

Edwin hatte das Lachen noch in den Ohren, als er sein Büro betrat. Es gibt schon drollige Leute, dachte er, während er seinen Mantel gewissenhaft auf den Kleiderständer hängte und einige eingebildete Staubteilchen mit der Hand abklopfte. Nun, nicht alle Leute waren drollig. Er selbst zum Beispiel war kein besonders lustiger Typ. Seine besten Eigenschaften, von seinem guten Geschmack für Kleidung einmal abgesehen, war seine Selbstbeherrschung und eine gewisse Beharrlichkeit. Man konnte sich darauf verlassen, daß er jede einmal begonnene Arbeit zu Ende führte, ohne daß man ihn drängen mußte. Und was hatten ihm diese wertvollen Eigenschaften eingebracht? Die Position eines stellvertretenden Abteilungsleiters in der Buchhaltung der Zalian Development Corporation. Er hatte kaum Hoffnung, vor seiner Pensionierung noch einmal befördert zu werden, doch er würde weiter schuften und sein Bestes geben, wie immer. Wenigstens hatte er ein Büro mit einem Fenster, das ihm eine großartige Aussicht bot – ein Privileg, das eigentlich ein Kennzeichen für einen hohen Rang war. Im Zalian Building jedoch, das an windigen Tagen bis zu drei Fuß hin und her schwankte, bedeutete dieses nur, daß sich fremde Firmen weigerten, die oberen Etagen anzumieten. Zuerst hatte ihn das Schwanken beunruhigt, doch mit der Zeit hatte er sich so daran gewöhnt, daß er es kaum noch bemerkte.

Der Begriff »Büro mit Fenster« war übertrieben. »Wandschrank mit Fenster« war genauer. Was die Leute im sechzigsten Stock als Büro bezeichneten, waren einfach rechteckige Flächen, die von dünnen, schulterhohen Trennwänden umgeben waren. Vom zentralen Bereich abgesehen, der die Aufzüge, das Treppenhaus, Toiletten und Versorgungsräume umfaßte, besaß die ganze Etage keine festen Wände.

Wenn er an seinem Schreibtisch stand, konnte er über die Trennwände hinweg bis zu den Fenstern an der Westseite sehen.

Er winkte einigen Kollegen grüßend zu und zog die Vorhänge zurück. Die Sonne würde ihn heute morgen sicher nicht stören – nicht bei diesem niedrigen, grauschwarzen Himmel. Er blieb noch einen Augenblick vor der großen Scheibe stehen, die vom Boden bis zur Decke reichte, und betrachtete das vielschichtige Muster von Gebäuden, das sich vor ihm ausbreitete. Lester freute sich oft darüber, daß dieser Ausblick genauso beeindruckend war wie der, den Aram Zalian in seinem Büro, nur sechs Stockwerke höher und direkt über seinem Verschlag, genießen konnte. Lester lebte inzwischen seit zwei Jahren mit diesem Ausblick, doch er hatte sich noch nicht daran gewöhnt; er erwartete auch nicht, daß er ihm jemals vertraut werden würde. Er verbrachte jeden Tag fünf oder zehn Minuten vor dem großen Fenster, gegen das der Wind jetzt Regentropfen peitschte. Es war ein dunkler und irgendwie unheimlicher Morgen, und die oberen Bereiche der zackigen Skyline verloren sich im Dunst. Um sich selbst zu beweisen, daß man vor großen Höhen keine Angst haben mußte, stellte er sich so dicht vor das Fenster, daß seine Hüften vor dem hölzernen Schutzgeländer lagen und seine Stirn gegen das kalte Glas drückte. Zwischen seinen Schuhspitzen lag ein ganzer Block der Stadt, und wenn er direkt nach unten sah, konnte er eine Gruppe von kleinen Punkten sehen, die aus der Untergrundbahn auftauchten und sich verstreuten. Vor zehn Minuten war er selbst noch einer dieser Punkte gewesen. Einige Regenschirme blühten als kleine Farbtupfer auf. Dann bemerkte er, daß das Glas vibrierte.

Er betrachtete sein Spiegelbild. Über den Kopf und die Schultern liefen kleine Wellen, ein Gekräusel, wie man es in einem Teich erwartet hätte. Das Glas bog sich zuerst etwa einen Inch in seine Richtung durch, dann wieder nach außen. Die Bewegungen dauerten ungefähr fünf Sekunden. Bei jedem Richtungswechsel gab es ein leises Klicken. Er hörte stirnrunzelnd zu. Dann hörte das Klicken auf, und das Glas beulte sich stärker aus als zuvor – wie eine Membrane beim Physikunterricht, die auf eine dahinterliegende Luftleere reagiert. Das Glas zitterte jetzt, und als er eine Hand hob, um es zu berühren, kam die Katastrophe wie ein Hammerschlag. Auf der anderen Seite der Etage implodierten zwei Fenster mit einem Geräusch, als hätten tausend Peitschen geknallt, und im gleichen Augenblick riß sich die einhundert Kilogramm schwere Scheibe, vor der Lester stand, im ganzen aus ihrer Verankerung und fiel wie die Klinge einer Guillotine zur Straße hinunter. Ein Sturm, der quer durch das Gebäude fuhr, legte die Trennwände wie Dominosteine um. Lester wurde herumgewirbelt, und ein Blizzard aus Umschlägen, Papieren, Ausdrucken und Aktennotizen traf ihn im Gesicht. Er hob eine Hand, um die Augen zu schützen, und griff haltsuchend hinter sich, um sich an einem Fenster abzustützen, das nicht mehr existierte. Der Windstoß trieb ihn rückwärts durch das Holzgeländer; während er ums Gleichgewicht kämpfte, rutschten seine Schuhe über die Kante, und er stürzte fünf Fuß an der Außenwand hinunter. Seine Ellbogen schlugen auf den Boden, und obwohl seine Fingernägel zehn Kratzspuren auf dem Teppich hinterließen, konnte er nicht verhindern, daß er ganz aus dem Gebäude rutschte. Zwei Fuß unterhalb des Fußbodens verkrampften sich seine Finger um einen Metallstreifen, der die untere Verankerung des Fensters gebildet hatte. Im rechten Handgelenk spürte er einen brennenden Schmerz.

Mit atemberaubender Geschwindigkeit war Edwin Lester zu einer neuen Tätigkeit abgeordnet worden, nämlich zu der, 740 Fuß über der Eighth Avenue zu hängen, bis jemand ihn ins sichere Gebäude zurückzöge. Es gab keine andere Möglichkeit. Er mußte einfach in Wind und Regen hängenbleiben, also würde er es auch tun. Man konnte sich auf ihn verlassen. Sobald er einmal eine Aufgabe verstanden hatte, war es nicht erforderlich, ihn weiter zu überwachen.

Er klammerte sich noch fester an die Leiste und wehrte sich gegen den Wind, der ihn losreißen wollte. Er wartete und blinzelte hin und wieder die Regentropfen aus seinen Augen. In der rechten Schulter hatte er ein Gefühl, als sei sein Arm aus dem Gelenk gesprungen, und die Schmerzen im rechten Handgelenk wurden immer schlimmer. Wo waren seine Freunde und Kollegen? Seine kalten Beine sagten ihm, daß er sich die Hose aufgerissen hatte, aber er wagte es nicht, den Blick zu senken, um sich zu vergewissern. Er wartete darauf, daß in dem klaffenden Loch über ihm ein Gesicht auftauchte, aber niemand kam. Es war alles so schnell geschehen, daß er im ersten Augenblick gar keine Zeit gehabt hatte, Angst zu bekommen, doch nun kroch sie über seinen Körper wie tausend Ameisen. Sein Magen zog sich zusammen, und seine Augen füllten sich mit Tränen. »Hilfe!« rief er mit einer seltsam rauhen Stimme. »Helft mir doch!« Waren die denn alle taub? Hatte niemand bemerkt, daß er aus dem Fenster gefallen war? Vielleicht mußte er sich aus eigener Kraft in Sicherheit bringen. Mühevoll zog er sich hoch, bis sein Kinn auf gleicher Höhe mit seinen Händen war. Er fixierte die Augen auf die Kante, die so grausam nahe über seinem Kopf war. Es schien so, als könnte er sie erreichen. Er war sicher, daß er sie mit einer Hand packen konnte, während er sich mit der anderen festhielt. Er verlagerte sein Gewicht auf die linke Hand und versuchte, die Rechte zu heben, doch sie gehorchte nicht. Sie hatte sich irgendwo verfangen. Er zerrte, doch er bekam sie nicht frei. Als er den Kopf drehte, sah er seine Hand auf einem stählernen Dolch aufgespießt, der von dem zerfetzten Fensterrahmen hochstand. Er war festgenagelt wie eine Motte auf der Nadel; er konnte nicht fallen, aber er konnte sich auch nicht hochziehen, und jeder Schlag seines verzweifelten Herzens trieb Blut aus der Wunde, das der Wind gierig ableckte. Er starrte den pulsierenden Strom an wie ein defektes Gerät und versuchte seinen Verstand zu zwingen, das Problem zu analysieren und eine Lösung zu finden. Tränen verschleierten seinen Blick, sein Bewußtsein trübte sich. Der Schmerz wanderte vom rechten in den linken Arm, seine Brust fühlte sich plötzlich an, als steckte er in den Backen eines Schraubstocks.

Edwin Lester hob den Blick zum bleigrauen Himmel. Seine Augen und sein Mund öffneten sich langsam zu einer starren Maske nackter Angst. Sein Herz tat noch einige heftige, unregelmäßige Schläge, dann blieb es stehen.

Zwei Feuerwehrmänner, die an Seilen hingen, brauchten volle fünf Minuten, um ihn von dem gezackten Haken zu lösen und ins Büro zurückzuziehen. Sämtliche Wiederbelebungsversuche scheiterten. Edwin Lester war tot, Opfer eines Herzversagens, das durch Schock entstanden war.

Für Maria Perez, eine Zwanzigjährige, die bald heiraten wollte, kam das Ende gnädigerweise schnell. Sie ging auf der Ostseite der Eighth Avenue in südlicher Richtung, das Gesicht vom peitschenden Regen abgewandt. Wenn sie zufällig genau um 8.55 Uhr zur Spitze des Zalian Building auf der anderen Straßenseite hinübergeschaut hätte, dann wäre ihr vielleicht das Fenster aufgefallen, das sich im sechzigsten Stock aus dem Gebäude gelöst und ein klaffendes Loch wie eine Zahnlücke hinterlassen hatte; dem Fenster folgte eine wirbelnde, weiße Papierwolke. Obwohl die Entfernung groß und der Blickwinkel ungünstig war, hätte sie vielleicht sogar einen Mann gesehen, der unter der Öffnung hing. Die 6 Fuß breite und 8 ½ Fuß hohe Scheibe wäre ihr nicht größer als eine Machete oder ein Hackmesser erschienen. Doch sie sah nicht hoch. Sie war vollauf damit beschäftigt, auf den Füßen zu bleiben und ihr wehendes Kleid festzuhalten.

Das Glas fiel vierzig Stockwerke gerade nach unten. Es wurde immer schneller, während es sich wie die Klinge einer Kreissäge drehte. Zweihundert Fuß über dem Boden kippte es etwas ab und entfernte sich vom Gebäude. Immerhin bestand noch die Möglichkeit, daß es die Straße traf und seine ungeheure Energie beim Aufprall auf Autos und Lastwagen verbrauchte, doch dies war kein glücklicher Tag. Es fiel so schnell, daß man es kaum mit dem Auge verfolgen konnte, und zielte genau auf den Gehweg der anderen Straßenseite – auf die dahineilende Gestalt von Maria Perez.

Ein einziges Mal waren die Gerichtsmediziner wirklich verblüfft. Der Torso war diagonal vom rechten Halsansatz bis knapp über der linken Hüfte zertrennt. Fleisch und Haut beider Teile waren von den Splittern, die vom Gehweg zurückgeprallt waren, böse zerfetzt, doch der große Schnitt war von chirurgischer Sauberkeit und Geradlinigkeit. Sogar die Kleider der Frau sahen aus, als wären sie mit einem langen, glatten Skalpellschnitt zerteilt worden.

2

Die beiden Seniorpartner im Anwaltsbüro Rosen, Lusetti, Blake, Pierce und Kalb arbeiteten normalerweise nicht gleichzeitig an demselben Fall. Sie hatten verschiedene Klienten, verschiedene Leitungsfunktionen im Büro und unterschiedliche berufliche Neigungen. Und sie machten gewiß keine Hausbesuche, und, Gott bewahre, schon gar nicht zusammen wie zwei Neulinge, die gerade ihr Studium beendet hatten. Wenn allerdings der wichtigste Klient wieder einmal rief, dann mußte man folgen – teils aus Gewohnheit und teils aus Angst. Und niemand konnte sich daran erinnern, daß *Aram Zalian* jemals ein fremdes Büro aufgesucht hätte.

Als sie mit dem Aufzug zum sechsundsechzigsten Stock hinauffuhren, knackte es in den Ohren der beiden grauhaarigen, gutgenährten und durch und durch seriösen Männer. Simon Rosen, der größere und zurückhaltendere, ja fast schon schüchterne Mann, zeigte bei seinen Gesprächen mit Eugenio Lusetti stets eine Spur von Mißbilligung, wenn er sich mit dem gröberen Benehmen und der nicht sehr geschliffenen Sprache seines Partners konfrontiert sah. Sie trugen fast identische dreiteilige Anzüge, ein Umstand, der Rosen ein unbehagliches Gefühl bereitete, den Lusetti jedoch nicht einmal wahrnahm.

»Ich hoffe, er schluckt unseren Vorschlag«, sagte Lusetti.

»Da bin ich ganz sicher. Es ist für ihn der beste Weg, einen

Prozeß zu vermeiden. Am besten, Sie übernehmen die Verhandlungsführung, denn Sie haben die Angelegenheit genauer verfolgt als ich; ich werde Ihnen den Rücken decken.«

»Ich glaube aber, daß er zu Ihnen mehr Vertrauen hat.«

»Unfug. Er mißtraut grundsätzlich allen Menschen. Sie übernehmen die Führung, Gene. Als Seniorpartner beauftrage ich Sie damit.«

»Was sagen Sie da? Wir sind beide Seniorpartner.«

»Ich bin achtundsechzig. Sie sind erst vierundsechzig. Ich bin also der ältere Seniorpartner. Außerdem fühle ich mich nicht gut. Es würde mich umbringen, wenn ich jeden Tag mit Aram zu tun hätte.«

Lusetti lachte trocken. »Na schön, Simon. Ich mach's. Ich hab' keine Angst vor dem alten Fuchs.« Aber tief in seinem Herzen wußte er, daß er doch Angst hatte.

Aram Zalians Büro bestand aus Holz – Parkettfußboden, Wände und Decken waren vertäfelt. Um einen Konferenztisch aus Mahagoni standen sechzehn handgedrechselte Holzstühle, die in Italien entworfen und hergestellt worden waren. In einem offenen Kamin, der wahrscheinlich gegen die Bauvorschriften verstieß, brannte ein Stück Eichenholz. Die Größe des Raumes ließ zwei persische Läufer von je zwölf mal achtzehn Fuß winzig erscheinen. An den Wänden hingen Dutzende Ölgemälde. Simon Rosen hätte ohne weiteres die Künstler nennen können; Gene Lusetti dagegen hätte sich geweigert, es überhaupt zu versuchen. Die glänzende Oberfläche des Palisanderschreibtisches wurde nur durch ein Telefon, eine Gegensprechanlage und einen Notizblock verunziert.

Aram Zalian bestand nicht aus Holz. Er war ganz Fleisch und Blut, und er war wütend. Seine tiefliegenden Augen brannten unter den buschigen schwarzen Brauen wie glühende Kohlen – ein seltsamer Kontrast zu seiner hohen Stirn und dem schon etwas schütteren, borstigen Haar. Er war ein dürrer, adlergesichtiger Mann, und als seine Anwälte eintraten, sprang er erregt auf und schüttelte eine Zeitung.

»Haben Sie die *Times* gelesen? Seit zwei Wochen bringen

die jeden Tag einen Artikel, in jeder verdammten Ausgabe dieselbe Geschichte. Nehmen Sie Platz. Ich zahl' euch ein Heidengeld, damit ich kein Theater bekomme, und was passiert? Zalian hier und Zalian da, egal wo ich hinsehe. Alle Bildreporter in der Stadt schießen mich dauernd ab, aber bisher hat mich noch keiner interviewt. Aber das hält sie natürlich keineswegs davon ab, alles zu drucken, was ihnen gerade so einfällt. Haben Sie sie unten in der Lobby gesehen? Müssen so an die fünfzig sein. Die stellen sich jeden Morgen da unten in einer Schlange auf wie die Penner vorm Sozialamt.«

Zalian war ständig in Bewegung. Er schritt erregt im Raum auf und ab, setzte sich, sprang auf, setzte sich wieder. Einmal klatschte er wütend die Hand auf den Schreibtisch, dann zerrte er ein Taschentuch aus der Brusttasche seines stahlgrauen Anzugs und wischte die Fingerabdrücke weg. Rosen beobachtete den Auftritt mit seiner üblichen Gelassenheit, während Lusetti unbehaglich die Beine übereinanderschlug und wieder nebeneinanderstellte.

»Was die *Post* und die *News* schreiben, ist mir egal«, grollte Zalian, »aber die *Times* geht mir wirklich an die Nieren.« Er rollte die Zeitung zusammen und knallte sie vor die Tischkante; das Geräusch klang wie ein Pistolenschuß. »Heute hat sich irgendein Idiot darüber ausgelassen, welche Auswirkungen die Prozesse auf die finanzielle Situation meiner Gesellschaft haben könnten. Glaubt der denn im Ernst, daß mich ein paar zerbrochene Fensterscheiben ruinieren können?«

Er setzte sich und starrte die beiden Männer an. »Und was tun wir jetzt? Wie können wir diesen Presserummel unterbinden? Simon? Sitzen Sie nicht so rum. Geben Sie mir Ihren wahrlich teuren Rat.«

Simon Rosen schürzte die Lippen und sagte bedächtig: »Ich fürchte, in bezug auf die Presse können wir sehr wenig oder gar nichts tun. Es überrascht mich nicht, daß angesichts der... schrecklichen Begleitumstände dieses Ereignisses jeden Tag Artikel erschienen. Die Menschen haben eine natürliche Abneigung gegen große Höhen, und dagegen, von Fensterscheiben getroffen zu werden. Daß diese Geschichten ohne Interviews mit Ihnen erscheinen, ist darauf zurückzuführen, daß Sie sich weigern, welche zu geben.«

»Soll ich etwa ein Pressefest veranstalten? Wollen Sie mir das allen Ernstes raten? Sollen die lieber Zitate von mir verdrehen, als sich alles selbst auszudenken?«

»Nein. Meiner Ansicht nach werden die Zeitungen weiter über diese Angelegenheit berichten, solange die Öffentlichkeit daran interessiert ist, unabhängig von Ihrem Verhalten. Doch das Interesse läßt bereits nach. Der heutige Artikel erschien im Wirtschaftsteil. Die Zalian-Story wird bald völlig von neuen Katastrophen und Skandalen verdrängt werden. Das ist der Lauf der Welt.«

»Was meinen Sie, Gino?«

Lusetti rutschte auf seinem Stuhl herum. »Wir könnten versuchen, den Zeitungen Briefe mit vagen Drohungen zu schicken, aber ich würde davon abraten. Ich weiß, daß Sie über die Berichte erregt sind, aber betrachten Sie's mal als eine Art öffentliche Vorverurteilung. Das könnte uns helfen, einen möglichen Prozeß mit einem Befangenheitsantrag in eine Kleinstadt zu verlegen, in der die Geschworenen keine Angst vor hohen Gebäuden haben.«

»Erzählen Sie mir nur nichts von Verhandlungen und Geschworenen«, sagte Zalian, während er beide Hände abwehrend hob. »Damit hab' ich genug Erfahrungen gemacht. Eine große Parade von Zeugen und eine öffentliche Verhandlung wäre das letzte, das ich gebrauchen könnte. Wie viele Klagen sind bisher eingereicht worden?«

»Drei«, sagte Lusetti, »und zwar über einen Gesamtbetrag von zweihundert Millionen Dollar. Schadensersatzforderungen in dieser Höhe sind nur Show. Wir wissen, daß die Familien beider Verstorbener ausgezeichnete Rechtsvertreter engagiert haben, wahrscheinlich auf Erfolgsbasis, und dasselbe gilt für fünf oder sechs der Verletzten. Es gibt zehn, vielleicht zwölf Beteiligte, deren Verletzungen schlimm genug sind, um einen Prozeß zu rechtfertigen. Dazu kommen vielleicht noch zehn oder zwanzig Klagen von Leuten, die sich gesundstoßen wollen. Sie können allerdings sicher sein, daß die Forderungen die Deckungssumme der Versicherung überschreiten werden, so daß eines oder sogar mehrere Verfahren wahrscheinlich nicht zu vermeiden sind. Die Versicherungsgesellschaften werden versuchen, sich gegenseitig den Schwarzen Peter zuzuschieben. Simon und ich sehen nur eine Möglichkeit, langwierige Rechtsstreitigkeiten zu vermeiden.«

»Ach? Und welche wäre das?« Zalian stemmte die Ellbogen auf den Tisch und schlug die Hände vors Gesicht. »Fahren Sie fort, ich höre zu«, sagte er mit gedämpfter Stimme.

Lusetti wechselte einen kurzen Blick mit Rosen, der ihm zunickte, daß er fortfahren sollte.

»Die Kläger werden sicherlich Hinz und Kunz verklagen – den Architekten, den Baustatiker, den Bauausführenden, die Subunternehmer, die die Fenster einbauten, den Hersteller der Rahmen und den Hersteller der Scheibe selbst. Hab' ich was Wichtiges vergessen, Sir?«

»Zalian Enterprises, die den Bauauftrag erteilte, Zalian Development, die augenblickliche Eignerin und Hauptmieterin des Gebäudes, Zalian Properties, die Vermieterin des Gebäudes, die für die Unterhaltung zuständig ist, und, aufgrund der offenkundigen Personalunion, Aram Zalian, den berühmten reichen Mann, der den drei obenerwähnten Firmen vorsteht.«

Zalian schnaufte laut durch seine Finger. »Den *ehemals* reichen Mann«, sagte er.

Lusetti fuhr fort. »Jeder der Beklagten wird vom Versicherungsgeber durch dessen eigene Mitarbeiter oder durch andere Berater Rechtsschutz erhalten. Die einzelnen Prozeßbeteiligten werden technische Experten damit beauftragen, die physikalischen Ursachen des Unglücks zu klären. Wenn die Berichte der Experten die Auffassung der Beklagten stützen, werden sie vor Gericht als Beweismittel vorgelegt und die Experten als Zeugen aufgerufen werden. Danach stehen die

Berichte selbstverständlich auch den anderen Prozeßbeteiligten zur Verfügung.«

»Selbstverständlich«, sagte Zalian, während er die Hände sinken ließ und voller Abscheu den Kopf schüttelte.

»Sollten die Experten aber andererseits für die Beklagten nachteilige Untersuchungsergebnisse vorlegen, so werden die Versicherungsgesellschaften versuchen, die Angelegenheit außergerichtlich zu klären. Unser Vorschlag, Aram, ist folgender: Wir sollten von uns aus einen unabhängigen Experten mit der Untersuchung beauftragen, einen Mann von uneingeschränkter Glaubwürdigkeit und Integrität. Wir sollten ihm unsere volle Unterstützung gewähren und ihn klären lassen, warum genau die Fenster nicht gehalten haben. Sobald er seine Untersuchung abgeschlossen hat, sollten die Beklagten und ihre Rechtsvertreter zusammentreten, um die Verantwortlichkeiten zu klären und im Geiste freundschaftlicher Kooperation einen Modus zu finden, nach dem die Forderungen beglichen werden.«

Zalian explodierte. »Freundschaftliche Zusammenarbeit! Ich würde am liebsten Martineau und Schuster und Castleman hierher zitieren und sie mit bloßen Händen erwürgen! Ich hab' sie beauftragt, ein Gebäude zu planen und zu errichten, auf das ich stolz sein und mit dem ich ein paar Dollar verdienen kann, und nicht eines, das wie ein Fähnchen im Wind flattert und die Fensterscheiben verliert! Warum sollte ich mir das alles aufladen? Die haben Mist gebaut, und jetzt sollen sie zahlen. Ich sehe überhaupt nicht ein, daß ich etwas damit zu tun haben soll.« Er stand auf und schritt wild und mit vorgestrecktem Kopf im Büro herum.

»Sie haben leider doch etwas damit zu tun«, sagte Lusetti vorsichtig. »Denn eine Verglasung, die Ihnen gehört und von Ihnen gewartet wird, hat zwei Menschen getötet und ein Dutzend weitere verletzt. Wenn es sich wirklich nur um einen Planungsfehler oder einen Baumangel handelt, wird dies unser technischer Berater rasch herausfinden und zu aller Zufriedenheit nachweisen. Der Fall würde dann beigelegt, bevor er überhaupt im Terminplan eines Gerichtshofes auftaucht. Angesichts der kürzlichen Erörterungen über den materiellen Wert von Menschenleben und Verletzungen sollten wir dann mit Leichtigkeit jedermann klarmachen können, daß es eine Zeitvergeudung wäre, noch einen Gerichtshof...«

Zalian hatte inzwischen das andere Ende des Büros erreicht und starrte mit verschränkten Armen die Wand an. »Also gut«, sagte er, ohne sich umzudrehen. »Dann heuern Sie einen Experten an. »Die gibt's ja wie Sand am Meer.«

»Sie können nur durch einen Experten gerettet werden, der einen unanfechtbaren Ruf hat. Durch einen Experten, wie ich hinzufügen möchte, der keine Verbindung mit New York, mit...«

»Mit dem New Yorker Schweinestall hat?« wollte Lusetti aushelfen.

»Mit den New Yorker Verhältnissen hat«, schloß Rosen.

»Kennen Sie einen?« fragte Zalian, der immer noch die Wand anstarrte.

»Ja«, sagte Lusetti. »Einen Mann namens Brian Mitchell. Er ist Mitarbeiter der Seligman Enterprises, einer Firma aus Colorado. Erinnern Sie sich an die Katastrophe im Hyatt Regency in Kansas City? Er hat der Versicherungsgesellschaft, die ihn anheuerte, mindestens zwanzig Millionen Dollar erspart. Er dachte an Zusammenhänge, die niemand sonst bedacht hat. Wie auch immer, die Leute glauben, was er sagt – besonders Geschworene.«

»Dann heuern Sie ihn an.«

»Er ist nicht billig.«

»Wieviel?«

»Achtzehnhundert am Tag plus Spesen.«

»Derselbe Halsabschneider wie ihr beiden.«

»Man hat uns versichert, daß er absolut aufrichtig ist. Man sagt, daß er kein Wort mehr ändert, wenn er einen Bericht einmal abgeschlossen hat, nicht um alles Geld in der Welt.«

»So einen Mann gibt's nicht.«

»Dennoch, man hat uns empfohlen, ihn nur zu beauftragen, wenn wir uns sehr sicher fühlen, weil er so objektiv ist, daß man nie weiß, ob er den Klägern oder den Beklagten nützt. Und so einen Mann brauchen wir. Wenn Sie in dieser Angelegenheit keine Schuld trifft, wie Sie uns versichert haben, dann ist Brian Mitchell die billigste und schnellste Methode, Martineau, Schuster und Castleman die Sache anzuhängen – und zwar nicht nur die Fenster, sondern auch die normalen Schwingungen des Gebäudes.«

Zalian trat vor die Tür seines Büros und holte einen Schlüsselring aus der Tasche. »Holen Sie ihn. Er bekommt zwei Wochen, keinen Tag länger. Und ich will für ihn hoffen, daß er gut ist.«

Die massive Tür war zweifach gesichert, und man kam nur mit einem Schlüssel hinein oder heraus. Ein grimmig dreinschauender Zalian hielt die Tür auf und winkte die beiden Anwälte hinaus, ohne sich mit Handschlag zu verabschieden.

»Na, was sagen Sie?« fragte Lusetti seinen Partner im Aufzug. »Waren Sie überrascht, daß er nicht in die Luft ging, als wir vorschlugen, einen teuren Außenseiter zu engagieren.«

»Eigentlich nicht. Er weiß selbst am besten, daß dieser Presserummel rasch aufhören muß, wenn er mit heiler Haut davonkommen will.«

»Als er sagte, daß er nicht einsähe, daß er überhaupt betroffen sei, hätte ich beinahe laut gelacht. Wenn der Staatsanwalt Anklage wegen fahrlässiger Tötung erhebt, wird er schon merken, wie weit er drinsteckt. Ich konnte es kaum fassen, als er es sagte.«

»Eine kindische Reaktion. Anscheinend verträgt er die Belastung nicht. Haben Sie heute morgen Silversteins Artikel gelesen? Der Mann hat einige kluge Bemerkungen gemacht. Es ist gut möglich, daß Aram finanzielle Schwierigkeiten hat. Anscheinend hat er bei dieser jamaikanischen Pleite mehr verloren, als er uns gegenüber zugeben wollte. Die Banken weigern sich, über eine Umschuldung zu verhandeln, und das Gebäude war nie mehr als zu siebzig Prozent belegt. Vergleichen Sie das mal mit den fünfundneunzig Prozent, die sonst in der Innenstadt üblich sind.«

»Es ist eine miese Gegend.«

»Deshalb hat ihm die Stadt auch so viele Zugeständnisse gemacht.«

»Und ein mieser Bau.«

Rosen nickte. »Wie mies genau, wird uns vielleicht unser Mr. Mitchell noch erklären.«

3

Oben über die Seite hatte jemand mit Bleistift geschrieben: *Vorschlag für die Titelseite der neuen Broschüre. Entwurf.* Der Rest war getippt.

Was haben diese Katastrophen gemeinsam?
Bei jeder wurde die
Seligman Engineering Company aus Boulder, Colorado,
gerufen, um die Ursachen zu klären.

1. Januar 1978: Civic Center Coliseum, Hartford, Connecticut. Totalzusammenbruch des Dachs, Stahlgerüst mit 300 Fuß Spannweite. Keine Toten, keine Verletzten.
2. 27. April 1978: Pleasants Nuclear Power Station, Willow Island, West Virginia. Dreigeschossige Arbeitsplattform aus 166 Fuß Höhe bei Errichtung des Kühlturms abgestürzt. Fünfzig Arbeiter getötet.
3. 1979: Kemper Arena, Kansas City, Missouri. Zusammenbruch der Dachkonstruktion, Spannweite 324 Fuß. Keine Toten, keine Verletzten.
4. 27. März 1981: Harbour Cay Condominiums, Cocoa Beach, Florida. Totalzusammenbruch eines fünfgeschossigen Betonflachbaus während einer Tanzveranstaltung. Elf Tote, dreiundzwanzig Verletzte.
5. 17. Juli 1981: Hyatt Regency Hotel, Kansas City, Missouri. Zwei freitragende Fußgängerbrücken bei einer Tanzveranstaltung über dem Innenhof zusammengebrochen. 114 Tote und 186 Verletzte.

6. 15. April 1982: East Chicago, Illinois. Zusammenbruch einer Spannbetonbrücke während der Konstruktion. Dreizehn Arbeiter getötet.
7. 22. Juli 1982: Continental-Illinois Building. New York City. Verwerfungen im 134 Fuß langen Ausleger eines Baukrans; Granitstücke fielen aus der Höhe des 43. Stockwerkes auf die Straße. Eine Person getötet, 16 verletzt.
8. 9. April 1983: International Metals Smelter, Butte, Montana. 825 Fuß hoher Betonschornstein bei Sturm umgestürzt. Zwei Menschen getötet.
9. Greenwich, Connecticut. Zusammenbruch der westlichen Fahrbahnen des Highways 95 auf der Brücke über den Mianus River. Drei Menschen getötet.
10. 1. Februar 1984: Golf von Mexiko. Erdölbohrplattform »Southern Eagle« in 200 Fuß tiefem Wasser gesunken. Vierundsiebzig Menschen ertrunken.

Bert Faber las die Seite noch einmal; er war zufrieden. Dann marschierte er zu Emil Seligmans Büro hinüber und knallte ihm sein Werk auf den Schreibtisch. »So«, sagte er, während er sich auf eine Stuhlkante setzte und das Urteil erwartete, »hier ist eine Version, die Ihnen vielleicht besser gefällt. Mitch hat mir schon mitgeteilt, daß er die Sache ganz uns überläßt.«

Faber, ein schlanker, ruheloser Mann, war ein starker Gegensatz zu dem schwerfälligen Seligman, der nie rasche Bewegungen machte, und dessen Gesicht und Hüften nun, da er sich den Fünfzig näherte, beträchtlich in die Breite gingen. Seligmans Frau lag ihm ständig in den Ohren, er solle doch fasten und Sport treiben; sie behauptete, seine kleinen Augen sähen so langsam wie Grübchen aus, die vom Fett verschluckt würden.

Seligman seufzte und nahm den Entwurf in die Hand. Das Fenster hinter ihm öffnete sich nach Süden, so daß Faber zur Rechten die Vorberge der Rocky Mountains überblicken konnte, die ersten Granitwälle des gewaltigen Gebirges. Links, hoch über dem Tal und über den Wipfeln knospender

Bäume, erhoben sich die roten Ziegeldächer der Colorado University, in der Seligman und Brian Mitchell vor langer Zeit Professoren für Maschinenbau gewesen waren. Gelegentlich unterrichteten sie noch; allerdings hatten sie in den letzten fünf Jahren kaum die Zeit dafür gefunden, denn ihr Ingenieurbüro war schnell gewachsen.

Nachdem er eine Weile schweigend gelesen hatte, legte Seligman den Zettel auf den Tisch. »Bei der Kemper Arena«, sagte er, während er einen pummeligen Finger auf die entsprechende Stelle legte, »haben Sie nur das Jahr aufgeführt, das genaue Datum fehlt. Bitte ergänzen Sie es noch.«

»Klar, Boß. Kein Problem.« Um sein Hemd vor den Spitzen und Haltern der Stifte und Kugelschreiber zu schützen, trug Seligman einen Plastikeinsatz in der Brusttasche, den die Studenten der Geisteswissenschaften auf dem Berg als »Verhüterli« bezeichneten. Faber langte über den Schreibtisch, zog einen Bleistift heraus und schrieb »Datum ergänzen« an den Rand seines Werkes. »Das ist nur ein grober Entwurf. Ich hatte das Datum gerade nicht bei der Hand.«

»Teilweise geben Sie nur die Zahl der Toten an und nicht die der Verletzten. Wenn Sie schon die Verletzten aufführen, dann sollten sie jedesmal erwähnt werden.«

»Klar. Das ist nur logisch.« Er schrieb »Verletzte erwähnen« an den anderen Rand.

Seligman überflog das Blatt und tippte noch einmal darauf. »Sie benutzen in der Überschrift das Wort ›Katastrophe‹. Ich halte dies für fragwürdig. Nicht alle der von Ihnen aufgeführten Ereignisse forderten Menschenleben.«

»Was soll es dann sein?«

»Wenn es keine Toten gibt, ist es keine Katastrophe. Ein Unfall sicherlich. Ein schwerwiegender materieller Verlust. Vielleicht sogar tragisch. Vielleicht ein Unglück. Aber keine Katastrophe. So lautet die Definition der Arbeits- und Gesundheitsbehörde.«

»Herr im Himmel, die Interpretation dieser Bürohocker ist nicht unbedingt richtig... nicht einmal rational. Fragen Sie zehn beliebige Menschen auf der Straße, was diese Worte bedeuten, und ich wette mit Ihnen, daß niemand auf die Idee kommt, es müßte Tote geben, ehe man das Wort Katastrophe verwenden kann.«

»Die Broschüre ist aber nicht für die erstbesten zehn Leute gedacht, die ich auf der Straße treffe. Sie ist für Menschen gedacht, denen die Definitionen der Behörde sehr gut vertraut sind.«

»Na *gut*.« Faber strich »Katastrophen« durch und schrieb »Unfälle« darüber, wobei er den Stift so hart aufsetzte, daß er durchbrach. Er fischte den nächsten aus Seligmans Tasche und fragte, ob er noch weitere Änderungen wünschte.

»Bei der Plattform Southern Eagle schreiben Sie, daß vierundsiebzig Menschen ertrunken wären, und bei dem Baukran erläutern Sie, daß ein Mensch durch herabfallende Granitbrocken ums Leben kam, doch in den anderen Fällen lassen Sie die Todesursachen unerwähnt. Warum wollen Sie überhaupt die Todesursache reinnehmen?«

Faber schrieb: »Keine lebendigen Schilderungen.«

Seligman war noch nicht fertig. »Warum erwähnen Sie die Toten und Verletzten überhaupt? Unsere Arbeit an den Projekten hatte nichts damit zu tun, ob es Todesfälle gab oder nicht. Wir sind Ingenieure, keine Pathologen.«

»Zum Teufel, was ist denn nur mit Ihnen los, Emil? Ich hab' die Todesfälle erwähnt, weil ich zeigen wollte, daß sich Anwälte und Eigentümer und Architekten an uns wenden, wenn's knüppeldick kommt und wenn sie nicht mehr durchblicken. Wenn Menschen umgekommen sind, will man die besten Experten haben, die es gibt. Ich glaube, es ist wichtig, diese Angaben drinzulassen.«

Er warf den Stift zur Seite und lehnte sich zurück. »Ich weiß, wo das Problem liegt. Ihnen schmeckt die ganze Broschüre nicht, oder? Warum sagen Sie das nicht gleich, damit ich keine Zeit mehr darauf verschwende?«

Seligman seufzte wieder und rieb sich mit den Fingerspitzen über die Augen. »Ich weiß, daß die letzte Broschüre fünf Jahre alt ist«, sagte er müde. »Sie haben völlig recht, wenn Sie sagen, daß sie nicht mehr die Aktivitäten unserer Firma widerspiegelt. Ich weiß, daß wir eine neue brauchen. Aber diese Betonung der Unfalluntersuchungen... das hatte ich nicht im Sinn, als ich die Firma gründete.«

»Aber genau da liegt unsere Chance. Die neuen Werkstoffe, die neuen Designtheorien, der Druck zur Kostenbegrenzung, das Nachlassen handwerklicher Geschicklichkeit, die Senkung von Sicherheitsstandards, unzureichende Inspektionen... es wird immer mehr solcher Unfälle geben.«

»Vielleicht, aber...«

»Und immer mehr Leute werden wegen der damit verbundenen Summen vor Gericht ziehen. Die Geschworenen werfen mit Versicherungsgeldern um sich, als wäre es Konfetti. Verdammt, Emil, betrachten Sie doch nur die Liste der Aufträge, die wir übernommen haben. Wenn wir jetzt kräftig nachsetzen, sind wir mit einem Schlag marktführend.«

»Sollen wir uns an die Öffentlichkeit wenden? Sie reden wie ein Werbefachmann. Die führende Firma auf dem Gebiet der Katastrophenforschung... wollen wir das wirklich?«

»Warum nicht? Wie viele Ingenieurbüros können denn schon mit erstklassigen Recherchen und Analysen aufwarten? Wie viele kennen sich mit dem Haftpflichtgesetz aus? Wir haben wirklich eine große Chance, und statt die meisten Laborarbeiten nach draußen zu geben, sollten wir ein paar Elektronenmikroskope und gute Testgeräte anschaffen.«

»Ich glaube, der Akzent liegt nicht richtig. Ingenieurarbeit bedeutet für mich immer noch Entwicklungsarbeit und nicht im Dreck von anderen Leuten zu wühlen.«

»Ich sage ja nicht, daß wir die Entwicklung aufgeben sollen. Wir sollten schon dabei bleiben, damit wir nicht den Anschluß verlieren. Aber ich denke, wir sollten auch ruhig in dem Bereich absahnen, der den größten Profit verspricht.«

»Sie meinen, die meisten Toten.«

»Mein Gott«, sagte Faber, während er wütend die Hände auf seine Knie klatschte.

Seligman drehte sich zum Fenster herum und sah zu den Bergen hinaus. »Ich muß zugeben«, sagte er, »daß die Untersuchungsaufträge schneller hereinkommen als die Planungsaufträge. Heute nachmittag habe ich einen Anruf von einem Anwalt aus New York bekommen, Lusetti heißt er, und er wollte Mitchell auf die Fenster im Zalian Building ansetzen. Er hat das Honorar anstandslos geschluckt.«

»Ist er nicht noch mit der Eisenbahnbrücke beschäftigt?«

»Ja, mit Ehrhart und Sullivan. Ich muß ihn abziehen.«

»Wenn Mitch in New York arbeitet, kann das unserem Ruf nur nützen. Er kann wenigstens den Tiefbauingenieuren den Film über den Schornstein vorführen. Vielleicht kann ich ihm auch ein Fernsehinterview verschaffen.« Faber zögerte, dann fuhr er fort: »Mitch ist ein weiterer Grund dafür, daß wir unbedingt die neue Broschüre auflegen sollten, Emil. Vielleicht sollten wir sogar den Firmennamen ändern und ihm einen größeren Anteil geben. Wie lange holt er denn schon das große Geld für uns rein? Er würde allein besser zurechtkommen.«

»Solange er ein interessantes Rätsel zu lösen hat, ist er glücklich. Ich glaube nicht, daß er sich groß um das Geld kümmert.«

»Seien Sie da nicht zu sicher.«

»Diesen Fehler werde ich nie wieder machen«, sagte Seligman, während er Faber resigniert ansah. »Ich hab' in den letzten Jahren soviel Schrott gesehen, daß ich mich auf gar nichts mehr verlasse.«

Kurz vor Mitternacht zog ein schlammüberkrusteter Lastwagen mit einem Nummernschild aus Colorado auf den Parkplatz eines Motels in Raton, New Mexico, und hielt direkt vor dem einzigen Raum, der noch erleuchtet war. Der Fahrer ließ einen Augenblick den Kopf in die Hände sinken und fluchte leise. Es war ein sonnengebräunter Mann mit einem wettergegerbten Gesicht. Einige kleine, sichelförmige Narben auf seiner Nase und seiner Wange erinnerten an sein früheres, unvernünftiges Interesse an Wildwasserfahrten. Sein volles, schwarzes Haar, an den Schläfen bereits grau durchsetzt, war verschwitzt und zerzaust. Neben ihm auf dem Beifahrersitz lagen einige Werkzeuge, die seinen Beruf verrieten. Er ließ sie in verschiedene Taschen seiner Jacke gleiten: eine Lupe, ein kleines, zusammenlegbares Teleskop, eine Schieblehre, einen Zollstock, ein Bandmaß, eine elektronische Lehre für Innen- und Außendurchmesser, ein Taschenmesser, einen Schraubenzieher und eine Minoxkamera. »Hat überhaupt nichts genützt, der ganze Kram«, murmelte er, während er ausstieg. »Ich hätte eher 'ne Magenpumpe brauchen können.«

»Mitch!« rief Carl Ehrhart überrascht, als er und Tim Sullivan die Erscheinung in der Tür ihres Motelzimmers sahen. »Verdammt, was hast du nur gemacht? Du siehst aus, als hättest du in 'ner Bäckerei ausgeholfen.« Die beiden Männer hatten ihre Stühle vor ein Bett gezogen, das mit Konstruktionszeichnungen bepackt war.

Brian Mitchell sah an sich herab. Sein Anorak, die Kordhose und die Schuhe waren mit einem feinen, weißen Puder bedeckt. »Zementstaub«, sagte er. »Ich war gerade bei Ready-Mix.«

»Bis *Mitternacht*?«

»Nein, das nicht. Bis Mitternacht habe ich in einer total versifften Kneipe Bier getrunken. Die Lastwagenfahrer aus dieser Gegend hängen da immer rum; ich hab' mich die ganze Zeit gefragt: ›Was *tue* ich eigentlich hier?‹ Ich hasse Kneipen. Ich hasse Siff. Und auch auf Bier bin ich nicht besonders scharf. Ich hab' da rumgehangen und gehofft, die Fahrer würden mir nach einer Weile was Nützliches erzählen, und das haben sie auch gemacht. Aber mein Gott, was hab' ich da meinem Magen und meinem Kopf angetan!« Er ließ sich auf ein freies Bett fallen und legte einen Handrücken über die Augen. »Ich bin total benebelt. Ich hab' 'nen Kater, weil ich Angst habe, 'nen Kater zu kriegen.«

»Ich kann's nicht fassen«, sagte Ehrhart. »Brian Mitchell ist die ganze Nacht auf einer Sauftour? Brian Mitchell mit einem Kater? Heute abend ist in New Mexico aber wirklich was ganz Neues passiert. Übrigens, Emil hat angerufen. Du sollst für ein paar Wochen nach New York.«

»Das kommt gerade richtig. Noch mehr Hektik.«

»Er meint, um diese Jahreszeit wäre es da ganz nett.« Ehrhart lächelte, als sein Kollege gequält das Gesicht verzog.

Mitchell seufzte resigniert. »Nach diesen Lastwagenfahrern ist wohl sogar New York eine Erlösung. Besonders dieser eine, Shorty Johnson. Mein Gott, kann der sich was wegstecken! Habt ihr heute was geschafft?«

»Wir kommen ganz gut voran«, sagte Ehrhart. »Wir haben einen Haufen Fotos gemacht und viel vermessen. Wir können jetzt für jede größere Betonfuhre bestimmen, wo sie gelandet ist. Es steht inzwischen außer Frage, daß der dritte Pfeiler zuerst eingestürzt ist und die anderen beiden mitzog. Sieht so aus, als wären die Höhen plus dreißig und plus dreiundfünfzig die einzigen Punkte, an denen der Beton nie voll ausgehärtet ist. Vielleicht waren die Einlagen bei fünfundsechzig, wo der Seitenarm aufliegt, so engmaschig, daß der Beton nicht durchfließen konnte.«

»Passiert ja dauernd«, sagte Mitchell mit geschlossenen Augen.

»Wir müssen eine Probe des Gitters an Bert schicken, damit er prüfen kann, ob die Weite den Vorschriften entspricht«, sagte Ehrhart. »Es gibt so ein Gerücht, daß ein Haufen billiges Zeug aus Taiwan untergeschoben worden wäre. Und dann der Beton. Bei dreiundfünfzig ist er wirklich übel; man kann ohne weiteres große Brocken rausschlagen. Ich glaube, du hattest recht, als du sagtest, daß er eine Ladung zuviel Wasser hatte. Was hast du denn bei Ready-Mix herausgefunden?«

Mitchell schwang die Füße auf den Boden. »Sehr modern eingerichtet. Computerisiert. Die zeichnen alles auf. Sie können die Mischverhältnisse für jede Fuhre nachweisen, die den Laden verlassen hat, außerdem die Zeiten, wann die Laster das Werk verlassen haben und zurückkehrten, sogar, wer gefahren ist. Weil der Rechner sowieso alle möglichen Querbezüge herstellt, erkundigte ich mich nach der Dauer der Fahrten, als sie den dritten Pfeiler gossen. Fünfundzwanzig Minuten hin, fünfundzwanzig Minuten an der Baustelle, zwanzig zurück. Ich hab' die Daten für die Tage überprüft, als der Beton in Höhe dreißig und dreiundfünfzig gegossen wurde. Es waren beides Montage, im Abstand von vierzehn Tagen. Sehen meine Augen komisch aus? Ich fühl' mich auch komisch.«

»Sie sind einfach nur rot. Ich hab' diese Farbe noch nie bei dir gesehen.«

Mitchell setzte eine Sonnenbrille auf und hielt die Hände vor die Schläfen. »Also, ich hab' mir gedacht, daß einer der Laster zusätzlich Wasser aufgenommen haben muß, nachdem er das Werk verlassen hatte. Es stellte sich heraus, daß an beiden Montagen ein Laster mittags aus dem Werk fuhr und erst um viertel vor zwei zurückkehrte.«

»Dann hat der Fahrer Mittagspause gemacht, nachdem er seine Ladung abgeliefert hatte.«

»Und wenn er auf dem Hinweg Pause gemacht hat? Ich hab' die Aufzeichnungen durchgesehen und festgestellt, daß mein Freund Shorty Johnson für beide Fuhren verantwortlich zeichnet.«

Ehrhart runzelte die Stirn, und Sullivan lächelte. »Willst du damit sagen«, fragte Ehrhart, »daß dieser Typ mit einem vollen Laster Pause machte, auf dem sich ständig die Trommel drehte?«

»Du hast's erfaßt. Und zwar in dem schlampigen Restaurant an der Highwayauffahrt. Nach dem Essen hat er mit einem Schlauch Wasser zugesetzt, bis ihm die Mischung so feucht vorkam, wie er sie aufgenommen hatte. Ich hab' bis vorhin gebraucht, um alles rauszukriegen. Mann, der war vielleicht mißtrauisch, als ich ihm auf die Pelle gerückt bin! Wollte erst reden, nachdem ich neunzehn Carta Blanca mit ihm getrunken hatte. Aber jetzt sind wir die allerbesten Kumpel. Er wußte nicht, daß zuviel Wasser den Beton schwächt.«

»Du bist im falschen Geschäft«, sagte Ehrhart. »Du hättest Privatschnüffler oder Spion werden sollen.«

Mitchell lachte. »Ich wäre ganz zufrieden, wenn ich wie ein ganz normaler Ingenieur irgendwo in einem Büro Quadrate malen oder Zahlen addieren könnte. Hübsch und sauber. Diese Recherchen sind widerlich. Die Leute, denen man dabei begegnet, sind einfach zu hart. Ich bin zu sensibel für diese Arbeit.«

»Blödsinn.«

Mitchell stand langsam auf; er wollte seinem Kopf keine hastigen Bewegungen zumuten. »Habt ihr schon gemerkt, daß sich dieses Zimmer dreht? Im Uhrzeigersinn. Ungefähr mit fünfundvierzig Umdrehungen pro Minute. Ich geh' rüber und hau mich ins Bett. Ich vertrag' einfach nichts, das ist alles. Nicht einmal ein paar Bier. Eine Schande ist das.«

Er ging langsam, mit hängenden Schultern, zur Tür; er ähnelte im Augenblick absolut nicht dem Mann, der vor einer Woche beim Over-Forty-Tennisturnier in Boulder, Colorado, Sechster geworden war.

Er wandte sich noch einmal an Tim Sullivan, der vor zwei Monaten sein Hochschulstudium abgeschlossen hatte. »Sully, du siehst hier einen Mann, der jedes Quentchen Würde und Selbstachtung verloren hat. Laß' es dir eine Lehre sein.«

Er ging hinaus, drehte sich zu einer abschließenden Bemerkung ein letztes Mal um. »Einer der anderen Fahrer, Hector irgendwas, hat mir gesagt, daß er auch immer nach dem Mittagessen Wasser nachgefüllt hätte, als sie die Stützmauer für den Highway im Norden der Stadt bauten. Ich bin sicher, daß wir da rausgehen und alle aus den Socken hauen könnten, wenn wir auf Schwachstellen hinweisen. Wir könnten uns sogar den Spaß machen, die Straßenunterhaltung anzurufen und ihnen zu sagen, wo sie nachsehen sollen. Tja, gute Nacht dann. Klopf bei mir an, wenn ihr Frühstücken geht und seht mal nach, ob ich dann noch lebe.«

Als Mitchell gegangen war, sah Ehrhart Sullivan mit gespielter Verzweiflung an. »Dieser Typ macht mich noch wahnsinnig. Wir beide haben den ganzen Abend gerechnet, während er saufen geht und mit der wahrscheinlichsten Lösung zurückkommt.«

»Die Berechnungen hätten wir sowieso machen müssen«,

erinnerte Sullivan ihn. »Du hast mir selbst gesagt, daß jede Möglichkeit untersucht und dokumentiert werden muß, damit die Prozeßgegner nicht behaupten können, wir hätten etwas übersehen.«

»Ich weiß, aber trotzdem: Mist.«

4

In der südlichen Eingangshalle des Zalian Building stand ein Wachmann mit einer schwarzen Haut, die genauso hell glänzte wie sein polierter Ledergürtel. Er starrte durch die Glastüren nach draußen. Um vier Uhr früh waren die Plaza und die Straßen praktisch menschenleer. Die Puertoricaner hatten die Treppen vor ihren Häusern in der neunundvierzigsten Straße schon vor einer ganzen Woche verlassen, und der Fußgängerstrom auf der Eighth Avenue war zu einem dünnen Rinnsal geschrumpft. Die Dirnen am Eingang der Untergrundbahn riefen einem Mann nach, der so schnell in nördlicher Richtung ging, daß er fast schon rannte. Wahrscheinlich wollte er zum Howard Johnson, dachte der Wachmann, weiß Gott, wo er hergekommen war. Eine Pennerin richtete sich auf einem Dampfauslaß für die Nacht ein; sie versteckte sich hinter einem vollgepackten Einkaufswagen und einem niedrigen Wall aus Pappkartons. Auf einer der Betonbänke der Plaza hatte sich ein Mann zusammengerollt; noch vor dem Morgengrauen würde man ihm die Hosentaschen auf den Kopf stellen. Zwei Taxen rasten nach Norden, als veranstalteten sie ein Wettrennen.

Gelegentlich kamen auch Polizisten vorbei, manchmal in Streifenwagen, manchmal auch zu zweit und zu Fuß. Die Wache Midtown North lag nur ein paar Blocks weiter in der Vierundfünfzigsten Straße – aber sie konnten nicht überall sein. Vier Uhr morgens war eine schreckliche Zeit, um in dieser Gegend noch unterwegs zu sein, und das galt gleichermaßen für Wachmänner wie für Gauner, Schwule, Wermutbrüder, Pennerinnen, Räuber, Drogenhändler, Fixer, Taxifahrer und Cops.

Der Wachmann setzte seine Runde fort. Er nickte dem Kollegen am Empfangstisch zu, bemühte sich aber nicht, mit ihm ins Gespräch zu kommen; er redete nur selten mit Menschen, die nicht zu seiner Familie gehörten, denn seine Verwandten waren die einzigen Menschen, die seine Kombination aus Französisch, Englisch und einem haitianischen Kreolisch verstanden. Das Plastikschild an seiner Uniform wies ihn als »Christopher« aus, aber das war nicht nur falsch, sondern unterschlug sogar die Vornehmheit seines Namens, der in voller Länge Henri Toussaint L'Ouverture Christophe lautete. Wachmann auf Nachtschicht zu sein war nicht gerade ein Traumjob für einen Mann, dessen Name adliges Blut ahnen ließ und er hatte auch tatsächlich die Absicht, möglichst bald etwas Besseres zu finden. Sobald er es sich erlauben konnte, auf einen Gehaltsscheck zu verzichten, vielleicht sogar schon eher, würde er kündigen, denn dies war ein böser Ort.

Am Anfang hatte er geglaubt, das Gebäude vor Eindringlingen und den Gefahren der Nacht schützen zu müssen, doch je mehr er durch die Glastüren gesehen hatte, desto stärker war der Eindruck geworden, das Gebäude sei eine Festung, die *ihn* schützte. Im Laufe der Zeit hatten sich seine Gefühle noch weiter verändert – inzwischen glaubte er, das Gebäude selbst sei die größte Bedrohung seiner Sicherheit.

Er ging, einer festgelegten Route folgend, über die Stufen in den Keller hinunter, rüttelte an verschlossenen Türen, kritzelte Prüfzeichen auf ein Formular. Als er an dem schußsicheren Fenster des Wachraums vorbeikam, tippte er an seinen Hut und grüßte die drei Wächter, die dort stationiert waren. Sie nickten nicht allzu freundlich zurück. Im Wachraum waren die Computer untergebracht, die die Thermometer, Barometer, Rauch- und Bewegungssensoren überwachten, die in allen sechsundsechzig Stockwerken des Gebäudes verteilt waren. Außerdem gab es dort Funkgeräte, Mikrofone und Kontrolltafeln, deren Zweck ihm schleierhaft war. Er hatte mehrmals gefragt, wie das alles funktionierte, aber ihm war klar, daß man ihm doch nie eine Antwort geben würde. Christophe kümmerte sich inzwischen nicht mehr darum, denn er wußte, daß er bald gehen würde. Beim nächsten Sturm, dessen Nahen er in den Knöcheln und Knien fühlen konnte, würde er einfach fortgehen und nicht zurückkommen. Das Gebäude hatte bereits zwei Menschen getötet, und er war sicher, daß weitere folgen würden.

Er ging durch die Betonhöhle, in der Klimaanlage und Heizung untergebracht waren. Das Gewirr der Maschinen und isolierten Rohre erinnerte ihn an den Maschinenraum des Flugzeugträgers, den er einmal im Brooklyn Navy Yard bewacht hatte. Dort waren Leute in der Nähe gewesen, die so seltsam gewesen waren wie er selbst, aber hier war er allein. Außer seinen Schritten, dem Zischen eines Überdruckventils und dem Klicken der automatischen Regler war alles still. Die kleinen Lampen der Anlage beobachteten ihn wie die Augen von Dschungelraubtieren. Wenn der Wachmann das Gehirn des Gebäudes war, dann war dieser Raum das Herz. Hier wurde das Klima für eine ganze Kleinstadt erzeugt und kontrolliert. Die sechstausend Menschen, die in ein paar Stunden zur Arbeit kommen würden, mußten gewärmt werden, bis die Sonne die Arbeit übernähme; sie brauchten kühle Luft, wenn die Sonne zu stark würde; sie wurden den ganzen Tag mit einer Atmosphäre versorgt, die zum Atmen genau richtig war, nicht zu feucht und nicht zu trocken. Wie die vielen Maschinen und Kabel funktionierten, die Ventile und Pumpen und die Dinge, deren Namen er nicht kannte, war ein Geheimnis, wieder ein Geheimnis. Es gab allerdings eine Sache, die ihm bei diesem Gebäude völlig klar war, und soweit er wußte, war er der einzige, der sich darüber Gedanken machte. Im Zalian Building spukte es. In der Tat, hier spukte es genauso wie in den Abbruchhäusern, vor denen er als Kind immer Angst gehabt hatte. Wie sonst hätte man erklären können, daß das Gebäude mit dem Wind sprach, sogar hier, in seinen tiefsten Eingeweiden?

Christophe schloß die Tür zu einem Lagerraum auf und

trat in einen Durchgang, der hinter den Regalreihen lag. Er schob einen Mülleimer zur Seite und öffnete eine Klappe, die in einen niedrigen Raum unter einer Ladeplattform führte. Die Öffnung war so schmal, daß er nur kriechend hindurchkam. Die Luft in dem kleinen Raum dahinter war feucht, und auf dem Boden war eine Pfütze. Er zog die Klappe hinter sich zu und schaltete seine Taschenlampe ein. Der Strahl ließ die Dunkelheit zurückweichen. An der linken Seite des schmalen Tunnels standen wie Rippen sechs der wichtigsten Tragsäulen des Gebäudes, massive Stahlpfeiler, deren weißer Feuerschutzanstrich ihnen das Aussehen von Mumien in einem Grab gab. Nur fünf Fuß der Säulen lagen frei, doch Christophe wußte, daß sie sich achthundert Fuß aufreckten, versteckt zwischen den Wänden von Büros und der Granitwand des Gebäudes. In dieser Geheimkammer konnte er die Stimme des Gebäudes am besten hören, er konnte sie *fühlen* wie ein Dorn im Muskel das Pulsieren des Blutes spürt.

Der Lichtstrahl fiel auf die erste Säule und wurde von blankem Stahl reflektiert. In der ersten Nacht, als Christophe diese Höhle entdeckt hatte, hatte er mit seinem Taschenmesser ein Stück des Anstrichs abgekratzt. Er hatte die kalte Fläche berührt und versucht, eine Vorstellung von der Stärke der Säule zu bekommen, hatte sich vergeblich vorzustellen versucht, wie sie das erdrückende Gewicht aushalten konnte, das auf ihr ruhte.

Er ließ den Lichtstrahl nach oben wandern, wo die Säule in der Decke verschwand. Das Spinnennetz der Haarrisse hatte sich seit dem Unfalltag nur geringfügig verbreitert und ausgeweitet. Auf dem Boden war ein anderes Muster: Jede Säule war von konzentrischen Kreisen umgeben. Wenn die Risse sich weiter ausbreiteten, würden sie nach einiger Zeit den ganzen Tunnel umspannen, als hätte eine lauernde Spinne ein großes Netz gewoben. Er würde es melden, wenn er kündigte, um zu beweisen, daß er nicht verrückt war, und er würde den anderen die Geräusche vorführen.

Er schaltete die Taschenlampe aus. Im Dunkeln fiel es ihm leicht, sich auf die Insel zurückzuversetzen, wo er mit seinen

Jugendfreunden die Nächte verbracht hatte, während der Dschungel immer näher zu rücken schien. Er verhielt sich ganz ruhig und lauschte. Er hörte ein schwaches Knirschen wie von zwei Mühlsteinen, die gegeneinander rieben. Er strengte sich an, versuchte die Stille mit den Ohren zu durchdringen, und schließlich vernahm er eine kaum noch hörbare Serie von Quietschlauten – es klang so, als würde in einem weit entfernten Raum langsam eine schwere Tür geöffnet. Doch er war etwas enttäuscht, als er keine Gänsehaut bekam. Draußen ging kein Wind, so daß die Stimmen stark gedämpft waren. Es war nicht mit dem Tag zu vergleichen, an dem das Gebäude eine Frau zerschnitten und einen Mann an einen Haken gehängt hatte, um zuzusehen, wie sein Leben in einem feinen roten Schleier fortwehte. In der Nacht davor hatte das Gebäude geheult wie ein Zombiechor. Als Christophe schweißgebadet und zitternd wieder in der Lobby aufgetaucht war, hatten die anderen Wachmänner einen Stuhl geholt und ihm eine Aspirintablette gegeben.

Es wurde Zeit zu gehen, damit ihn die anderen nicht vermißten. Er drückte die Klappe ein Stück auf, um sich zu vergewissern, daß niemand im Lagerraum war. Während er die Mülltonne wieder an ihren Platz schob, fragte er sich, was sein Bruder und sein Onkel sagen würden, wenn sie die Stimmen des Gebäudes hörten. Würden sie sagen, daß er wieder in den Aberglauben zurückgefallen wäre, den sie überwunden glaubten? Er wußte, was seine Großmutter sagen würde, wenn sie noch lebte. Er konnte sie deutlich vor sich sehen – leuchtendes, wie zu einer Krone geflochtenes weißes Haar, wilde braune Augen –, und er hörte ihre schrille, schwankende Stimme. Sie würde sagen, daß irgendwo jemand ein Modell des Zalian Building besäße und mit Nadeln hineinstechen würde. Christophe lächelte. Seine Großmutter war eine erstaunliche Frau gewesen. Sie konnte den Menschen einfach alles einreden, und ganz besonders Kindern.

Eugenio Lusettis Sekretärin hatte sich gemeldet. »Mr. Lusetti, ich habe hier ein Ferngespräch für Sie, es ist ein gewisser Brian Mitchell. Sind Sie zu sprechen?«

»Brian Mitchell? Ich kenne keinen Brian Mitchell.«

»Er sagt, er arbeitet für die Seligman Engineering Company in Boulder, Colorado.«

»Was für eine – oh, ja, richtig, ich erinnere mich. Stellen Sie ihn durch.«

Lusetti klemmte den Hörer mit der Schulter ein, während er einen Ordner aus einer Schublade holte und auf dem Schreibtisch aufschlug.

»Mr. Lusetti? Hier ist Brian Mitchell. Ich rufe aus dem Sands Manor Motel in Raton, New Mexico, an. Ich arbeite für die Seligman –«

»Die Seligman Engineering Company in Boulder, Colorado, natürlich. Wie geht es Ihnen, Mr. Mitchell?«

»Den Umständen entsprechend. Wie ich hörte, haben Sie da ein kleines Problem und glauben, daß ich etwas für Sie tun kann?«

»So klein ist es leider nicht. Heute morgen ist noch eine Schadensersatzklage wegen Körperverletzung eingegangen, so daß sich die Forderungen insgesamt auf zweihundertfünfzig Millionen Dollar belaufen. Haben Sie ein paar Wochen Zeit für uns? Unser Ziel ist, das brauche ich wohl nicht eigens zu betonen, eine Gerichtsverhandlung zu vermeiden.«

»Klingt vernünftig. Aber ich brauche einige Dinge.«

»Bitte.«

»Ein Zimmer im Waldorf Astoria und ein Büro in dem Gebäude, das ich untersuchen soll.«

»Geht klar.«

»Wenn ich nachts rausgehe, brauche ich eine bewaffnete Begleitung.«

»Also wirklich, Mr. Mitchell, das ist bestimmt nicht erforderlich.«

»War nur ein Scherz. Ich brauche einen Assistenten. Am besten jemanden aus Ihrer Firma, dem Sie vertrauen können. Ich nehme doch an, daß Sie mir nicht zumuten wollen, daß ich alle kleineren Besorgungen selbst erledige. Können Sie einen Mann erübrigen?«

»Hmmm. Ich glaube, schon, mir fällt da gerade was ein.«

»Er sollte gleich anfangen, damit ich sofort loslegen kann, sobald ich da bin. Warten Sie – heute ist Mittwoch, und ich komme am Samstag an. Wenn ich mein Zimmer beziehe, möchte ich dort alle Pläne und Unterlagen und alle Dokumente vorfinden, die mit den Fenstern und den Rahmen zu tun haben. Dann brauche ich die Bauvorschriften der Stadt New York. Gab es während der Errichtung des Gebäudes ungewöhnliche Verzögerungen oder Arbeitskämpfe? Legen Sie einen Ordner mit Artikeln aus der *New York Times*, aus der *Engineering News-Record* und aus der Zeitschrift *Civil Engineering* an. Schreiben Sie mit? Klären Sie ab, ob die beteiligten Firmen schon einmal verklagt wurden, und warum. Geben Sie mir keinen Traumtänzer. Ich brauche einen Mann mit ein bißchen Fantasie. Es wäre nützlich, wenn ich einige Angaben über die wichtigsten Leute hätte – also über den Ingenieur, den Architekten, den Inhaber der Baufirma und Zalian. Alles klar? Bis Montag dann, Mr. Lusetti! Und grüßen Sie mir den Broadway, oder lassen Sie das meinen Assistenten erledigen.«

5

Die Rechtsanwälte Rosen, Lusetti, Blake, Pierce und Kalb hatten ihr Hauptbüro im Pan Am Building in New York und Außenstellen in London und San Francisco. Blake, Pierce und Kalb hatten bereits das Zeitliche gesegnet und es Rosen und Lusetti überlassen, sich an den Einkünften des Unternehmens zu erfreuen.

Eugenio »Gene« Lusettis Büro lag auf der Nordseite der dreißigsten Etage, was ihm einen großartigen Blick über die Kuppel des alten New York Central Building und die Park Avenue erlaubte. Lusetti pflegte oft zu bemerken, man könne über das Pan Am Building und die Art, wie es die Grand Central Station überragte, sagen, was man wolle – immerhin gewährte es einen großartigen Blick über die Kuppel. Diese elegant geschwungene Kuppel mit ihren feinen Verzierungen, dieses Musterbeispiel neoklassizistischer Architektur – nein, meine Herrn, solche Kuppeln werden heute nicht mehr gebaut. Die meisten Neubauten hören oben einfach auf wie ein Zaunpfahl.

Manchmal zog Lusetti die Sonnenblenden herunter, um nicht abgelenkt zu werden, doch heute waren sie offen. Die Ablenkung kam ohnehin aus einer anderen Richtung. Das volle Licht fiel herein, er hatte sich gerade noch einmal gekämmt, und auf dem Schreibtisch stand eine kleine Vase mit Schnittblumen. Er wollte den allerbesten Eindruck auf die Besucherin machen, die ihm gegenübersaß – Carol Owens, die attraktivste Frau auf der Gehaltsliste. Auch sie besaß, wie Lusetti dachte, elegante Proportionen und Kurven und zeichnete sich durch anmutige Verzierungen aus. Sie war ebenfalls ein Musterbeispiel, aber beileibe kein neoklassizistisches.

Nach einigen Höflichkeitsfloskeln, die nur ihrer Beruhigung dienen sollten, fragte er sie, warum sie nach sechsjähriger Arbeit für die Legal Aid Society den öffentlichen Dienst quittiert habe.

»Die Wahrheit ist«, sagte sie, während sie sich entspannte und ein kleines Lächeln zuließ, »daß ich diesen Hungerlohn satt hatte.«

Welch ein Lächeln! Bei den Lusettis war ein solches Lächeln gleichbedeutend mit der Vorführung von fünftausend Dollar zahnärztlicher Heilkunst. Miß Owens war vermutlich damit geboren worden. *Miß* Owens. Seine Sekretärin hatte bestätigt, daß sie ledig war, was nach ihren Recherchen für Mitchell ebenfalls zutraf. Er betrachtete sie bewundernd. Sie war eine großartig aussehende Anwältin, wenn sie sich auch redlich bemühte, es zu verbergen. Sie trug ihre langen schwarzen Haare streng zurückgekämmt, benutzte kein Make-up – oder hatte sie es so gekonnt aufgelegt, daß es nur so schien? – und die schlichte, schmucklose Kleidung sollte die Männer wohl eher an Geschäfte als an Vergnügungen denken lassen.

»Die Arbeit bei Legal Aid«, fuhr Miß Owens fort, »war nie langweilig, aber man hat da viel mit Verlierern zu tun, und man verliert auch viele Fälle. Das ist auf die Dauer ziemlich deprimierend.«

»Das kann ich mir vorstellen. Sind Sie über Ihren Wechsel froh?« Lusetti lächelte erfreut – teils über ihre hübschen Wangenknochen und ihren Mund, teils über seine eigene Gerissenheit. Owens für Mitchell abzuordnen war eine Meisterleistung, die selbst Lusettis liebstem Landsmann, Niccolo Machiavelli, zur Ehre gereicht hätte. Mitchell war ein objektiver Musterknabe, oder? Nun, dann wollen wir mal sehen, wie objektiv er bleibt, wenn er sich für eine Angestellte der Auftraggeber interessiert. Wird er unter diesen Umständen sein Urteil mit der üblichen Sorgfalt abwägen? Während Lusetti seine Hinterhältigkeit auskostete, beantwortete sie seine Frage und erklärte, daß sie die Midtown und ihre Kollegen mochte. Allerdings wünschte sie, stärker gefordert zu werden, möglichst durch einen Auftritt vor Gericht, wo, wie sie glaubte, ihre früheren Erfahrungen voll zum Tragen kämen. Während der letzten beiden Wochen hätte sie nichts anderes getan, als Aufstellungen über Firmen zu schreiben, die in Delaware ansässig und in New Jersey verklagt worden waren. Keine sehr aufregende Arbeit. Natürlich könnte sie verstehen, daß bei Firmen wie RLBP & K eine lange Einarbeitungszeit unerläßlich sei, aber immerhin sei sie als Rechtsvertreterin nicht gänzlich unerfahren.

Lusetti erwiderte, daß er großes Verständnis für ihre Ausführungen habe und versicherte, daß man sie nicht vergessen hätte. Er und die anderen Seniorpartner der Firma hätten sie beobachtet und seien wirklich sehr von ihrer Arbeit angetan. Man hätte den Eindruck, daß sie nun für größere Aufgaben bereit sei. Ob sie schon von dem gegen Zalian anhängigen Verfahren gehört habe? Es könnte sich über Jahre hinziehen, und als Teil der Verteidigungsstrategie sei ein Ingenieur beauftragt worden, eine zweiwöchige Untersuchung durchzuführen. Um seine Arbeit optimal zu unterstützen, habe man sich entschlossen, ihm einen Mitarbeiter aus der Firma zur Seite zu stellen, und an diesem Punkt käme sie ins Spiel. Er übergab ihr die Liste mit den von Mitchell gewünschten vorbereiteten Recherchen, die bis Sonnabend erledigt werden sollten, beschrieb ihr Mitchell als faszinierenden Mann, mit dem man gut auskommen könne, gerecht und doch mit einem tiefen Verständnis für menschliche Belange und von großer Nachsicht gegenüber Untergebenen – Lusetti hatte seinen Vortrag natürlich frei erfunden.

»Das ist eine ganz hübsche Einkaufsliste«, sagte sie, während sie das Papier überflog, »aber muß das wirklich ein Anwalt erledigen?«

Lusetti lächelte väterlich. »Wir brauchen im Verteidigerteam einen Mitarbeiter, der etwas von den technischen Details versteht. Wenn Sie diesen Auftrag übernehmen, werden Sie noch reichlich Prozeßvollmachten bekommen. Sie müssen sich einfach hartnäckig an Mitchell hängen und alles von ihm in Erfahrung bringen, was die bautechnischen Aspekte dieses Falles betrifft. Seine Firma ist in Colorado, so daß wir nicht ständig auf ihn zurückgreifen können. Sie sollen unser Hausexperte für das Zalian Building werden. Übernehmen Sie den Fall? Gut! Ich wußte, daß Sie mitmachen würden!«

Carol Owens kehrte in ihr Büro zurück, faltete die Hände auf dem Tisch und starrte einige Minuten einen gerahmten Druck von Vlaminck an – über einem holländischen Dorf zog ein Sturm auf. War dies der Durchbruch, auf den sie schon so lange wartete? Irgendwie traute sie Lusetti nicht ganz. Diese Sache mit dem Sinn für das Menschliche und der Nachsicht gegenüber Untergebenen klang nicht echt. Hatte man sie nur wegen ihres Aussehens ausgewählt? War die Aufforderung, sich hartnäckig an Mitchell zu hängen, völlig unschuldig, oder war es eine Geschmacklosigkeit? Sie schalt sich für ihr Mißtrauen und schob die Fragen beiseite. Auf dem Bild rannten Bäuerinnen unter einem sehr bedrohlichen Himmel auf die schützenden Strohhütten zu. Mit kühnen blauen und schwarzen Strichen hatte der Künstler eine Stimmung erzeugt, die einem das Gefühl aufdrängte, in wenigen Sekunden würde die Hölle losbrechen. Sie nahm sich vor, es gegen ein Stilleben auszutauschen.

Sie standen an den entgegengesetzten Enden der Plattform und hatten die Hände schon auf die Kontrollen gelegt. Auf ein Nicken hin legten sie gleichzeitig die Hebel um und hielten sie fest, bis die Plattform langsam zum einundsechzigsten Stock gesunken war. Man mußte sich gut abstimmen, um die Plattform im Gleichgewicht zuhalten. Sie verriegelten die Kontrollen und begannen mit vierzehn Inch breiten Bürsten und Wischern die Scheiben zu säubern. Bill Slater arbeitete schon dreißig Jahre als Fensterputzer in Manhattan, R. J. »Reverend Ralph« Boone seit dreiundzwanzig Jahren. Sie waren seit der Einweihung des Zalian Building zusammen, und während der letzten zwei Jahre hatten sie jedes der viertausend Fenster mindestens ein dutzendmal geputzt.

»Ich frag' mich, wann die automatische Waschanlage fertig wird«, sagte Slater, während er seine Bürste mit weiten Schwüngen über die Scheibe zog. »Mann, ich wünschte, ich hätte das Geld, das sie für dieses Wrack schon rausgeworfen haben. Oder das Geld, das Ron damit verdient, es zu reparieren. Der sitzt da oben auf dem Dach und kratzt sich den ganzen Tag mit dem Schraubenzieher an den Eiern, und was kriegt er dafür? Zwanzig in der Stunde? Nicht schlecht.«

Reverend Ralph, ein melancholischer Mann, antwortete nicht. Slater vertauschte die Bürste mit dem Wischer und kicherte. »Ich glaub', er repariert das Ding absichtlich so, daß es schnell wieder kaputtgeht, damit er seine Arbeit behält.« Er grinste breit und winkte durchs Fenster.

»Hallo, Süße! Hallo, du da! Reverend, da ist wieder die Sekretärin, von der ich dir erzählt habe. Sie winkt mir immer und sagt, daß ich vorsichtig sein soll. Ich kann's von ihren Lippen ablesen. Mach dir keine Sorgen, Süße! Ja, ich paß schon auf! Och, jetzt geht sie raus. Guck mal, wie die mit dem Hintern wackelt. O Mann! Sieh nur!«

Die Plattform war sechzehn Fuß lang, genug, um zwei Fenster und den vier Fuß breiten Granitstreifen dazwischen zu überspannen. Als sie beide mit ihrer Scheibe fertig waren, gingen sie wieder zu den Enden der Plattform und schalteten die Winden ein.

»Ich glaube nicht, daß du ein so schlechter Mann bist, wie du immer vorgibst«, sagte Reverend Ralph, während die Plattform langsam sank. »Ich glaube, du mißbrauchst nur so oft den Namen des Herrn und sprichst von Fleischeslust, weil du weißt, daß ich an Wochenenden dem Herrn diene. Du willst nur, daß ich mich vergesse.«

»Was will ich? Nee, da hast du mich aber ganz falsch verstanden. Ich geb' überhaupt nichts vor. Ich bin wirklich ein verdorbener, dreckiger, nichtsnutziger Hundesohn, ich brauch' mich nicht zu verstellen.«

»Du beneidest mich um meinen inneren Frieden.«

»Haha! Ich beneide dich nicht um deinen inneren Frieden. Ich glaub', du machst dir was vor.«

Die Plattform sank langsam weiter, und nach und nach tauchte die Sperrholzplatte auf, die die Öffnung sicherte, hinter der Edwin Lesters ehemaliges Büro gelegen hatte. Als Boone die Platte sah, keuchte er und nahm unwillkürlich den Arm von seinem Kontrollhebe. »Halt an!« sagte er erschrokken. »Halt an!«

»Was ist denn los?« Slaters Seite senkte sich weiter, bis sie einen Fuß unter dem anderen Ende hing. Er drückte den Hebel in die andere Richtung, bis die Plattform wieder im Gleichgewicht war. »Verdammt, was ist denn los mit dir?«

Boone machte eine schwache Kopfbewegung zum Gebäude.

»Wir sind am sechzigsten Stock«, sagte er gequält. »Hier ist doch... hier ist...«

»Hier ist dieser Typ umgekommen. Na und? Dann fahren wir eben weiter zum neunundfünfzigsten. Hast du Angst, daß noch Blut an der Wand ist? Es ist zwei Wochen her, der Regen hat alles abgewaschen.«

»Laß uns wieder aufs Dach fahren. Ich brauch' 'ne Pause.«

Boone drehte sich mit dem Rücken zum Gebäude und starrte in die Luft.

»Zum Dach? Wir haben doch gerade erst angefangen! Komm schon, wir müssen noch jede Menge Fenster schaffen. Es wird windig, und wir können vielleicht nicht mehr die ganze Woche arbeiten.«

»Bitte, Bill. Ich brauch' 'ne Tasse Kaffee. Ich komm' schon wieder in Ordnung, wenn ich 'ne Tasse Kaffee trinken kann.«

»In Gottes Namen.« Er schob den Hebel wütend nach vorn, und die Plattform begann zu steigen. »Da ist jemand umgekommen, na gut. Aber es sterben doch dauernd Menschen. Die Leute leben, die Leute sterben. Mein Gott, für einen Priester hast du aber einen verdammt schwachen Magen. Wir haben den Burschen doch nicht einmal gekannt! Du hättest vor fünf Jahren dabei sein sollen, als mein Partner vierzig Stockwerke abgestürzt ist. Er ist mitten in einer Kapelle gelandet. *Das* war vielleicht 'ne Sauerei. Danach hab' ich auch 'ne Tasse Kaffee gebraucht.«

Boones Augen traten vor. Er legte eine Hand vor den Mund.

Die Plattform zog gerade am sechsundsechzigsten Stock vorbei. »Heh«, sagte Slater und streckte einen Arm aus. »Sieh mal, dieser Typ, der mit dem Rücken zum Fenster steht. Das ist der alte Zalian höchstpersönlich!«

Aber Reverend Boone war nicht zu sprechen. Reverend Boone war eifrig damit beschäftigt, in einen halb mit Wasser und Putzmitteln gefüllten Eimer zu kotzen.

6

Nach all den Jahren, die sie als Aram Zalians Privatsekretärin gearbeitet hatte, hätte Eileen McGovern eigentlich daran gewöhnt sein und es mit einem Achselzucken als eine der weniger angenehmen Begleiterscheinungen des Lebens abtun müssen. Doch jedesmal, wenn es geschah, wuchs ihre Wut. Von ihrem Schreibtisch aus konnte sie durch die offenstehende Bürotür bis zum Ende des zentralen Ganges sehen, bis zum Empfang, wo sich gerade die neueste Hure auf ihre Pflichten vorbereitete. Coretta Cantrell, mit Sicherheit ein Künstlername oder wie man das nannte, war unterwegs. Sie winkte einer der anderen Frauen zu, ihren Platz an der Telefonvermittlung zu übernehmen und steckte ihr Make-up in die Handtasche. Coretta Cantrell war Empfangsdame und Sonderassistentin Mr. Zalians – sie hatte sich Visitenkarten mit diesem Titel drucken lassen. Ein Witz war das! Sie war Empfangsdame, weil sie von Büroarbeiten keine Ahnung hatte. Sie war nicht in der Registratur zu gebrauchen, weil sie nur unklare Vorstellungen vom Alphabet hatte, und sie konnte nicht tippen, weil sie sich damit die langen Fingernägel ruiniert hätte. Die besondere Assistenz, die sie ihrem Chef gab, erforderte primitivere handwerkliche Fähigkeiten.

Sie kam den Gang heruntergeschwebt und wackelte bei jedem Schritt mit dem Hintern wie eine Stripperin. Der dunkelrote Lippenstift war dick aufgetragen, wie Zalian es mochte, und ihre für die enge Bluse viel zu großen Brüste wurden durch einen Nuttenbüstenhalter nach oben und zusammengepreßt. Als Empfangsdame in einem Bordell wäre sie die Idealbesetzung gewesen, doch hier war sie ein schmutziger Witz und eine Peinlichkeit für die ganze Firma.

»Sie müssen zugeben, daß sie sehr dekorativ ist«, hatte Zalian einmal Eileen geantwortet, nachdem sie ihre Mißbilligung zum Ausdruck gebracht hatte.

»Sie sieht aus wie –« Eileen konnte sich gerade noch beherrschen, ehe sie sagte: »eine Nutte.« Sie war eine der wenigen Angestellten, die sich unverblümt ausdrücken durften, doch die augenblickliche Geliebte ihres Chefs als Nutte zu bezeichnen, wäre zu weit gegangen. »Sie sieht so aus, als wäre sie käuflich, so wie sie sich kleidet und schminkt. Sie sollten ihr vielleicht mal einen Vortrag über das Selbstverständnis unserer Firma halten.«

»Warum sind Sie plötzlich so prüde? Coretta macht sich

am Empfang wirklich großartig. Ist Ihnen noch nicht aufgefallen, wie die Männer strahlen, wenn sie den Aufzug verlassen und sie sehen?«

»Aber nur unanständige Männer. Sie hätten die letzte behalten sollen – die hatte wenigstens eine gewisse Klasse.«

»Abwechslung ist das halbe Leben.« Zalian musterte die Frau, die seit fünfzehn Jahren seine Sekretärin war, und sagte: »Sie sehen immer noch sehr gut aus, Ellie, und Sie sollten sich öfter mal ein Vergnügen gönnen. Das hält jung, und Sie verschrumpeln nicht wie Trockenobst.« Er streckte eine Hand aus. »Komm her...«

»Sie sind doch nicht bei Trost.«

Er ließ die Hand sinken. »Ja, kann sein. Aber lassen Sie Coretta in Ruhe. Sie ist wirklich ein reizendes Geschöpf. Sie müßten mal hören, was sie über die Männer in ihrem Leben erzählt, angefangen bei ihrem Vater.«

»Und jetzt hat sie einen Märchenprinzen gefunden? Einen Prinzen, der sie wieder zur Schule schickt, damit sie ihren Abschluß nachholt?«

»Sie hat einen Mann, der seinen Frauen gegenüber sehr großzügig ist«, sagte Zalian. Dann fügte er sarkastisch hinzu: »Das dürfte Ihnen wohl bekannt sein.«

Seine letzten Worte taten weh, und sie verließ das Büro, ehe er den Haß und die Tränen in ihren Augen bemerken konnte.

Der Haß und die Tränen waren auch in diesem Augenblick wieder da, als sie sah, wie die Hure lächelnd Zalians Bürotür aufschloß. Lächelnd! Als ob sie sich auf ihre eigene Degradierung freute! Wußte die Hure denn nicht, daß die Affäre so gut wie vorbei war, wenn Zalian sie zu einem Schäferstündchen in sein Büro bestellte? Sobald eine Frau sich so von ihm erniedrigen ließ, begannen seine Augen abzuirren und nach der nächsten Eroberung Ausschau zu halten. Eileen wußte, was jetzt hinter der verschlossenen Tür passierte, denn sie war in ihren Anfangsjahren oft genug selbst dort gewesen; während sich die Bilder in ihr Bewußtsein drängten, glitten ihre Finger über ihre Perlenkette und verkrampften sich.

Zalian drehte sich in seinem Drehstuhl um und hob erfreut die Arme; ohne aufzustehen, umarmte er die Hure und entblößte sich. Er öffnete ihre Bluse und hakte den Büstenhalter auf, bearbeitete mit Händen und Mund ihre Brüste, und als er voll erregt war, drückte er ihre Schultern nach unten, zwang sie auf die Knie, nahm ihren Kopf in die Hände und bewegte ihn unsanft, bis er erleichtert war. Es lief nicht immer so... o nein. Am Anfang gab es Komplimente und Blumen und Ausflüge nach Europa, Wochenenden in seinem Sommerhaus am See und Diners bei Kerzenlicht in der Wohnung, die hinter seinem Büro lag. Zalian konnte charmant und romantisch sein, wenn es nötig war. Er verstand etwas von Essen und Trinken und Kunst, und er wußte, wie man eine Frau verwirrt und ihr schmeichelt. Aber bald, sehr bald schon gab es keine Reisen nach Europa mehr, keine Ausflüge, und bald verschwanden auch das Kerzenlicht und die Blumen. Dann blieben nur noch die eilig befohlenen Auftritte im Knien, vor dem Schreibtisch eines alten Mannes, wo schon so viele gekniet hatten – und die Träume von einem Dauerplatz in der Welt der Reichen platzten wie Seifenblasen. In einem Monat, schätzte Eileen, würde man über eine neue Empfangsdame tratschen. Coretta Cantrell würde verschwinden, und ihre Dienste für die Zalian Enterprises würden mit einem neuen Mercedes belohnt werden.

Eileen McGovern tröstete sich damit, daß sie dank ihrer Fähigkeiten und ihres Fachwissens überlebt hatte, während die anderen wie die Jahreszeiten gekommen und gegangen waren – zuerst warm und sonnig, dann kalt und bitter.

Sie schniefte und trocknete ihre Tränen mit einem Taschentuch, während sie bedauerte, daß sie nicht so gewissenlos wie er sein konnte, so leicht bereit, Gedanken an Moral den anderen zu überlassen. Doch leider war es eine Tatsache, daß sie sich vor sich selbst ekelte, weil sie immer noch für einen Mann arbeitete, der sie erniedrigte. Weil sie nichts sagte, wenn Gesetze gebrochen wurden, war sie genauso schuldig wie er. Weil sie sein Intimsphäre bewachte, wenn junge Frauen sich an ihn verkauften, war sie selbst eine

Prostituierte. Wenn sie die psychische Gewalt, die er über sie hatte, brechen könnte und die Kraft fände, ihm vor Gericht gegenüberzustehen, könnte sie ihn ruinieren. Sie brauchte nur einige Fotokopien an den Staatsanwalt, an die Steuerbehörde und an die *Times* zu schicken. Aber könnte das ihren Selbsthaß irgendwie mildern? Sie war fast von Anfang an dabei. Wenn sie ihn bloßstellte, würde sie auch sich selbst bloßstellen.

Als Coretta Zalians Büro verließ, waren Eileens Finger immer noch um die Kette gekrampft. Corettas Haare waren leicht zerzaust, und der Lippenstift war völlig verschwunden. Eileen verkrampfte unwillkürlich ihre Finger noch stärker, so, daß die Kette durchriß. Die Perlen klapperten und sprangen wie Murmeln über den Parkettboden.

Eileen bückte sich und versuchte, so viele Perlen wie möglich einzufangen, ehe sie ganz außer Reichweite waren. Coretta kam zu ihr herüber und bückte sich, wollte ihr helfen, doch Eileen bremste sie mit einem giftigen Blick. »Raus hier, du Nutte«, zischte sie.

Coretta richtete sich überrascht auf. »Bitte? Wie haben Sie mich genannt?«

»Ich sagte Nutte. Raus hier!«

Coretta stemmte die Hände in die Hüften. »Mein Gott«, sagte sie nickend, »das ist ja wohl die Höhe. Ich will Ihnen helfen, und Sie –«

»Ich weiß, was gespielt wird«, sagte Eileen zitternd. »Ich laß' mir nicht von Nutten helfen.«

»Ich weiß auch, was gespielt wird, du Miststück. Soweit ich gehört habe, warst du schon beim Alten in der Hose, als ich noch in den Windeln steckte. Du hast vielleicht Nerven, mich eine Nutte zu nennen.«

Eileen stand auf und ballte die Fäuste so fest, daß die Knöchel weiß wurden. »Raus hier!«

»Leck mich doch. Wie hast du eigentlich die Perlen bekommen? Hast du seine Briefmarken angeleckt?« Sie drehte sich abrupt um und marschierte mit hoch erhobenem Kopf und wedelndem Rock hinaus.

Eileen knallte hinter ihr die Tür zu und sank auf den Boden. Sie weinte einige Minuten; sie fragte sich, ob sie die Hilfe eines Fachmanns brauchte. Monatelang hatte sie darüber nachgedacht, ob sie sich dem Priester von St. Malachy's in der Neunundvierzigsten Straße anvertrauen sollte, doch sie hatte nie den Mut dazu gefunden. Sie hatte ihren Glauben seit dem College nicht mehr praktiziert, und sie war nicht sicher, ob sie in dieser Situation darauf zurückgreifen konnte. Jedenfalls stand fest, daß sie sehr den Trost vermißte, den er ihr damals geboten hatte.

Gewöhnlich war sie stolz auf ihre professionelle Gelassenheit, doch diese Fassade schien jetzt abzubröckeln. Sie verlor die Kontrolle über ihre Gefühle. Am Morgen war sie nahe daran gewesen, Zalian zu sagen, was sie wirklich von ihm hielt, und nun hatte sie ihre Gefühle betrogen und an dieser billigen Nutte ausgelassen, deren Tage ohnehin gezählt waren. Sie hatte Angst, weil sie nicht wußte, was sie als nächstes tun würde. Vielleicht sollte sie statt zum Priester lieber zu einem Psychiater gehen. Sie schneuzte sich und trocknete noch einmal die Tränen ab, dann bückte sie sich wieder, um die Perlen aufzusammeln. Sie waren nirgends zu sehen. Sie drückte die Wange auf den Boden und sah unter den Schreibtisch. Da lagen sie ja – sie waren alle vor die Ostwand gerollt. Nirgends sonst lagen einzelne Perlen verstreut – sie waren alle nach Osten gerollt und hatten sich vor der Fußleiste zu einer neuen Kette versammelt.

Die letzten fünf Minuten der Elfuhrnachrichten am Samstagabend liefen bereits. Lusetti muß sich geirrt haben, dachte Carol Owens, die sich auf der Couch zusammengerollt hatte. Die bringen kein Interview mit Mitchell. Sie wollte gerade den Fernseher ausschalten und weiter in der letzten Sonntagsausgabe der *New York Times* lesen, bevor die nächste geliefert wurde, als der Sprecher mit einem unangemessenen Lächeln verkündete: »Die Tragödie am Zalian Building, die vor zweieinhalb Wochen zwei Menschenleben forderte, hat zu dieser Stunde einen neuen Akzent bekommen. Robert

Hamilton, der Generalinspekteur der städtischen Bauaufsichtsbehörde, ließ verlauten, daß bei seiner Untersuchung der Konstruktion und der Verankerung der Fenster keine erheblichen Verstöße gegen die Vorschriften festgestellt worden seien; allerdings sei die Untersuchung noch nicht völlig abgeschlossen. Er weigerte sich, den Begriff ›erheblich‹ näher zu erläutern, was zu Spekulationen führte, wonach die Staatsanwaltschaft eine Anklageerhebung gegen bisher noch nicht näher bestimmte Personen oder Firmen in Erwägung zieht. Wie gestern abend schon berichtet wurde, schlägt der Bürgermeister vor, eine Reihe von Hearings mit Vertretern der Bauindustrie durchzuführen, bei denen geklärt werden soll, ob Änderungen der städtischen Bauordnung erforderlich sind. Der Bürgermeister betont, daß weder beim Zalian Building noch bei irgendeinem anderen Gebäude in New York mit weiteren tragischen Fehlern in der Verglasung zu rechnen sei.

Der äußerst zurückhaltende Aram Zalian steht auch weiterhin nicht für Interviews zur Verfügung, allerdings ließ ein Sprecher seines Anwaltsbüros verlauten, daß ein bekannter Ingenieur damit beauftragt worden sei, ein unabhängiges Gutachten über das Gebäude zu erstellen, mit dem der Nachweis geführt werden soll, daß das Zalian Building weder für die Mitarbeiter noch für die Nachbarschaft eine Gefahr darstellt. Brian Mitchell, der Mann, den das Magazin *People* als ›Amerikas führenden Katastrophendetektiv‹ bezeichnete, traf heute nachmittag aus Colorado ein. Sehen Sie dazu einen Bericht vom Kennedy Airport.«

Carol mochte das Gesicht, das als nächstes auf dem Bildschirm erschien, und sie mochte die Art, wie Mitchell die Fragen abwehrte, während er die Halle der United Airlines durchquerte. Er war freundlich und schien es zu genießen, mit den Reportern Katz und Maus zu spielen, obwohl sie ihm ihre Mikrofone ins Gesicht stießen und drei oder vier Fragen gleichzeitig abschossen.

»Können wir aus der Tatsache, daß Sie gerufen wurden«, fragte ein besonders aggressiver Reporter mit einer schrillen

Stimme, »schließen, daß der Zustand des Zalian Building schlechter ist, als man uns bisher verraten wollte?«

Mitchell kicherte. »Vielleicht hat man mich auch gerufen, damit ich nachweise, daß es nicht so schlimm ist, wie Sie's gerne hätten. Wo bekomme ich hier mein Gepäck?«

»Sind die New Yorker Bauvorschriften in bezug auf die Windbelastung von Fenstern streng genug?«

»Das ist eine gute, spezifische Frage, und Sie sollen eine spezifische Antwort darauf bekommen. Ich habe keine Ahnung.«

»Würden Sie an einem windigen Tag auf der Zalian Plaza zu Mittag essen?«

»An einem windigen Tag würde ich nicht einmal in meinem eigenen Hinterhof essen. Wußten Sie, daß New York einer der windigsten Orte des ganzen Landes ist? Im unteren Manhattan beträgt die durchschnittliche Windgeschwindigkeit vierzehn Komma acht Meilen pro Stunde, in Chicago nur zehn Komma vier. Trotzdem hat Chicago den Beinamen ›die windige Stadt‹. Denken Sie sich Ihr Teil dazu. Erstaunlich, wie wenig Fenster in beiden Städten aus Gebäuden fallen. Das beweist, wie gut die Ingenieure arbeiten.«

»Das Zalian Building liegt nicht im unteren Manhattan, es liegt in der Midtown.«

»Das ist einer der Gründe dafür, daß man mich gerufen hat. Was macht ihr eigentlich alle hier? Sauregurkenzeit?«

»Mr. Mitchell, Sie sind einer der Ermittler, die das Desaster im Hyatt Regency in Kansas City aufklärten. Besteht die Möglichkeit, daß Ähnliches auch hier geschieht?«

»Ja, jedenfalls in dem Sinne, daß ich auch hier die Zusammenhänge aufklären werde. Ach, da sind wir schon. Helfen Sie mir doch mal, meine Koffer zu suchen. Sie sind braun und an den Griffen sind rote Stoffetzen.«

Die Fragen überschlugen sich. Nach einigen Augenblicken übertönte die schrille Stimme die anderen. »Das Zalian Building wurde nur für zwei Tage evakuiert. War das lange genug? Beweist diese Tatsache, daß Aram Zalian zuviel Einfluß auf die City Hall hat?«

»Ihr seid ja wirklich toll! Wie kann ich denn auf so etwas antworten? Ich weiß nicht einmal, wo die City Hall ist. Ich bin Ingenieur, und ich beschäftige mich mit Druck und Spannungen.«

Dann wurde zum Ansager zurückgeschaltet. »Wie Sie sehen«, sagte er, »ist Brian Mitchell kein sehr ergiebiger Interviewpartner. Unsere Kollegin Debbie Aarens, die für uns vom Flughafen berichtete, wies ihn darauf hin, daß er bekannt dafür sei, daß er menschliche Faktoren berücksichtige und sich nicht auf Druck und Spannung beschränke. Wir konnten Mr. Mitchells Antwort leider nicht aufzeichnen, aber er sagte, Druck und Spannung sei keine Einschränkung; in der Tat könne man alles mit diesen Begriffen beschreiben – die Erdkruste, ein Auto auf einem Highway, unsere Knochen, die Arterien, das Herz und sogar Beziehungen zu Geliebten. Mit diesem Gedanken aus der Welt der Technik verabschiedet sich von Ihnen Mort Luby im Namen des gesamten Nachrichtenteams und wünscht Ihnen für heute eine gute Nacht und für morgen einen wundervollen Tag.«

Carol schaltete den Apparat aus, kehrte zur Couch zurück und nahm die Urlaubsbeilage in Angriff. Sie lächelte, als sie an die Antworten dachte, die Mitchell den Reportern gegeben hatte. Er hatte es geschafft, sich bereitwillig zu zeigen, ohne aber etwas Bedeutendes zu enthüllen. Er war ein charmanter, humorvoller Mann mit einem aufrichtigen Gesicht. Ein Mann, der von Lusetti grundverschieden war, was bedeutete, daß die kommenden zwei Wochen erfreulicher werden könnten, als sie angenommen hatte.

7

Es war ein frischer, klarer Tag; von den Fenstern im dreißigsten Stock konnte man die Park Avenue bis zu ihrem Ende, mehr als vier Meilen weiter nördlich, überblicken. Die Prachtstraße war fast auf ihrer ganzen Länge zu beiden

Seiten von mächtigen Gebäuden gesäumt – vom Pan Am Building bis zur Neunundfünfzigsten Straße fünfzehn Blocks mit Bürotürmen aus Stahl und Glas, dahinter, bis zu ihrem Ende an der 132. Straße, kamen Hotels und Apartmenthäuser aus Stahlbeton und Ziegeln. Der langgestreckte Spalt ließ Mitchell an die Feuerschneisen denken, die im Westen bei Waldbränden geschlagen wurden. Lusetti stand neben ihm und erklärte die Sehenswürdigkeiten.

»Die Kuppel«, sagte Lusetti, »gehört zum alten New York Central-Gebäude, das jetzt Helmsley Building heißt. Da drüben links ist das Union Carbide Building und dahinter die ITT.« Er deutete auf die beiden Glastürme an der rechten Straßenseite. »American Brands und die Chemical Bank. Für alle diese Firmen haben wir schon gearbeitet. Gute Kunden. Hinter der Bank, der Bau mit den Fahnen über dem Bürgersteig, das ist das Waldorf.«

»Ich liebe dieses Hotel«, sagte Mitchell. »Ich warte immer darauf, Claudette Colbert oder König Hussein in der Lobby zu begegnen.« Er setzte sich auf einen Stuhl und lümmelte sich auf eine Weise hin, die seine Mutter immer als gefährlich für seine Wirbelsäule verurteilt hatte. »Ich verstehe gar nicht, wie Sie bei einem solchen Ausblick arbeiten können. Ich würde hier die ganze Zeit meine Nase am Fenster plattdrükken.«

»Das würde ich Ihnen nicht empfehlen«, sagte Lusetti, während er sich wieder hinter seinen Schreibtisch setzte. »Das ist vielleicht eine Verteidigungsstrategie, die wir bei Lester anwenden müssen.«

»War Lester der Typ, der am Handgelenk vor dem Fenster hing?«

Lusetti nickte. »Anscheinend hatte er die Angewohnheit, sich so nahe vor sein Fenster zu stellen, daß er es mit dem Kopf berührte. Wir haben Zeugen dafür. Wie ich hörte, wollte er damit seine Höhenangst überwinden. Wir könnten vor Gericht vortragen, daß er sich so fest gegen das Glas gelehnt hat, daß er es hinaus*drückte*, so daß ihn eine Teilschuld trifft. Das Fenster wurde auf eine Art behandelt, die der Besitzer des Gebäudes nicht voraussehen konnte. Als es brach, ließ der Luftstrom vielleicht die Fenster auf der andren Seite implodieren. Glauben Sie, daß wir das einem Ingenieur der Gegenseite plausibel machen könnten?«

»Nein.«

»Meinen Sie, ein Fenster müßte es aushalten, wenn ein Mann dagegen drückt?«

»Ja. Und ich glaube, ein Mann, der Papier auf seinem Schreibtisch herumschiebt, sollte sich keine Sorgen darüber machen müssen, ob er plötzlich sechzig Stockwerke über der Straße hängt. Aber ich bin natürlich kein Anwalt.«

Lusetti würdigte den Seitenhieb mit einem kurzen Lächeln, dann sagte er: »Nein, Sie sind kein Anwalt. Sie haben nichts mit Prozeßgegnern zu tun. Die Gegenseite setzt Himmel und Hölle in Bewegung, deshalb müssen wir unseren Klienten so gut wie möglich absichern, selbst wenn wir dabei die Wahrheit sagen müssen... und, nun ja, wir müssen sie auf die bestmögliche Weise verkaufen. Ich beneide Sie um Ihre Rolle dabei. Sie kümmern sich nur um Fakten und überlassen die Fragen der Schuld und der Bestrafung anderen.«

»Gott sei Dank auch. Übrigens, da wir gerade von Fakten reden – ich weiß nicht, wieviel ich in zwei Wochen herausfinden werde. Ich kann eigentlich nur eine grobe Untersuchung durchführen und einige Empfehlungen geben. Um zu bestimmen, warum sich diese Fenster eingebeult haben, ist vielleicht ein großer Aufwand erforderlich... Labortests mit Glas- und Stahlteilen, ein Test mit einem Modell im Windkanal und so weiter. Mein Gott, es würde sogar schon Monate in Anspruch nehmen, alle Akten zu lesen. Ich möchte wetten, daß es hunderttausend Schriftstücke gibt, die man berücksichtigen könnte – Verträge, Pläne, Baubeschreibungen, Korrespondenz, Aktennotizen, Planungsänderungen, Vorschriften, Tagebücher und Berichte. Man würde eine Armee hochbezahlter Leute wie Sie und mich brauchen, um sich da durchzuwühlen. Sogar schon, um den Packen überhaupt anzuheben.«

Lusetti beugte sich vor und senkte verschwörerisch die Stimme. »Nun, Mr. Mitchell, einer der Gründe für unseren Entschluß, Sie zu beauftragen, war der, daß wir uns diese Mühe nicht machen wollten. Wir möchten, daß Sie der Sache ohne Umschweife auf den Grund gehen, wie man es von Ihnen gewohnt ist, und wir möchten, daß Sie nachweisen, daß Zalian keine Schuld trifft, oder wenigstens nicht mehr als sein gerechter Anteil. Aufwendige Untersuchungen und eine Enthüllung vor Gericht wäre das letzte, das er...« Lusetti hielt inne, als eine dritte Person das Büro betrat. Er hob den Blick und lächelte. »Ah«, sagte er. »Hier ist Ihre Assistentin... eine unserer besten Anwältinnen. Miß Owens – Mr. Mitchell.«

Mitchell rappelte sich hoch und gab der außergewöhnlich attraktiven Frau die Hand. »Angenehm. Ich hatte eigentlich einen viel älteren Mann erwartet.«

»Ganz meinerseits«, sagte sie mit einem strahlenden Lächeln. »Ich hab' Sie letzten Sonnabend im Fernsehen bewundert; es war wundervoll, wie Sie mit den Reportern umgegangen sind.«

Mitchell setzte sich ordentlich auf seinen Stuhl und versuchte, sich zu erinnern, ob seine Schuhe geputzt waren und ob er sich rasiert hatte. Als er bemerkte, daß seine Wangen rot anliefen, wurde er verlegen. Er vertrug nicht nur keinen Alkohol, er konnte auch sein Erröten nicht kontrollieren. Er erklärte, daß das Fernsehinterview zweifellos auf die Bemühungen eines Partners von ihm zurückzuführen war, ein unheilbarer Publicitysüchtiger. Dann bedankte er sich für die Dokumente, die er in seinem Zimmer vorgefunden hatte.

Waren ihre Augen wirklich so blau, oder spiegelte sich etwas darin? Er hörte, wie Lusetti ihre Fähigkeiten und ihre Erfahrung pries, hörte sie antworten, daß sie noch einige andere Dinge erledigt hatte, die sie ihm zeigen würde, sobald er Zeit hätte, und er hörte sich selbst entsprechende Bemerkungen machen. Es war schwierig, den Blick von ihr abzuwenden. Es war nicht nur ihre Augenfarbe, die seinen Blick gefangenhielt; irgend etwas in ihrem ganzen Aussehen und Auftreten war ungeheuer anziehend. Sie war freundlich und offen, und sie saß mit der natürlichen Eleganz einer Katze auf ihrem Stuhl. Mitchell, der sich auf Stühlen nie so recht wohl fühlte, kam sich dagegen sehr linkisch und unbeholfen vor. Das sollte seine Assistentin sein? Es könnte schwierig werden, die nötige Konzentration zu finden.

»Es ist jetzt halb zehn«, sagte Lusetti, »und in ein paar Minuten muß ich einen Klienten empfangen. Wären Sie vielleicht so freundlich –«

»Wie wär's mit einer Unterausschußsitzung?« sagte Mitchell zu Carol. »Können Sie mir das Gebäude zeigen?«

»Ich hol' nur rasch meine Handtasche, wir können uns dann am Aufzug treffen.«

Als sie mit energiegeladenen Bewegungen aufstand und hinausging, dachte Mitchell daran, daß sie ihn möglicherweise beim Tennis schlagen könnte. »Eine beeindruckende Frau«, sagte er, als sie hinaus war. »Mit diesen Augen wäre sie ein großartiger Hypnotiseur.«

Lusetti sammelte eifrig Papiere auf seinem Schreibtisch zusammen und steckte sie in einen Ordner. Er sah kurz auf. »Wer? Carol? Ich hab' mich so an sie gewöhnt, daß ich es kaum noch bemerke. Für mich zählt nur, daß sie klug ist und hart arbeiten kann. Sie wird Ihnen eine große Hilfe sein. So – gibt es sonst noch was?«

»Ich würde gern mit Zalian sprechen.«

»Ich werde ihm sagen, daß Sie heute vormittag rüberkommen. Übrigens, Ihr Büro liegt auf dem gleichen Flur wie seins.«

Lusetti begleitete Mitchell zur Tür und legte ihm freundschaftlich eine Hand auf die Schulter. »Sie sagten, daß Ihr Bericht möglicherweise für unseren Klienten nachteilig sein könnte. Ich glaube das eigentlich nicht, aber wenn es doch so kommen sollte, dann haben Sie bitte Verständnis dafür, daß wir ihn dem Gericht nicht vorlegen.«

»Ich bin Kummer gewöhnt.«

Ihre Blicke trafen sich, während sie die Hände schüttelten. »Ich wollte damit nicht sagen, daß Sie Ihre Ergebnisse in irgendeiner Weise verfälschen sollen«, sagte Lusetti. »Wir wollen, daß Sie uns die ungeschminkte Wahrheit berichten, nicht mehr und nicht weniger. Wir denken nicht im Traum an etwas anderes.«

Mitchell lächelte über den in Ehren ergrauten Anwalt, der seine Worte so vor Aufrichtigkeit triefen lassen konnte; das war im Gerichtssaal zweifellos eine äußerst wertvolle Fähigkeit.

Sie gingen auf der Fünfzigsten Straße in westlicher Richtung – St. Patrick's Cathedral, Radio Music Hall, Time & Life Building. Mitchell blieb zweimal stehen und starrte wie ein Tourist vom Lande zu den Wolkenkratzern hoch, und einmal mußte Carol ihn davon abbringen, einer Pennerin zu helfen; es gäbe Abertausende in New York. Am Broadway gab Mitchell einem jugendlichen Bettler eine Handvoll Münzen, dann grüßte er freundlich eine Bordsteinschwalbe, die ihm zugeblinzelt hatte.

Carol erzählte ihm, was sie bisher über die für das Zalian Building wichtigen Leute erfahren hatte. Darrell Martineau, der Architekt, war eine schillernde, von sich selbst überzeugte Persönlichkeit, der es allerdings etwas an Erfolgen fehlte, um seine Selbsteinschätzung zu untermauern. Vor dem Zalian Building waren seine höchsten Bauten ein Kaufhaus in Hawaii und ein Flughafentower in Algerien gewesen. Nick Schuster von der Firma Schuster Brothers Construction Company dagegen entsprach genau der Tradition der New Yorker Baulöwen: ausgekocht, hart, etwas zwielichtig. Charles Castleman, der Bauingenieur, leitete die Firma, die er von seinem Vater geerbt hatte. Unter Castlemans Obhut war eine der bedeutendsten Beratungsfirmen an der Ostküste bis zur Bedeutungslosigkeit geschrumpft. Aram Zalian hatte ihn vor dem fast sicheren Bankrott gerettet, indem er ihm zwei Planungsaufträge gab: zuerst für ein Hotel in Jamaika, dann für das Mutterhaus in Manhattan. Das Projekt in Jamaika stellte sich fast sofort als Fehlplanung heraus – man sagte, daß es mit einer Geschwindigkeit von etwa einem Inch pro Tag ins Meer rutschte.

»Für einen größeren Bau ist das eine saftige Geschwindigkeitsübertretung«, warf Mitchell ein.

Dann war da noch Matt Boyle, Zalians Baumanager und persönliches Sprachrohr, ein großer, düsterer Mann, der einmal als Bauleiter bei Schuster gearbeitet hatte.

»Den müssen Sie im Auge behalten«, riet Carol. »Er hatte sich früher in Nachtclubs den Ruf erworben, ein Schläger zu sein. Dann ein Lichtblick: Howard Paul, Besitzer einer privaten Bauaufsichtsgesellschaft, der am Anfang beim Zalian Building mitgewirkt hatte. Man sagte ihm nach, daß er unbestechlich sei.«

Mitchell war sichtlich beeindruckt. »Woher haben Sie diese Informationen?« fragte er. »Das hätte ich in einer ganzen Woche nicht geschafft.«

»Hier ein Bröckchen, da ein Bröckchen. Ich hab' Leute gefragt, die ich bei meinem Job bei der Stadt kennengelernt habe. Außerdem habe ich Freunde im Polizeipräsidium, die mir Einblick in einige sehr interessante Akten verschaffen konnten.«

Mitchell warf ihr einen bewundernden Blick zu. Lusetti hatte recht – sie würde ihm eine unbezahlbare Hilfe sein. Dann bat er sie, ihm von Zalian zu erzählen.

Sie lachte. »Zalian ist der Klient. Sie wollen doch wohl nicht, daß ich in der schmutzigen Wäsche unseres Klienten rumwühle?«

»Gibt's die denn? Es wäre gut zu wissen. Und wer soll es mir sagen, wenn nicht Sie?«

»Ich weiß nur, was jeder New Yorker weiß, der Zeitung liest.«

»Und das wäre?«

»Daß er am Anfang seiner Karriere Verbindungen zur Unterwelt gehabt haben soll – aber es gibt keine Beweise. Daß er zuviel Einfluß auf die Kommunalpolitiker hat. Daß die Steuerfahndung ihn ein paarmal nageln wollte und es nicht schaffte. Daß er Frauen unter Dreißig mag. Alles Gerüchte aus der Klatschspalte und von Konkurrenten, die ihn fertigmachen wollen. Er wurde oft verklagt, aber seine Gegner hatten nie viel Erfolg, wahrscheinlich, weil er von einem ganzen Haufen gerissener Anwälte aus der Midtown vertreten wird.« Während sie weitergingen, dachte Mitchell eine Weile über ihre Bemerkungen nach. Dann sagte er: »Da wir gerade von Lusetti sprachen – was halten Sie von ihm?«

»Das ist eine unfaire Frage! Der Mann bestimmt über mein Gehalt.«

»Sagen Sie mir nur, ob Sie ihn mögen oder nicht.«

»Ich verweigere die Aussage zu Fragen, die mich selbst belasten könnten.«

An der Eighth Avenue blieb Mitchell wieder stehen und beobachtete einen kleinen Jungen, der sich von seiner Mutter losgerissen hatte und zur Spitze des Zalian Building hinaufsah. »Mensch, Ma«, sagte er mit einer hohen Piepsstimme, »wenn man die Wolken anguckt, sieht es so aus, als würde das Haus umfallen.« Die Mutter, die wohl nicht in der Stimmung für solche Fantasien war, packte ihn am Arm und zerrte ihn unsanft weiter. »Aua!« sagte der Junge weinerlich. »Willst du denn nicht mal hochsehen?«

Mitchell sah hoch. Er stand am Bordstein und legte den Kopf in den Nacken. Nachdem er eine Minute reglos dagestanden hatte, sagte er: »Der Kleine hat recht. Die Gebäude sehen alle so aus, als würden sie gleich umkippen.«

»Müssen wir hier stehenbleiben?« fragte Carol. »Genau hier wurde die Frau von der Scheibe getroffen. Man sieht sogar noch die Flecken auf dem Pflaster.«

Die Splitter und Kratzer wirkten wie Eisblumen auf einem Fenster; das Blut hatte man weggewischt. »Ich frage mich, ob jemand so schlau war, das Glas einzusammeln, als die Schweinerei hier aufgeräumt wurde«, sagte Mitchell. »Wenn es nicht dick genug oder nicht ausreichend gehärtet war, ist das Rätsel gelöst und wir können ins Kino gehen.«

»Der Staatsanwalt hat die Stücke beschlagnahmt, und das Hochbauamt hat sie untersucht. Sie hätten den Vorschriften entsprochen.«

Mitchell zuckte die Achseln. »Damit wäre das Vergnügen erledigt.«

Sie überquerten die Kreuzung an der nordwestlichen Ecke und erreichten eine holzgedeckte Passage, durch deren Ritzen ein Dutzend Passanten einen Neubau beäugten. Das Fundament war schon ausgehoben, und zwanzig Fuß unter dem Straßenniveau belud gerade eine Raupe einen Laster. Der Lastwagenfahrer stand in der Tür und genoß sichtlich das Bocken und Rütteln, wenn die Raupe ihre Zweitonnenfuhren abwarf. Mitchell konnte sehen, daß der Abraum Kies aus einem alten Flußbett war, gemischt mit Granitstücken, die durch eine Sprengung zerkleinert worden waren. Er erklärte Carol, daß dieses alte Flußbett auch unter der östlichen Ecke des Zalian Building hindurchlief, so daß der Bau teils auf einem Granitsockel und teils auf Stützpfählen ruhte, die, jedenfalls nach den Plänen, im Felsuntergrund verankert waren. Nicht alle Wolkenkratzer in Manhattan besaßen ideale Gründungen. Die Wände der Ausschachtung waren mit langen Planken bedeckt, die in Abständen von zehn Fuß mit Stahlträgern verstärkt waren. Mitchell fragte, ob es kürzlich in New York geregnet hätte.

»Seit zwei Wochen nicht mehr. Warum?«

Er deutete auf den Wandbeschlag an der Fünfzigsten Straße. »Die haben Probleme mit Wasser. Sehen Sie das Sickerwasser da? Es fängt etwa fünf Fuß unter der Oberkante der Verkleidung an. Wenn es nicht geregnet hat, bedeutet das, daß in einer Wasser- oder Abwasserleitung ein Leck ist.«

»Das wäre nichts Neues. Die sind teilweise hundert Jahre alt. Vor einiger Zeit hat die *Times* einen Artikel darüber gebracht; demnach geht etwa ein Drittel des Wassers, das eigentlich die Stadt versorgen soll, unterwegs verloren.«

»Das kann ich mir vorstellen«, sagte Mitchell. Er sah zwischen dem Rand des Lochs und dem Zalian Building auf der anderen Straßenseite hin und her und schätzte die Entfernung. Sechzig oder siebzig Fuß. Zu nahe, um sicher zu sein, wenn der Boden durchnäßt war.

Links neben ihm sprach ein älterer Mann mit sich selbst. »Dummköpfe!« sagte er. »Idioten!« er war so wütend, daß er beim Sprechen den Zaun anspuckte. Dann wandte er sich plötzlich an Mitchell und sagte: »Merken die denn nicht, daß sie noch die ganze Insel auf den Meeresgrund versenken werden, wenn sie so weiterbauen? Wir können nicht mehr viel Gewicht vertragen. Dieses Gebäude könnte genau eins zuviel sein, so daß wir einfach absaufen. Wir gehen unter wie eine überladene Müllfähre.« Er zeigte mit dem Daumen nach unten. Er hatte drei Tage alte Stoppeln auf dem Kinn, und er trug einen leichten, karierten Mantel, ein kariertes Hemd und einen bunten Schlips; überall waren Reste seiner letzten Mahlzeiten zu sehen. »Wenn man zuviel auf ein Stück Land setzt«, fuhr er mit einer alles umfassenden Geste fort, »dann gibt es einfach nach und geht unter. Das ist nicht mein Gesetz. Gott will es so. Und wenn das passiert, dann ade New York. Das wird eine Neuauflage von Atlantis.«

»Ich glaube nicht, daß wir davor Angst haben müssen«, sagte Mitchell, nachdem er eine Weile nachdenklich zugehört hatte.

Die wäßrigen Augen des alten Mannes waren zwar auf Mitchell gerichtet gewesen, doch er hatte ihn noch nicht wirklich wahrgenommen. Jetzt sah er ihn scharf an.

»Ach, müssen wir nicht? Zum Teufel, was verstehen Sie denn davon? Haben Sie überhaupt schon mal über dieses Problem nachgedacht? Wie das Gewicht immer weiter steigt? Pfund um Pfund, Jahr um Jahr? Teufel, nein, niemand hat darüber nachgedacht. Eingeschlossen der Bürgermeister. Ich hab' ihm hundertmal geschrieben und ihn sogar angerufen, um ihm zu sagen, daß wir mit diesen schweren Bauten aufhören müssen, bevor es zu spät ist und die ganze Chose untergeht, aber er war einfach nicht zu sprechen. Der hockt doch immer nur mit seinen Gagschreibern zusammen.«

»Zufällig habe ich über das Problem nachgedacht«, sagte Mitchell, der die ungeduldig an seinem Ärmel zupfende Carol ignorierte. »Sie brauchen sich wirklich keine Sorgen zu machen, denn wenn die Löcher für die Fundamente ausgegraben werden, wird mehr Gewicht abtransportiert als die Gebäude später wiegen. Manhattan ist heute leichter als damals, als noch Indianer hier lebten. Dasselbe gilt für Chicago.«

»Herr im Himmel«, sagte der alte Mann, während er zurückwich, »was kann man in dieser Stadt für Einfaltspinsel treffen, wenn man etwas Zeit und Pech hat. Und deshalb verschwinde ich jetzt auch.«

Er entfernte sich rasch, während er sein Selbstgespräch fortsetzte; so mußte er sich wenigstens nicht mehr mit lächerlichen Unterbrechungen herumschlagen.

»Sie lassen sich zu sehr auf diese Ausgeflippten ein«, sagte Carol zu Mitchell, nachdem sie zu lachen aufgehört hatte. »Das geht mit der Zeit ganz schön an die Nieren. Machen Sie's wie ich – kaufen Sie sich eine Sonnenbrille. Damit vermeiden Sie Blickkontakt und eine Menge Ärger.«

»Das ist mir neu«, sagte Mitchell achselzuckend. »Ich bin nicht daran gewöhnt, so zu tun, als wären die anderen Leute unsichtbar.«

8

John G. Thornton, Chef der Finanzabteilung der Zalian Enterprises, ein großer, hagerer Mann mit kalkiger Hautfarbe, war für seine geringe Bandbreite an Gefühlsregungen bekannt. Seiner Ansicht nach wurde alles immer schlimmer. Seine Grundstimmung war wie seine Anzüge pechschwarz, und die Gläser seiner großen Brille vergrößerten tiefe, mißtrauische Falten um seine Augen. Zalian fand ihn erfrischend. An diesem Tag aber waren die Nachrichten, die er brachte, und seine Stimmung so unbarmherzig düster, daß es dem Boß unter die Haut ging.

»Verdammt, Thornton«, maulte Zalian, während er die Fäuste schüttelte, »würden Sie bitte aufhören, mich so anzustarren? Sie sehen aus wie ein Todesengel, der gerade seine Eltern verloren hat.«

»Ich schlage Ihnen eine Konkurserklärung vor. Soll ich da lachen?«

»Wenn Sie gelächelt hätten, hätte ich Sie wegen Betruges erschossen. Benehmen Sie sich einfach nur menschlich, falls Sie das können! Es ist bestimmt nicht so schlimm, wie Sie sagen. Wir können immer noch alles in Jamaika verkaufen und den Verlust verschmerzen. Wir würden genug bekommen, um den Laden in Gang zu halten, während wir sparen und uns langsam erholen.«

»Wir können nicht alles in Jamaika verkaufen. Wir können überhaupt nichts verkaufen. An einem Bereich, mit dem es abwärts geht, besteht kaum Interesse. Im übrigen verlangt die Regierung von Jamaika, daß der inzwischen unpassierbare Highway auf unsere Kosten repariert wird.«

»Die kann mich mal, die Regierung von Jamaika!« Zalian sprang auf, stürmte einmal im Kreis herum und setzte sich wieder. »Nehmen Sie Kredite auf.«

»Das haben wir trotz meiner bösen Vorahnungen bereits getan. Trotz meiner wiederholten Warnungen. Wir haben viel mehr aufgenommen, als wir je zurückzahlen können. Es sei denn, natürlich, die Mieteinkünfte in New York, Denver, Houston und Jamaika schnellen wie durch ein Wunder nach oben.« Thornton hielt einen Ordner hoch. »Möchten Sie unsere neueste Gewinn- und Verlustrechnung sehen?«

»Nein, möchte ich nicht.« Zalian funkelte seinen Berater wütend an. »Allerdings, Sie hatten böse Vorahnungen, jawohl. Das Problem ist nur, daß Sie auch dann noch böse Vorahnungen haben, wenn die Sonne aufgeht. Vielleicht würde ich Ihre bösen Vorahnungen ernster nehmen, wenn sie ab und zu mal fingerschnippend und pfeifend hier reinkämen. Also meinen Sie, wir sollten das Handtuch werfen?«

»Ich glaube, wir sollten wenigstens Paragraph elf des Konkursgesetzes in Anspruch nehmen; das würde die Banken in Schach halten und uns gegenüber weiteren Klagen absichern.«

Zalian musterte den unbewegten Thornton. »Warum haben sie nicht erwähnt, daß wir dieses Gebäude verkaufen können? Sie haben immer gesagt, daß es unser letzter Trumpf ist, wenn es zum Schlimmsten kommt.«

»Sie wissen sehr genau, warum. Weil es unter einem Unstern steht. Kürzlich haben sich Fragen erhoben, ob es nach den Regeln der Baukunst errichtet sei. Unsere Verantwortung für die Todesfälle und Verletzungen muß erst noch geklärt werden. In einer solchen Atmosphäre ist es undenkbar, das Gebäude zu verkaufen. Ich möchte bezweifeln, daß Sie es veräußern können, bevor die technischen Untersuchungen und die Gerichtsverfahren abgeschlossen sein werden. Und auch danach nur, wenn das Gebäude einen Persilschein bekommt. Wir können aber nicht jahrelang warten, ehe –«

»Thornton, telefonieren Sie in der Stadt rum und versuchen Sie, einen Käufer für das Gebäude zu finden. Geben Sie jede gewünschte Zusicherung, daß es sicher und stabil ist. Schlagen Sie einen Vertrag vor, mit dem der Käufer von seiner Verantwortlichkeit entbunden wird, falls unsere Garantie nicht zutrifft. Sehen Sie mich nicht so hoffnungslos an! Versuchen Sie, soviel rauszuschlagen wie möglich – sagen wir zehn oder fünfzehn Millionen. Sie werden doch wohl jemanden finden, der daran interessiert ist! Mein Gott, das Haus ist hundertfünfzig Millionen Dollar wert! Sagen Sie allen, daß wir das beste Ingenieurbüro beauftragt haben, das Gebäude zu untersuchen, und daß sie es für stabil befinden werden. Legen Sie los, Thornton! Sie schaffen das schon!«

Der Ingenieur und die Anwaltin saßen auf einer Betonbank auf der Südseite der Plaza und betrachteten ihr Forschungsobjekt. »Nachdem ich am Wochenende mit den Plänen und Baubeschreibungen geschlafen habe, kommt mir der Bau so langsam vor wie ein alter Freund«, sagte Mitchell. »Er ist mir richtig sympathisch geworden.«

Carol lachte überrascht. »Das ist aber ein komisches Gefühl für ein Gebäude. Sorge vielleicht, aber Sympathie?«

»So komisch ist das gar nicht, wenn man es sich als Lebewesen vorstellt. Wenn Sie erst wissen, wie die Pfeiler und Träger und Säulen ihre Lasten halten, wie sich das ganze Ding im Wind biegt und dreht, wie es sich mit der Zeit setzt und sich verändert – man kann wirklich sagen, daß es eine Persönlichkeit entwickelt. Es steht nicht einfach da wie ein Haufen Lehm. Es hat Tausende von Einzelteilen, die zusammenwirken, und es ist ständig in Bewegung, es streckt sich, es dehnt sich wie ein Tier. In diesem Fall wie ein krankes Tier.«

»Und Sie sind der Tierarzt, der ihm helfen soll?«

»Der zumindest versucht, eine zutreffende Diagnose zu stellen. Hat das arme Vieh eine tödliche Lungenentzündung oder nur einen Schnupfen? Vielleicht kann ich es herausfinden und helfen. Normalerweise bin ich aber eher ein Pathologe, der in der Leiche rumstochert und die Todesursache ermittelt. Haben Sie schon einmal frische Trümmer gesehen? Es bricht einem das Herz. Eine umgestürzte Brücke, halb im Wasser, ein Hallendach, das auf einem Basketballfeld liegt, die Pfeiler eines Dammes, der überspült wurde... und immer stehen Besitzer und Manager und Augenzeugen schokkiert dabei... ich habe Hunderte solcher Bilder im Kopf.«

Er wandte die Augen ab; seine Stimme war kaum noch zu verstehen. »Selbst wenn niemand dabei umkommt, bleibt es ein wirtschaftlicher Verlust – die Arbeit von Jahren ist dahin, Träume von Menschen zerstört... und irgendwo hat ein Ingenieur schreckliche Angst und fragt sich, ob er sich verrechnet hat und ob er seiner Familie noch unter die Augen treten kann, wenn es zutrifft.«

Er hing einige Augenblicke seinen Gedanken nach, dann wandte er sich wieder an Carol und lächelte sie etwas verlegen an. »Deshalb die Sympathie.«

»Entschuldigung«, sagte sie, und sie mußten beide lachen. Sie deutete auf das Zalian Building. »Was ist denn mit diesem Patienten hier? Ich hoffe, Sie finden etwas Schlimmeres als Schnupfen, so daß das Ding abgerissen werden muß. Alle, die ich kenne, hassen es, weil es so riesengroß und unpersönlich ist. Ein schöner Freund ist das. Ich hätte hier lieber einen Parkplatz.«

Mitchell legte die Ellbogen über die Lehne der Bank und ließ die Augen langsam zur Spitze des Gebäudes hinaufwandern. »Es ist mehr als fünfmal höher als es breit ist, so daß es, was die Windempfindlichkeit angeht, in einen kritischen Bereich kommt. Wahrscheinlich ist es zu schlank, und das könnte gefährlich sein – aber bitte zitieren Sie mich nicht... noch nicht. Zalian muß jeden Trick der Bauordnung ausgenutzt haben, um so hoch bauen zu können.«

»Er weiß besser als jeder andere, wie der Planungsausschuß funktioniert. Sie haben ihm ein paar Stockwerke draufgelegt, weil er in einer heruntergekommenen Gegend gebaut hat, ein Stockwerk, weil er eine Ladenpassage eingerichtet hat, ein weiteres, weil er einen unterirdischen Zugang zur U-Bahn bauen wollte, den es aber noch nicht gibt, und – was war das noch? O ja, sie haben ihm noch eine Etage mehr erlaubt, weil er der puertoricanischen Theatergruppe aus der Nachbarschaft was gespendet hat und weil er der Stadt eine Häuserzeile geschenkt hat, lauter Bruchbuden in der Bronx, die er sowieso nicht hätte verkaufen können.«

Mitchell deutete zum westlichen Ende des Blocks, wo ein klobiges Gebäude mit etwa fünfundvierzig Etagen errichtet wurde, und fragte, was es war. Ein Bürogebäude des Staates, sagte sie, ebenfalls ein Versuch, dem Niedergang dieses Viertels zu begegnen. Mitchell vermutete, daß der Neubau die Windverhältnisse auf der Plaza stark verändert hatte.

Die beiden Kräne auf dem Dach zogen vorgegossene Betonteile hoch, die den Stahlrahmen verkleiden sollten.

»Sie scheinen eine Menge zu wissen«, sagte Mitchell. »Wußten Sie auch schon, daß Sie heute in der Cafeteria des United Engineering Center zu Abend essen? Man hat mich überredet, für die Bauingenieure der Stadt einen Vortrag zu halten. Vielleicht finden Sie's auch ganz interessant, und ich würde mich freuen, wenn sie mitkommen. Allerdings werden die Überstunden nicht bezahlt.«

»Wie ist das Essen?«

»Sagenhaft.«

»Ist das eine geschäftliche Einladung?«

Mitchell lächelte. »Unbedingt.«

»Es ist eine Verabredung.«

Sie verabredeten sich für fünf Uhr in ihrem Büro. Bis dahin würde Mitchell das Gebäude inspizieren und versuchen, Zalian und Boyle zu erreichen. Carol würde herauszufinden versuchen, wie weit das staatliche Gebäude schon verkleidet gewesen war, als die Fenster aus dem Zalian Building flogen. Außerdem würde sie sich bei dem Tiefbauunternehmer auf der anderen Straßenseite nach dem Leck erkundigen und nachforschen, ob es für diese Gegend tägliche Windmessungen und entsprechende Aufzeichnungen gab.

Als sie sich trennten, berührten sich ihre Hände einen Augenblick. Diese freundschaftliche Geste war zehnmal flüchtiger als ein Händedruck und zehnmal bedeutungsvoller.

Mitchell betrat lächelnd die Geschäftspassage im Zalian Building und kaufte eine Zeitung. Er schlug den Wetterbericht auf und stellte fest, daß es perfekt paßte. Beim Lesen bekam er das Gefühl, daß dies sein Glückstag war:

Arktische Luftmassen werden am Montag die Poconos und Adirondacks überqueren und New York voraussichtlich Montag nacht erreichen, so daß ab Montag abend mit starken Böen, vereinzelten Schauern und deutlich niedrigeren Temperaturen zu rechnen ist. Ab Dienstagmorgen wahrscheinlich stärkere Regenfälle, Windgeschwindigkeiten am Dienstag bis zu fünfzig Meilen pro Stunde. Sturmwarnung für kleinere Schiffe.

Besser konnte es gar nicht kommen. Am Morgen würde er das Gebäude in Aktion sehen.

Die Armlehnen von Zalians Bürostühlen waren für Matt Boyle eindeutig zu eng. Es war eine ziemlich knappe Sache, wenn er seine zweihundertzwanzig Pfund dazwischendrückte, und er befürchtete, daß der Stuhl an ihm hängenbleiben könnte, wenn er wieder aufstand. Allerdings war er nicht dick – für einen fünfzigjährigen Mann war sein Bauch dank der täglichen einhundert Liegestütze recht flach. Sein Problem mit den Stühlen war auf seine Breite zurückzuführen. Von der Seite wirkte er nur etwas überdurchschnittlich groß, von vorne oder von hinten aber erinnerte er an einen Panzer.

»Setzen Sie sich doch«, sagte Zalian.

»Nein, danke, ich stehe lieber.«

»Matt, für eine oder zwei Wochen wird sich hier ein Ingenieur umsehen; er heißt Mitchell. Wir haben ihn gerufen, damit er uns diese verdammten Klagen vom Hals schafft. Er wird seine Nase überall reinstecken wollen, und bis zu einem gewissen Punkt ist das auch in Ordnung. Aber lassen Sie ihn lieber nicht diese Risse unter der Laderampe sehen, sonst macht er uns noch die Hölle heiß. Wenn dieser Bau ein schlechtes Fundament hat, dann überlasse ich es gerne dem nächsten Eigentümer, sich damit herumzuschlagen.«

Als der nächste Eigentümer erwähnt wurde, zog Boyle seine dicken Augenbrauen etwas hoch. »Wollen Sie verkaufen?«

»Schon möglich. Ich will versuchen, etwas Geld zu bekommen, und dann können wir unsere eigenen Büros vom neuen Eigentümer anmieten. Thornton kümmert sich gerade darum. Aber wenn Mitchell diese Risse bemerkt, ist es mit einem raschen Handel aus.«

Boyle nickte. »Mit dem Ingenieur komme ich schon klar, aber wir müssen uns über noch jemand Gedanken machen.«

»Über wen?«

»Ich weiß es nicht. Ich hab' seit dem Sturm regelmäßig die Risse darauf kontrolliert, ob sie größer werden, wie Sie es mir gesagt haben. Als ich heute morgen in das Loch gekrochen bin, habe ich Streichhölzer und ein paar Zigarettenkippen gefunden. Vor einer Woche waren sie noch nicht da.«

»Um Gottes willen, ich dachte, das Lager wäre abgeschlossen.«

»Einige Wachmänner haben Schlüssel. Es muß einer von der Nachtschicht sein, wahrscheinlich raucht er da heimlich Gras.«

»Schnappen Sie ihn. Arbeiten Sie ein paar Nächte, wenn es sein muß.«

Boyle verschränkte seine riesigen Arme. »Und wenn ich ihn habe, was dann?«

»Kommt drauf an, ob er was gemerkt hat. Wenn es so sein sollte, dann sagen Sie ihm, er soll den Mund halten.«

»Und wenn er nicht will? Die harte Tour?«

Zalian zuckte bei diesem Vorschlag zusammen. »Nein, nicht die harte Tour«, sagte er. Er wedelte gereizt mit der Hand. »Diese Zeiten liegen schon lange zurück. Heute gibt es Wege, Leute zum Schweigen zu bringen, die... menschlicher sind.«

»Aber nichts, was das Problem auf Dauer lösen würde.«

»Passen sie auf – finden Sie zuerst einmal heraus, wer es ist, und dann entscheiden wir, was zu tun ist. Vielleicht hat der Mann überhaupt nichts bemerkt.«

Boyle zuckte die Achseln.

Auf Zalians Konsole blinkte ein Licht auf. Er drückte zur Bestätigung auf einen Knopf.

»Mr. Mitchell möchte Sie sprechen.«

»Danke, Eileen. Schicken Sie ihn rein.«

9

Mitchell konnte kaum seine Finger um Matt Boyles Hand bekommen, als sie sich die Hände gaben, und nachdem der finstere Mann seine Hand wieder losgelassen hatte, war Mitchell froh, daß keine Knochen gebrochen waren. »Sehr erfreut«, sagte er, während er sich setzte. Boyle nahm die Floskel mit einem kurzen Nicken zur Kenntnis, gab jedoch keine Antwort. Er blieb stehen.

»Matt arbeitet schon lange für mich«, sagte Zalian. »Wenn

ich Schwierigkeiten mit Bauunternehmern habe, rückt er ihnen auf die Pelle, und glauben Sie mir, er kennt alle ihre Tricks. Wenn Sie irgend etwas über das Gebäude wissen möchten, können Sie Matt fragen. Er ist hier, seit der erste Spatenstich getan wurde, nicht wahr, Matt?«

»Genau«, sagte Boyle, der Mitchell nicht aus den Augen ließ.

»Er ist für dieses Haus verantwortlich, und er ist Bauingenieur«, fuhr Zalian fort. »Ich habe ihn gebeten, Sie nach Kräften zu unterstützen. Wenn Sie etwas sehen wollen, wird Matt es Ihnen zeigen, nicht wahr, Matt?« – »Genau.«

»Ich möchte gerne zuerst die sechzigste Etage besichtigen«, sagte Mitchell freundlich. Bei einem so großen und mürrischen Mann, wie Boyle es war, schien es sinnvoll, möglichst freundlich zu sein.

»Kein Problem«, sagte Boyle. »Wenn Sie soweit sind, kommen Sie einfach in den Keller runter und klopfen Sie an die Tür mit dem Schild ›Gebäudeinspektor‹. Ich bin entweder da oder im Wachraum.«

Er richtete seinen unheilvollen Blick auf Zalian, reagierte auf ein Zeichen, das Mitchell nicht gesehen hatte, und verabschiedete sich, indem er abermals seine Pranke zu einem oberflächlichen Händeschütteln ausstreckte.

»Ich glaube, er mag mich nicht«, sagte Mitchell zu Zalian, als sie allein waren. Zalian lachte. »Das ist nicht persönlich gemeint – so ist er immer, wenn er mit akademisch gebildeten Kollegen zu tun hat. Er hat Angst, er könnte schlecht dastehen, wenn Sie etwas schreiben.«

»Wenn ich diese Absicht haben sollte, würde ich nichts in meinen Bericht schreiben, sondern gleich in mein Testament.«

»Mitchell, ich kann gar nicht sagen, wie ich mich freue, Sie hier zu haben! Ich habe überall nur das höchste Lob über Sie gehört. Wenn es überhaupt jemanden gibt, der feststellen kann, welcher dieser Clowns, die das Haus gebaut haben, die Schuld an dem Versagen der Fenster trifft, dann sind Sie das.«

»Danke. Aber ich bin nicht hier, um Schuldzuweisungen auszusprechen. Ich sammle nur Fakten. Die Schuldfrage ist Sache der Gerichte.«

»Unbedingt! Ich bin völlig damit einverstanden. Aber Lusetti sagte mir, Sie scheuten in Ihren Berichten nicht davor zurück, Ihre Meinung zum besten zu geben, obwohl die Fakten nicht immer vollständig sind.«

»Immer als nicht völlig durch Tatsachen erhärtete Meinungen gekennzeichnet.«

»Fein. Wundervoll. Und in diesem Fall ist es nun so, daß mir sehr viel an Ihrer Meinung liegt, auch wenn sie nicht völlig erhärtet ist. Ich mache mir Sorgen um den Wortlaut Ihres Berichtes. Ich will ganz offen sprechen, um uns beiden Zeit zu ersparen. Ich möchte, daß Sie herausfinden, daß das Versagen der Fenster ein isolierter Vorfall war, der nichts mit der Sicherheit des Gebäudes insgesamt zu tun hat, so daß die Verantwortung für die Todesfälle und Verletzungen nicht bei mir oder den Zalian Enterprises liegt. Deutlicher kann ich nicht werden.«

»Oh, das ist schon sehr deutlich. Es könnte aber nun so sein, daß meine Untersuchungsergebnisse diese Schlußfolgerungen nicht stützen. Die Fakten, die ich finde, könnten möglicherweise belegen, daß Sie auch einen Teil der Verantwortung tragen. Unzulängliche Wartung zum Beispiel.«

»Ich habe Sie nicht angeheuert, um so etwas herauszufinden.« Zalian sagte die Worte mit einem angedeuteten Lächeln, als wollte er klarmachen, daß er es nicht ernst meinte.

»Soweit ich weiß, haben Sie mich überhaupt nicht angeheuert. Ihre Anwälte beauftragten mich, eine technische Untersuchung durchzuführen, die Ihnen helfen soll, einen Prozeß zu vermeiden. Wenn sie lieber einen Ingenieur haben wollen, der unterschreibt, was Sie ihm diktieren, nur zu, suchen Sie sich einen. Aber ein solcher Bericht wäre völlig wertlos, weil andere Ingenieure ihn in der Luft zerreißen könnten. Tatsachen sind Tatsachen, und jeder Ingenieur kann sie überprüfen.«

»Tatsachen kann man so oder so darstellen. Alles, was ich will, ist, daß Sie im Zweifelsfall für mich, für den Angeklagten, sprechen. Ist das zuviel verlangt?«

»Ehrlich währt am längsten, das habe ich schon am Rockzipfel meiner Mutter gelernt. Das ist mein Motto, und es war mir immer eine schreckliche Last.«

Zalian beugte sich vor. »Mitchell, Sie sollten sich darüber im klaren sein, daß hier eine Menge Geld im Spiel ist. Es geht nicht nur um die Klagen wegen Körperverletzung und fahrlässiger Tötung, die sich inzwischen auf mehrere hundert Millionen Dollar belaufen – da ist auch noch der Wert des Gebäudes selbst. Wenn ein allseits geachteter Experte bestätigt, daß das Gebäude sicher ist und ohne weiteres vor den Einflüssen des Windes geschützt werden kann, dann kann ich es vielleicht für hundertfünfzig Millionen verkaufen. Wenn er aber sagt, daß alle Fenster ersetzt werden müssen, und daß die Absicherung ein Vermögen kostet, kann ich froh sein, wenn ich die Hälfte bekomme.«

»Ganz so einfach ist es nicht, es sei denn, die Ansicht Ihres allseits geachteten Experten würde durch die Ansicht der allseits geachteten Experten der Gegenseite gestützt. Wenn soviel auf dem Spiel steht, können Sie nicht erwarten, daß sich vor Gericht alle auf Ihre Seite schlagen und den Mund halten. Keine Macht der Welt kann so ein Verhalten erzwingen.«

»Lusetti sagte mir, Sie besäßen die nötige Autorität. Wollen Sie mir etwa weismachen, daß Sie noch nie einen Bericht nach den Wünschen des Auftraggebers frisiert hätten?«

»Nie.«

»Und es gibt keine Grauzonen?«

»Wenn ich meine Arbeit vernünftig mache, sollten keine mehr existieren. Wenn es doch welche gibt, gebe ich es zu. Ich untersuche die physikalischen Beweise und arbeite mich zurück, bis ich weiß, was passiert sein muß. Ich versuche, mich an Fakten, an Beweise zu halten, und mit logischen Schlüssen die Wahrheit zu finden. Sie müssen wissen, daß unter Ingenieuren das Wort Wahrheit noch eine gewisse Bedeutung besitzt.«

»Kappes«, sagte Zalian mit einem fröhlichen Grinsen. Er wedelte mit einer Hand, dann fror das Grinsen ein. »Wenn Ihnen jemand, sagen wir mal, fünf Millionen Dollar böte, damit Sie Ihren Bericht eine Winzigkeit verändern – was würden Sie tun? Das ist natürlich eine rein hypothetische Frage. Könnte Sie das nicht in Versuchung bringen?«

Mitchell zuckte mit keiner Wimper, als er fragte: »Bar oder Scheck?«

Zalian musterte Mitchell mit schmalen Augen. »Ich wollte nicht sagen, daß ich *will*, daß Sie dies oder jenes tun. Ich meinte eher, daß ich *hoffe*, daß Ihre Ergebnisse mich und das Haus entlasten. Sie können mir doch keinen Vorwurf machen, wenn ich eine solche Hoffnung äußere.«

»Nein.«

»Wenn meine Hoffnungen sich erfüllen, dann sind Sie vielleicht bereit, eine kleine Vergütung für Ihre Bemühungen entgegenzunehmen. Man sagt mir nach, daß ich Freunden gegenüber stets sehr großzügig bin.«

»Eine Pute zu Thanksgiving wäre prima.«

»Ich dachte eher an die Größenordnung eines Porsche.«

»Ein Auto habe ich schon. Eine Pute noch nicht.«

Zalian stand abrupt auf und streckte eine Hand aus. »Sie sind in Ordnung, Mitchell, aber Sie sind ein harter Brokken.«

»Dasselbe habe ich über Sie gehört«, sagte Mitchell, während er dem alten Mann die Hand gab.

»Die Presse hat sich im Augenblick ziemlich auf mich eingeschossen. Halten Sie mich auf dem laufenden, ja? Und sagen Sie Bescheid, wenn Sie Schwierigkeiten bekommen. Egal, was für welche.«

Eileen McGovern stand vor Zalians Schreibtisch und wunderte sich, daß sie diesen Mann einmal geliebt hatte. Sie empfand nur noch eine tiefe Verachtung für ihn, und sie war sicher, daß sie sich ekeln würde, wenn er sie an sich zöge. Sie blieb außer Reichweite.

»Wir müssen die Akten frisieren«, sagte Zalian, während

er sich mit den Fingerspitzen über die Wange rieb. Es war erst Mittag, aber er sah schon so aus, als brauchte er dringend eine Rasur. »Dieser Mitchell will vielleicht einen Fischzug machen, und wir bekommen es wohl auch noch mit Rechtsanwälten zu tun. Was sie nicht finden, macht ihnen auch keine Sorgen. Nehmen Sie die Briefe von Paul Howard raus, dem Bauinspektor – besonders die kritischen und die, in denen er uns Maßnahmen vorschlug, die wir dann doch nicht ergriffen. Dasselbe gilt für Castleman. Ich hab' auf die meisten heißen Schreiben gleich beim Eingang ein Zeichen gemacht, also dürften sie nicht schwer zu finden sein.«

»Ja, Mr. Zalian.«

»Und nehmen Sie alle Aktennotizen raus, die Matt und ich ausgetauscht haben. Die waren nämlich überwiegend nicht für die Öffentlichkeit bestimmt. Sie sehen ja selbst, was rausfliegen muß. Vielleicht lassen wir einige harmlosere Sachen sogar drin – es soll nicht zu blütenrein aussehen. Wir können sogar noch nachträglich Aktennotizen produzieren, wenn's sein muß.«

»Ja, Mr. Zalian.«

»Müssen Sie denn so förmlich sein? Sie haben mal Aram zu mir gesagt und mir die Zunge ins Ohr gesteckt, wenn ich mich recht erinnere.«

»Das ist schon lange her«, sagte sie und ging hinaus.

Die Stimme des Anrufers klang weinerlich und gehetzt: »Ich halt' das nicht mehr aus, Aram. Mein Job steht auf dem Spiel. So, wie sich die Dinge entwickelt haben ... ich weiß nicht ... selbst dieser Anruf könnte mir schon das Genick brechen. Mein Gott, da kommt ein Cop!«

Zalian runzelte die Stirn. »Von wo rufen Sie denn an? Was für ein Cop?«

»Aus einer Telefonzelle. Wenn er mich erkennt ... was mache ich direkt vor meinem Büro in einer Telefonzelle? Ich werde ihm zuwinken ... nein, er wird es durchschauen. Mein Gott, so was hab' ich noch nie erlebt.«

»Haben Sie Angst, daß Ihr Büroapparat abgehört wird?

Mein Gott, wie tief ist die Regierung gesunken. Wenn ein Mann in der City Hall nicht mal mehr telefonieren kann, ohne –«

»Es ist auch wegen meiner Sekretärin. Sie kriegt alles mit. Ich glaube, sie hat schon Verdacht geschöpft. Der Cop ist weg! Er hat mich nicht bemerkt! Mein Herz rattert wie ein Außenbordmotor! Ich leg' jetzt auf. Ich wollte nur rasch Bescheid sagen, daß Sie mit dem Allerschlimmsten rechnen müssen.«

»Sie sagten, Sie könnten alles unter Kontrolle halten.«

»Ich sagte, daß ich es zu können *glaubte*. Ich bin nur Berater, ich bin nicht der Bürgermeister. Ich kann die fest angestellten Ingenieure der Baubehörde nicht kontrollieren. Einer sagt, daß ein Sturm käme, so daß möglicherweise das Gebäude evakuiert werden muß. Der nächste sagt, das sei eine Überreaktion, aber er will innen und außen Metallarmierungen über die Fenster legen lassen.«

»Was würde das kosten?«

»Er schätzt drei Millionen.«

»Drei Millionen! Halten Sie da den Deckel drauf, bis sich alles wieder beruhigt hat.«

»Aram, ich kann nichts mehr tun. Wenn ich sage, daß wir noch weitere Untersuchungen abwarten müssen, und daß wir doch nicht wollen, daß alle Leute Angst vor hohen Gebäuden bekommen, dann sehen mich alle an, als stünde ich auf Ihrer Gehaltsliste. Der Bürgermeister hat sogar mal einen seiner verdammten Witze darüber gerissen. Ich habe die Farben gewechselt wie ein Chamäleon. Ich sage Ihnen, wenn es zu einer Abstimmung kommt, dann werde ich mit den anderen stimmen. Ich kann es mir nicht erlauben, als einziger zu Ihnen zu halten. Ich brauche diesen Job. Ich habe Frau und Kinder! Die Kinder haben Pferde! Die Pferde haben Stallburschen!«

»Sie wollen mehr Geld. Darauf läuft es also hinaus, oder? Darauf läuft es immer hinaus.«

»Nein! Es läuft darauf hinaus, daß ich mir was überlegen muß, weil ich nicht im Knast landen will. Die sollen doch nicht rumschnüffeln und rausfinden, daß Sie mich schon die ganze Zeit in der Tasche hatten.«

»Halten Sie sie noch mindestens zwei Wochen bei der Stange. Sagen Sie ihnen, daß ich Mitchells Bericht zu zurechtfrisiere, wie sie ihn haben wollen, wenn sie noch etwas warten.«

»Sagen Sie's ihnen selbst. Wie sollte ich das tun?«

»Schön. Dann rufe ich morgen den Bürgermeister an.«

»Er wird Ihren Anruf nicht entgegennehmen. Sie müssen ihm eine Nachricht hinterlassen.«

»Was heißt das, er nimmt meinen Anruf nicht an? Seit wann nimmt dieser undankbare Kerl meine Anrufe nicht mehr entgegen?«

»Seit einer halben Stunde. Deshalb rufe ich auch an. Sie sind plötzlich ein dicker politischer Buhmann geworden.«

10

Der Wachraum des Zalian Building lag im Keller hinter zwei verriegelten Türen. Wenn jemand hinein wollte, mußte er in dem kleinen Raum zwischen den Türen stehenbleiben und sich von dem diensthabenden Wachmann durch die schußsichere Scheibe begutachten lassen. Nicht autorisierte Personen – womit Neugierige, Touristen, Psychopathen und die üblichen Verrückten dieser Stadt gemeint waren – hätten nur mit Hilfe brisanter Explosivstoffe eindringen können.

»Ist denn eine so extreme Absicherung wirklich erforderlich? Das ist doch nicht Fort Knox.«

Matt Boyle sah Mitchell mitleidig an. »In New York schon«, sagte er. »Es muß wenigstens einen sicheren Ort geben. Man weiß nie, mit was man es zu tun bekommt.«

Er wandte sich um und deutete auf die Bildschirme, erklärte gelangweilt ihre Funktion. Die Kameras überwachten die Laderampe, den Haupteingang, die Lobby, den Maschinenraum, die Treppen und Aufzüge, die Geschäftspassage und einige Flure.

Mitchell hatte ungewöhnliche Schwierigkeiten, seine Gedanken bei der Sache zu halten. Er versuchte, sich auf die Worte des Gebäudeinspektors zu konzentrieren, doch das Aussehen des Mannes lenkte ihn ab. Sein Kopf sah aus, als wäre er aus Fels geschnitten. Die kleinen, dunklen Augen funkelten unter Brauen, die ohne Unterbrechung von einer Schläfe zur anderen liefen. Sein Kinn war schwer, die Mundwinkel an den Ecken herabgezogen. Es war ein Gesicht, das förmlich nach plastischer Chirurgie schrie. Nein, dachte Mitchell, das würde nicht reichen. Der Mann brauchte einen Steinmetz.

»Das hier ist unser Alarmsystem für Brände«, sagte Boyle. Die uniformierten Wachmänner hielten sich außer Reichweite. »Feuer ist das größte Risiko. Wir haben hundert Rauch- und Hitzedetektoren im Gebäude verteilt, und jeder ist mit einer Kontrollampe auf diesem Pult verbunden. Wenn irgendwo etwas zu heiß wird, merken wir es sofort.«

Außerdem war Mitchell abgelenkt, weil er ständig an Carol denken mußte. Er fragte sich, wie sie es schaffte, zugleich geschäftstüchtig, elegant und sexy auszusehen. Er hätte sie gern in der Nähe gehabt, um den Widerspruch genauer zu untersuchen. Doch statt dessen war er mit Matt Boyle zusammen, und da gab es keine Widersprüche: Boyle war boshaft und sonst nichts.

»Mit Unterstützung der Berufsfeuerwehr bilden wir auf jeder Etage neun Leute aus, die dann bei Bränden oder anderen Notfällen wissen, was zu tun ist. Wenn zum Beispiel ein Papierkorb brennt, wird die betreffende Etage, außerdem die darüber und die darunter, sofort evakuiert. Wir gehen kein Risiko ein. Auf jeder Etage sind Sirenen, und wenn sie ausfallen sollten, können wir die Leute immer noch über die Lautsprecher warnen.«

Er trat vor die nächste Schalttafel. »Das hier ist die Haustechnik – hier laufen die Informationen über Raumtemperaturen, Feuchtigkeit und Luftqualität zusammen, getrennt nach Ostseite und Westseite. Auf der Westseite kann zum Beispiel die volle Sonne stehen, während im Osten ein kalter Wind weht. Das belastet natürlich die Klimaanlage und die Heizung ziemlich stark, aber wir werden damit fertig. Wir haben die erforderliche Kapazität. Natürlich gibt's Schreihälse, die nie zufrieden sind. Es ist immer entweder zu warm oder zu kalt. Die machen einen manchmal richtig verrückt.«

Mitchell bemerkte, daß Boyle immer wieder nervös die Fingerspitzen auf die Handkante setzte und über die Handfläche zog. Es sah aus, als wüßten seine Pranken nicht, was sie tun sollten, wenn sie gerade keine Bierdosen oder Walnüsse zu knacken hatten. Oder Schreihälse.

»Und das hier«, sagte Boyle, während er mit einem dicken Finger auf eine Skala tippte, »ist der letzte Schrei der Sicherheitstechnik. Wenn das Gebäude aus der Senkrechten kommt, verläßt der Zeiger die Null. Sehen Sie? Er steht genau auf der Null.« – »Interessant. Schlägt er auch aus, wenn das Gebäude schwingt?«

»Ich glaube, so empfindlich ist er nicht.«

»Hat er denn bei dem großen Sturm etwas angezeigt?«

»Da hat niemand drauf geachtet.«

»Woher wissen Sie, daß das Ding auch funktioniert?«

»Das weiß ich nicht. Ich kann's ja nicht testen, ohne den Bau umzukippen.«

Mitchell lächelte für den Fall, daß es ein Scherz war.

Boyle musterte ihn einen Augenblick, dann wandte er sich wieder zur Konsole um und tippte auf eine andere Anzeige. »Daß dieses Ding hier nicht funktioniert, weiß ich genau«, sagte er. »Es soll die Windgeschwindigkeit auf dem Dach anzeigen, und ich habe gesehen, wie es bis achtzig oder neunzig hochging. Bei dem Sturm vor ein paar Wochen, als die Fenster rausflogen, ging es so hoch, dann war es auf einmal kaputt. Ich bin rauf und hab' mir das Anemometer angesehen – Sie wissen schon, so ein Ding mit drei Armen und Schalen an den Enden.«

Er breitete die Hände aus, um zu zeigen, daß es etwa die Größe einer Butterbrotdose hatte.

»Ja, ich weiß, was ein Anemometer ist.«

»Tja, das verdammte Ding war ganz aus der Verankerung gerissen und auf der anderen Seite vor die Wand geknallt.« Er warf den anderen Männern einen scharfen Blick zu; sie standen herum, als wären sie darauf vorbereitet, sich mit einem raschen Sprung in Sicherheit zu bringen. Sie nickten zustimmend. Einer von ihnen sagte: »Es war windig.«

Boyle wandte sich wieder an Mitchell. »Da hast du verdammt recht, daß es windig war. Das bestgebaute Gebäude der Welt hätte das nicht ausgehalten. Irgend etwas mußte einfach nachgeben.«

»Und zufälligerweise waren es die Fenster«, sagte Mitchell. »Und das Anemometer. Dann ist Ihre Erklärung also, wenn ich Sie recht verstehe, die, daß eine göttliche Fügung in Form absolut unberechenbarer Windböen die Fenster kaputtgehen ließ, und nicht, sagen wir, schlechte Arbeit.«

Boyle zog die Mundwinkel ein wenig nach oben. »Keine Frage.« – »Kann gut sein, daß Sie recht haben. Lassen Sie uns doch mal diese Fenster oder ihre Überreste ansehen.«

Der sechzigste Stock erinnerte an ein Gebrauchtmöbellager. Stühle, Aktenschränke, Tische, Trennwände und Schreibtische hatte man in der Mitte zu einem großen Haufen zusammengeschoben, so daß die Fenster frei waren und die Inspektoren besser arbeiten konnten. Boyle erklärte Mitchell leise, daß man die Büroangestellten erst wieder hereinlassen würde, wenn das Building Department der Stadt geklärt hatte, ob die Fenster in jeder Hinsicht den Vorschriften entsprachen. Die Öffnungen, die vorher mit den Scheiben gesichert gewesen waren – drei im Westen und zwei im Osten – waren jetzt mit Sperrholzplatten verschlossen. Mitchell zählte zwölf Männer; Boyle stellte sie ihm als Beauftragte der Stadt, des Staates, des Bundes, des Herstellers des Glases, des Subunternehmers, der die Außenverkleidung übernommen hatte, und des Herstellers der Rahmen vor. Die Scherben auf dem Boden hatte man weggeräumt, doch die Fundorte der größeren Bruchstücke waren mit Kreideumrissen markiert. Zwei

Männer mit Bandmaßen stellten die Entfernungen zwischen der Außenwand und den Kreidezeichen fest, während ein dritter Aufnahmen mit zwei Kameras machte – eine mit einem Weitwinkelobjektiv, die andere mit einer Linse für Nahaufnahmen.

Eine Sperrholzplatte war etwas verschoben, und ein Techniker nahm mit einer Silikonmasse einen Abdruck von dem draußen hochstehenden Metallstück. An einem Schreibtisch brüteten zwei weitere Männer mit Bleistiften über Plänen. Sie sprachen kaum miteinander – es schien so, als wäre es ungehörig, wenn sie ihre Aufzeichnungen verglichen oder sich gegenseitig unterstützten. Warum sollte man auch Leuten helfen, die vor Gericht möglicherweise für die Gegenseite aussagten? Sollten die anderen doch selbst nachforschen und ihre eigenen Schlüsse ziehen.

Mitchell versicherte Boyle, daß er nur ein paar Minuten bleiben wolle. Dieser erste Besuch sollte ihm nur einige allgemeine Eindrücke verschaffen. In den nächsten fünf Minuten suchte er sorgfältig die Ober- und Unterkante und die Seiten eines der fehlenden Fenster ab. Im Westen, in der Nähe einer Wand, hatte das implodierende Glas einen Teil der abgehängten Decke weggerissen, so daß die Unterseite, die Laibung der darüberliegenden Etage, freilag. Mitchell stellte sich auf einen Tisch und sah sich die Sache aus der Nähe an. Mit einer Lehre maß er die Rippen der Unterdecke, die aus Metall bestand.

Am Aufzug waren einige Kacheln vom Boden verschwunden und hatten eine böse zerkratzte und mit Löchern übersäte Betonfläche zurückgelassen. Er ließ sich auf ein Knie fallen und setzte seinen Schraubenzieher in einen kleinen Riß; mit einer Hebelbewegung konnte er ein kleines Betonstück herausbrechen, das er mit der Lupe untersuchte, bevor er es wieder auf den Boden legte.

Boyle blieb Mitchell dicht auf den Fersen, als er ins Treppenhaus ging und die nackten Betonwände nach Rissen absuchte. Es gab ein paar – diagonale Linien, vielleicht einen Fuß lang, und kaum dicker als ein Haar. Jemand hatte sie mit

Kreide eingekreist. Man konnte nicht sehen, ob sie beim Aushärten oder durch spätere Belastungen entstanden waren. Er fragte Boyle, ob es noch weitere Risse im Gebäude gäbe, besonders welche, in die man eine Messerklinge stekken konnte.

»Nicht, daß ich wüßte«, antwortete Boyle nach kurzem Zögern. »Und im Keller?«

Boyle schüttelte langsam den Kopf.

»Gibt es eine Stelle, an der man die Grundplatten der Tragpfeiler oder ihre Sockel sehen kann?«

Wieder eine Pause, bevor die Antwort kam. »Nein. Alles mit Wänden oder Böden bedeckt.«

»Haben die anderen Ingenieure darum gebeten, eine Wand herauszubrechen, um die Fundamente untersuchen zu können?«

»Nein. Warum sollten sie?«

»Oh, das weiß ich nicht. Ich wollte nur wissen, wie gründlich sie arbeiten. Noch etwas. Die Laibung im Bürobereich – ich hatte erwartet, eine drei Inch dicke, gerippte Unterdecke mit aufgesprühtem Feuerschutz zu sehen, und nicht eine zwei Inch dicke ohne Feuerschutz. Und der Beton ist mit leichten Zuschlagstoffen, und nicht mit Kies versetzt – ist das richtig?«

Boyle sah ihn gleichmütig an. »Da haben Sie wahrscheinlich einen alten Plan erwischt. Die Deckenkonstruktion wurde später noch verändert. Leichtbeton mit einer zwei Inch dicken Unterdecke braucht keinen Feuerschutz zu haben. Sehen Sie in die Bauordnung, das ist völlig in Ordnung.«

»Ich verstehe. Das verringert die Baumasse, nicht wahr? Mindestens drei, vier Pfund auf den Quadratfuß. Ich wette, daß Sie eine Menge Baustahl gespart haben, indem Sie sich für leichtere Zwischenböden entschieden.«

»Wir haben weniger Stahl verbraucht als der Garner Tower auf der anderen Straßenseite, aber der hat auch eine größere Bodenfläche.«

»Kam die Veränderung, nachdem die Fundamente standen?«

Boyle nickte.

Mitchell machte sich Notizen. »Sagen Sie, ist Ihnen aufgefallen, wie leicht ich ein Stück aus dem Spritzbeton brechen konnte?«

Boyle sagte nichts dazu.

»Die Mischung hatte vielleicht an dieser Stelle ein bißchen wenig Zement, was?«

»Was hat das alles mit den Fenster zu tun?«

Mitchell zuckte die Achseln. »Wahrscheinlich gar nichts.«

Um 12.37 Uhr, genau nach Fahrplan, fuhr ein U-Bahnzug der AA-Linie aus nördlicher Richtung in die Station an der Fünfzigsten Straße ein. Danach würde er zum World Trade Center im unteren Manhattan weiterfahren. Triebwagenführer Manuel Rosa sah rasch auf seine Taschenuhr. Die Fahrt von der 168. Straße in Washington Heights hatte neunzehn Minuten gedauert. Im morgendlichen Chaos, wenn die Wagen total mit Pendlern überfüllt waren, hatte man keine Chance, den Fahrplan einzuhalten; aber wenn er nicht trödelte und ständig seine Geschwindigkeit im Auge behielt, fuhr er um zehn oder elf Uhr normalerweise wieder im Plan, und er war stolz auf diese Fähigkeit. Er blickte durch das Seitenfenster seines kleinen Führerstandes nach hinten und sah die Fahrgäste ein- und aussteigen, ein immer gleicher Tanz, den er schon tausendmal gesehen hatte: Arme und Beine und bunte Kleider tauchten aus dem Zug auf, und einen Augenblick später folgte ein identischer Strom in die andere Richtung. Nach zehn Sekunden war die Bahnsteigkante frei. Der Schaffner, der in der Mitte des Zuges saß, schloß die Türen und ließ seinen Summer ertönen. Rosa schob den Fahrschalter nach vorn. Der Zug zitterte leicht und begann in das schwarze Loch am Ende des Bahnsteiges zu rollen. Die Lichter zogen immer schneller vorbei. »Nächste Station Zweiundvierzigste Straße«, sagte der Schaffner.

Der Zug warf sich kreischend und ratternd, immer weiter beschleunigend, in den dunklen Tunnel. Das Gleis erstreckte sich vor den trüben Scheinwerfern wie ein silbernes Band.

Rosa war am Wochenende mit seiner Familie zu einer großen Wasserrutsche gefahren; seine Kinder hatten vor Vergnügen gequietscht, als sie mit einem Gummipolster die gewundenen Röhren auf einem Wasserfilm hinuntergeschossen waren. Er selbst hatte auch Spaß daran gefunden; es hatte ihn irgendwie an seinen Job erinnert. Genau der richtige Ausflug für einen Lokführer. Er drückte den Fahrschalter bis zum Anschlag durch und spürte einen Augenblick noch einmal die gleiche Aufregung wie auf der Rutsche.

Die beiden Männer entfernten sich so weit von dem ohrenbetäubenden Knattern des Preßlufthammers, daß sie sich ohne zu brüllen verständigen konnten.

»Hast du ihm wirklich gesagt, daß er zwölf Fuß tief gehen soll? Ich dachte, so nahe an der Straße wären nur sechs erlaubt.«

Der kleinere der beiden Männer kicherte gehässig. »Sag' ich dir denn, wie du deine Laster beladen sollst? Na also. Dann sag du mir auch nicht, wie ich sprengen soll.«

»Ich will nur nicht, daß du Ärger kriegst. Du kennst doch die Vorschriften. Keine Sprengungen näher als fünfundzwanzig Fuß an einem U-Bahntunnel. Keine Bohrlochsprengungen in der Nähe von Straßen. Keine Sprengungen in der Spätschicht. Keine Sprengungen in der Mittagszeit.«

»So schlimm wird der Ärger schon nicht werden. Paß auf, wir sind schon fast durch, wir brauchen nur noch einmal zwölf Fuß wegzuputzen, und wir haben's geschafft. Das merkt doch kein Mensch.«

»Und ob das auffällt. Da können jede Menge Fenster kaputtgehen. Larry ist bestimmt nicht damit einverstanden.«

»Larry braucht es auch nicht zu erfahren. Oder willst du es ihm sagen?«

»Ich? Warum sollte ich? Ich bin doch nur der Tiefbauleiter. Du bist der Sprengmeister. *Du* hast doch die Prüfung bei der Feuerwehr gemacht. Ich weiß nichts davon. Ich spreche nicht einmal mit dir. Ich glaube, ich bin heute zu Hause geblieben, weil ich krank bin.«

Chet kicherte wieder. »Deine Einstellung gefällt mir«, sagte er. Er nahm seinen Schutzhelm ab und wischte sich mit dem Hemdsärmel den Staub und den Schweiß von der Stirn.

»Sieh mal, diese Fensterputzer am Zalian Building«, sagte der größere Mann, während er steil nach oben deutete. »Die sind sechzig Stockwerke über dem Boden. Wahrscheinlich glauben sie, daß sie da in Sicherheit sind, aber wenn du deine zwölf Fuß hochjagst, dann werden sie glauben, daß es Steine regnet.«

Chet verrenkte seinen Hals und schielte zu der schmalen Plattform hinauf, die am Zalian Building hing. »Wie halten die das bloß aus? Mir wird schon ganz komisch, wenn ich nur hochsehe.«

»Wenigstens müssen die nicht mit einem Sprengmeister arbeiten, der glaubt, daß jeden Tag Silvester ist.«

Am Spätnachmittag konnte man die zwölf Blocks vom Zalian Building zum Pan Am Building zu Fuß fast genauso schnell zurücklegen wie mit einem Taxi; außerdem konnte Mitchell beim Gehen in den Fußgängerstrom eintauchen, der für ihn eine der wichtigsten Eigenarten New Yorks darstellte. Es war eine erstaunliche Wundertüte! Menschen aller Hautfarben, Glaubensbekenntnisse und Abstammungen; Menschen aller Größen, Altersstufen und Klassen, prächtige und langweilige, schöne und unbeschreibliche, Menschen in Uniformen, Menschen in Lumpen, Schulter an Schulter im endlosen Strom auf den Gehwegen. Mitchell kannte fast jede größere Stadt des Landes, doch er hatte nie etwas gesehen, das auch nur annähernd einen Vergleich mit der Lebendigkeit und dem Umfang von Manhattans Straßenleben standgehalten hätte. San Francisco, in gewisser Weise eine kleinere Ausgabe von New York, war im Vergleich eine dünne Suppe, und Denver war ein Mausoleum. Er fragte sich, ob das schwache Gefühl, in New York besonders gefährdet zu sein, berechtigt war. Natürlich gab es Verbrechen hier, aber es verteilte sich auf so viele Millionen

Menschen, daß er hier wahrscheinlich genauso sicher war wie in Bloomington... und es war auf jeden Fall viel aufregender.

Ja, dachte er, während er mit so langen und kraftvollen Schritten ging, wie es das Gedränge erlaubte, er war sehr aufgeregt. Und zwar mit gutem Grund. Er hatte sich mit einer ebenso interessanten wie schönen Frau zum Essen verabredet. Zum ersten Mal seit Jahren. Sicher, was er bisher über das Zalian Building herausgefunden hatte, beunruhigte ihn, aber das wollte er vorläufig beiseite schieben und den Abend genießen. Er sollte einen Vortrag halten, und er mußte über Carol nachdenken. Am Morgen würde er dann sehen, ob sein Unterbewußtsein die einzelnen Informationen über das Zalian Building zu einem brauchbaren Bild zusammengesetzt hatte.

Als er an einer Ampel wartete, fiel ihm ein, daß sie auch die Cafeteria im United Engineering Center auslassen konnten und an der Kreuzung der Fünfzigsten Straße mit der Madison Avenue essen konnten; er und Carol könnten dann ihr Essen aus einer verwirrenden Vielfalt von Ständen aussuchen: Sahnebonbons, Golden D Frankfurter aus reinem Rindfleisch, Eierkremespeisen, geröstete Nüsse, Eibrötchen, Tempura, Good Humor Eiskreme, Hamburger, *Pretzels* und Summerfun Naturfruchteis. Nach dem Mahl könnten sie dem Mädchen in dem Lederanzug zuschauen, das Spielzeug verkaufte, oder dem Ganoven, der Touristen mit dem Dreimuschelspiel übers Ohr haute.

»Wie wär's mit 'ner Partie Schach?«

Oder sie konnten Schach spielen. Ein Schwarzer in mittleren Jahren, bekleidet mit einer Schaffelljacke, stand hinter einem hohen Tisch, auf dem drei Schachbretter aufgebaut waren. Die Figuren waren bereit, und neben jedem Brett stand eine Schachuhr. Der Mann wiederholte lächelnd seine Einladung.

»Tut mir leid«, sagte Mitchell, »ich hab' seit Jahren nicht mehr gespielt, und ich hab' nur noch zehn Minuten Zeit.«

»Gut – wir schalten die Uhren ein. Sie bekommen fünf

Minuten, ich zwei. Dann bleiben Ihnen immer noch drei Minuten.«

Mitchell trat direkt vor den Tisch. »Was soll es denn kosten, abgesehen von meiner Selbstachtung?«

»Wenn Sie gewinnen, nichts. Wenn ich gewinne, gewinne, zwei Dollar. Sie können Weiß nehmen.«

»Das ist aber teuer! Na schön, ein Spiel. Wollen mal sehen, ob Sie wirklich so gut sind.«

Mitchell konzentrierte sich verbissen, ließ sich für jeden Zug zehn oder fünfzehn Sekunden Zeit. Er schaffte es, den Verkehrslärm, die vorbeidrängenden Passanten und die Blikke einiger Neugieriger zu ignorieren.

Was er nicht schaffte, war, die schwarzen Figuren zu ignorieren, die sich bald wie Messer in seinen Königsflügel bohrten. Er konnte machen, was er wollte, der Schwarze reagierte sofort, als wiederholte er nur ein Spiel, das er auswendig kannte. Zwischen den Zügen sah er nicht einmal aufs Brett, sondern beobachtete die Passanten und lud Neugierige ein, an einem der beiden freien Bretter ihr Glück zu versuchen. Mitchell gab seinen Versuch auf, am Damenflügel einen Bauern zu gewinnen, und zog seine Figuren zurück, um seinen König zu verteidigen, der durch ein Springeropfer gefährlich entblößt war. Gerade als er das Gefühl bekam, daß er den Angriff abwehren und selbst angreifen könnte, fiel die kleine rote Fahne auf seiner Uhr.

»Die Zeit ist vorbei, Sie haben verloren.«

Mitchell sah auf die Uhr. Er hatte die ganzen fünf Minuten verbraucht, sein Gegner nicht einmal dreißig Sekunden. Er nickte und gab ihm zwei Dollarnoten. »Ich dachte einen Augenblick, ich käme da wieder raus.«

»Sie hatten aber keinen Augenblick mehr«, sagte der Schwarze, während er die Figuren neu aufbaute. »Sie sollten sich nicht so in Einzelheiten verzetteln, sonst verlieren Sie den Gesamtüberblick.«

Mitchell lachte. »So sieht's aber aus. Ich hätte nicht zwei Dollar ausgeben müssen, um das über mich herauszufinden.«

Er winkte dem Mann zu und ging. »Mach's gut, Weltmeister! War ein nettes Spielchen.«

»Mach's gut, edler Spender.«

11

Sie überquerten die Lexington Avenue und wandten sich auf der Siebenundvierzigsten Straße nach Osten. Um sechs Uhr abends waren die Gehwege voller Menschen, die nach Westen, zur Grand Central Station drängten. Mitchell fühlte sich wie ein Lachs, der gegen den Strom schwimmt. So viele hastende Menschen hatte er bisher erst an einem Ort gesehen – vor dem Footballstadtion der Colorado University, wenn die Cornhuskers oder die Sooners in die Stadt kamen, um die Golden Buffalos zu schlagen. Die Regentropfen und der ständige Wind in ihrem Rücken machten klar, daß der angekündigte Sturm bald losbrechen würde. Sie gingen schneller.

Carol erzählte ihm, daß das staatliche Behördengebäude fast vollständig verkleidet gewesen war, als der Unfall passierte – was zu seiner Theorie paßte, daß das neue Gebäude den Wind verstärkte. Außerdem hatte sie erfahren, daß der Bauleiter der Ausschachtung das Sickerwasser an der Fünfzigsten Straße bemerkt hatte, doch er hatte sich noch nicht darum gekümmert. »Er hat mir versprochen, die Wasserwerke anzurufen«, sagte sie lachend. »Dann wollte er mich zum Essen einladen.«

Sie beschrieb lebhaft ihre Erlebnisse beim Mittagessen an der Fontäne auf der Zalian Plaza. Sie war mit einigen Angestellten aus dem Gebäude ins Gespräch gekommen, und sie hatte sie nach den vom Wind verursachten Schwankungen gefragt.

»Es war faszinierend, wie sie plötzlich auftauten. Sie erzählten mir von ihren Hoffnungen, von ihren Träumen und Ängsten. Ihre Ängste haben hauptsächlich mit großen Höhen und Wind und mit steckengebliebenen Aufzügen zu tun; ihre Träume drehen sich darum, einen Job zu finden, bei dem sie nicht mehr als zehn Fuß über dem Boden arbeiten müssen.«

Sie faßte für Mitchell zusammen, was sie erfahren hatte. Die Aufzugkabinen klapperten besonders in den oberen Etagen ziemlich laut, es gab unerklärliche Geräusche – Kratzen und Quietschen und Stöhnen und ein dumpfes Krachen, als hätte das Stahlskelett die Gicht. Wenn man aus dem Fenster sah, wanderten weit entfernte Gebäude langsam hin und her, und der Horizont stieg und fiel. Wenn man ein Bild aufhängte, blieb es nicht gerade hängen. Wenn man eine Blumenvase auf den Schreibtisch stellte, konnte man die Blätter zittern sehen.

»Als das Gebäude eröffnet wurde, war in jeder Etage vor den Aufzügen ein Lüster; als die Leute sahen, wie sie pendelten, wurden sie entfernt und gegen fest mit der Decke verschraubte Lampen ausgetauscht. Einer sagte mir sogar, daß sich an windigen Tagen das Wasser in der Toilette kräuselt!«

»Ein Triumph moderner Bautechnik«, sagte Mitchell. »Alle Gebäude schwanken, aber für mich sind die neuen etwas zu elastisch. Ich möchte wetten, daß das Wasser im Empire State ruhig bleibt. Das wurde nämlich noch auf die alte Art gebaut, und es steht fest wie ein Gebirge.«

»Der gleiche Mann sagte mir noch, daß er abends lange arbeitet. Er hätte ab und zu mit einem Wachmann gesprochen, der glaubt, im Gebäude spuke es! Er ist Haitianer, und er kennt angeblich einen geheimen Raum im Keller, in dem am Boden und an den Wänden Risse sind.«

»Risse? Wie heißt der Wachmann?«

»Christman oder Christopher oder so. Ich werde ihn morgen ausfindig machen.« Sie runzelte die Stirn. »So langsam mache ich mir über mein Büro Gedanken. Ist das Pan Am Building sicher?«

»Ich hab' noch nie jemand etwas Kritisches darüber sagen hören, außer daß es eine häßliche Mißgeburt sei. Technisch ist es in Ordnung, soweit ich weiß. Aber ich würde mich besser fühlen, wenn Sie in den Vororten lebten und arbeiteten. Colorado zum Beispiel. Wenn mein Haus von einem Erdbeben oder von einem Hurrikan bedroht ist, springe ich einfach aus dem Fenster und lande in den Hortensien. Haben Sie schon mal über Colorado nachgedacht? Wenn Sie dort leben würden, könnte ich Sie zum Essen einladen.«

Sie hakte sich bei ihm ein. »Aber wir gehen doch gerade Essen. Warum sollte ich umziehen?«

Sie hatten die Siebenundvierzigste Straße Ost, Nummer 347, erreicht. Das United Engineering Center war ein vierzigstöckiges Gebäude direkt am East River. Auf der anderen Seite der First Avenue und ein Stück weiter rechts erhob sich der Sitz der Vereinten Nationen.

»Meine liebe Miß Owens«, sagte Mitchell, während er ihre Hand nahm, »ich führe Sie jetzt zu einer Speisung in die Cafeteria im Keller dieses Gebäudes, wo zweihundert Ingenieure auf uns warten, und das ist ganz und gar nicht dasselbe. Die hiesigen Spezialitäten sind vertrocknetes Hähnchen und zähes Kalbskotelett.«

»Ich nehm' Hähnchen, da kann nicht viel passieren.«

»Stimmt. Wenn ein Hähnchen erst einmal tot ist, kann man ihm nicht mehr viel antun.«

Die St. Malachys Chapel war erst siebzig Jahre alt, aber der Überzug aus Ruß, Asche und Staub ließ sie aussehen, als wäre sie siebenhundert Jahre alt. Sie war trotz der gotischen Bauweise eine sehr bescheidene Kirche, kaum auffälliger als der benachbarte Parkplatz und der Gemeindesaal. Der Haupteingang war mit zwei massiven Holztüren verschlossen, die auf eisernen Scharnieren hingen – ein mittelalterlicher Architekt hätte für die Canterbury Cathedral ein ähnliches Portal entworfen.

Eileen McGovern stand eine ganze Weile auf dem Gehweg und betrachtete das Portal, bevor sie eintrat. Im Innern der Kirche herrschte eine geisterhafte Stille, und es war so dunkel, daß sie einen Augenblick warten mußte, bis sich ihre

Augen darauf eingestellt hatten. Sie war die einzige Besucherin. In einer Ecke brannten ein Dutzend Ewigkeitslichter in ihren roten Glashüllen. Durch die Buntglasfenster in der Westwand fiel das düstere Licht des verblassenden Tages. Nach einiger Zeit konnte sie hinter der letzten Bankreihe den Umriß eines Weihwasserbeckens erkennen. Sie ging hinüber und steckte die Finger hinein. Das Wasser war kalt. »Im Namen des Vaters, des Sohnes und des Heiligen Geistes, Amen«, flüsterte sie, während sie sich bekreuzigte. Die Worte und Bewegungen fielen ihr leicht, obwohl sie ihren Glauben seit fünfundzwanzig Jahren nicht mehr praktiziert hatte. Sie sah sich um. Ein reich geschmückter Altar, Nischen für Heiligenfiguren. Eine Kommunionbank, an den Seitenwänden die Stationen des Kreuzweges. Ein schwacher Geruch nach Weihrauch. Sie spürte eine so starke Sehnsucht, daß sie unwillkürlich tief einatmete. Irgendwie hatte sie eine modernere Ausstattung erwartet – was genau, konnte sie nicht sagen. Abstrakte Kunst? Eine Gitarre statt der Orgel? Aber was sie hier sah... es war genau wie die kleine Pfarrkirche, die ihr in ihrer Kindheit vertraut gewesen war, und sie fragte sich, ob die Messe hier noch in lateinischer Sprache abgehalten würde. Als sie an ihre Kindheit dachte, schossen ihr Tränen in die Augen – damals hatte ihr katholischer Glaube sie noch eingehüllt wie ein Samttuch.

Plötzlich gingen einige Lampen an, und sie fuhr erschrokken herum. Sie hörte Schritte. Aus dem Kellergeschoß kam ein Mann, der stehenblieb, als er sie sah.

»Entschuldigung«, sagte er lächelnd. »Ich wußte nicht, daß noch jemand hier ist; ich wollte gerade abschließen, aber wenn Sie noch ein paar Minuten bleiben möchten...«

»Nein, nein, Sie können ruhig abschließen.« Sie wischte sich rasch mit einem Taschentuch über die Augen. »Ich wollte... ich wollte nur...«

»Kann ich Ihnen helfen?«

Sie sah ihn zum erstenmal direkt an. »Ich wollte eigentlich einen Priester sprechen.«

»Ich bin Priester, ich habe nur gerade meine Stola nicht umgelegt. Ich bin Vater Gregory.«

Sie wandte den Blick ab und betupfte noch einmal ihre Augen. »Es tut mir leid, ich sehe sicher schrecklich aus. Ich war so lange nicht mehr in der Kirche, daß ich gar nicht mehr weiß, was für ein Gefühl das ist. Ich war gerade wirklich... überwältigt. Ich hatte das Gefühl, ein neues Leben zu beginnen. Ich wünschte, ich könnte es.«

Seine Stimme war sanft, leise. »Jeder kann es, jederzeit.«

Sie atmete hörbar ein, dann drehte sie sich wieder zu ihm um. »Vater Gregory, ich möchte die Beichte ablegen.«

Er führte sie die gewundene Treppe hinunter in den Keller, in einen kryptaähnlichen Raum in einer Ecke. Er fand sie interessant; sie war wohl keine Schauspielerin, dachte er, denn sie hatte eine etwas förmliche und steife Ausstrahlung. Sie wohnte auch nicht in der Nachbarschaft, und sie gehörte nicht zu seiner Gemeinde. Er schätzte sie auf Mitte Vierzig; sie war vielleicht eine Geschäftsfrau oder die Gattin oder Geliebte eines reichen Mannes. Eins aber war sicher: Sie war über irgend etwas tief verstört.

Bis auf einen Schrank mit Meßgewändern und einen Klappstuhl vor einer Kniebank war der Raum völlig leer. Er holte seine Stola aus seiner Schublade und legte sie sich um den Hals. Dann forderte er sie mit einem Nicken auf, sich auf die Bank zu knien. Sie zögerte einen Augenblick; wahrscheinlich hatte sie einen richtigen Beichtstuhl erwartet. Er wünschte, er könnte ihr einen anbieten, doch leider waren die Beichtstühle so baufällig geworden, daß sie im Augenblick bei einem Tischler zur Überholung waren. Er setzte sich neben sie und wandte sich halb ab und schloß die Augen, um es ihr leichter zu machen. Sie begann zu sprechen, bevor er sein geflüstertes Gebet beendet hatte.

»Ich arbeite hier in der Nähe, und ich bin oft an St. Malachys vorbeizukommen, ehe ich den Mut fand, zur Beichte einzutreten.«

Sie schwieg eine Weile; nur ihr schwerer Atem war zu hören. »Ich wurde katholisch erzogen, aber ich vergaß die

Kirche. Ich habe mich mit einem Mann eingelassen, mit dem ich nicht verheiratet bin. Mit einem mächtigen, sehr dominierenden Mann. Ich habe tagsüber für ihn gearbeitet und ... und ich habe nachts mit ihm geschlafen, wenn er nicht bei seiner Frau war. Ich ließ ihn ... ich ließ mich von ihm benutzen, ich ... o Gott, ich finde nicht die richtigen Worte. Es war ein Leben, das ich nicht leben wollte. Ich fühlte mich so erniedrigt ... so wertlos ...« Sie seufzte leise.

»Besteht die Beziehung noch?«

»Nein«, sagte sie, als sie sich etwas erholt hatte. »Sexuell jedenfalls nicht. Er warf mich für eine Jüngere fort, die später einer noch Jüngeren weichen mußte. Aber ich blieb bei ihm, Jahr um Jahr, als seine Assistentin. Ich weiß nicht, warum ich es tat, warum ich es sogar selbst so wollte. O Vater, ich habe so viele Dinge getan, für die ich mich jetzt so sehr schäme, daß ich ... ich ...«

»Du hast erkannt, daß du gesündigt hast. Und nun mußt du dich entschließen, mit ganzem Herzen –«

»Ich könnte ihn umbringen! Kastrieren könnte ich ihn! Als wir einmal auf dem Dach seines verdammten Hauses allein waren, hätte ich ihn beinahe hinuntergestoßen. Mein Gott! Ich hatte nicht die Nerven dazu! Das Mutigste, das ich je getan habe, war, diese Kirche zu betreten.«

»Du darfst ihm nicht die Schuld für die Dinge geben, die du selbst getan hast, und du mußt deine Rachsucht und deinen Haß überwinden, egal, wie berechtigt dir diese Gefühle erscheinen. Hier geht es nur um deine Seele und um dein Verhältnis zu Gott und zur Kirche. Wenn du deine Sünden aufrichtig bereust und aufrichtig geloben kannst, sie nicht wieder zu begehen, dann wird dir vergeben.«

Er fragte sich, welches Gebäude sie meinte. »Sein Gebäude« hatte sie gesagt. Arbeitete sie für den Besitzer eines der Häuser in der Nähe?

Sie mußte sich schneuzen, ehe sie fortfahren konnte. »Es ist nicht so leicht, damit aufzuhören. Ich bin so lange bei ihm, ich weiß so viel über die kriminellen Dinge, die er getan hat ... wenn ich mich plötzlich weigere, weiter mitzumachen, dann könnte er... ich weiß nicht, was er tun könnte. Vielleicht läßt er mich umbringen. Ja! Dazu wäre er fähig! Ich bin fast sicher, daß er so etwas schon getan hat.«

Vater Gregory wandte sich zu ihr um und sah sie an. War sie neurotisch und beichtete Sünden, die sie nur in ihrer Einbildung begangen hatte?

»Du weißt von einem Mord?«

»Ich weiß es nicht direkt. Es ist eher ein Verdacht. Ein Anwalt würde es Hörensagen nennen. Aber was ich mir vor allem nicht verzeihen kann, sind die Dinge, die ich *nicht* getan habe. Ich wußte, was da vorging – die Bestechungen, die Drohungen, die Beeinflussung von Jurys, die Schmiergelder für Politiker, und ich habe mitgemacht. Zuerst schien es nicht so wichtig, weil niemand verletzt wurde, und ich war so besessen von ihm, daß ich nichts tun wollte. Jetzt will ich ausbrechen, und ich weiß nicht wie. Als diese arme unschuldige Frau auf dem Gehweg getötet wurde, und Edwin Lester, bei dessen Einstellung ich mitwirkte... da habe ich mich entschlossen, nicht mehr mitzumachen...« Sie begann wieder zu schluchzen. »Und jetzt soll ich Beweismittel vernichten, aber das werde ich nicht tun! Ich werde es nicht tun! Es ist mir egal, was mit mir passiert. O Gott, guter Gott, es tut mir so leid... so leid...«

Sie drückte sich das Taschentuch vors Gesicht. Ihre Schultern zuckten, während sie verzweifelt weinte.

Vater Gregory starrte sie erstaunt an. Sie konnte nur Aram Zalian und das unmenschliche Zalian Building meinen. Als sie die Perez, ein Mitglied seiner Gemeinde, und Edwin Lester erwähnte, war es klargeworden. Vater Gregory hatte als Vorsitzender des West Side Community Board den Kampf der Bürger gegen den Turm angeführt. Er hatte mehrmals versucht, Aram Zalian telefonisch zu erreichen, um an ihn zu appellieren, sein Gebäude woanders zu errichten. Das frühere Gelände des Madison Square Garden wurde dringend für ein Altenzentrum gebraucht, für eine Turnhalle und einen Spielplatz. Seit das Gebäude fertiggestellt war, hatte er mehrmals angerufen, um den Eigentümer um Hilfe für Nachbarschaftsprojekte zu bitten. Seine Anrufe waren immer von einer Assistentin angenommen worden, von einer Frau mit der kältesten Stimme und dem abweisendsten Verhalten, das er je erlebt hatte. Sie hatte immer versprochen, seine Anliegen weiterzugeben, aber er war sicher, daß sie es nie getan hatte. Wie war noch ihr Name gewesen? Eileen... Eileen McGovern, genau! Herr im Himmel, war es wirklich Eileen McGovern, die jetzt neben ihm kniete und ihm erklärte, daß all die schrecklichen Gerüchte, die er über Zalian gehört hatte, der Wahrheit entsprachen? Er starrte sie an. Ihre Nase lief, das Make-up auf ihren Wangen war verschmiert, und sie zitterte vor Kummer.

»Du mußt dich beherrschen«, sagte er mühsam. »Versuche dir klarzumachen, daß dieser erste Schritt, den du jetzt getan hast, der schwerste war, und versuche, die seelischen Dinge von den weltlichen zu trennen. Ich kann dir helfen, deine Seele von den Malen deiner Sünden zu reinigen, doch was die weltlichen Dinge angeht – nun, vielleicht solltest du zur Polizei gehen und berichten, was du mir über Gesetzesverletzungen sagtest. Das ist etwas, das du nur mit deinem Gewissen abmachen kannst.«

Sie hob den Kopf und sah ihn mit großen, verzweifelten Augen an. Sie versuchte, die Tränen fortzublinzeln.

»Hör jetzt auf zu weinen«, sagte er sanft. »Dies sollte eigentlich ein Augenblick der Freude sein. Du bist heimgekehrt, du hast Gottes Vergebung erbeten, und er wird dir die Kraft schenken, damit du das Richtige tun kannst. Ich will dir die Absolution erteilen. Kannst du noch einmal zu einem seelsorgerischen Gespräch kommen? Morgen um die gleiche Zeit? Gut. Ich werde meinen Terminkalender darauf abstimmen. Ich werde dir helfen, dein Leben zu ordnen, selbst wenn es bedeutet, daß du mit einem neuen Namen an einem anderen Ort neu beginnen mußt. Gut. Erinnerst du dich noch an das Vaterunser? Sprich mir nach.«

Vater Gregory sprach das alte Gebet; er hielt ab und zu inne, und sie wiederholte die Worte mit schwankender Stimme.

»Vater unser im Himmel, geheiligt werde Dein Name, Dein Reich komme, Dein Wille geschehe, wie im Himmel so auf Erden. Unter täglich Brot gib uns heute, und vergib uns unsere Schuld, wie wir vergeben unseren Schuldigern, und führe uns nicht in Versuchung, sondern erlöse uns von dem Bösen, denn Dein ist das Reich und die Kraft und die Herrlichkeit in Ewigkeit. Amen.«

Als Buße gab er ihr zwölf Rosenkränze auf, außerdem sollte sie in einer Hilfsorganisation der Gemeinde mitarbeiten und noch fünfmal zu Beratungsgesprächen zu ihm kommen.

Er segnete sie, und als er das Absolutionsgebet sprach, bemerkte er, daß sie die Hände so fest zusammenpreßte, daß sich die Fingernägel tief ins Fleisch gruben.

Er erlaubte ihr, auf der Toilette ihr Make-up in Ordnung zu bringen. Als sie fertig war, geleitete er sie zur Tür, wobei er ihr einen Arm um die Schultern legte. Er sah ihr nach, bis sie im Fußgängerstrom und den abendlichen Schatten verschwunden war.

Vater Gregory kehrte in die Kirche zurück und sank vor dem Altar auf die Knie. Jetzt war es an ihm, zu beten und um Kraft zu bitten. Die Informationen, die Eileen McGovern ihm gegeben hatte – falls sie es wirklich war, und falls sie die Wahrheit gesagt hatte – konnten benutzt werden, um Aram Zalian dazu zu bringen, seine Bürgerpflicht zu tun und die Wohltätigkeitseinrichtungen der Kirche zu unterstützen. Wenn Zalian wirklich ein Gesetzesbrecher und ein unmoralischer Mensch war, wenn er mitschuldig an Morden war, wenn er seinen Reichtum auf unehrliche Weise erworben hatte, warum sollte man dann nicht ein wenig Druck auf ihn ausüben, um ihn dazu zu bewegen, der Wohngegend zu helfen, die er mit seinem monströsen Bau verschandelt hatte? Warum sollte er nicht selbst zur Polizei gehen, um dafür zu sorgen, daß ein Krimineller für seine Untaten bestraft wurde?

Weil es ein Bruch des Beichtgeheimnisses wäre. Er hatte geschworen, niemals Wissen zu verwenden, das er durch die

Beichte erlangt hatte. Daß Zalian über Jahre sein unsichtbarer Gegner gewesen war, hatte nichts mit der ethischen Seite dieser Angelegenheit zu tun, und er durfte auch nicht an die vorübergehenden großen Vorteile denken, die er daraus schlagen könnte. Die Mittel heiligten niemals den Zweck.

Dennoch – wenn der überhebliche Zalian stürzen sollte, dann war es schwer, sich nicht darüber zu freuen.

Er senkte den Kopf und betete.

Kamera sieben hing im Hauptkorridor des Kellers unter der Decke; sie war auf die Treppe gerichtet. Mit Hilfe einer Trittleiter brauchte Matt Boyle nur ein paar Minuten, um sie in die andere Richtung zu drehen, so daß sie nun die Tür des Lagerraums überwachen konnte. Wenn die Nachtschicht ihren Dienst begann, konnte er sich bequem an den Tisch setzen und die Monitore im Auge behalten, während er Zeitung las oder Radio hörte. Er würde aufpassen, bis er den Mann erwischte, der in dem kleinen Raum unter der Ladeplattform herumschnüffelte.

Egal, wer es war, er würde es bereuen.

12

Zalian stand lange am Fenster und beobachtete die Schatten, die weit unten über die Straßen fielen, und die in den benachbarten Gebäuden aufflammenden Lichter. Die untergehende Sonne spiegelte sich orange in den oberen Stockwerken der Hochhäuser jenseits des Broadways. Schließlich setzte er sich an den Tisch und drückte einen Knopf auf der Gegensprechanlage.

»Ja, Mr. Zalian?«

»Coretta? Ich dachte schon, Sie wären nach Hause gegangen.«

»Ich würde doch nicht gehen, ohne mich zu verabschieden. Soll ich rüberkommen?«

Als sie neben seinem Stuhl stand, umarmte er ihre Hüften und begrub sein Gesicht an ihrer Brust. Seine Finger gruben sich tief in ihr Gesäß. »Du bist der einzige Mensch, der mich noch glücklich macht.«

»Das freut mich aber«, sagte sie, während sie zu ihm hinablächelte.

Seine Hände glitten zu ihrem Hals hinauf und begannen ihre Bluse aufzuknöpfen. Er fragte, ob Eileen noch in ihrem Büro sei.

»Sie ist früh gegangen. Wir haben uns heute gestritten; ich weiß gar nicht, warum sie mich so haßt. Ich hab' mich immer bemüht, nett zu ihr zu sein.«

Coretta half Zalian, indem sie ihre Bluse aus dem Rock zog. »Wie kann dich nur jemand hassen, wo du so schön bist?« Er öffnete ihre Bluse und ließ die Hände über ihren Seidenbüstenhalter gleiten, dann hakte er den Verschluß auf. Er zog die Schalen beiseite und betrachtete ihre vorstehenden Brüste, drückte sie hoch und knetete sie. Sie hatte große Warzenhöfe, und die Warzen selbst waren wie zwei rosige Murmeln. Er drückte sein Gesicht gegen sie. Als seine Lippen und seine Zunge an ihr spielten, schloß sie die Augen und streichelte sein Haar.

»Du kratzt«, sagte sie. »Du hast dich seit heute morgen nicht mehr rasiert.«

»Ich hab' daran gedacht, eine Weile fortzugehen«, sagte er, während er zu ihr aufschaute. »Die Ingenieure und Anwälte können sich auch allein die Köpfe zerbrechen. Ich will, daß du mitkommst. Ich will diese Titten und diesen Arsch immer in Reichweite haben.«

»Du willst verreisen? Wohin denn?«

»Zuerst nach Mexiko, dann weiter. Ich will vermeiden, daß man uns verfolgt. Wir werden irgendwohin nach Europa fahren, es wird eine Überraschung.«

»Europa ist toll!«

»Sieh nach, ob dein Paß gültig ist. Wir werden in ein paar Wochen fahren. Du kannst morgen die Flüge reservieren lassen.«

»Wie lange werden wir denn weg sein? Soll ich mich beim Briefträger abmelden?«

Zalian küßte wieder ihre Brustwarzen. »Ja, sag ihm Bescheid. Es kann sein, daß wir ziemlich lange weg sind.«

Als die Ingenieure von der Cafeteria im Keller zum Vortragsraum ins Erdgeschoß umzogen, sah Mitchell auf die Uhr. Es war 20.05 Uhr. In Colorado war es zwei Stunden früher. Er entschuldigte sich bei Carol und betrat eine der Telefonzellen, die der Bücherei gegenüber in der Haupthalle standen.

»Ich glaube, ich stecke bis über beide Ohren drin«, erzählte er Bert Faber, als er ihn erreicht hatte. »Ich hätte in der Provinz bleiben sollen. Es sieht im Augenblick folgendermaßen aus. Dieser Zalian hat mit Hilfe eines richtigen Gaunertyps den Architekten übergangen und den Ingenieur und den Bauunternehmer selbst unter Vertrag genommen. Der Ingenieur hatte vorher noch nie ein Hochhaus gebaut, und er hatte keine Zeit, es zu lernen. Dann der Bauunternehmer. Er hat sich bereit erklärt, den Bau für einen Festpreis hochzuziehen, und als ihm die Gewerkschaften ans Portemonnaie gingen, mußte er überall Abstriche machen, um nicht pleite zu gehen. Frag ruhig, wo die Stadtverwaltung war. Die haben so wenig Leute, daß sie einfach mit den Kontrollen nicht nachkommen, und als sich ein privater Inspekteur mausig machte, haben sie ihn einfach rausgeschmissen. Lusetti ist aalglatt. Ehrlich, die Fenster sind nur eine Randerscheinung. Meine Meinung, wenn auch noch nicht genügend erhartet, ist, daß der Bau abgerissen und die Beteiligten eingesperrt werden sollten. Aber ich hab' auch gute Nachrichten. Wenn mein Bericht positiv ausfällt, will Zalian was springen lassen: einen Puter, einen Porsche oder fünf Millionen Dollar. Und das ist noch nicht alles! Ich hab' mich in eine Anwältin verliebt! Sie hat versprochen, mir am Wochenende die Sehenswürdigkeiten zu zeigen, ich kann's kaum erwarten.«

»Ich hab' dir doch gesagt, daß New York aufregend ist«, sagte Faber kichern, »aber du wolltest mir ja nicht glauben.

Erzählst du mir die Sache jetzt noch einmal ohne Übertreibungen?«

»Übertreibungen? Ich war schon vorsichtig. Wenn es wirklich so schlimm steht, wie ich vermute, und wenn ich es morgen herausfinde, dann werde ich den Bau von der Polizei schließen lassen.«

Es blieb lange still. Dann sagte Faber: »Das kannst du doch nicht machen, Mitch – einfach über den Kopf des Kunden hinweg.«

»Zuerst die Sicherheit, dann der Kunde. Lies mal unser Grundgesetz.«

»Bei Notfällen, ja, aber dies ist doch kein Notfall. Bist du sicher, daß du den Bogen nicht etwas überspannst? Wer engagiert uns denn noch, wenn wir das Vertrauen unserer Auftraggeber mißbrauchen? Wenn du meinst, daß eine reale Gefahr besteht, dann mußt du es Lusetti und Zalian sagen, und wenn die dann Alarm schlagen wollen –«

»Du hast mich nicht verstanden, Bert. Ich halte Zalian und Lusetti für Gauner. Siehst du das Problem? Die würden die ganze Sache unter den Teppich kehren. Und eines Tages kommt dann ein Sturm, und überall fliegt Glas durch die Gegend. Ich will mein Gewissen nicht damit belasten. Und im übrigen zieht auch gerade ein Sturm auf.«

»Um Himmels willen, sei doch nicht so melodramatisch, Mitch. Du bist nicht der einzige Ingenieur, der das Gebäude untersucht. Willst du der einzige sein, der ›Feuer‹ schreit? Nur auf einen Verdacht hin? Nachdem du erst drei Tage da bist? Emil würde ausflippen, wenn du ohne einen verdammt guten Grund einen Klienten übergehst.«

»Du hast recht, hier sind jede Menge Ingenieure, aber auf Grund meiner Erfahrung kann ich sehen, daß sie den Kopf in den Sand stecken. Ich hab' bei diesem Gebäude und den verantwortlichen Leuten ein verdammt ungutes Gefühl. Na schön, das ist etwas vage, aber ich wollte dich auch nur warnen – wenn ich meine, daß man Alarm schlagen muß, dann werde ich es tun, egal, was der Klient oder sonst jemand sagt. Und was Emil angeht – ein bißchen Ausflippen könnte ihm ganz gut tun, er braucht ab und zu mal etwas Aufregung. Ich muß jetzt dank deiner Fürsorge einen Vortrag halten, also mach's gut und grüß die anderen.«

Er hatte Schuhe, Unterhose und Unterhemd schon angezogen und bügelte gerade seine Uniformhose.

»Manchmal glaube ich, es ist dir egal, ob du lebst oder stirbst«, sagte er in dem Dialekt, den nur sein Onkel verstehen konnte. Er starrte vorwurfsvoll den Hinterkopf seines Onkels an.

»Und ob mir das was ausmacht. Im Augenblick zum Beispiel möchte ich gerne fernsehen.«

»Du hältst mich für verrückt. Wenn ich über das Gebäude spreche, schaltest du immer den Fernseher ein.«

Christophes Onkel drehte sich auf dem Sofa um und sah ihn gereizt an. »Ich bin's leid, immer wieder dasselbe zu hören. Wenn du Angst hast, arbeite woanders, aber beschwere dich nicht dauernd.«

»Das Gebäude wird mich töten.«

»Allerdings, wenn du so redest, glaube ich wirklich, daß du verrückt bist. Du solltest dir lieber über die Menschen als über das Gebäude den Kopf zerbrechen.« Er wandte sich wieder ab.

»Das Gebäude ist wie ein Mensch.«

»Oh? Wer ist es denn? Was für ein Mensch ist das Gebäude?«

»Ich weiß es nicht. Ein böser Mensch jedenfalls. Eine Frau. Wenn es windig ist, kann ich sie nachts schreien und stöhnen hören.«

Christophe setzte das Bügeleisen ab und hob prüfend die Hose hoch. Die Bügelfalte war gerade und scharf. »Komm doch heute nacht mit, dann zeig' ich dir den Geheimraum im Keller, und du siehst mit eigenen Augen die Risse und Falten wie in einem Hexengesicht. Du wirst mit eigenen Ohren die Stimmen hören.«

Sein Onkel drehte sich wieder um. »Ich muß auch arbeiten, Christophe, hast du das vergessen? Ich bin müde. Ich will in Ruhe fernsehen und dann ins Bett gehen. Ich will nicht nach Manhattan fahren und mit dir in ein dunkles Loch kriechen.«

»Solange du das nicht tust, wirst du immer wieder sagen, daß ich mir alles nur einbilde. Und wenn ich heute nacht kündige, wirst du es dein Leben lang sagen.«

Christophes Onkel schüttelte wütend den Kopf und stand auf. »Du haßt das Gebäude«, sagte er wild gestikulierend. »Es macht Geräusche und wirft mit Fenstern nach Menschen. Du haßt Monsieur Boyle. Er ist ein böser Mann. Gut. Ich glaube dir. Dann kündige doch. Es wäre mir lieber, du würdest arbeitslos, als daß du dich jeden Abend beschwerst. Ich kann's nicht mehr hören.«

Er ging in das winzige Schlafzimmer hinüber und schloß hinter sich die Tür. »Kündige heute abend«, rief er. »Tu uns beiden den Gefallen.«

»Onkel! Ich wollte doch nicht –«

»Laß mich in Ruhe!«

Christophe schaltete den Fernseher aus und zog sich schweigend an. Er war traurig. Er liebte seinen Onkel und ging nicht gern nach einem Streit einfach zur Arbeit. Er fürchtete sich davor, ihn nie wiederzusehen, aber er konnte nicht ins Schlafzimmer gehen und es ihm sagen, ohne kindisch zu wirken. Außerdem hatte er sich schon öfter so gefühlt, ohne daß etwas geschehen wäre.

Auf Mitchells Zeichen wurde die Beleuchtung im Vortragssaal ausgeschaltet, und der Vorführer, der hinten in einer Kabine saß, startete den Projektor. Mitchell stützte sich mit einem Ellbogen auf das Lesepult und beobachtete, wie sich das helle weiße Quadrat auf der Leinwand in ein schmutziges Braun verwandelte. Als die Schärfe richtig eingestellt war, tauchte vor einem hügeligen Hintergrund ein hoher Schornstein auf. Rechts war eine Gruppe niedriger, fensterloser Gebäude zu sehen.

»Etwa zwanzig Meilen von Butte, Montana, entfernt, liegt die International Metals Smelter«, sagte Mitchell, während er die zweihundertfünfzig aufmerksamen Gesichter überblickte. »Der Schornstein, der aus Stahlbeton gegossen wurde, war achthundertzwanzig Fuß hoch. Vor genau einem Jahr kippte er bei starkem Wind um. Dieser Film ist ein äußerst seltenes Dokument, denn er läßt uns den Einsturz eines Gebäudes miterleben. Wie Sie sehen werden, ist dieser Einsturz fast genauso spektakulär wie der Zusammenbruch der Tacoma Narrows Bridge im Jahre neunzehnhundertvierzig. Der Kameramann war ein Rancher, der die Aufnahmen aus etwa einer halben Meile Entfernung aus der Hand und mit einer Zoomlinse machte.«

Das einzige Geräusch im Raum war das schwache Surren des Projektors. Alle Augen waren auf das flackernde Abbild des Schornsteins gerichtet. Carol saß in der ersten Reihe.

»Weil die Kamera so schwankt«, sagte Mitchell, »kann man nur schwer erkennen, daß der Schornstein bereits um zwei oder drei Grad aus der Senkrechten gekippt ist.« Er deutete mit einem Zeigestock auf die rechte Seite des Fundaments. »Wenn Sie genau hierher schauen, können Sie etwas sehen, das Rauchwölkchen ähnelt. Tatsächlich aber ist es Betonstaub. An dieser Stelle wird der Beton durch den zunehmenden Druck pulverisiert.«

»Wie ist die Windgeschwindigkeit?« rief jemand. »Der Himmel sieht klar aus.«

»Böen um vierzig oder fünfzig Meilen pro Stunde. Der größte Schaden wurde aber schon einige Stunden vorher verursacht, bei einem Sturm mit den doppelten Werten. Das Bauwerk ist geschwungen und hat sich schließlich vom Fundament gelöst, das aus einer massiven Stahlbetonplatte bestand. Es gab Geräusche, die an Gewehrschüsse erinnerten. Auf der windzugewandten Seite öffneten und schlossen sich ständig Risse; das Gebiet wurde eine halbe Stunde vor dem endgültigen Zusammenbruch evakuiert, sonst hätte es einige Dutzend Tote gegeben.«

Nach zwanzig Sekunden war die Neigung des Schornsteins deutlich zu sehen, und die Staubwolken an seinem Fuß wirkten wie Explosionen. Die Spitze des Kamins sackte langsam ein, während ein Teil des Fußes auf dem Fundament zusammenbrach und in alle Richtungen Staubwolken aussandte. Das Bild ähnelte einer Rakete, die im Augenblick des Starts gefilmt wird.

»Bei einem größeren Zusammenbruch«, fuhr Mitchell fort, »gibt es gewöhnlich mehr als eine Ursache. In diesem Fall waren es extreme Belastungen durch Wind und nachgiebige Torfplatten unter dem östlichen Teil des Fundaments, so daß sich das Bauwerk bereits unter seinem normalen Gewicht ungleichmäßig setzte. Außerdem fanden wir größere Mengen minderwertigen Baustahl und einige Konstruktionsfehler. An einer Stelle sollten Verstärkungsrippen im Abstand von drei Komma fünf Inches gesetzt werden, doch der vorgefundene Abstand betrug fünfunddreißig Inches. Ich bin sicher, daß diejenigen unter Ihnen, die mit Konstruktionsdetails zu tun haben, wissen, wie leicht man sich um eine Dezimalstelle irren kann.«

Es gab ein zustimmendes Gemurmel. Der Schornstein war inzwischen um zehn Grad geneigt. Als er einen Winkel von fünfzehn Grad erreicht hatte, erklärte Mitchell, daß der kritische Punkt überschritten wäre. Der Schwerpunkt lag jetzt außerhalb des Kamins, so daß die Schwerkraft nicht mehr half, den Bau zu stabilisieren, sondern eher sein Umkippen förderte. An diesem Punkt war der Wind nur noch ein Faktor, der den nicht mehr umkehrbaren Prozeß beschleunigte.

»Wie lange hat das Umkippen gedauert?« fragte jemand.

»Von dem Augenblick an, als bemerkt wurde, daß der Bau nicht mehr im Gleichgewicht war, etwa eine Stunde. Von der Position, die man jetzt auf dem Film sieht, etwa fünfzehn Sekunden. Können wir den Film anhalten? Danke.«

Mitchell deutete wieder mit dem Zeigestock auf die Leinwand.

»Beachten Sie, wie das Mauerwerk am Fuß bricht. In diesem Augenblick ist auf dem Fuß an der windzugewandten Seite überhaupt kein Druck mehr, und die windabgewandte Seite muß den doppelten Druck aufnehmen – mehr, als sie tragen kann. Während die Spitze nach rechts kippt, sinkt sie nach unten, weil der Fuß des Kamins zerkrümelt. Der Bau war achthundertzwanzig Fuß hoch, doch die Spitze schlug nur siebenhundertfünfundzwanzig Fuß vom Fundament entfernt ein. Der Bau ist um den Differenzbetrag in sich selbst zusammengefallen, ehe er in freien Fall überging. Der Abschnitt, der etwa einhundertzwanzig Fuß über dem Boden war, hat sich kaum bewegt – er ist nach unten gesackt und dann langsam umgekippt. Wir haben in dieser Höhe sogar einige unbeschädigte Abgasmeßgeräte gefunden. Kein Anzeichen außergewöhnlicher Zug- oder Druckkräfte. Bitte weiter.«

Der Film wurde wieder gestartet. Der Betonzylinder fiel schwerfällig um, in geisterhaftem Schweigen und mit wachsender Geschwindigkeit. Einige Zuschauer keuchten. Beim Aufschlag lief eine sichtbare Schockwelle durch den Boden bis zur Kamera, so daß der Kameramann sein Motiv einen Augenblick verlor. Als das Objektiv wieder sauber ausgerichtet war, füllte sich die Leinwand mit einer rasch aufwallenden Staubwolke. Dann wurde die Leinwand weiß, und die Lichter gingen wieder an.

Die Ingenieure sahen sich betreten an und schüttelten die Köpfe. Langsam wurde das Schweigen durch beginnende Unterhaltungen gebrochen, ab und zu hörte man nervöses Lachen. Irgend jemand begann zu klatschen, und die anderen fielen ein und applaudierten lautstark.

13

Am Ring an Matt Boyles Gürtel hingen fünfzig Schlüssel. Während er über die Nordtreppe zum Keller hinunterging, suchte er den richtigen heraus. Er zog die schwere Feuerschutztür auf und blickte den Gang hinab. Floyd, der Vormann der Wachen der Nachtschicht, hatte recht – im Wartungstunnel war wahrscheinlich ein Leck. Nicht weit von ihm spiegelten sich die trüben Deckenlampen in einigen Pfützen auf dem Betonboden. Boyle war nicht überrascht, daß Wasser eingedrungen war, nicht bei den Massen, die draußen herunterkamen. Der starke Wind trieb den Regen in horizontalen Streifen gegen das Gebäude. Als er vom Essen zurückgekommen war, hätte es ihn zweimal fast von den Füßen gerissen, und obwohl er nur einige Minuten im Freien gewesen war, waren seine Beine unter dem Regenmantel bis auf die Haut durchnäßt.

Er schloß die Tür zu dem Tunnel auf, der längs der Nordseite des Gebäudes verlief, und legte den Lichtschalter um. Kein Licht. Die Dunkelheit war seltsam warm; die Luft war schwer und feucht. Er runzelte die Stirn und schaltete seine Taschenlampe ein. In der Luft war soviel Dampf, daß der Strahl nur fünfzehn oder zwanzig Fuß weit reichte. In Augenhöhe waren Telefon- und Stromleitungen an der Wand befestigt. Unten verliefen zwei parallele Rohre – eins für das Frischwasser, das andere für die Abwässer. Das Gas wurde an der Südseite des Gebäudes eingeführt, so weit wie möglich von elektrischen Leitern entfernt. Der Boden glitzerte feucht.

Plötzlich raschelte etwas vor seinen Füßen, und er erschrak. Er senkte den Lichtstrahl gerade noch rechtzeitig, um einen pelzigen Körper und einen Schwanz hinter einem Pumpenschlauch verschwinden zu sehen. Es war eine Ratte, und sogar eine ziemlich große. Wie war das verdammte Vieh hereingekommen? Hatte sich ein genügend großer Riß zum U-Bahntunnel geöffnet, so daß das Biest von dort eindringen konnte? Eine Invasion von Ratten wäre ziemlich schlimm; was ihm im Augenblick aber noch mehr Sorgen machte, war der Dampf. Die Luft war ungemütlich damit angereichert. Vielleicht war in der einbetonierten Dampfleitung ein Leck; das Rohr war außer Sicht am rechten Ende des Tunnels, möglichst nahe am Hauptrohr auf der Eighth Avenue, von dem es abzweigte. Vor Dampf hatte er Angst. Er hatte einmal das Bersten einer Dampfleitung miterlebt, und dieses eine Mal war genug. Dabei war ein Gehweg explodiert, und ein

Gullideckel war durch die Luft gewirbelt, als hätte jemand eine Münze hochgeworfen. Eine Dampfwolke, höher als der Geysir Old Faithful, war brüllend hochgeschossen und hatte alle Fenster der Vorderfront eines zehnstöckigen Gebäudes zerstört. Wenn so etwas noch einmal passierte, wollte er auf keinen Fall in der Nähe sein. Die Dampfleitung verlief vom Wartungstunnel zur Heizung und zur Klimaanlage, wobei sie die Rückwand des Wachraumes passierte; als er dies auf den Bauplänen bemerkt hatte, hatte er sogar sein Büro auf die andere Seite verlegt.

Boyle schloß die Augen und lauschte. Da war ein tiefes Ächzen, verursacht durch das im Wind schwankende Gebäude; es wiederholte sich alle fünfzehn oder zwanzig Sekunden – aber er konnte kein Zischen hören, das ein ernstzunehmendes Leck in der Dampfleitung verraten hätte. Wahrscheinlich brauchte er sich keine Sorgen zu machen. Er würde am Morgen bei Con Ed anrufen und sie bitten, sich die Sache mal anzusehen.

Er richtete seine Lampe nach links und verfolgte eine gezackte schwarze Linie, die ein Stück weiter im Nebel verschwand. Er hatte dieses Riß bisher noch nicht bemerkt. Mehrere Teile des Kellers hatten sich etwas gesetzt; zweifellos war auch dieser Riß darauf zurückzuführen. Er ging in die Hocke und berührte den Riß mit den Fingerspitzen. Komisch. Auf einer Seite war der Beton einen halben Inch niedriger als auf der anderen. Es war, als sei der Boden an seinem Platz geblieben, während das Gebäude versank. Boyle richtete sich wieder auf. Seiner Ansicht nach sollte der ganze Kellerboden neu betoniert werden, ehe mögliche Käufer des Gebäudes herumgeführt wurden; er würde Zalian einen entsprechenden Vorschlag machen. Wenn man etwas verkaufen will, zahlt es sich immer aus, wenn es wie neu aussieht.

Als Mitchell verkündete, daß er jetzt bereit sei, Fragen zu beantworten, schoß ein Dutzend Hände nach oben. Er erkannte einen Studenten vom CCNY, der nach den Chancen fragte, auf dem Gebiet der Fehleranalyse Karriere zu machen.

»Dieses Arbeitsgebiet wächst schnell«, erwiderte Mitchell lächelnd. »Beim Geschäft mit Unglücken gibt's keine Rezession. Die steigenden Kosten zwingen alle Welt zu neuen Materialien, längeren Inspektionsintervallen und schnelleren Methoden. Das geht manchmal schief – es gibt heute mehr Unglücke als je zuvor, und sie werden immer schwerwiegender und teurer. Das Ergebnis sind im allgemeinen Prozesse. Dann sind da noch die vielen alten Gebäude, die unter Rost und Schutt begraben sind. Die meisten wurden seit Jahren nicht mehr sorgfältig untersucht, und niemand weiß, wie dicht sie vor einem plötzlichen Tod stehen. Für jemand, der Karriere machen möchte, kann die Fehleranalyse ohne weiteres als Wachstumsindustrie bezeichnet werden.

»Braucht man dazu einen Doktorgrad?«

»Es wäre nützlich. Ebenso hilfreich ist die Fähigkeit, mit Menschen zusammenarbeiten zu können, die deprimiert sind und unter extremer Spannung stehen. Wenn wir neue Leute einstellen, nehmen wir nur die besten. Jeder kann ein Gebäude entwerfen; dazu braucht man nur den Handbüchern zu folgen und sich an die Gesetze zu halten. Aber herauszufinden, warum ein Dach oder eine Wand oder eine Brücke zusammengestürzt ist, das ist eine ganz andere Sache. Es ist eine Analyse, die rückwärts abläuft – ähnlich diesen Schachproblemen, bei denen man herausfinden muß, wie eine bestimmte seltsame Stellung entstanden sein könnte. Kriechen Sie gerne in Trümmern herum, lassen Sie sich gern von Rechtsanwälten ins Kreuzverhör nehmen? Dann ist die Fehleranalyse vielleicht das Richtige für Sie. Die Bezahlung ist überdurchschnittlich.«

Mitchell nickte einem Mann zu seiner Rechten zu.

»In New York beträgt der Sicherheitsfaktor gegen Umstürzen eins Komma fünf. Wurde der Schornstein auf Grund eines ähnlichen Standards errichtet? Und sind Sie der Meinung, daß eins Komma fünf ausreichend ist?«

»Ja, eins Komma fünf wurde zugrunde gelegt – das ist allerdings eher ein ökonomischer als ein technischer Wert. Eine Erhöhung um einen geringen Betrag würde eine Menge Geld kosten. Jeder Staat, jede Stadt, sogar jeder einzelne Mensch entscheidet sich dafür, ein bestimmtes Maß an Sicherheit zu kaufen. Ein Punkt, den Designer manchmal zu vergessen scheinen, ist der, daß der sogenannte Sicherheitsfaktor die Versäumnisse und Irrtümer aller Beteiligten abdecken muß, nicht nur ihre eigenen. Man kann zum Beispiel einen Belastungsfaktor für einen Stahlträger vergessen und eine falsche Größe einsetzen – aber das ist erst der Anfang. Der Träger kommt vielleicht eine Winzigkeit zu dünn aus dem Walzwerk, der Stahl entspricht nicht ganz dem Standard und wird auf dem Weg zur Baustelle beschädigt. Ein Arbeiter, der mit seiner Frau Streit hat, vergißt beim Einbau einen Bolzen. Zehn Jahre später bohrt ein Klempner ein Loch hinein, dann wird bei einem Umbau eine Decke drangehängt, und fünfzig dicke Menschen tanzen Polka darauf. Es gibt unzählige Möglichkeiten. Ich kann mich an einen Fall erinnern, bei dem einige Arbeiter Kaffee kochten, den sie mit Zucker tranken. Sie verschütteten ihn versehentlich über frischem Beton. Der Zucker verhinderte das Aushärten des Betons, und als die Schalbretter abgezogen wurden, brach eine Wand zusammen. Wir mußten ziemlich lange nachforschen, bis wir herausgefunden hatten, woher der Zucker gekommen war.«

Carol hob eine Hand und fragte nach dem juristischen Nachspiel des Kamineinsturzes. Wer trug die Schuld und wer mußte den Schaden tragen?

»Ich weiß es nicht«, sagte Mitchell, der sich über die Gelegenheit freute, sie ansehen zu können. »Die Sache wurde außergerichtlich bereinigt. Ich glaube, von einem juristischen Standpunkt aus ist das eine befriedigende Lösung, aber wenn die Aufzeichnungen dann weggeschlossen werden, gehen der Baukunst eine Menge wertvoller Informationen verloren. Es könnte sein, daß jemand anders einen neuen Schornstein mit denselben Mängeln entwirft. Vielleicht können Sie als Anwältin dabei helfen, die technischen Daten aus solchen Unfällen zugänglich zu machen, ohne jemandes Rechte zu verletzen. Solche Einstürze sind äußerst lehrreich. Aber wie es heute aussieht, kann man aus den Fehlern nichts lernen.«

Jemand fragte, ob schon einmal ein Hochhaus eingestürzt sei.

»Glücklicherweise nicht«, antwortete Mitchell. »Schornsteine, Getreidesilos und Sendetürme, aber noch kein Wolkenkratzer, nicht einmal bei Erdbeben und Wirbelstürmen. Hochhäuser sind im allgemeinen zu gut gebaut, um einzustürzen. Aber ich denke, daß es irgendwann ein erstes Mal geben wird, wenn auch wahrscheinlich irgendwo im Ausland, wo die Standards nicht so hoch sind wie bei uns. Durch Setzen oder seismische Kräfte könnte ein Wolkenkratzer vielleicht seine Verkleidung verlieren oder insgesamt so unsicher werden, daß er abgerissen werden muß – und das wäre wirklich ein schwarzer Tag für die Ingenieurskunst –, aber ein Umkippen kann ich mir nicht vorstellen. Da müßten schon genau die richtigen Umstände zusammenkommen – oder die falschen, sollte ich wohl besser sagen.«

Er wandte sich nach links und bemerkte einen großen Mann mit ergrauendem Haar, der ihm zuvor als George Della vorgestellt worden war, Leiter des Building Department der Stadt New York.

»Wie denken Sie über die Bauordnung unserer Stadt?«

Mitchell runzelte nachdenklich die Stirn, bevor er sich zu einer Antwort entschloß.

»Ich mag Vorschriften ganz allgemein nicht besonders gern, weil sie den Ingenieuren, die sich an sie klammern, ein falsches Gefühl der Sicherheit geben. Schlechte Ingenieure neigen dazu, genau den Vorschriften zu folgen, statt darüber nachzudenken, wie sich der Gesamtentwurf verhalten wird, und das kann bei weiten, freitragenden Dächern, hohen Gebäuden oder ungewöhnlichen Außenumrissen verhängnisvoll sein. Wenn Vorschriften nicht alle paar Jahre auf den neuesten Stand gebracht werden, verhindern sie, daß neue

Materialien und Methoden benutzt werden, die möglicherweise zugleich sicherer und billiger wären als die alten. Sie sind allerdings ein notwendiges Übel, und die New Yorker Vorschriften sind nicht besser als früher. Wie viele von Ihnen sicher wissen, wurde der Wind bis zum Jahr 1979 völlig außer acht gelassen. Für die ersten hundert Fuß durfte der Architekt annehmen, daß ein Orkan einen seitlichen Druck von null Pfund pro Quadratfuß ausübte! Kaum zu glauben, aber wahr. Heute unterstellt die New Yorker Bauordnung für Glasscheiben bis zu dreihundert Fuß Höhe eine Windbelastung von dreißig Pfund pro Quadratfuß, von dreihundert bis sechshundert Fuß fünfunddreißig, und darüber vierzig Pfund pro Quadratfuß. Das Problem dabei ist, daß stellenweise der Druck doppelt so hoch sein kann, wenn durch benachbarte Gebäude ein Venturi-Effekt entsteht – das wurde in Windkanalversuchen nachgewiesen. Ich bin nicht mit der ganzen Bauordnung vertraut, aber ich kann sagen, daß sie teilweise überholt ist. Als erstes würde ich Windkanalstudien für alles über, sagen wir, fünfundzwanzig Stockwerke vorschreiben.«

Das Frage- und Antwortspiel wäre noch die ganze Nacht weitergegangen, doch nach einer Stunde griff der Vorsitzende der Versammlung ein und erklärte, daß nur noch eine letzte Frage zugelassen würde. Mitchell warf ihm einen dankbaren Blick zu, dann bemerkte er einen Studenten, der sich gemeldet hatte. Seine Frage erregte allgemeine Heiterkeit. »Was für ein Mensch ist Aram Zalian?«

»Diese Frage ist leicht zu beantworten. Das ist die erste Frage an diesem Abend, auf die ich mit gutem Gewissen antworten kann. Was Aram Zalian für ein Mensch ist? Ich habe keinen blassen Schimmer.«

Eileen McGoverns Kater hatte sich auf ihrer Brust zusammengerollt. Trotz Eileens sanft drängender Hand wollte er den Kopf nicht senken. Er starrte zum Fenster, das der Wind im Rahmen klappern ließ. Regentropfen prallten hart wie Kiesel auf das Glas.

»Schlaf nur, Puschkin«, flüsterte Eileen, während sie sein seidiges Fell streichelte. »Das ist nur ein Sturm. Hab' keine Angst.«

Eileen starrte die Decke über ihrem Bett an; ihre Augen waren fast genauso weit geöffnet wie die der Katze. Auch sie hatte Angst – nicht vor dem Sturm, sondern vor Zalians Reaktion, wenn sie ihm morgen früh ihre Entscheidung mitteilte. Sie würde nichts verbergen, egal, welche Konsequenzen es hätte. Wie sie den alten Armenier kannte, würde der Sturm, verglichen mit seiner Reaktion, wie das Murmeln eines Bachs klingen.

Ja, sie hatte Angst, und die Katze spürte es. Sie würden in dieser Nacht beide keinen Schlaf finden.

»Entschuldigung«, sagte Mitchell, als sich ihre Lippen voneinander lösten, »ich hab' das nicht absichtlich gemacht. Ich meine, es war nicht geplant.«

»Es ist auch besser, wenn es das nicht ist.«

»Wir sind sehr unsachlich.«

»Sehr.«

»Wir haben morgen eine Menge wichtiger Dinge zu erledigen, und wir brauchen beide unseren Schlaf.«

»Du hast vollkommen recht. Es ist spät. Ich hätte dich gar nicht erst hereinbitten sollen. Jetzt haben wir die Bescherung.«

Sie umarmten sich und küßten sich wieder; sie konnten sich einfach nicht losreißen.

Mitchell sah sie an und schüttelte den Kopf. »Ich habe mir vergeben. Du bist einfach unwiderstehlich. Mein Gott, was wollte ich in den letzten Jahren Rechtsanwälten alles antun, aber sie zu küssen war nicht vorgesehen. Tja, ich glaub', ich geh' dann.«

»Das solltest du wirklich tun. Aber es ist ein ziemlich übler Sturm. Du wirst bestimmt ganz naß, während du auf ein Taxi wartest. Ich kann dir meine Pfeife leihen, das ist eine Kombination aus Polizei- und Taxipfeife. Ich tu' keinen Schritt ohne sie.«

»Ich werd's auch so überleben. Gute Nacht dann.«

»Gute Nacht.«

Noch ein Kuß, noch eine Umarmung.

Mitchell sah sie wieder an. »Es ist mir noch nie so schwergefallen, mich zu verabschieden.«

»Schön.«

»Aber ich werde es tun. Ich werde meine Arme von dir lösen. Ich werde durch diese Tür gehen und dann den Aufzug betreten. Es wird alle Disziplin und einen eisernen Willen erfordern.«

»Das klingt aber mittelalterlich. Überleg dir's lieber noch mal.«

»Gute Idee. Und dann sage ich gute Nacht. Ich wollte wirklich gleich gehen.«

Als sich ihre Lippen wieder fanden, rüttelte der Wind heftig an den Fenstern von Carols Apartment, aber sie bemerkten es nicht.

Coretta lag gegen ihn gekuschelt, das Gesicht gegen seine nackte Schulter gedrückt und eine Hand zwischen seinen Beinen. Sie schnarchte leise, und ihr Atem roch nach Brandy und Zigaretten. Zalian konnte nicht gut einschlafen, wenn er nicht allein im Bett war, und er wünschte fast, er hätte sie mit einem Taxi nach Hause geschickt. Bei Coretta war das ganz anders. Sie hatte ihm gesagt, daß sie nicht einschlafen konnte, wenn sie *allein* im Bett war. Das Schwanken des Gebäudes beunruhigte sie ebensowenig wie der heulende Wind. Es erinnerte sie an Wiegenlieder und die sanften Bewegungen einer Wiege. Als er von ihr geglitten war und sich auf den Rücken gedreht hatte, war sie schon eingeschlafen.

Das Feuer im Kamin warf tanzende Lichter auf die Wände und die Decke. In einem Spiegel sah er die verzerrte Reflektion der regenüberströmten Fenster und der Lichter des Garner Tower. Alle fünfzehn oder zwanzig Sekunden schienen die Lichter von einer Ecke des Spiegels zur anderen zu wandern, dann wieder zurück. Wenn er plötzlich aufgewacht wäre, hätte er geglaubt, auf seiner Jacht zu sein.

Zalian schob Corettas Hand fort und rückte ein paar Inches von ihr ab, damit er sich besser vorstellen konnte, daß er allein wäre. Er schloß die Augen und dachte an die beiden Telefongespräche, die er vor ein paar Stunden geführt hatte. Thornton hatte, sehr zu ihrer beider Überraschung, nachdem er nur einen Nachmittag gesucht hatte, bereits einen potentiellen Käufer gefunden: ein Araber, ein Mitglied des riesigen Saud-Clans. Zehn Millionen für eine Kaufoption? Anscheinend konnte der Scheich diesen Betrag aus der Portokasse bezahlen. Er wollte am Vormittag das Gebäude besichtigen und danach mit Zalian zu Mittag essen. Schön. Zur Hölle mit Lusettis Vorahnungen. Zalian hatte um zehn Uhr bei Lusetti angerufen und den Anwalt aus dem Bett geholt, was zweifellos seine ablehnende Haltung verstärkt hatte. Das Gebäude jetzt zu verkaufen, hatte Lusetti gesagt, könnte so wirken, als wollte Zalian das sinkende Schiff verlassen, und ein Urlaub könnte als Flucht vor Strafverfolgung interpretiert werden. Ganz recht, hatte Zalian geantwortet. Wenn die Beamten der Stadt das Gebäude aus Sicherheitsgründen evakuieren sollten, und es sah inzwischen so aus, als würden sie das bald tun, dann hätte er keine Chance mehr, es auch nur für einen Bruchteil der Baukosten abzustoßen. Dann war da noch die Bankrotterklärung. Die Schlinge zog sich zu. Sobald bekannt würde, wie groß der Verlust in Jamaika wirklich war, würde seine Kreditwürdigkeit auf Null sinken, und ein Dutzend Banken würde bereits bewilligte Kredite zurückfordern. Also keine guten Ratschläge mehr, ja, Gino? Mach nur, was ich dir sage. Arbeite gleich morgen früh mit Thornton einen Vertrag aus, der vorab soviel Geld wie möglich einbringt. Bargeld. Denk dir eine Möglichkeit aus, das Barvermögen der Gesellschaft auf das Schweizer Konto zu überweisen, ohne den drohenden Zusammenbruch zu beschleunigen. Mach dir keine Sorgen, du bekommst dein Geld. Wenn der verdammte Staatsanwalt mit Anklagen wegen Verstößen gegen die Bauordnung oder fahrlässiger Tötung oder ähnlichem Unfug kommt, dann erinnere ihn daran, daß –

Zalian wurde durch das Geräusch splitternden Glases aus

seinen Gedanken gerissen. Er setzte sich auf und schaltete das Licht ein. Vom Beistelltisch war ein Cognacschwenker gerutscht und auf den Kacheln vor dem Kamin zerbrochen. Ein zweiter war gerade unterwegs; er glitt bei jeder Schwankung des Gebäudes auf einem dünnen Feuchtigkeitsfilm weiter zum Rand. Das Bett knarrte rhythmisch. Zalian versuchte, den Ursprung eines regelmäßigen Pochens zu finden, das er seit einigen Minuten hörte. Es war der Rembrandt über dem Kamin. Wenn das Gebäude nach Osten schwang, löste sich die Unterkante des schwer vergoldeten Rahmens von der Wand. Zwanzig Sekunden später, beim Rückschwung, knallte er mit dem Geräusch einer zufallenden Autotür vor die Wand.

Zalian stand auf, wickelte einen Kissenbezug zu einem Polster zusammen und steckte ihn hinter das Bild. Es bumste nicht mehr. Dann drehte er sich um und schob das Glas von der Tischkante zurück. »Au! Verdammt!« Ein dreieckiger Splitter war seitlich in seinen Fuß eingedrungen. Er hob den Fuß an das andere Knie und zog das Glas heraus, wobei er sich in den Finger schnitt. »Scheiße!«

Der Medizinschrank im Badezimmer stand auf, und die Hälfte seines Inhalts war auf dem Boden verstreut. Zalian fand eine Flasche Jod und eine Rolle Heftpflaster. Er setzte sich auf den Badewannenrand und untersuchte die Wunde. Sie war sauber und blutete nicht sehr stark. Er schüttete Jod darüber und verband seinen Fuß mit dem Pflaster. Dann humpelte er ins Bett zurück, verlor unterwegs fast das Gleichgewicht, weil das Gebäude stark schwankte. Er fluchte wieder und schwor sich, aufs Land zu ziehen, wenn er jemals aus Europa zurückkehren sollte. Ein paar kleine Schwingungen waren ja in Ordnung, aber das hier war einfach lächerlich. Sollte doch jemand anders im Penthouse wellenreiten.

Der Wind heulte mit unvermindertem Ingrimm um das Gebäude, und der Regen peitschte an die Fenster. Zalian hoffte, daß sich keine weiteren Scheiben losrissen und auf die Straße fielen. Dann würde seine Seifenblase sofort platzen. Der Bürgermeister würde seinen Kopf fordern, der Mob würde ihn auf die Plaza zerren und in der Fontäne ertränken. Während er ins Bett kletterte, hatte er die Vision fackeltragender Bauern, die zu Dr. Frankensteins Schloß marschierten.

»Mein Gott, Coretta«, sagte Zalian, als sich die schlafende Frau an ihn kuschelte. »Kann dich denn gar nichts erschüttern?«

»Mmm. Nacht«, sagte sie, während sie einen Arm und ein Bein über ihn warf.

Er mußte lächeln. Coretta war schon richtig. Sie schien ihn wirklich zu lieben, und zwar nicht nur, weil er reich war. Sie war unkompliziert und immer guter Dinge, und der Altersunterschied schien sie nicht zu stören. Er war froh, daß er sie hatte. Eine ungewohnte Welle von Zuneigung durchflutete ihn, und er küßte sie auf die Stirn. »Es fällt mir schwer, Menschen zu lieben«, flüsterte er, »aber dich liebe ich fast.« Er legte sich zurück, froh, daß sie ihn nicht gehört hatte. Sie wäre sofort aufgewacht und hätte eine Party feiern wollen.

Zalian lauschte dem Wind, der wie ein Dosenöffner an dem Gebäude riß. Wenn er durchbrach und ihn im Bett tötete, dann würde es ihn wenigstens zwischen Seidenlaken erwischen, umgeben von Kunst und neben einer großartigen Frau, die halb über ihm lag. Es gab schlimmere Arten, zu sterben.

14

Matt Boyle hatte in dieser Nacht ziemlich viel am Hals. Um 2.00 Uhr kam der Vorarbeiter des Reinigungstrupps in sein Büro und teilte ihm mit, daß er seine Männer abziehen wollte. Alle fünfunddreißig. Sie waren mit den unteren Etagen fertig, aber die oberen würden warten müssen. Der Sturm ließ das Gebäude zu sehr schwanken. Zwei Männer waren hingefallen, und drei waren seekrank. Alle hatten Angst, daß die Fenster hinausfliegen würden.

»Ihr könnt nicht so einfach abhauen«, sagte Boyle wütend.

»Ihr steht unter *Vertrag*. Morgen früh kommen fünfzig Mieter, die dafür bezahlen –«

»Die Männer weigern sich, bei einem solchen Wetter auf den oberen Etagen zu arbeiten. Das Putzen und die vollen Papierkörbe können auch noch eine Nacht warten.«

Boyle ballte die Fäuste. »Wenn es warten kann, wofür bezahlen wir euch dann? Kommt ihr denn morgen nacht für den halben Lohn wieder?«

Der Vorarbeiter zuckte die Achseln. »Wir verschwinden. Es ist zu gefährlich.« Er marschierte rasch aus dem Büro.

Boyle stürmte hinterher. »Im Vertrag steht kein Wort davon, daß ihr einfach so abhauen könnt. Wenn ihr mich jetzt im Stich laßt, dann braucht ihr überhaupt nicht mehr zu kommen.«

»Im Vertrag steht auch nichts davon, daß wir Kopf und Kragen riskieren müssen«, sagte der Vorarbeiter, während er entschlossen die Treppe zum hinteren Teil der Lobby hinaufstieg. »Sie können ja eine andere Reinigungsfirma anrufen. Die werden aber dasselbe tun wie wir. Sie werden warten, bis der Sturm vorbei ist.«

»Und was soll ich jetzt machen? Soll ich da raufgehen und selbst putzen?«

Der Vorarbeiter trat durch eine Tür mit der Aufschrift »Versand-Warenannahme«. »Gehen Sie doch mal hoch und sehen Sie es sich selbst an. Da ist eine Menge Zeug von Regalen und Schreibtischen gefallen.«

Die Saubermänner standen eng beisammen, knöpften Jakken und Mäntel zu und wappneten sich gegen den Sturm draußen; sie warteten nur noch darauf, daß ihr Vorarbeiter ihnen sagte, daß sie gehen konnten. Dann stürmten sie sofort zur Tür. Boyle stellte sich ihnen halb in den Weg und funkelte sie düster an, während sie an ihm vorbeigingen. Einige wirkten betreten, andere bedachten ihn mit haßerfüllten Blicken. Ein kleiner Mann mit einem buschigen Schnurrbart blieb vor ihm stehen und strahlte ihn an. »Is' großes Durcheinander oben, Señor.« Boyle hätte ihm am liebsten den Schnurrbart von der Lippe gerissen.

Im Wachraum war nur noch ein Wachmann. »Tut mir leid, Matt«, sagte er, als Boyle eintrat. »Ich wollte es ihnen ausreden – ich hab' ihnen gesagt, daß der Regen aufgehört hätte und daß der Wind nachließe.«

»Diese feigen Armleuchter, diese Bohnerwachstoreros«, schimpfte Boyle, während er sich schwer auf einen Stuhl vor den Monitoren fallen ließ.

»Auf den Mond schießen könnte ich die. Frank, tu mir mal einen Gefallen. Nimm dir ein paar Jungs und sieh dir die oberen paar Dutzend Stockwerke an. Dieser Oberwachser meinte, da wär 'n Haufen Zeug auf den Boden gefallen. Melde dich dann wieder bei mir und sag mir, wie schlimm es aussieht. Wir müssen vielleicht selbst etwas aufräumen, wenigstens bei den Mietern, die dauernd meckern.«

Der Wachmann nickte, schaltete die Rundrufanlage ein und beorderte sechs seiner Männer in die Cafeteria im fünfundvierzigsten Stock.

Als er allein war, wanderte Boyle im Wachraum herum und überprüfte die Instrumente. Besonders sorgfältig betrachtete er das Gerät, das anzeigen sollte, ob das Gebäude aus dem Lot gekommen wäre. Wenn er sich nicht irrte, stand die Nadel eine Winzigkeit neben der Null – wahrscheinlich ein Hinweis darauf, daß das Gebäude ziemlich weit schwang. Nun, die Türme des World Trade Center schwangen bei starkem Wind zehn Fuß, also war es weiter kein Problem. Er würde diesem neugierigen Ingenieur, der noch nicht einmal aus der Stadt stammte, am Morgen sagen, daß das Instrument doch nicht kaputt war.

Er setzte sich, legte einen Fuß auf den Tisch und wickelte ein Schinkensandwich aus. Bevor er hineinbeißen konnte, fing er aus den Augenwinkeln eine Bewegung auf einem der Bildschirme auf. Ein Wachmann betrat den Lagerraum im Keller; er sah sich verstohlen um, ob ihn jemand bemerkt hätte. Boyle legte das Sandwich beiseite und stellte die Füße auf den Boden.

»Ja, da schau her«, sagte er leise. Wer war es? Das Bild war zu klein, um es mit Sicherheit sagen zu können. War das vielleicht der Haitianer, der so komisch sprach und diesen irren Augenausdruck hatte?

Boyle holte eine Taschenlampe aus der Schreibtischschublade und trabte zum westlichen Korridor hinüber.

Christophe sah sich nach beiden Seiten um und schloß die Tür hinter sich. Er humpelte zwischen den Lagerregalen entlang; seine Knie schmerzten so. Sie taten immer weh, wenn ein Sturm kam, ein Leiden, das er von seiner Mutter und seiner Großmutter geerbt hatte.

Als er die Mülltonne beiseite schob und den Eingang zu der niedrigen Kammer freilegte, klopfte sein Herz erwartungsvoll. Heute nacht, wo der Wind so heftig wehte, mußten die Stimmen besonders laut sein. Sie würden ihn ängstigen, aber sie würden ihm auch Sicherheit geben. Die Geräusche waren der Beweis dafür, daß er sich nicht alles nur einbildete. Er brauchte die Angst, um seinen Job aufgeben zu können, denn Jobs waren rar. Wenn er nicht kündigte, das wußte er ganz genau, dann würde ihn das Gebäude irgendwann töten.

Er kroch hinein und zog die Klappe zu. Tief gebückt, um sich nicht den Kopf an der niedrigen Decke zu stoßen, arbeitete er sich bis zu der Stelle vor, an der die Stimmen immer am lautesten schienen. Er hockte sich auf ein Knie und lauschte. Die Geräusche waren da, er hatte es gewußt, und sie waren lauter und eindringlicher als je zuvor – das tiefe, rhythmische Ächzen, das protestierende Knacken und Knirschen, das schwere Felsen von sich geben, wenn man sie übereinanderschleift. Das tröpfelnde Geräusch aber war neu. Der schwache gelbe Strahl seiner Taschenlampe zeigte ihm, daß der untere Teil der Wände vor Feuchtigkeit dunkel war. Durch die Risse sickerte Wasser, das auf dem Boden zu kleinen Pfützen zusammenlief. Außerdem lagen ziegelsteingroße Betonstücke herum. Christophe sah die gezackten weißen Löcher in der Decke, aus der sie gefallen waren. Würde das Dach einstürzen und ihn bei lebendigem Leibe begraben? Er hielt die Lampe und die Augen nach oben gerichtet und kroch vorsichtig den Weg zurück, den er gekommen war. Er hatte Angst, er schauderte, und über seine Schultern und Arme lief eine Gänsehaut.

Die Bewegungen waren noch schlimmer als die Geräusche. Bei früheren Stürmen hatte er ein Rollen wie bei schwerer See auf einem Schiff gespürt, doch es war noch nie so deutlich gewesen. Jetzt hoben und senkten sich sogar die gewaltigen grauen Säulen langsam wie die Kolben einer fantastischen Maschine. Wenigstens war ihm die Ursache der schwachen Vibrationen bekannt, die jetzt langsam stärker wurden: Auf der anderen Seite des Gebäudes fuhr ein Zug in die U-Bahnstation ein. Als das Geräusch immer weiter anschwoll, fragte er sich, ob zwei oder sogar drei Züge gleichzeitig ankamen.

Ein lautes Krachen über seiner Schulter ließ ihn erschreckt aufschreien. Ein Teil der Wand, groß wie ein Kleiderschrank, donnerte auf den Boden, gefolgt von einer Woge von Schlamm und Wasser, das aus der nackten Erde schoß wie Blut aus einer Arterie. Christophe konnte sich gerade noch mit einem verzweifelten Satz in Sicherheit bringen, sonst wären seine Beine unter den Massen begraben worden.

Er wirbelte herum, wollte fliehen, und sah sich plötzlich dem Auge einer starken Taschenlampe gegenüber.

»Was hast du hier zu suchen?« fragte eine Stimme.

»Raus hier, schnell!« rief Christophe heiser, während er einen Satz nach vorn machte. »Das Gebäude will wieder töten! Der Tod kommt!«

»Was? Was redest du? Red doch englisch ...«

Christophe wurde von einem mächtigen Arm aufgehalten. Er warf seine Taschenlampe weg und versuchte, sich zum Ausgang durchzukämpfen, aber der Mann, der sich ihm in den Weg gestellt hatte, besaß die Kraft eines Bullen.

»Laß los«, rief Christophe, »es wird uns umbringen!«

»Verdammt, du wirst nirgendwo hingehen, ehe du mir nicht gesagt hast, was, zum Teufel, du hier unten zu suchen hast. Außerdem wirst du mir versprechen, daß du den Mund hältst wegen –«

»Mon Dieu, wir müssen hier raus! Wir müssen der Polizei sagen! Hilfe! Hilfe!«

Christophe, der vom Strahl geblendet war, spürte plötzlich eine Hand auf der Brust, die ihn mit unwiderstehlicher Gewalt gegen die Wand des engen Raumes drängte; er hatte das Gefühl, sie würde gleich hinter ihm zusammenbrechen und ihn begraben. Er kämpfte wild, um sich zu befreien, doch er war festgenagelt wie ein Vampir mit einem Pflock im Herzen. In diesem Augenblick wurde ihm klar, daß er den Verrückten würde töten müssen, ehe das Gebäude sie alle beide umbrachte. Mit einem raschen Griff zum Gürtel zog er sein Messer und klappte mit einer schnellen Handbewegung die Klinge auf. Er schlug wild aus in die Dunkelheit hinter dem Licht, aber er schnitt nur Luft. Bevor er noch einmal zustoßen konnte, beschrieb die Taschenlampe einen scharfen Bogen nach unten, und Schmerz fuhr wie ein Blitz durch seinen rechten Unterarm. Mit einem häßlichen Geräusch brachen Knochen, und das Messer klapperte auf den Boden. Doch der Aufprall hatte dem Gegner die Lampe aus der Hand gerissen, und während sie fiel, warf sie bizarre Schatten an die Wände und die Decke. Seine linken Finger fanden instinktiv die Quelle der Schmerzen und spürten einen abnormen Winkel zwischen dem Ellbogen und dem Handgelenk.

Mit der Kraft der Verzweiflung riß Christophe sich los und zog sich einige Schritte tiefer in den Tunnel zurück. Durch die beißenden Tränen, die seine Augen überfluteten, konnte er die Silhouette eines großen Mannes sehen, der breitbeinig im Gang stand und sich bückte, um seine Taschenlampe wieder aufzuheben. Christophe stützte den gebrochenen Arm mit dem gesunden, stürzte vor und trat den Angreifer mit aller Kraft in den Unterleib. Sein Fuß landete genau im Ziel. Der Mann krümmte sich mit einem scharfen Schrei, der Christophe an ein wildes Tier erinnerte, doch er ging nicht zu Boden. Als Christophe noch einmal nachsetzen wollte, wurde abermals die Taschenlampe als Waffe eingesetzt. Christophe sah den Strahl hoch in die Luft steigen, bevor er niederging. Er hob schützend den gesunden Arm, doch es war zu spät. Der Schlag traf ihn mit voller Wucht an der linken Schläfe und streckte ihn zu Boden. Er schaffte es gerade noch, den Kopf herumzurollen, bis er auf der Wange lag, ehe sein Körper den Gehorsam verweigerte. Aus den Augenwinkeln sah er, daß die Taschenlampe wieder auf ihn zukam. Er versuchte, den Arm zu heben und sich kriechend in Sicherheit zu bringen. Er wollte schreien und treten und fortlaufen. Doch er konnte nur noch dem raschen, tödlichen Fall des weißen Lichtes zusehen. Er hörte den Aufschlag des Metalls auf seinem Schädel, doch er spürte schon nichts mehr.

Matt Boyle schlug immer wieder zu, bis ihn die Schmerzen in seinem Unterleib übermannten. Er ließ sich auf den Boden fallen und legte sich mit angezogenen Knien auf die Seite. Er verzog schmerzlich das Gesicht und preßte die Hände zwischen die Beine, um den Schmerz auszuschalten, der sich anfühlte, als drückte ein glühender Feuerhaken auf seine Hoden. Er versuchte, sich durch die Öffnung in den Lagerraum zu schieben, doch die Schmerzwellen, die durch seinen Körper jagten, wurden so intensiv, daß er das Bewußtsein verlor.

Als er wieder zu sich kam, wußte er zuerst nicht, wo er war. Seine Hände und sein Gesicht waren gegen einen Betonboden gedrückt. Seine Beine waren kalt, und in der unteren Körperhälfte spürte er einen dumpfen, pochenden Schmerz. Langsam erkannte er das tiefe Murren und Stöhnen des Gebäudes, das mit dem Wind kämpfte. Er öffnete die Augen und hob den Kopf. Er war im Lagerraum neben der Mülltonne. Über ihm ragten hohe Regale auf. Er wandte den Kopf um und sah, daß seine Beine in einer Wasserlache im Eingang des kleinen Ganges hingen, der unter die Laderampe führte. Boyle arbeitete sich auf die Knie hoch, drehte sich um und steckte den Kopf in das dunkle Loch. Nicht weit entfernt lagen zwei Taschenlampen auf dem Boden. Der Strahl der vorderen beleuchtete die Beine eines Mannes. Nun kehrte auch die Erinnerung an den Kampf und den Schlag zurück, den er eingesteckt hatte. »Dieser verdammte Nigger«, murmelte er, während er in den Tunnel kroch. »Dieser gottverdammte Nigger.«

Er hob die vordere Taschenlampe auf und richtete ihren Strahl einen Augenblick auf den Anhänger auf der Brust des Wachmannes. Christophe stand dort – allerdings, es war dieser Haitianer. Sein Kopf sah aus wie eine eingedrückte Melone.

Boyle rollte sich herum, bis er sich hinsetzen und gegen die Wand lehnen konnte. Er schloß die Augen, versuchte zu entscheiden, was zu tun wäre. Die Leiche beseitigen. Kann sie nicht hierlassen, wenn die Inspektoren überall rumschnüffeln. In einen großen Müllsack, ja, in die Mülltonne damit. Am Morgen würde er dafür sorgen, daß die Tonne im Zerkleinerer der Müllabfuhr verschwand.

»Tja, ich glaub', ich geh' dann mal.«

»Warum so eilig?«

Sie mußten beide lachen.

»Wir haben schon Sperrstunde«, sagte Carol, während sie mit den Fingern durch sein Brusthaar strich. »Wie spät ist es überhaupt? Schau du nach – ich will dich weiter ansehen.«

Mitchell hob den Kopf und schielte zur Uhr auf dem Nachttisch. »Halb sieben«, sagte er; dann ließ er den Kopf aufs Kissen zurückfallen. »Ich muß jetzt wirklich gehen.«

»Das hast du schon mal gesagt.«

»Diesmal meine ich es aber auch. Ich hab' in zwei Stunden einen Termin mit Castleman.«

»Und ich muß den Wachmann aufspüren, der glaubt, das Gebäude sei verhext. Wie soll ich das nur schaffen, wenn du nicht aus meinem Bett verschwindest, wenn du nicht aufhörst, diese schrecklichen Sachen mit mir zu machen?«

»Entschuldige. Ich habe wohl die Geräusche falsch interpretiert, die du von dir gegeben hast. Tja, ich geh' dann lieber.«

»Wann sehen wir uns?«

»Um halb elf in meinem Büro im sechsundsechzigsten Stock dieses wundervollen Zalian Building – das ist eine der besten Adressen in Manhattan. Wir können unsere Aufzeichnungen vergleichen und darüber diskutieren, wohin du mich zum Essen einlädst.«

Carol lächelte, dann runzelte sie die Stirn. »Mir tut nur eines leid. Vor langer Zeit – ich glaube, es war gestern abend – sagtest du, der Sturm gäbe dir die Gelegenheit, das Gebäude in Aktion zu beobachten. Jetzt ist der Sturm vorbei. Du hast deine Chance verpaßt.«

»Dafür konnte ich dich in Aktion erleben.«

»Das ist wahr.«

»Das Gebäude kann nicht einfach verschwinden. Bei dir bin ich da nicht so sicher. Tja, ich glaub' ich geh' dann. Ein Abschiedskuß?«

Sie legte ihm die Arme um den Hals. »Aber gern.«

15

Um 7.30 Uhr morgens standen vier Pförtner in ihren prächtigen Uniformen vor der Rockefeller Plaza Nummer 30 und sahen in den Himmel. Der Regen hatte aufgehört, der Wind jedoch nicht. Würde der Wind auch aufhören? Es hätte keinen Zweck, sich zwei Stunden Arbeit zu machen, um die Flaggen auf die hundertsiebenundfünfzig Masten zu ziehen, die die Eisbahn umgaben, nur um sie kurz darauf wieder herunterzuholen. Der Himmel war grau und wolkenverhangen; in tausend Fuß Höhe rasten zerfetzte schwarze Wolken rasch nach Osten.

»Der Wetterbericht sagt, daß die Front vorbei wäre«, meinte einer der Männer. »Ich glaube, der Wind läßt nach. Wenn es jetzt ein paar Stunden ruhig bliebt, und die Fahnen hängen nicht an den Masten, kriegen wir Theater.«

»Hat der Wetterfrosch heute morgen aus dem Fenster gesehen? Die Wolken da treiben mindestens mit sechzig Meilen in der Stunde.«

»Das ist weit oben. Die Fahnenmasten sind hier unten. Komm, laß uns die Dinger aufziehen.«

Die Männer gingen in die Lobby, wo in einer fröhlichen Atmosphäre noch eine weitere Entscheidung getroffen wurde: Über Nacht war einer der Masten umgeknickt, so daß die Flagge eines Landes eingerollt bleiben würde. Welches Land wäre wohl am wenigsten geneigt, sich lautstark zu beschweren? Eine Abstimmung endete unentschieden: zwei Stimmen für die Republik der Malediven und zwei für Obervolta. Eine hochgeworfene Münze entschied, daß die Malediven verloren hatten.

Um 8.00 Uhr war Chet Crizeck mit der Planung für die Sprengung fertig. Mit etwas Glück würde es die letzte sein, so daß er seine Männer und die Ausrüstung zu der Baustelle auf Long Island verlegen konnte, was eine Erlösung wäre. Hier auf der Fünfzigsten und der Eighth Avenue liefen zu viele Verrückte herum, und es war verdammt schwer, die Muldenkipper in das Loch und wieder herauszubekommen.

Er nahm einen Schluck Kaffee und rechnete die Zahlen, die er auf einem Zettel notiert hatte, ein zweites Mal durch. Er würde vierzehn Sprenglöcher beschicken, nur zwei mehr, als die Bauordnung erlaubte. Ganz unten kam die Zündkapsel hinein, dann fünf Stangen Tovex mit je fünf Inches Erdreich dazwischen, vier Fuß Verdämmung, und noch eine Stange dicht unter der Oberfläche. Die Löcher würden im Abstand von wenigen Millisekunden zünden, um die Vibrationen auf ein Mindestmaß zu drücken. Seine Leute würden nicht lange brauchen, um die Sprengung zu laden und zu verdrahten. Um elf Uhr würde er dann wohl zünden können; später wären zu viele Fußgänger unterwegs. Chet überblickte die Baustelle aus dem Fenster seines Wohnwagenbüros. Der Regen der letzten Nacht hatte einige Pfützen entstehen lassen, doch in der Umgebung der geplanten Sprengung war es trocken – es war ein Hügel aus geschichtetem Glimmerschiefer, der in die Richtung des Zalian Building auf der anderen Seite der Fünfzigsten schräg aufstieg. Wenn sie genug Sprengmatten auflegten, konnte Zalians Fenstern nichts passieren. Die große, fünf Tonnen schwere Matte, die aus verflochtenen Fahrstuhlkabeln bestand, konnte wahrscheinlich schon allein die Sprengung dämpfen. Aber, oh, würde sich Bezirkssprengmeister Inspektor Flynn vom Fire Department in die Hosen machen, wenn er zufällig in der Nähe wäre und die Kraft der Explosion spürte? Aber er würde nicht in der Nähe sein, und sobald es erst geknallt hatte, konnte sowieso keiner mehr was ändern, Flynn nicht und auch sonst niemand.

Je länger Mitchell mit Castleman sprach, desto unbehaglicher fühlte er sich. Die Umgebung verstärkte seine Stimmung noch: Im Büro blätterte die Farbe von der Decke, Möbel, vor denen sogar die Heilsarmee zurückgeschreckt wäre, und ein Ausblick auf eine kahle Wand. Die meisten Büros auf dem Flur, durch den Mitchell auf dem Weg vom Aufzug gekommen war, waren dunkel und leer; in dem zentralen, offenen Bereich, den er jetzt erreicht hatte, versank ein Dutzend Zeichentische im Staub. Die winzige Frau, die wohl die Sekretärin des Ingenieurs war, hatte das Pensionierungsalter mindestens schon fünf Jahre hinter sich.

»Beeindruckend, was?« sagte Castleman zur Begrüßung, während er müde abwinkte. »Ein paar Fehler, und sofort hört in diesem Geschäft das Telefon zu klingeln auf. Ich werde mir nicht einmal dies hier noch lange leisten können.«

Mitchell hatte gehört, daß man ihn als »Castleman Junior« bezeichnet hatte, um ihn von seinem berühmten Vater zu unterscheiden, und so hatte er einen Mann um die vierzig oder fünfzig erwartet, doch sein Gegenüber hatte auch selbst schon das Rentenalter überschritten – eine schmale, blasse Gestalt in einem dunkelblauen Anzug, der eine Nummer zu groß schien. Er sprach leise und verhalten, und er saß auf seinem Stuhl wie ein Sterbender, den man ein letztes Mal für die Besucher aufgerichtet hatte. Es fiel ihm schwer, sich auf die Fragen zu konzentrieren, die Mitchell ihm stellte, und seine grauen, wäßrigen Augen wanderten immer wieder ausweichend in unendliche Fernen.

Zwischen ihnen lag ein Satz Planzeichnungen vom Zalian

Building auf dem Tisch; sie gaben Auskunft über Einzelheiten der Fundamente. Mitchell lenkte Castlemans Aufmerksamkeit mit einem Bleistift auf den unteren Rand der Zeichnung.

»Die Säulen ruhen auf Fundamentplatten, die über Ankerbolzen mit den Sockeln verbunden sind, und zwar hier, hier und hier. Ist das richtig so?«

Castleman studierte die Zeichnung, als hätte er sie noch nie gesehen. »Das scheint der Fall zu sein.«

»Kein Stahl? Keine Eckbleche oder Winkeleisen? Auf diese Weise wurde es gebaut?«

»Soweit ich mich erinnere, ja. Das ist ein Standarddesign.«

Mitchell schürzte die Lippen. Ein Standarddesign für ein Gebäude, das so weit vom Standard entfernt war wie nur möglich. »Das erscheint mir ein wenig geizig. Wurde die zu erwartende Spannung berechnet? Ich glaube, starke Winde oder seismische Kräfte könnten die Verbindung einfach durchreißen.«

Castleman beugte sich vor und runzelte die Stirn. »Ich bezweifle, daß es in Manhattan auch nur ein Fundament bei einem Wolkenkratzer gibt, das jemals unter Spannung stand. John Strout hat die Fundamente entworfen. Er ist der beste Mann dafür.«

»Ist er hier?«

»Er arbeitet nicht mehr für mich. Ist gegangen, als der Auftrag in Jamaika schiefging. Da hatte die Planung gerade erst angefangen.«

»Hat jemand seine Arbeit weitergeführt? Auf diese Weise können eine Menge Fehler entstehen.«

»Ich hätte selbst die Firma verlassen sollen, aber das ist nicht so leicht, wenn man Präsident und Besitzer in einer Person ist.« Er blickte Mitchell an und runzelte die Stirn. »Ich dachte, Sie untersuchen die fehlerhaften Fenster.«

»Ich beginne langsam zu glauben, daß die Fenster nur ein Symptom für etwas viel Schlimmeres sind. Das Gebäude schwankt zu stark, und die Schwingungsdauer beträgt fast zwanzig Sekunden, doppelt soviel wie beim World Trade Center. Macht Ihnen das keine Sorgen? Ich meine, glauben Sie, daß sich ein instabiler Zustand entwickeln könnte?«

Castleman dachte lange nach, bevor er antwortete: »Mir machen eine Menge Dinge Sorgen«, sagte er schließlich. Er wandte den Blick ab. »Zuerst einmal macht es mir Sorgen, daß ich überhaupt Bauingenieur geworden bin. Bei dem Vater hatte ich aber kaum eine Wahl. Ich sagte ihm, daß mich dieser Beruf nicht interessierte, und daß ich nicht aus dem rechten Holz dafür wäre. Er wollte nichts davon wissen. Henry Castleman war kein guter Zuhörer.«

Mitchell blätterte die Zeichnungen um. »Da ist noch etwas, das ich Sie fragen wollte –«

»Ich hasse diese Kompromisse. Man gibt wohlbegründete Vermutungen von sich, aber es sind und bleiben Vermutungen. Man kann niemals etwas wirklich sicher sagen. Das Gebäude muß errichtet werden, also wendet man die Formeln an und hält sich an die Bauordnung und folgt der allgemeinen Praxis. Und dann betet man zu Gott, daß die eigene Unfähigkeit, wirklich zu bestimmen, was im Stahl und im Beton passiert, niemand verletzten wird.«

Mitchell fragte noch nach der Entscheidung, leichtere Zwischendecken einzubauen, doch der alte Ingenieur ignorierte ihn, hing gebannt seinen Erinnerungen und Philosophien nach. Mitchell wartete auf eine Chance, wieder auf diesen Punkt zu kommen, denn er hatte das Gefühl, daß hier der Kern des Problems lag. Bei einem hohen Gebäude ist das Gesamtgewicht für die Standfestigkeit von entscheidender Bedeutung.

»Ärzte verlieren ab und zu einen Patienten«, fuhr Castleman fort, »doch ein Ingenieur kann hundert Menschen mit einem Lidschlag töten. Und was noch schlimmer ist, die Verantwortung erlischt nie. In vierzig Jahren habe ich eine Menge Gebäude entworfen. Jeden Tag verfallen sie ein bißchen weiter, genau wie Sie und ich. Menschen leben und arbeiten in ihnen und gehen auf dem Bürgersteig an ihnen vorbei. Ihre Leben hängen von mir ab, von einem Mann, den sie nie gesehen haben, und an den sie nie denken. Ich habe mir mein ganzes Leben lang Sorgen darum gemacht, daß Menschen sterben könnten, weil ich vielleicht etwas übersehen habe. Ein kleiner Irrtum, der keine Rolle spielte, als das Gebäude jung und stark war. Glauben Sie mir, seit diese Fenster herunterfielen, habe ich keine zehn Minuten mehr ununterbrochen geschlafen.«

Castleman schloß fest die Augen und rührte sich nicht mehr. Als er Mitchell nach einer Weile wieder ansah, waren seine Augenwinkel feucht. »Ich könnte Ihnen und allen anderen eine Menge Ärger ersparen, indem ich die Schuld auf mich nehme. Zwei Menschen getötet und ein Dutzend schwer verletzt. Sie schütteln den Kopf, aber das nimmt nicht die Schuld von mir. Ich hab' nicht gut genug aufgepaßt. Ich ließ mich von Zalian und Boyle überrumpeln, alles auf die billigste Weise zu bauen.«

»Sie gehen sehr hart mit sich ins Gericht. Es ist auch denkbar, daß die Fenster heraussprangen, weil sie mit außergewöhnlich starkem Wind belastet wurden, vielleicht doppelt so stark, wie in der Bauvorschrift angenommen.«

Castleman holte ein weißes Taschentuch heraus und schneuzte sich. »Ich hätte mich energischer gegen sie stellen sollen. Das ist jetzt klar. Da sind auch noch so viele andere Dinge passiert. Wer hätte sich das träumen lassen ...« Seine Stimme versagte.

»Was ist mit dem Wechsel zu leichteren Zwischendekken?«

»Das hat uns eine Menge Baustahl erspart. Wir haben auch mit Computerberechnungen eine Menge Gewicht herausgenommen.«

»Das Design verfeinert?«

»Wir haben alles bis auf ein absolutes Minimum herunterrasiert. Früher waren die Berechnungen so zeitaufwendig, daß wir lieber größer und stärker bauten als notwendig. Es war ein zusätzlicher Sicherheitsfaktor, und das Material war billig.«

»Und nachdem Sie das Gewicht heruntergedrückt hatten,

haben Sie nicht die Fundamente neu geplant? Um die Standfestigkeit zu erhöhen?«

»Die Fundamente waren schon drin. Mr. Mitchell, ich will nicht unhöflich sein, aber könnten wir nicht ein andermal weitersprechen? Ich... mir ist nicht gut.«

»Natürlich.« Mitchell klappte seine Aktentasche zu und stand auf.

Castleman blieb sitzen und gab ihm apathisch die Hand. »Rufen Sie mich in ein paar Tagen an, wenn Sie noch weitere Fragen haben. Aber im Augenblick fühle ich mich dem einfach nicht gewachsen.« Als er Mitchells besorgtes Gesicht sah, fügte er hinzu: »Das wird schon. Auf Wiedersehen dann. Wir sehen uns noch, spätestens vor Gericht.«

Der Gang war dunkel und roch nach Urin. Ihr Taxi wartete vor der Tür, und mit einer Taschenlampe, die sie sich vom Fahrer geliehen hatte, fand sie endlich die richtige Tür. Auf ihr erstes vorsichtiges Klopfen hatte niemand geantwortet. Sie klopfte noch einmal etwas lauter. »Mr. Christopher? Ist jemand zu Hause?«

Sie hörte Schritte. »Wer ist da?« fragte eine gedämpfte Stimme.

»Carol Owens. Ich komme vom... vom Zalian Building. Sind Sie Mr. Christopher? Bin ich hier richtig?« Sie sah nervös den Flur hinauf und hinunter, wünschte, sie hätte den Taxifahrer überzeugen können, mit heraufzukommen. Doch er hatte Angst gehabt, seinen Wagen unbeaufsichtigt abzustellen, sogar um 9.15 Uhr morgens.

»Was wollen Sie? Hat er Schwierigkeiten?«

»Könnten Sie die Tür einen Spalt aufmachen, damit wir nicht so brüllen müssen?«

Sie hörte, wie aufgeschlossen wurde. Die Tür ging ein paar Inches auf; sie war immer noch mit zwei Ketten gesichert. Durch den Spalt sah Carol einen kleinen Schwarzen, der einen Bademantel trug. Er stand weit von der Tür weg, als hätte er Angst, sie könnte durch den Spalt langen und ihn packen.

»Ist Mr. Christopher nicht zu Hause?«

»Er heißt Christophe. Kennen Sie ihn? Arbeiten Sie mit ihm zusammen?«

»Ich kenne ihn nicht persönlich. Ich arbeite für einen Ingenieur, der das Gebäude untersucht. Wir haben erfahren, daß Mr. Christophe einige Dinge darüber weiß, die sonst niemandem bekannt sind.«

»Es ist nicht da. Er ist letzte Nacht nicht von der Arbeit nach Hause gekommen.«

»Nein?« Carol sah auf die Uhr. »Er ist um ein Uhr gegangen. Das ist über acht Stunden her.«

»Manchmal trinkt er auf dem Heimweg noch ein Glas.«

»Wo denn?«

»Das weiß ich nicht. Sind Sie von der Polizei? Sind Sie von der Regierung?«

»Nein. Ich bin Rechtsanwältin. Hier ist meine Karte. Vor einigen Wochen gab es einen Unfall am Gebäude, und wir versuchen, den Sachverhalt aufzuklären. Wir glauben, daß er uns helfen kann.«

Der Mann nahm die Karte, doch er sah sie nicht an. »Er ist nicht nach Hause gekommen. Er ist mein Neffe. Ich mach' mir Sorgen um ihn. Ich warte schon so lange.«

»Haben Sie angerufen und nach ihm gefragt?«

»Wir haben kein Telefon.«

»Hat er Ihnen gegenüber mal erwähnt, daß er Risse gesehen hätte? Risse im Gebäude?«

»Er meinte gestern abend, ich sollte mitkommen und mir die Risse ansehen und die Geräusche anhören, die das Gebäude im Wind macht.«

»Hat er gesagt, wo die Risse sind?«

»Im Keller.«

»Sagte er auch, wo im Keller?«

Es gab eine Pause. Dann: »In einem abgeschlossenen Lagerraum. Hinter einer niedrigen Eisentür, bei der man sich bücken muß.«

»Das ist schon eine Hilfe. Sagte er, auf welcher Seite des Gebäudes? Norden? Süden? In der Nähe der Aufzüge?«

Wieder eine Pause. »Er sagte was von einer Laderampe.«
»Haben Sie vielen Dank.«

Zalian erschrak zuerst, dann wurde er wütend. Er rang verzweifelt um seine Fassung, als Boyle von seiner tragischen Begegnung mit dem Wachmann berichtete. Er unterbrach ihn und fragte, was Boyle mit der Leiche gemacht hätte.

»Ich hab' sie in einen Müllsack gesteckt. Als die Müllabfuhr kam, hab' ich den Sack selbst in den Zerkleinerer geladen. Niemand hat was bemerkt.«

»Niemand hat was bemerkt! Herr im Himmel, Sie haben Nerven! Glauben Sie wirklich, Sie könnten einen Menschen umbringen, ohne daß es auffällt? Was ist mit den anderen Wächtern? Was glauben die, was mit ihm passiert ist? Mein Gott, wenn das auf uns zurückfällt, Matt, dann werde ich ...« Er fing sich wieder, schlug frustriert auf den Schreibtisch.

Boyle antwortete gleichmütig: »Sie glauben, er macht 'ne Sauftour. Er ist schon einmal mitten in seiner Schicht verschwunden. Ist auf einen Drink rausgegangen und drei Tage nicht wieder aufgetaucht. Sie glauben, diesmal kommt er überhaupt nicht wieder.«

»Was ist mit Verwandten und Freunden? Früher oder später werden die Cops hier auftauchen.«

»Der Mann war Ausländer, illegal eingereist. Niemand wird die Cops rufen.«

»Ich hoffe, bei Jesus Christus, daß Sie recht haben. Verdammt, Matt, mußten Sie denn wirklich –«

»Der ist mit einem Messer auf mich losgegangen!« sagte Boyle, während er vor Wut rot anlief. »Sollte ich etwa –«

Die beiden Männer verstummten, als Coretta, aus Zalians Suite kommend, das Büro betrat. »Zeit, an die Arbeit zu gehen«, sagte sie fröhlich. »Die Dusche hat mir wirklich gutgetan!« Sie trat hinter Zalians Stuhl und küßte ihn auf den Kopf. »Es ist viel schöner, hierzubleiben, als dauernd von New Jersey rüberzukommen.«

Zalian zuckte zusammen. »Ich weiß, daß es dir schwerfällt«, sagte er, während er sein Haar glattstrich, »aber du solltest wirklich etwas zurückhaltender sein, wenn ich einen Besucher habe.«

Sie blickte zu Boyle und zwinkerte. »Matt ist doch kein Besucher, er gehört doch zur Familie. Hallo, Matt!«

Sie hüpfte durch den Raum, öffnete die Tür und zog sie hinter sich wieder zu.

»Eine Sache, die ich bei jungen Menschen hasse, ist, daß es ihnen morgens so gut geht«, sagte Zalian. »Wo waren wir stehengeblieben?«

»Ich hab' das Blut abgewischt und ein Vorhängeschloß vor das Loch gelegt, damit niemand reinkommt. Der Wind hat ein paar Spalten aufgerissen, und ein Teil der Außenwand ist eingebrochen. Wir müssen das reparieren lassen, ehe es noch schlimmer wird.«

»Als ob wir nicht schon genug Probleme hätten. Was ist denn?« Boyle hatte vor Schmerzen das Gesicht verzogen und den Kopf gesenkt.

»Das war dieser Hund. Er hat mich in die Eier getreten, und jetzt hab' ich alle paar Minuten Schmerzen, daß ich fast das Bewußtsein verliere. Ich glaube, da ist was geplatzt.«

»Dann gehen Sie doch ins Krankenhaus. Unter falschem Namen.«

Boyle nickte und zog sich langsam auf die Füße. Er konnte kaum aufrecht stehen, und er ging wie ein alter Mann zur Tür.

Zalian rief mit einem Summer Coretta zu sich. »Ist Matt schon weg?«

»Er ist gerade im Aufzug nach unten gefahren.«

»Hast du schon die Flüge nach Mexico City reservieren lassen?«

»Noch nicht. Ich wollte es gleich machen, wenn meine Nägel trocken sind.«

»Buche für übermorgen, nicht für nächste Woche, und halt den Mund. Ich brauche Urlaub, und zwar sofort.«

Der Anruf ging bei der Beschwerdestelle der Wasserwerke ein und wurde zum Werkhof an der Achtunddreißigsten Straße und dem East River Drive weitergeleitet. Um 10.09 erreichte der Dispatcher Wagen drei einen der drei Funkwagen im Bezirk und fragte nach seinem Standort.

»Times Square«, erwiderte der Fahrer. »Wir sind hier in einer Stunde fertig.«

»Wir haben eine Leckmeldung aus der Gegend Fünfzigste und Eighth Avenue. Gegenüber vom Zalian Building ist eine Baustelle, und der Bauinspektor meint, daß auf der Südseite Wasser einsickert.«

»Verstanden. Was für ein Rohr liegt da?«

»Ein Zwölf-Inch-Hauptrohr. Druck wahrscheinlich vierzig Pfund pro Quadratinch. Gestern sind schon ein paar Beschwerden wegen Unterdruck eingegangen.«

»Wir sehen's uns mal an. Ende.«

Der Dispatcher der Consolidated Edison auf der First Avenue, südlich der Vereinten Nationen, machte eine ähnliche Durchsage. Pete Harley, der Vorarbeiter eines Dampfleitungsreparaturtrupps, nahm die Meldung in seinem Lastwagen an. »Wie weit seid ihr vom Zalian Building entfernt?« fragte der Dispatcher. »Sechs Blocks? Der Alte meint, da wär'n Dampfleck im Wartungstunnel. Kellergeschoß, Nordseite, Nähe Eighth.«

Auf dem Beifahrersitz neben Harley lag ein Klemmbrett. Er notierte den Namen auf seinem Auftragszettel und trug die Zeit ein: 10.13 Uhr. »Signal vier«, sagte er. Im Funkcode bedeutete das, daß er die Durchsage verstanden hatte. »Ich fahr' schon mal mit dem Laster rüber und seh' nach. Die Männer machen hier inzwischen allein weiter.«

Wahrscheinlich nur Kondensat, dachte er, während er das Mikrofon ins Armaturenbrett zurückschob. Vielleicht eine Dichtung oder ein Ventil. Er wußte, daß das Zalian Building aus dem Zwanzig-Inch-Rohr auf der Eighth gespeist wurde, nicht aus der Acht-Inch-Leitung auf der Fünfzigsten. Der Dampf war ziemlich heiß, um die zweihundert Grad; er mußte aufpassen.

16

Zalian lauschte dem Anrufer mit wachsender Wut. »Also, Aram, letztlich läuft es darauf hinaus, daß sie eine Verstärkung für die Fenster vorschreiben werden, wie ich es gerade erläutert habe. Sie wollen eine komplette Revision der Planung und der Konstruktion durchführen, und das bedeutet, daß für die Inspektoren Wände und Böden herausgerissen werden. Im Augenblick beraten sie da drin gerade, ob das Gebäude sofort geschlossen werden muß, oder ob noch Zeit ist. Sie werden heute nachmittag einen Anruf bekommen, in dem Ihnen die Entscheidung mitgeteilt wird, und, um Gottes willen, tun Sie überrascht, sonst wissen die mit absoluter Sicherheit, daß ich Sie gewarnt habe. Protestieren Sie nicht, das würde alles nur schlimmer machen. Am besten, Sie geben eine Erklärung ab, daß eine gründliche, öffentliche Untersuchung auch in Ihrem Interesse sei, weil auf diese Weise geklärt werden könne –«

Zalian unterbrach den Anrufer, indem er den Hörer so fest auf die Gabel knallte, daß die Plastikhülle brach. Er sprang auf, hob einen Schreibtischset mit einem Füller und einem Bleistift aus Onyx hoch und schleuderte ihn gegen die Wand. Er fluchte, fuchtelte wild mit den Armen herum, marschierte mit ausgreifenden Schritten um den Schreibtisch. Dann trat er vor die Hausbar, die in einer Seitenwand untergebracht war. Er kehrte mit einem Glas und einer Flasche zurück und ließ sich schwer in seinen Stuhl fallen. Auf der Gegensprechanlage blinkte ein Licht.

»Was gibt's?«

»Mr. Zalian, darf ich reinkommen? Ich muß Sie sprechen.«

»Ein andermal, Eileen, ich hab' zu tun.« Er schenkte sich einen Brandy ein, wobei er den Schreibtisch und seine Hose bekleckerte.

»Es tut mir leid, aber es ist sehr dringend.«

»Na schön, dann kommen Sie rein.« Zalian verschloß die Flasche und schleuderte sie vor die Wand. Er leerte das Glas mit einem einzigen Schluck, der ihm fast den Atem raubte, und warf es hinterher. Jetzt waren drei Narben auf der Holzvertäfelung.

Nach einigen Stunden relativer Ruhe nahm der Wind wieder zu, und als Mitchell um 10.15 Uhr das Fundament des Zalian Building untersuchte, zerrten launische Böen an ihm. Er sah sich alle vier Seiten an, hockte sich gelegentlich auf ein Knie und stocherte mit der Klinge seines Taschenmessers in der Fuge zwischen den Wänden des Gebäudes und dem Pflaster des Platzes herum. An der Ostseite, wo das Gebäude den Gehweg begrenzte, war der Riß sehr deutlich zu sehen – eine fast gerade Haarlinie, die sich von der Ecke bis zur Tür der Haupthalle zog. Anscheinend hatte sich das Gebäude während der Nacht so stark bewegt, daß es den Kontakt mit dem umgebenden Beton verloren hatte. Mitchell sah nach oben. Die abwechselnden Streifen von Granit und Glas liefen wie Eisenbahnschienen im Fluchtpunkt weit oben im Himmel zusammen. Die obersten Stockwerke waren teilweise von niedrigen, rasch ziehenden Gewitterwolken verborgen, so daß die Illusion entstand, der Himmel stände still, während das Gebäude sich bewegte. Mitchell wandte den Blick ab, bevor ihm schwindlig wurde.

Am Zeitungsstand in der Ladenpassage kaufte er eine Packung Kaugummi, um etwas Kleingeld zum Telefonieren zu bekommen. Der Einkaufsbereich war fast menschenleer.

»Seit dem Unfall ist hier nichts mehr los«, sagte der Verkäufer, als Mitchell die wenigen Kunden erwähnte. »Sogar auf der Straße ist kaum noch Verkehr. Wer hat denn schon Lust, sich durchschneiden zu lassen? An einem windigen Tag wie heute ist es noch schlimmer als sonst, weil da die Hälfte der Leute, die hier arbeiten, zu Hause bleibt. Sie haben Angst. Kann man ihnen auch nicht verdenken.«

Mitchell stimmte zu, daß man es ihnen nicht vorwerfen konnte. Der Verkäufer hatte rosa Wangen und trug eine Nickelbrille. Er blinzelte seinem Kunden zu, als er ihm das Wechselgeld gab. »Wenn die bei der Stadt etwas mehr

Mumm hätten, würden sie ihn zwingen, das Gebäude abzureißen und neu aufzubauen«, sagte er. »Aber wollen Sie wissen, warum die es nicht tun?« Er zeigte mit einem Daumen nach oben. »Weil der Alte sie alle in der Tasche hat. Jawohl, so ist es. Oder glauben Sie mir etwa nicht?«

»Ist es denn wirklich so schlimm?«

»Sie werden schon sehen. Es wird überhaupt nichts passieren. Ich hab' gehört, daß sie jetzt einen Spitzeningenieur angeheuert hätten, der 'nen hübschen Bericht schreiben soll. Das ist doch ein Witz! Der wird schreiben, wofür er bezahlt wird.«

»Mein Gott, hoffentlich nicht«, sagte Mitchell, während er sich zum Gehen wandte. »Ich hasse den Gedanken, daß man überhaupt keinem Menschen mehr vertrauen kann.«

Indem er ununterbrochen redete, zog Bill Slater seine Bürste und seinen Scheibenwischer über die weite Glasfläche. Seine ökonomischen Bewegungen verrieten seine lange Übung; er erreichte alle Ecken, ohne auch nur einen Streifen zurückzulassen.

»Sieht nach Regen aus, Reverend«, sagte er freundlich zu seinem Partner, der auf dem anderen Ende der Plattform arbeitete. »Aber weißt du was? Der Schein kann auch trügen. Ich hab' mal in einer Kneipe 'ne Puppe kennengelernt. Ich dachte, sie wäre schwanger, und weil ich nett sein wollte, fragte ich sie, wann es denn soweit wäre, und ob sie lieber einen Jungen oder ein Mädchen hätte. Mann, verdammt will ich sein, die war überhaupt nicht schwanger! Die war einfach dick! Ich war so verlegen, daß mir die Eier eingeschrumpelt sind.«

Reverend Ralph Boone betrachtete schweigend die Kante der Plattform, die dem Gebäude am nächsten war. »Wir sollten für heute Schluß machen«, sagte er. »Es ist zu windig.«

»Scheiß doch auf den Wind. Hier auf dieser Seite ist doch nichts. Wir sind geschützt. Schau mal, wie die Leute da unten ihre Kleider und Hüte festhalten, während hier oben überhaupt nichts zu spüren ist. Nicht einmal eine verspielte, zarte Frühlingsbrise. Hast du das gehört? Das ist Poesie. Du sagst vielleicht ›Mist‹ dazu, aber ich les' oft Gedichte. ›Ein paar Jungs räumten oben am Yukon richtig auf.‹«

Boone streckte einen Arm aus. »Die Gondel berührt nicht die Wand. Siehst du? Die Räder laufen nicht mehr auf dem Granit.«

Slater fuhr mit dem Wischer gekonnt in eine Ecke des Fensters. »Sieh dir nur das Durcheinander da drin an«, sagte er, während er innehielt und sich vorbeugte. »Überall Papier und Bücher auf dem Boden. Der Bau muß letzte Nacht ganz schön gewackelt haben.«

Nachdem er den Scheibenwischer mit einem Lappen gesäubert hatte, trat er ans Ende der Plattform und legte die Hände auf die Kontrollen. »Na los, laß uns weiterfahren. O Reverend, du hast ja mit deinem Fenster noch nicht einmal angefangen! Was, zum Teufel, ist denn mit dir los?«

»Das ist irgendwie komisch«, sagte Boone ernst. Er deutete immer noch nach unten. »Wir berühren nicht mehr die Wand. Schau nur.«

Slater sah sich die Sache an. An seinem Ende war zwischen der Gummirolle und dem Granit ein kleiner Spalt. »Das ist wirklich komisch. Liegt dein Ende auf?«

»Nein. Als ich es vorhin bemerkte, war das Rad einen Inch von der Wand entfernt, jetzt sind es mindestens zwei.«

Slater folgte mit den Augen den Tragseilen nach oben bis zum Ausleger über dem sechsundsechzigsten Stock. »Wir haben vielleicht zu weit ausgehängt.«

»Wie das? Wir haben nichts verändert. Deshalb meinte ich auch, daß es zu windig zum Arbeiten ist. Ich dachte, daß uns vielleicht der Wind wegdrückt, aber das ist es nicht.«

Boone hielt eine Hand dicht vor die Wand. »Siehst du? Kein Wind.«

»Da bleibt mir doch die Spucke weg. Komm, solange wir so weit unten sind, wollen wir noch ein paar Stockwerke machen, und dann fahren wir wieder rauf und sehen nach, was da nicht stimmt.«

Mitchell quetschte sich in der Lobby des Zalian Building in eine Telefonzelle und faltete hinter sich die Tür zu. Dann legte er eine Handvoll Kleingeld und ein Notizbuch auf die Ablage. Der erste Name auf seiner Liste lautete Howard Paul, der Bauinspektor. Während er auf die Verbindung wartete, beobachtete er die Menschen, die auf dem Weg von den Aufzügen zu den Außentüren an ihm vorbeimarschierten. Corey Hale, die freundliche Schwarze, die am Empfangstisch die Aufsicht führte, hatte ihm erklärt, die Firmen in den oberen Stockwerken schickten ihre Mitarbeiter früher nach Hause, weil das Gebäude so stark schwankte.

Der Empfangstisch war das einzige Möbelstück in der Lobby. An der Wand gegenüber, zwanzig Fuß über dem Boden, prangte ein stilisiertes Z aus Aluminium – das Symbol für den Zalian-Konzern. Hinter dem Schreibtisch rauschte ein zwanzig Fuß breiter und fünfzehn Fuß hoher Wasserfall, dessen Wasser immer wieder umgewälzt wurde. Ein schmales Band funkelnden Wassers stürzte unablässig in ein schmales, hallendes Becken und übertönte die Geräusche der Absätze auf dem Kachelboden. Die Wände der Lobby schienen aus Marmor zu bestehen, doch Mitchell hätte wetten können, daß es eine Nachbildung aus Vinyl war.

Als Paul sich meldete, schien er sehr aufgebracht; er begann die Unterhaltung, indem er Zalian als Dieb bezeichnete. Vor zwei Wochen hatte man in sein Büro eingebrochen, und er hatte erst heute morgen entdeckt, was gestohlen worden war.

»Ich wußte, daß Sie mich anrufen und um ein Treffen bitten würden«, sagte er. Er gab sich keine Mühe, seine Wut zu verbergen. »Also bin ich meine Unterlagen durchgegangen, um einige Dokumente zu suchen. Ich wollte Ihnen die Briefe zeigen, die ich Zalian während der Bauarbeiten geschickt habe, und zwar die, die ihn davor warnten, daß der Bau nicht gut genug überwacht wurde. Verdammt, und jetzt stelle ich fest, daß alle fehlen! Ganze Ordner mit Korrespondenz über das Projekt sind verschwunden! Ich hab' es erst gemerkt, als ich sie für Sie suchte. Ich werde die Polizei bitten, einen Haftbefehl für ihn auszustellen.«

»Woher wissen sie denn, daß Zalian –«

»Wer denn sonst, um Himmels willen? Wer sonst könnte sich für das Zeug interessieren? Wer sonst könnte daran denken, es zu stehlen? Als die Menschen bei diesem Unfall starben, wußte er genau, daß er dran war, und deshalb begann er seine Spuren zu verwischen. Das ist jedenfalls meine Meinung. Können Sie heute nachmittag rüberkommen? Ich werde Ihnen über Zalian und die Vorgänge während der Bauarbeiten Dinge erzählen, daß Ihnen der Hut hochgeht. Und nachdem ich mit Ihnen gesprochen habe, werde ich zur Polizei gehen. Der Mann gehört einfach hinter Gitter. Entschuldigen Sie, aber ich war noch nie in meinem ganzen Leben so wütend.«

Der nächste Anruf galt Lusetti.

»Sie haben Glück, daß Sie mich erreichen«, sagte der Anwalt. »Ich wollte gerade raus. Wo haben Sie denn gesteckt? Ich hab' schon versucht, Sie zu erreichen, und Ihre Firma auch. Hat man Sie im Waldorf denn nicht verständigt?«

»Ich war letzte Nacht nicht im Hotel. Ich... ich war bei einem alten Freund.«

»Oh? Kenne ich ihn vielleicht?«

»Kaum«, erwiderte Mitchell, indem er Lusettis sarkastischen Tonfall ignorierte. »Ich rufe Sie an, um Ihnen mitzuteilen, daß mir die Dinge, die ich bisher gefunden habe, überhaupt nicht gefallen. Ich hab' heute morgen mit Castleman gesprochen und bin mit der Überzeugung gegangen, daß die Fundamente stark unterdimensioniert sein könnten. Das Gebäude reagiert im Augenblick so stark auf den Wind, daß die oberen Stockwerke evakuiert werden. Ich werde das Building Department anrufen und einige Trennungsrisse melden, die ich in Höhe der Gehwege gefunden habe. Falls diese Risse neu sind, werde ich empfehlen, daß das Gebäude geschlossen wird. Ich dachte, ich sollte Sie davon unterrichten.«

»Es wird nicht nötig sein, daß Sie die Stadt oder sonst jemand anrufen, Mr. Mitchell.«

»Ich habe gerade mit Howard Paul telefoniert, der im Anfangsstadtium als Bauinspektor mitgewirkt hat. Er sagt, seine Unterlagen seien gestohlen worden, und er wolle zur Polizei gehen und Zalian für den Diebstahl verantwortlich machen. Wissen Sie etwas darüber?«

»Ich werde mal ein Wörtchen mit Mr. Paul reden und ihm klarmachen, welche Konsequenzen derartige Anschuldigungen für ihn haben können. Wie ich schon sagte, es ist nicht nötig, daß Sie die Stadt oder sonst jemanden anrufen. Sie wurden von diesem Projekt abgezogen. Falls Sie irgendwelche Aufzeichnungen gemacht haben, die uns helfen können, dann bringen Sie sie doch bitte vorbei, wenn Sie abreisen, oder schicken Sie sie mit der Post. Es war eine Freude, Sie kennengelernt zu haben, und nun entschuldigen Sie mich bitte...«

»Bert? Was, zum Teufel, hat das zu bedeuten?«

»Hallo, Mitch. Du sollst sofort nach Fort Worth gehen, da ist ein Druckkessel explodiert. Wenn du was zu schreiben da hast, kann ich dir Namen und Adresse –«

»Vergiß Texas! Ich hab' gefragt, was das soll? Ich werde in diesem Augenblick New York nicht verlassen.«

»Wir beordern dich um. Emil ist einverstanden. Ich werde deinen Job bei Zalian übernehmen.«

Mitchell wurde plötzlich bewußt, wie heiß und drückend es in der Zelle war, und er schob die Falttür auf, um etwas Luft hereinzulassen. »Du hast mit Lusetti gesprochen. Der steckt dahinter.«

»Ich habe gestern mit ihm gesprochen, ja. Ich hab' die halbe Nacht vergeblich versucht, dich im Hotel zu erreichen. Erzähl mir nur nicht, daß du mit Nachforschungen beschäftigt warst.«

»Lusetti hat Angst, daß ich nicht mitspiele und Alarm schlage, was? Und er hat dich überredet, mich hier abzuziehen.«

»Ich stimme mit ihm darin überein, daß du überreagierst. Ich weiß nicht, was mit dir los ist, aber ich hab' noch nie gesehen, daß du dich so stark emotional auf einen Job einläßt.«

»Das hat mit Gefühlen nichts zu tun, verdammt noch mal. Ich hab' einfach Angst, daß mir dieser Bau über dem Kopf zusammenbricht. Du würdest dich genauso fühlen, wenn du wüßtest, was ich gesehen und gehört habe.« Mitchell schrie fast, und eine Frau, die die Lobby durchquerte, blieb stehen und starrte ihn an. Er zog mit einem Fluch die Tür wieder zu.

»Ich bezweifle das«, sagte Faber ruhig. »Du kommst viel schneller zu Schlußfolgerungen als ich, und das ist prima, wenn du recht hast. Mitch, wir wollen, daß du deine Sachen packst, und nach Fort Worth abdampfst. Der Unfall da unten liegt dir bestimmt mehr. Du weißt doch selbst, daß du mit Hochhäusern nicht so sehr viel Erfahrung hast, und New York kannst du sowieso nicht leiden.«

»Ich liebe New York und ich werde bleiben. Ich zieh' diese Sache durch.«

»Du mußt aber gehen. Du hast nur eine Stimme, wir haben zwei.«

»Dann kündige ich eben! Sucht euch doch einen neuen Mann!«

Mitchell hängte wütend ein. Dieser verdammte Faber! Er sank langsam auf die winzige Bank und griff nach der Telefonschnur, als wäre sie ein Haltegurt in der Untergrundbahn. Langsam veränderte sich sein Gesichtsausdruck zu Verblüffung, und dann, als er ernsthaft bedachte, was er getan hatte, wurde er fast heiter. Er starrte durch die Fenster in der Tür blicklos die durch die Lobby hastenden Menschen an und stellte plötzlich überrascht fest, daß er lächelte. Hatte er jetzt wirklich keinen Job mehr? Konnte er endlich die Weltreise machen, die er seit zwanzig Jahren immer wieder verschoben hatte? Vielleicht konnte er Carol überreden, sich frei zu nehmen und mit ihm zu fahren. Verlockende Möglichkeiten schossen durch seinen Kopf. Er könnte wieder lehren. Er könnte ein warnendes Buch für Ingenieure schreiben. Er könnte Klavierunterricht nehmen. Sich selbst ein Schild vor die Tür hängen und höchstens sechs Monate im Jahr Unfälle untersuchen.

Er preßte die Lippen zusammen und schüttelte den Kopf. Wahrscheinlich war es zu schön, um wahr zu sein. Faber würde in Panik geraten und sein Ultimatum zurückziehen, so daß ihm kein hinreichender Kündigungsgrund mehr bliebe. Seligman würde ihn an die nicht zu leugnenden Vorteile einer Partnerschaft in einer soliden und stetig wachsenden Firma erinnern; immerhin wurde der Profit geteilt, was den Neid aller Ingenieurskollegen erweckte, und im Todesfall gab es eine Menge Vergünstigungen. Vielleicht würden die beiden warten, bis sie wußten, ob er mit dem Zalian Building recht gehabt hatte oder nicht. Das Zalian Building. War es eine unmittelbare Bedrohung für die öffentliche Sicherheit oder nicht? Rechtfertigten die Planungs- und Konstruktionsmängel eine sofortige Schließung oder nicht? Vielleicht war seine Einschätzung der Tatsachen durch sein Mißtrauen gegenüber den Beteiligten gefärbt. Zalian, Lusetti, Boyle und Castleman verdienten auch kaum Vertrauen. Vielleicht hatte Faber recht, wenn er ihn von der Untersuchung abzog. Dann war da noch die Frage der Bezahlung. Wie lange würde er bereit sein, auf eigene Kosten weiterzuforschen? Diese Aufgabe würde viel schwieriger werden, wenn Lusetti und Zalian ihm alle Türen versperrten. Auf der anderen Seite wäre es eine Erleichterung, nicht mehr auf die Interessen von Vorgesetzten und Kunden Rücksicht nehmen zu müssen.

Er mußte noch zwei Anrufe erledigen. Zuerst wollte er George Della vom Building Department fragten, ob jemand die Trennungsrisse bemerkt und irgendwie bewertet hätte. Dann wollte er Carol anrufen, die inzwischen wohl schon in seinem Büro im sechsundsechzigsten Stock wartete. Er mußte wissen, was sie über den Nachtwächter herausgefunden hatte. Als er nach einer Münze griff, fiel ihm etwas auf, das ihn zögern ließ. Auf der anderen Seite der Lobby waren vier Drehtüren. Vor ein paar Minuten waren sie noch frei rotiert, jetzt aber waren zwei von ihnen verklemmt.

Die Eismaschine hatte gerade das blauweiße Rechteck der Kunsteisbahn im Rockefeller Center getrimmt. Wie gewöhnlich war auch heute der schlanke Schwarze mit der schwarzen Hose und dem schwarzen Rollkragenpullover der erste, der über die glänzende Oberfläche glitt. Aber er blieb nicht lange. Es war zu windig, obwohl die Bahn ein gutes Stück unterhalb des Straßenniveaus lag. Er hatte das Eis keinen Augenblick zu früh verlassen, denn um 10.36 Uhr wurde die Stelle, an der er eine Pirouette versucht hatte, von der Flagge Äquatorialguineas und ihrem halben Fahnenmasten getroffen.

Mitchell berichtete George Della von seinem beunruhigenden Besuch bei Castleman, von seinen Befürchtungen bezüglich der Fundamente und von seiner Entdeckung der Haarrisse rund um die Basis des Gebäudes.

»Sind die Risse neu? Ich kann mich nicht erinnern, daß sie in früheren Berichten erwähnt worden wären, und ich hab' sie auch gestern nicht bemerkt.«

»Sind die Risse draußen?«

»Ja. An den Nahtstellen zwischen Gehweg und Plaza und dem Gebäude.«

»Dann müssen sie neu sein. Unsere Inspektoren haben sie nicht erwähnt.«

»An der windzugewandten Seite um die Laderampe sind sie am deutlichsten zu sehen. Ich hab' gerade noch etwas bemerkt, das wichtig sein könnte, aber ich bin nicht sicher. Zwei Drehtüren in der Lobby sind hängengeblieben. Könnte es sein, daß sich das ganze Gebäude geneigt hat?«

»Das ist kaum anzunehmen. Trotzdem, es ist eins der wenigen Gebäude der Midtown, die auf Pfeilern gegründet sind. Wie sieht der Wind im Augenblick aus?«

»Böig. Eine Menge Angestellte aus dem Haus gehen früher nach Hause. Ich stehe in einer Telefonzelle in der Lobby, und ich kann sehen, wie sie mitgerissen werden, wenn sie hinaustreten. Wie ist die Meinung der Stadt über den allgemeinen Sicherheitsstandard des Gebäudes? Ich glaube, es wird Zeit, daß wir unsere Aufzeichnungen vergleichen.«

»Nun, die Presse wird es ohnehin in ein paar Stunden erfahren, wenn es nicht sowieso schon durchgesickert ist, also glaube ich, ich kann es Ihnen ruhig sagen. Wir haben entschieden, daß das Glas verstärkt werden muß, und daß über das Stahlskelett diagonale Versteifungen gezogen werden müssen, um die Schwingungen zu dämpfen. Nach dem Mittagessen werden einige Mitarbeiter von uns rüberkommen, um dem alten Mann die schlechte Nachricht zu überbringen. Es wird ihm einen Haufen Geld kosten, und er wird wütend sein wie eine Hornisse.«

»Wie denken Sie über eine Evakuierung?«

»Das halten wir nicht für erforderlich, aber nach den Informationen, die Sie mir gerade gegeben haben, müssen wir wohl noch einmal darüber nachdenken. Es ist jetzt Viertel vor elf. Ich kann gegen Mittag da sein und mir ansehen, was Sie gefunden haben.«

»Ich warte am Wasserfall in der Lobby auf Sie.«

Mitchell hatte gerade in die Richtung des Wasserfalls gesehen, als er einen Treffpunkt vorgeschlagen hatte, denn dort drüben hatte etwas seine Aufmerksamkeit erregt. Nachdem er aufgelegt hatte, erkannte er, was es war: Der glatte Vorhang des unablässig fallenden Wassers hatte einige Unregelmäßigkeiten bekommen. Auf der glänzenden Oberfläche waren kleine Wellen zu sehen, die sich darüberbewegten wie Wind, der über ein Kornfeld strich. Dann tauchten kleine Lücken auf, nach kurzer Zeit immer größere. Während Mitchell zuschaute, zerbrach der Vorhang zu dicht aufeinander folgenden diagonalen Wasserbändern, die sich aus dem oberen Becken rasch in das Auffangbekken stürzten. Schließlich hörte der Wasserfall ganz auf und hinterließ eine schimmernde Betonwand. Corey Hale, die am Empfangstisch saß, drehte ihren Stuhl herum und starrte kopfschüttelnd hinüber, als wollte sie sagen: »Und was kommt als nächstes?«

17

Zalian stand vor seinem Schreibtisch und starrte entsetzt den zusammengekrümmten Körper an, der zwischen seinen Beinen lag. Das Gesicht war grotesk verzerrt wie eine Halloween-Maske, die Nase eingeschlagen und die Oberlippe von Zähnen durchzogen. Die Augenhöhlen füllten sich mit Blut, und auch aus den geschwollenen Nasenlöchern strömte Blut wie ein seidiges Band. Er trat zurück. Sein Bewußtsein weigerte sich, ihm zu verraten, was geschehen war. Dann ließ er sich auf die Knie fallen und packte sie an den Schultern.

»Eileen«, sagte er mit einer gepreßten Stimme, die er kaum als seine eigene erkannte. »Eileen!«

Ihr Kopf fiel leblos nach hinten, so daß er eine Knochen- oder Knorpelspitze sehen konnte, die sich unter ihrer Nase durch die Haut gebohrt hatte. Er rief wieder und wieder ihren Namen, bis seine Stimme schluchzend erstickte. »Das wollte ich doch nicht«, schnaufte er. »Mein Gott, das wollte ich doch nicht.«

Er hob ihr linkes Handgelenk und forschte ungeschickt mit den Fingerspitzen nach dem Puls, dann drückte er ein Ohr auf ihre Brust. Wenn ihr Puls oder ihr Herz noch schlug, dann war es so schwach, daß er es nicht fühlen konnte, weil sein eigenes Herz so heftig klopfte. In der linken Hand hatte er Schmerzen, und als er aufstand, bemerkte er, daß unter dem kleinen Finger die Haut abgeschürft war. Er hatte sie geschlagen, ja, jetzt erinnerte er sich. Ein Karateschlag, der sie mit tödlicher Präzision direkt unter der Nase getroffen hatte. Sie war zu Boden gegangen, als hätte man ihr das Rückenmark durchgeschnitten.

Verzweifelt, fast schon in Panik, eilte er durch den Raum und vergewisserte sich, daß abgeschlossen war. Dann wandte er sich langsam wieder um, hoffte in einer Art alptraumhafter Logik, daß die Leiche verschwunden wäre. Er erinnerte sich, daß er aufgestanden war, als sie sich vor ihm aufgebaut und ihre unglaubliche Rede gehalten hatte. Ein neuer Anfang, hatte sie gesagt, eine Rückkehr in die Kirche ihrer

Kindheit, ein ehrliches Leben. Es war ihr Auftreten gewesen, das ihn am meisten in Rage brachte, diese Scheinheiligkeit, diese Unverschämtheit und die Undankbarkeit. Sie wollte alles hinausposaunen, um ihre und seine Seele zu retten, hatte sie gesagt, während sie ihn anstarrte, als hätte er eine Art moralischen Aussatz. Er erinnerte sich, wie sie ohne zurückzuweichen stehengeblieben war, als er auf sie zuging, wie sie den Kopf aufrecht gehalten und ein höhnisches Lächeln aufgesetzt hatte, das seine Wut wie eine Woge kochenden Wassers durch seinen Körper rasen ließ. Sie hatte ein Tagebuch geführt, hatte sie gesagt, und sie hatte die Korrespondenz, die er ihr zum Vernichten gegeben hatte, an jemand anderen weitergegeben – was hatte sie damit gemacht? hatte er gebrüllt. Was hatte sie gemacht? Was? Und dann hatte er mit dem Handrücken ausgeholt, um sie zu schlagen, ja, er war so gereizt gewesen, daß er sie schlagen wollte. Er wollte sie mit einer Ohrfeige zu Sinnen bringen, mit einer mit ganzer Kraft geschlagenen Ohrfeige. Doch während sein Arm durch die Luft flog, änderte sich seine Absicht, und er wollte ihr wirklich weh tun; er drehte die Hand, so daß seine Handkante zuerst einschlug, und aus der Ohrfeige wurde ein gefährlicher Schlag. Die Erinnerung kehrte mit brennender Klarheit zurück, und Zalian vergrub die Hände im Haar. Sie hatte den Kopf zurückgeworfen, genau, sie hatte den Kopf zurückgeworfen, um dem Schlag auszuweichen, und als seine Hand einschlug, zerschmetterte sie das Zentrum ihres Gesichts. Zalian zuckte zusammen, als er wieder das Geräusch der brechenden Knochen hörte, als er wieder spürte, wie ihre Nase zwischen die Augen gedrückt wurde. Er hatte ihr die eigenen Knochen ins Gehirn gestoßen.

»Hallo, Süße. Verkatert?«

»Mitch? Hallo! Ich hab' schon auf deinen Anruf gewartet. Ich hab' Kopfschmerzen, aber verkatert bin ich eigentlich nicht; ich bin nur nicht daran gewöhnt, so wenig Schlaf zu bekommen. Geschieht mir aber ganz recht, wenn ich so ein Tier bei mir übernachten lasse. Und wie geht's dir?«

»Müde. Ich könnte ein Nickerchen gebrauchen. Vorzugsweise bei dir. Hast du was über Christopher herausgefunden?«

»Er heißt Christophe. Er ist letzte Nacht nicht von der Arbeit nach Hause gekommen, aber ich habe mit seinem Onkel gesprochen. Von wo rufst du an?«

»Ich bin in der Lobby, ungefähr siebenhundertachtundachtzig Fuß unter dir.«

»Er hat mir folgendes gesagt. Im Keller ist ein abgeschlossener Lagerraum, auf der gleichen Seite wie die Laderampe, ich glaube, das ist die Westseite. Da muß ein kleiner Gang oder ein Tunnel mit einer kleinen Stahltür sein. Man muß sich bücken, um durchzukommen.«

»Das ist alles?«

»Das ist alles, an das sich der Onkel erinnern konnte.«

»Gut, ich werde mich mal umsehen und dann raufkommen. Ist Zalian da?«

»Ja, aber sonst noch kaum jemand. Anscheinend ist es hier vorhin zugegangen wie auf der Achterbahn, so daß alle nach Hause gegangen sind. Eileen, Coretta, Zalian und ich sind jetzt allein im sechsundsechzigsten Stock. Eileen ist gerade in Zalians Büro, aber vorhin hat sie mir ein paar große Umschläge gegeben und mir gesagt, daß ich sie an dich weiterleiten sollte. Sie meinte, sie wären eigentlich für den Reißwolf bestimmt gewesen.«

»Sehr interessant. Mach sie auf. Ich bin in fünfzehn oder zwanzig Minuten oben. Carol, die Sache sieht immer schlimmer aus; ich mußte sogar meine Firma verlassen, nachdem ich von deiner gefeuert worden bin. Ich hoffe, du bleibst bei mir und kriegst keine kalten Füße. Du kannst jederzeit einen Job in Colorado bekommen.«

»Wie bitte?«

»Ich erklär' dir's später. Laß diese Umschläge keinen Moment aus den Augen.«

Matt Boyle trat aus dem Aufzug und ging steif durch die Lobby zum Empfangstisch. »Ich mach' für heute Feierabend,

Corey«, sagte er zu der Frau. Er zuckte zusammen. »Ich... ich hab' mir einen Muskel gezerrt oder so was, ich muß zum Arzt.«

Sie brachte ihr Mitgefühl zum Ausdruck, dann sagte sie ihm, daß Brian Mitchell ihn gesucht hätte. »Er meinte, er wollte sich weiter umsehen; er wollte sich den Lagerraum im zweiten Untergeschoß ansehen. Ich konnte Sie nicht erreichen, deshalb hab' ich Jerry mit ihm runtergeschickt, damit er ihm aufschließt.«

»Was?«

»Er hatte einen Ausweis, und sein Name steht auf der Vip-Liste. Er sagte, ich könnte bei Ihnen oder Mr. Zalian nachfragen. Ich hab' Sie auch gestern mit ihm gesehen.«

»Verdammter Hundesohn! Wie lange ist das her?«

»Ein paar Minuten. Hab' ich was falsch gemacht?«

Boyle nahm die Taschenlampe vom Gürtel und krampfte seine Finger darum. »Versuchen Sie, Jerry über Funk zu erreichen. Sagen Sie ihm, daß niemand den Raum betreten darf.« Er wandte sich ab und marschierte zur Treppe, so schnell es die Schmerzen zwischen seinen Beinen erlaubten.

Jerry Coates schloß die Tür auf und schaltete das Licht ein. Mitchell fragte ihn, ob er einen Mann namens Christophe kannte.

»Christopher? Der gehört zur Nachtschicht.«

»War er letzte Nacht da?«

»Ich hab' gehört, daß er gekommen ist, aber er ist nicht bis zum Ende seiner Schicht geblieben. Ist wohl krank geworden und nach Hause gegangen.«

Die beiden Männer wanderten zwischen den Regalen zur Westseite. »Mr. Christophe oder Christopher«, sagte Mitchell, während er die Wand hinter den offenen Regalen mit Rohrstücken und Ersatzteilen musterte, »war anscheinend ab und zu in diesem Raum; er hat hier einige Risse bemerkt. Wissen Sie etwas davon?«

»Nein, Sir, keine Ahnung. Ich arbeite normalerweise auf den oberen Stockwerken. Ich spüre manchmal, wie das

Gebäude schwingt, aber es ist nicht so schlimm, wie die Leute sagen. Und Risse? Risse habe ich nirgends gesehen.«

»Hier in dieser Wand muß irgendwo eine Klappe oder so etwas sein, die einen niedrigen Gang verschließt, wahrscheinlich unter der Laderampe. Wissen Sie, wo das ist?«

»Nein, Sir, tut mir leid. Sagten Sie Risse? Wenn jemand anders als Christopher sie gesehen hätte, würde ich mir Sorgen machen. Aber er hat... tja, er hat eine etwas lebhafte Fantasie, könnte man sagen. Ein paar von den Jungs glauben sogar, daß er verrückt ist. Ich weiß nicht, warum sie das denken, denn er ist ziemlich schwer zu verstehen, er spricht so komisch. Risse? Mann, davon hat aber noch nie jemand was gesagt.«

»Geben Sie mir doch mal Ihre Taschenlampe, ja?« Mitchell richtete den Strahl auf einen Spalt zwischen einer gelben Mülltonne und der Wand. »Na bitte! Da ist die Tür. Eine niedrige Tür, bei der man sich bücken muß. Genau wie der alte, verrückte Christopher gesagt hat. Fassen sie doch mal mit an, ja?«

»Ein Mann, der mitten in der Schicht einfach verschwindet«, sagte der Wachmann, während er Mitchell half, die Mülltonne fortzurollen, »ist bestimmt nicht normal. Aber das heißt noch nicht, daß er auch verrückt ist.«

Mitchell deutete auf das Vorhängeschloß. »Haben Sie dafür auch einen Schlüssel?«

»Nein, Sir, bestimmt nicht. Mr. Boyle ist wohl der einzige, der einen hat.«

Mitchell hockte sich auf ein Knie und untersuchte das Schloß. »Nagelneu«, sagte er, während er ein paarmal daran zerrte. »Da ist sogar noch das Preisschild drauf.«

Er drehte sich zu dem Wachmann um. »Wie war noch Ihr Name?«

»Sagen Sie einfach Jerry.«

»Jerry, ich werde das Schloß aufbrechen.«

»Das kann ich nicht zulassen. Wir müssen auf Mr. Boyle warten.«

»Mr. Boyle ist vielleicht gerade essen gegangen, oder er

sitzt im Flugzeug nach Jamaika.« Mitchell begann sich nach einem schweren Gegenstand umzusehen. Seine Augen fielen auf ein T-Stück einer Sechs-Inch-Leitung. Er nahm es aus dem Regal und wog es in der Hand.

»Es ist meine Aufgabe, das Gebäude zu schützen«, sagte der Wachmann. »Ich kann nicht zulassen, daß jemand etwas aufbricht, verstehen Sie?«

Das Funkgerät an seinem Gürtel begann zu krachen. Er drehte daran herum, versuchte es auf den Sender einzustellen. Mitchell stand mit dem Rohrstück in der Hand vor ihm, die Taschenlampe hatte er unter den Arm geklemmt. »Ich will auch das Gebäude schützen. Deshalb will ich sehen, was hinter dieser Klappe ist. Ich rate nur, aber ich vermute, daß ich dort einige Risse finden werde, die jemand vor mir verbergen wollte. Es ist sehr wichtig, daß ich sehen kann, was dahinter ist, Jerry. So wichtig, daß ich nicht auf Mr. Boyle warten kann.«

Der Wachmann war noch mit seinem Funkgerät beschäftigt. »Ich glaube, da will mich jemand erreichen«, sagte er.

»Nachher wird ein Ingenieur von der Stadt herkommen, und er wird sich die Sache ebenfalls ansehen wollen, also können wir es auch gleich aufbrechen!«

Der Wachmann bedeutete ihm mit einer Handbewegung, er solle warten, und ging zur Tür zurück. »Fassen Sie nichts an«, sagte er. »Ich muß in den Gang raus, um einen besseren Empfang zu bekommen.«

»Ich übernehme die volle Verantwortung«, sagte Mitchell. »Ich werde sogar das Schloß bezahlen.«

Im Gang war die Stimme besser zu verstehen. »Jerry? Corey hier. Matt will, daß Sie Mr. Mitchell nicht in den Lagerraum lassen sollen. Ich weiß nicht, warum. Haben Sie verstanden?«

»Verstanden. Matt kommt auch gerade selbst. Ende.«

Boyle war gerade aus dem Treppenhaus aufgetaucht; er ging leicht vornübergebeugt und hielt die Taschenlampe wie eine Keule. »Wo ist er?« fragte er, während er an Coates vorbeistürmte.

»Er will das Vorhängeschloß von der Klappe aufbrechen. Ich habe ihm gesagt, daß er das nicht darf.«

»Geh wieder rauf«, sagte Matt. »Ich paß' schon selbst auf ihn auf.«

Als Boyle den Raum betrat, sah er gerade noch Mitchells Absätze in der Dunkelheit des kleinen Tunnels verschwinden.

Die Raupen, die Steinfräsen, die Kompressoren und die Lastwagen waren in die Ecken der Ausschachtung zurückgezogen worden, die Posten hatten den Verkehr auf den angrenzenden Straßen und Gehwegen angehalten, und ein Horn hatte einen Warnton ausgestoßen. Chet Crizeck lugte um den Kotflügel eines Lasters, um sich zu vergewissern, daß die Baustelle geräumt war, dann blickte er auf seine Armbanduhr. 10.58 Uhr. »Haltet die Hüte fest«, sagte er zu den Männern, die bei ihm standen. Dann drückte er auf den Auslöser.

Die Dämpfungsmatten aus Kabelgeflecht konnten die Trümmer zwar zurückhalten, aber die Kraft der Explosion hob sie einen Fuß von der Erde und ließ im Umkreis eines Blocks alle Fenster klappern. Das Zittern der Erde und das betäubend laute Geräusch ließ Crizeck das Gesicht verziehen. »Verdammter Mist«, sagte er, während er hinter dem Laster hervorkam und die aufsteigende Rauch- und Staubwolke sah. »Das hat sich angefühlt, als hätte die Verzögerung nicht funktioniert. Ich glaube, diese verfluchten Dinger sind alle auf einmal hochgegangen.«

Der Bauleiter rief aus seinem Wohnwagenbüro, das oben auf dem Gehweg stand, etwas zu ihm herunter. »Was, zum Teufel, machst du da, Crizeck? Das hat sich angehört wie Pearl Harbor. Meine Güte!«

Crizeck winkte zu ihm hinauf, daß er verstanden hatte, doch er drehte den Kopf nicht um. Er schielte auf die andere Seite der Baustelle und versuchte, den Ursprung eines schwachen, knirschenden Geräusches auszumachen, in das sich das Krachen splitternden Holzes mischte. Es schien aus der Richtung der Fünfzigsten Straße zu kommen. »Da!« rief der Mann neben ihm, während er einen Arm ausstreckte und auf den dünner werdenden Rauch deutete.

Crizeck zog die Augenbrauen hoch und riß den Mund auf. Die vierzig Fuß hohe, provisorische Südwand, die das Erdreich festhalten sollte, beulte sich bedrohlich aus. Ein halbes Dutzend vertikaler Stahlstreben wurde aus den Verankerungen gedrückt. Einige der horizontalen Zweimal-zwölf-Inch-Balken zwischen den Pfeilern waren gesplittert und gebrochen und ließen mit Steinen durchsetzten Schlamm auf der Wand herabfließen wie Kerzenwachs. Er wußte sofort, was geschehen war: Das Wasser aus dem lecken Hauptrohr hatte den Kiesboden unter der Straße gesättigt, bis sich vierzig Fuß Wasserdruck aufgebaut hatten. Die Erschütterung der Explosion hatte die ganze Masse in Bewegung gebracht.

Er hörte den Bauleiter fluchen und sah, wie er in seine Bude rannte, wahrscheinlich, um die Notrufnummer 911 zu wählen. Crizeck, der auf den Schultern und Armen eine Gänsehaut bekam, hob sein Funkgerät vor den Mund. »Tom! Carlos! Haltet den Verkehr noch weiter auf. Wir haben eine ziemlich große Senkung an der Südseite...«

Seine Worte wurden von einem langgezogenen Dröhnen übertönt, als das mittlere Drittel der Wand den Druck nicht mehr halten konnte; sie gab nach und fiel in die Baugrube, gefolgt von einem breiten Strom von Kies, Felstrümmern und Schlick. Drei Materialwagen, die darüber auf dem Gehweg abgestellt waren, sanken ein Stück, hielten inne, dann stürzten sie zehn Fuß hinunter und wurden wie Treibholz auf einer Welle in die Grube getragen. Ein auf einen Anhänger montierter Steinbohrer, der den ersten Einbruch überstanden hatte, wurde nun von der herandonnernden Woge umgeworfen und bis zum Masten begraben. Zwei Zugmaschinen, die hundert Fuß vor der Wand geparkt waren, wurden bis zu den Türgriffen überspült. Crizeck und die Männer traten unwillkürlich einige Schritte zurück, als ihnen kleine Steine vor die Füße rollten – Kinder, die am Strand vor einer Welle flüchten.

Das Loch unter der Straße wurde immer größer. Zuerst blieb der Straßenbelag noch an seinem Platz, doch als die Lücke fünfzehn oder zwanzig Fuß breit war, sackten Beton- und Asphaltstücke durch und brachen heraus. Nacheinander wurden die Versorgungsleitungen und Kabel unter der Straße freigelegt: Gas, Telefon, Wasser, Strom, Abwässer, Dampf –, und nacheinander wurden sie auseinandergerissen.

Der Einbruch vergrößerte sich immer schneller, bis nach fünf Minuten ein natürliches Gleichgewicht eintrat. Crizeck sah durch den Schock wie gebannt zu; sein Gesicht zeigte Angst und Entsetzen. Er bemerkte, daß die Männer sich über Leitern zur Eighth Avenue in Sicherheit brachten. Er konnte ihre Schreie nur gedämpft hören, denn er hatte die Hände seitlich gegen den Kopf gepreßt. Das Gelände vor ihm sah aus wie ein Schlachtfeld, es war alles da – Rauch, Staub und die zerbeulten schweren Fahrzeuge. Die ganze linke Stützwand der Baugrube war inzwischen fortgeschwemmt, und ihr Platz wurde von einer breiten Rampe aus Schlamm eingenommen, die von der Mitte der Grube anstieg; ihr Ende lag vor den Fundamenten des Zalian Building auf der anderen Straßenseite. Der Absperrzaun auf dem Gehweg baumelte wie eine Hängebrücke über einem Abgrund. Sechs Fuß unter dem Straßenniveau zuckte ein gerissenes Stromkabel, und aus einem geborstenen Hauptrohr sprudelte eine Wasserfontäne. Ein siedendheißer Dampfstrahl schoß hundert Fuß hoch in die Luft und stieg immer weiter.

Von seinem Standpunkt aus konnte Crizeck den neuen Canyon bis zu den Fundamenten der nordöstlichen Ecke des Zalian Building überblicken. Eine Reihe von Betonpfeilern war freigelegt, weiß und dünn und eng nebeneinander wie Zähne in einem Totenschädel.

18

Zalian hockte sich wieder auf die Knie und faßte sie an den Schultern. Er schüttelte sie, rief ihren Namen, mußte hilflos zusehen, wie ihr Kopf grotesk zurückfiel. »Eileen, mein Gott, du kannst doch nicht tot sein...« Von ihrer Wange tröpfelte Blut herunter und ließ auf dem Teppich vor seinem Schreibtisch dunkle Flecken entstehen. Er drückte wieder ein Ohr an ihre Brust, hoffte, ein Lebenszeichen zu entdecken, doch alles, was er hören konnte, war sein eigener Atem.

Ein Spritzer Wasser könnte helfen, dachte er, ja, ein Spritzer Wasser ins Gesicht, und sie würde aufwachen. Er würde die Wunde im Badezimmer auswaschen und sie überzeugen, vernünftig zu sein. Durch das Blut sah die Verletzung schlimmer aus, als sie war. Er würde ihr das Versprechen abnehmen zu schweigen, und dann einen Arzt rufen – man könnte die ganze Sache unter den Teppich kehren und vergessen, daß es jemals geschehen war. Er sagte sich dies alles, während gleichzeitig in ihm wie ein drohender Schatten die Erkenntnis wuchs, daß sie tot war, daß er sie getötet hatte, und daß er es nicht lange würde verbergen können.

Er faßte ihre Handgelenke und zerrte sie durchs Büro, indem er mit kleinen Schritten rückwärts ging, bis er den Eingang zu seinem Apartment erreichte. Er zuckte etwas zusammen, als der Schnitt in seinem linken Fuß schmerzte. Er zögerte, bevor er den weißen Teppich des Wohnzimmers betrat – aus Eileens Nase tropfte immer noch Blut. Die Flecken auf dem Parkettboden in seinem Büro konnte er leicht abwischen, und den Persianer konnte er in die Reinigung schicken, aber bei der Auslegware in seiner Wohnung war das etwas anderes. Er ließ sie auf den Boden gleiten, zog seine Anzugjacke aus, wickelte sie um ihren Kopf und knotete die Ärmel zusammen, damit sie nicht verrutschte.

Er sammelte alle Kräfte, nahm sie auf die Arme und hob sie ein Stück hoch. Sie war schwerer, als er gedacht hatte, und ihre Glieder waren so schlaff, daß er sie kaum tragen konnte. Und was noch schlimmer war, das Gebäude schwankte so stark, daß der Boden rollte wie ein Schiffsdeck. Er kämpfte ums Gleichgewicht, taumelte ins Badezimmer. Einer von Eileens baumelnden Armen stieß eine Tischlampe um.

Der Inhalt des Medizinschranks war schon wieder auf dem Boden verstreut, und die Spiegeltür schwang langsam auf und zu. Zalian mußte vorsichtig auftreten, konnte die Füße nur schlurfend bewegen, denn er wollte nicht auf eine herumliegende Flasche treten. So vorsichtig wie möglich legte er Eileen in die Badewanne, bemühte sich, ihren Kopf nicht gegen den Rand schlagen zu lassen. Er löste die Jacke und stopfte sie in den Abfalleimer, stöhnte, als er das Blut auf seinen Fingern und Hemdsärmeln sah. Er befeuchtete im Waschbecken einen Waschlappen mit kaltem Wasser und säuberte Eileens Gesicht. Sie kam nicht wieder zu Bewußtsein, nicht einmal, als er ihren Kopf unter die Handbrause hielt. Die Nasenlöcher ihrer zerquetschen Nase waren schrecklich aufgedunsen, und ihre starren Augen waren wie Eis.

Zalian wandte den Blick ab. Es hatte keinen Zweck; sie konnte nicht mehr wiederbelebt werden. Das Einfachste und Sicherste wäre es, auf der Stelle das Land zu verlassen. Wenn erst ein Verhör stattgefunden hätte, würde man es ihm verbieten. Er könnte innerhalb weniger Stunden mit einer beträchtlichen Menge Bargeld versehen im Flugzeug sitzen. In seinem Apartment und im Firmensafe befanden sich mindestens dreihunderttausend Dollar. Damit und mit seinem Schweizer Konto, und mit dem Geld, das Thornton noch überweisen konnte... ihm fiel ein, daß er dann wenigstens sichergehen sollte, daß Eileen auch wirklich tot war. Wenn sie überlebte und erzählte, was sie wußte, hätte er überhaupt keine Chance mehr, in die Staaten zurückzukehren.

Zalian erhob sich mühsam und ging ins Schlafzimmer, während er sich immer wieder mit den Fingern durch die Haare fuhr. Er würde sie erschießen. Er hatte keine Zeit mehr, es jemand anderes tun zu lassen. Er würde sie erschießen und Boyle die Leiche beseitigen lassen. Sie in einen Wagen setzen und ihn zerstören, verbrennen. Boyle würde schon wissen, wie man so etwas machte. Die belastenden Dokumente, die sie aus den Akten genommen hatte – er würde sie Mitchell vom Schreibtisch nehmen und hoffen, daß sie keine Kopien gemacht hatte.

Die Automatik war in der Nachttischschublade. Er vergewisserte sich, daß sie geladen war, dann entsicherte er sie. Er setzte sich aufs Bett und hielt die Waffe unter ein Kissen, zog ab, um sicherzugehen, daß sie funktionierte. Der Rückschlag fuhr wie der Biß einer zupackenden Schlange seinen Arm hinauf.

Auf den gedämpften Schuß folgte eine dumpfe Explosion auf der Straße. Das Gebäude zitterte leicht, und über eine Scheibe in der Nordwand lief ein feiner, diagonaler Riß. Zalian humpelte ans Fenster und fluchte über seinen schmerzhaft pochenden Fuß. Außerdem hatte er Schmerzen in der Lendengegend, die aufgetreten waren, als er Eileen in die Badewanne gelegt hatte. Als er durchs Fenster hinuntersah, bemerkte Zalian, daß aus der Baugrube auf der anderen Seite der Fünfzigsten Straße Rauch aufstieg. »Dummköpfe«, murmelte er. Schon wieder ein Fall für Rosen und Lusetti. Vielleicht konnten sie ihn benutzen, um die Aufmerksamkeit von den schlimmeren Problemen abzulenken. Er setzte sich aufs Bett und nahm den Telefonhörer ab. Vom Deckenputz wehte ein Staubschwaden.

»Hallo, Böckchen«, sagte Coretta fröhlich, als sie seine Stimme erkannte. »Mach dir keine Sorgen, ich bin allein. Außer Eileen und dieser Anwältin, die dem Ingenieur hilft, sind alle weg. Wie hieß sie noch? Sag mal, hast du den Bums gerade gehört? Als wäre irgendwo eine Bombe hochgegangen. Und was hat dieses Vibrieren zu bedeuten? Der Drehstuhl neben mir dreht sich ganz von selbst. Ich glaube, du solltest Eileen nach Hause schicken, damit ich rüberkommen und mich mit dir ins Bett legen kann, bis der Wind vorbei ist.«

»Coretta, fahr nach Hause und pack deine Sachen. Wir treffen uns auf dem Flughafen von Newark. Fahr sofort los.«

»Wirklich? Sofort? Du machst Ferien mit mir? Du hörst dich so geschafft an. Ist alles in Ordnung?«

»Sag zu niemandem ein Wort. Geh einfach. Die Abfertigung der United. Warte in der Bar. Ich laß' dich ausrufen, sobald ich da bin, es wird noch ein paar Stunden dauern.«

»Warum so eilig? Kann ich denn nicht noch zum Friseur?«

Als er ins Badezimmer zurückkehrte, fand er Eileens Körper genauso vor, wie er ihn verlassen hatte. Er rollte sie auf eine Seite und drückte die Mündung der Automatik gegen ihre Schläfe. Dann zögerte er. Das Blut könnte über sein Gesicht spritzen. Er ließ die Waffe weiter auf Eileen gerichtet und duckte sich hinter den Badewannenrand. Er hob noch einmal den Kopf, um sich zu vergewissern, daß die Pistole noch auf die richtige Stelle zielte, dann wandte er sich ab und schloß die Augen. »Es tut mir leid, Eileen«, flüsterte er. Er spannte sich in Erwartung des Knalls und des Schlages; seine Armmuskeln verkrampften sich. Er konzentrierte sich darauf, den Abzug durchzudrücken, doch seine Finger wollten ihm nicht gehorchen. Nachdem er eine volle Minute mit sich gerungen hatte, erkannte er, daß er es nicht tun konnte. Er konnte nicht auf einen Menschen schießen. Mit einem frustrierten Seufzen gab er es auf und sah sie wieder an. Sie war bestimmt tot. Keine Anzeichen von Atmung oder Herztätigkeit, die Haut war weiß wie Papier, und der Blutstrom, der zuerst aus ihrer zerstörten Nase gesprudelt war, war versiegt. Sie war jetzt nichts weiter als eine Art Müll, den Boyle beiseite schaffen mußte. Boyle hatte sie immer gehaßt, er würde es wahrscheinlich genießen.

Es war sowieso ein dummer Einfall gewesen, sie in den Kopf schießen zu wollen, dachte er, während er die Pistole in die Tasche schob. Er war verrückt, daß er überhaupt daran gedacht hatte. Mit einer Kugel im Kopf sah sie aus wie ein Mordopfer, aber ohne Schußverletzung konnte er immer noch behaupten, daß es ein Unfall war. Sie war gestolpert und mit dem Kopf vor die Schreibtischkante geschlagen. Behaupten? Er würde nicht mehr da sein, wenn jemand mit ihm darüber diskutieren wollte, und er würde sich schon gar nicht einer Jury oder einem Kriminalbeamten zum Verhör stellen. Seine Zukunft war ein zurückgezogener, anonymer Lebensabend in der Schweiz.

Er ging durchs Wohnzimmer in sein Büro zurück. Er würde einen Koffer packen, das Bargeld mitnehmen und verschwinden. Im Safe in der Wand waren einige ungeschliffene Steine, ein paar Dutzend seltene Münzen ... die konnte er auch mitnehmen. Aber zuerst, dachte er, mußte er die belastenden Papiere beseitigen. Es war bestimmt nicht gut, sie zurückzulassen, damit sie Boyle, Lusetti, Thornton und einem Dutzend anderer Leute das Leben schwer machten. Er konnte die Papiere verbrennen, während er packte. Carol Owens war vielleicht noch ein Problem. Wenn sie Eileen in sein Büro gehen gesehen hatte, oder wenn sie die Papiere hatte und nicht herausgeben wollte ...

Ein Horn ertönte – ein kurzer, mehrmals wiederholter Ton, der zum Alarmsystem des Gebäudes gehörte. Die Schwingungen mußten ihn ausgelöst haben, dachte er. Gut! Es wäre leichter, in der Verwirrung einer allgemeinen Evakuierung unerkannt zu verschwinden. Aber zuerst mußte er das Mädchen abfangen.

»Mr. Zalian? Mrs. McGovern? Können Sie mich hören? Wir müssen hier raus ... ein Notfall ... wir müssen sofort hier raus ...«

Carol Owens stand draußen vor der Tür. Wie aufmerksam von ihr, daß sie sogar selbst zu ihm kam! Es wurde auch so langsam Zeit, daß er ein wenig Glück hatte. Er sah auf die Uhr: 11.12 Uhr.

Als er den Schlüssel herumdrehte und die Tür aufzog, spielte ein kleines Lächeln um Zalians Lippen.

Um 10.56 Uhr, zwei Minuten vor der Sprengung, die den Einbruch verursachte, kroch Matt Boyle auf Händen und Knien durch die niedrige Öffnung; er konnte sich nur langsam bewegen, denn die Schmerzen in seinen Hoden wurden immer schlimmer; inzwischen hätte er sich auf dem Boden zusammenrollen und schreien können. Mitchell war ungefähr zehn Fuß vor ihm. In einer Hand hatte er eine Taschenlampe, in der anderen ein Messer, mit dem er auf dem Boden herumstocherte.

»Na, wenn das nicht Mr. Boyle ist, der meinte, es gäbe keine Risse, und der vorsichtshalber ein Vorhängeschloß vor die Tür hängte, damit sie keiner findet. Haben Sie diesen Einbruch hier gesehen? Der sieht aus, als wäre er erst einen oder zwei Tage alt.«

Boyle krabbelte auf dem Boden weiter, bis er den anderen Mann erreicht hatte, dann hockte er sich auf die Hacken und wartete darauf, daß seine Augen sich auf die Dunkelheit einstellten. In der abgestandenen Luft hing ein Geruch von frischer Erde. Durch die offene Klappe fiel soviel Licht, daß er Mitchells Gesicht sehen konnte, ohne seine Taschenlampe direkt auf ihn zu richten. »Sehen Sie diese Risse in der Decke und in den Wänden?« sagte Mitchell, während er seine Lampe nach oben richtete. »Das Gebäude hat sich nicht gleichmäßig gesetzt. Wahrscheinlich ist deshalb diese Wand heruntergekommen, und wegen der hohen Sättigung mit Wasser. Auf dieser Seite sollten die Stützpfeiler auf Granit ruhen, aber anscheinend trifft das nicht für alle zu.«

Boyle packte seine Taschenlampe fester und hob sich auf die Knie, versuchte, den Schmerz auszublenden, der in immer stärkeren Wellen durch seinen Körper brandete. Er hielt die Augen auf Mitchells Gesicht gerichtet und hob langsam die Taschenlampe, als wollte er die Risse in der Decke untersuchen, bis sein Arm ganz über dem Kopf gestreckt war. Er war gereizt, weil er so extrem vorsichtig sein mußte – das war sonst nicht seine Art. Wenn er nicht von dem Tritt halb verkrüppelt wäre, dann hätte er diese Sache schon längst erledigt, doch er fühlte sich so schwach, daß er sichergehen mußte, daß er sein Ziel mit einem einzigen Schlag erreichte. Mitchell schien physisch gut in Form zu sein; er wäre in einem Kampf ein ernstzunehmender Gegner. Boyle sammelte alle Kräfte für einen überraschenden Schlag auf Mitchells Kopf.

Der Ruck einer Explosion riß ihn aus dem Gleichgewicht. Er fiel nach links, bremste den Sturz mit der Hand.

»Herrgott noch mal«, sagte Mitchell, während er seine Taschenlampe hin- und herbewegte, »was war das denn jetzt? Das klang wie eine ganze Tonne Dynamit! Ist das der Bauunternehmer auf der anderen Straßenseite? Mein Gott, gibt's denn in New York keine Sprengvorschriften? Solche Erschütterungen tun diesem Gebäude gar nicht gut.«

Boyles Hand war auf etwas Weichem gelandet. Im Strahl seiner Taschenlampe sah er, daß es Christophes Mütze war. Er schob sie hinter sich. Falls Mitchell gehört hatte, daß ein Wachmann vermißt wurde, und jetzt die Mütze sah, würde er sicher zwei und zwei zusammenzählen. Aber Mitchell hatte nichts bemerkt. Er stocherte wieder mit dem Messer auf dem Boden herum.

»Sehen Sie diese ringförmigen Risse um die Säulenfüße?« fragte Mitchell. »Das sind Spannungsrisse. Wenn das Gebäude nach Osten schwingt, öffnen sie sich. Sehen Sie?« Er ließ die Messerklinge bis zum Heft hineingleiten. »Ungefähr fünfundvierzig Grad. Die Säulen versuchen, Betonplatten aus dem Boden zu reißen. Muß ich Ihnen wirklich sagen, daß das eine ziemlich schlimme Sache ist? Hören Sie das Knirschen? Ich glaube, die Verbindungen zum Fundament sind gerissen, und jetzt reiben die Teile aufeinander. Auf dieser Seite besitzt das Gebäude überhaupt keine Standfestigkeit mehr. Schauen Sie nur! Der Riß hat sich um die Klinge geschlossen. Sie sitzt fest.« Er zog an dem Messer, um zu zeigen, wie fest es eingeklemmt war. »Jetzt schwingt das Gebäude nach Westen. Die Schwingungsdauer beträgt etwa zwanzig Sekunden, doppelt so lange, wie sie eigentlich sein sollte.«

Ein guter Augenblick um zuzuschlagen. Boyle war wieder auf den Knien und hob die Lampe. Ein stechender Schmerz ließ ihn jedoch wieder zusammenfallen und die Hände vor den Unterleib pressen. Er schloß fest die Augen, bis das Brennen vorbei war, und als er sie wieder öffnete, sah er, daß Mitchell das Messer wieder herausgezogen hatte und tiefer in den Tunnel gekrochen war. Boyle krabbelte langsam hinter ihm her.

Mitchell hockte vor der eingebrochenen Wand auf einem Knie und leuchtete in die Höhle, aus der das Erdreich gekommen war. »Wußten Sie schon, daß diese Wand eingestürzt ist? Da kommt noch mehr hinterher. Wissen sie was? Morgen abend werden Sie ein Senke auf der Plaza haben.«

Boyle hob wieder den Arm und wollte zuschlagen, doch als Mitchell sich umdrehte und ihm direkt ins Gesicht leuchtete, ließ er ihn wieder sinken.

»Matt, ich brauche Ihre Hilfe. Sie waren nicht allzu freundlich zu mir, und ich weiß nicht genau, warum, aber darüber will ich mir jetzt keine Sorgen machen. Das Gebäude ist nicht mehr sicher. Es muß evakuiert werden, ehe noch jemand verletzt wird. Die Fundamente müssen freigelegt und geprüft werden, ob sie wirklich so unterdimensioniert sind, wie ich denke. Ich möchte, daß Sie mir dabei helfen, Matt, und zwar ohne Wenn und Aber. Glauben Sie mir, wenn wir jetzt nicht zusammenarbeiten, wird hier bald ein großes Unglück passieren. Es besteht sogar die Möglichkeit, daß der ganze verdammte Bau umkippt. Wir müssen sofort Alarm schlagen und das Gebäude evakuieren. Wollen Sie mir dabei helfen? Wollen Sie mich unterstützen? Glauben Sie mir, ich weiß, wovon ich rede.«

Während Mitchell sprach, spürte Boyle eine neue Schmerzwelle, die wie das Rad eines Lasters über seinen Körper rollte. Seine Finger erschlafften, und die Taschenlampe fiel auf den Boden.

»Was ist mit Ihnen?« hörte er Mitchell fragen. »Sie schwitzen ja...«

Boyle krümmte sich langsam auf dem Boden zusammen. Er lag mit angezogenen Beinen auf der linken Seite und versuchte, mit geschlossenen Augen die Tränen zurückzuhalten. Seine Hoden fühlten sich an, als würden sie in einem Schraubstock zusammengepreßt, und der ständig zunehmende Schmerz ließ ihn keuchen. Er mußte sich zusammenreißen, um nicht zu schreien oder das Bewußtsein zu verlieren. Er spürte Mitchells Hand auf der Schulter, hörte, wie er ihn fragte, was los sei. Und so schnell wie er gekommen war, ließ der Schmerz wieder nach, verschwand wie eine dicke, brodelnde Flüssigkeit in einem Abfluß.

Er schlug die Augen auf und blinzelte die Tränen fort. Mitchells Gesicht war direkt über ihm, blaß im Licht, das durch den Eingang fiel. »Was ist passiert?« fragte er. »Brauchen Sie einen Arzt? Soll ich einen Arzt rufen?«

Boyle fühlte, wie seine Kraft in seine Schultern und seine Arme zurückströmte. Unterhalb seiner Hüfte spürte er überhaupt nichts, als weigerte sich sein Gehirn, sich weiter foltern zu lassen. Er hob die Hände und legte sie auf Mitchells Oberarme, konzentrierte die Augen auf seinen Hals, schätzte die Distanz. Er würde den Hund einfach erwürgen. Seine Hände krochen zu Mitchells Schultern hinauf. Eine rasche Bewegung, und er konnte seine Daumen in diesen weichen Hals treiben. Er spannte die Hände weit auf, ballte sie zu Fäusten, öffnete sie wieder und fuhr mit den Fingerspitzen durch die Handflächen. Viel Kraft, viel Kraft. Wollen Sie wieder aufstehen, fragte Mitchell. Soll ich Ihnen aufhelfen?

Boyle probierte den Angriff im Geiste. Ein schneller Griff zum Hals. Mit dem Daumen die Luftröhre zerquetschen und ihn im gleichen Augenblick nach rechts reißen und mit dem Kopf auf den Betonboden schlagen. Er hob die Hände und spreizte Finger und Daumen.

Aus weiter Ferne hörte er, wie jemand seinen Namen rief: »Matt! Matt!« Die Stimme wurde lauter. Er drehte den Kopf und sah einen Schatten, der das Licht aus dem Lagerraum abschirmte, dann erkannte er die Silhouette von Jerry Coates. »Matt! Draußen ist ein Einbruch! Die Fünfzigste Straße bricht zusammen!«

Mitchell mußte sich mit Gewalt von Boyle befreien, dessen Hände sich plötzlich fest um seine Arme schlossen. »Ich bring' dich um, du Hundesohn«, hörte er Boyle sagen, während er sich aus seinem Griff löste. Er sprang zur Tür und kroch hindurch, drehte sich um und schob den Wachmann hinein. »Mit Matt ist etwas nicht in Ordnung«, sagte

Mitchell und streckte den Arm aus. »Kümmern Sie sich um ihn, ich rufe unterdessen einen Arzt.«

»Halt ihn auf, Jerry!« rief Boyle heiser. »Schnapp ihn dir!«

Doch Mitchell hatte schon den Lagerraum verlassen und spurtete den Gang hinunter.

19

Fünfundvierzig Minuten, nachdem ihm sein Dispatcher den Auftrag durchgegeben hatte, hatte Pete Harley die Inspektion des Wartungstunnels im Zalian Building beendet. Er stieg gerade im nördlichen Treppenhaus wieder zur Lobby hoch, als er die Explosion spürte. Das Geräusch war kaum lauter als ein weit entferntes Gewitter, doch das Zittern war stark genug, um ihn mit einer Hand nach dem Treppengeländer und mit der anderen nach seinem blauen Con-Ed-Stahlhelm greifen zu lassen. Er wußte sofort, daß der Tiefbauunternehmer auf der anderen Straßenseite eine Sprengung vorgenommen hatte, und er fragte sich, ob wohl Versorgungsleitungen beschädigt worden waren. Eine derartig heftige Sprengung verboten die Vorschriften, die hier in der Midtown galten. Er würde mal ein Wörtchen mit dem Aufseher drüben sprechen, entschied er, und außerdem würde er seinem eigenen Vorgesetzten den Vorfall melden.

Das Geländer war locker – als er daran rüttelte, sah er, daß sich die Verankerungen aus den Betonstufen gelöst hatten. Er stieg kopfschüttelnd weiter die Treppe hinauf. Dies war nicht die erste Pfuscherei, die er im Zalian Building bemerkt hatte. Die Lampen wurden einen Moment trübe.

Die Empfangsdame, eine attraktive Schwarze in mittleren Jahren, schüttelte ebenfalls den Kopf. Ein Namensanhänger auf dem Revers wies sie als Corey Hale aus. »Diese Leute da drüben«, sagte sie, während sie mit einem Daumen über die Schulter deutete, »die ham'se doch nicht alle! Die haben schon einmal Fenster zerdeppert und Strafen bezahlt, aber

Mann, das war bis jetzt der lauteste Knall! Sehen Sie mal, das Z wackelt immer noch!«

Harley sah in die Richtung, in die sie deutete. Hoch in der Wand der Lobby zitterten die beiden Querbalken des Zalianschen Firmenzeichens.

»Wie ein chinesischer Gong«, ergänzte sie. »Tja, was haben Sie denn im Keller herausgefunden? Wo kommt der Dampf her?«

»Ich bin nicht sicher. Im Druckminderer ist ein Knie, das etwas verkantet aussieht.« Er drückte die Fäuste gegeneinander und verdrehte eine, während er es erklärte. »Ich hol' meine Leute, und dann ziehen wir alles nach. Wenn das nicht reicht, müssen wir den Dampf abstellen und einiges auseinanderbauen.« Sein Blick wanderte zu den Glastüren der Lobby. Draußen auf dem Gehweg sah er rennende Passanten.

»Könnten Sie nicht auch den Wasserfall da in Ordnung bringen? Ich vermisse das Geräusch.«

»Wasser vermißt man immer erst, wenn keines mehr da ist«, sagte Harley und kniff die Augen zusammen. Durch die Schuhsohlen spürte er ein beständiges Vibrieren.

»Ich bin hinten in den Maschinenraum gegangen. Mein Gott, Sie sollten das Durcheinander dort mal sehen! Überall Wasser auf dem Boden. Ich hab' auch einen Rohrbruch gefunden, es war nur ein kleines Rohr, aber es war einfach abgerissen. Sagen Sie mir doch mal, wie so etwas passieren kann?«

»Bei diesem Gebäude hier wundert mich überhaupt nichts mehr«, sagte Harley. Er beobachtete einen uniformierten Wachmann, der gerade die Lobby betreten wollte. Er drückte mit der Schulter gegen eine der Drehtüren, doch sie schien steckengeblieben zu sein. Hinter ihm zog ein Streifenwagen auf den Gehweg, und zwei Beamte stiegen aus.

»Könnten Sie das Rohr vom Wasserfall flicken? Wir wären Ihnen sehr dankbar. Die Pumpe hat auch ausgesetzt.«

»Es tut mir leid«, sagte Harley abwesend, »aber da müssen Sie einen Klempner oder jemand von Ihrem eigenen Wartungspersonal rufen. Wir sind nur für Dampf zuständig. Und was die Pumpe angeht – die ist wahrscheinlich automatisch stehengeblieben, als der Druck nachließ.« Er deutete zur Tür. »Es sieht so aus, als hätte einer Ihrer Kollegen Schwierigkeiten.«

Die Frau lachte. »Das ist Jerry. Der hat immer Schwierigkeiten. Ich frag' mich, was dieses Geschrei da draußen soll?«

»Bis später dann. Ich muß mal nachsehen, ob mein Wagen was abbekommen hat. Ich hab' direkt neben der Baugrube geparkt.«

Der Wachmann fand endlich eine funktionierende Tür. Als er hereinstürmte, rannte er Harley fast um. »Corey!« rief er, während er durch die Lobby rannte. »Die Straße bricht ein! Die Fünfzigste Straße bricht ein!«

»Immer mit der Ruhe, Jerry«, hörte Harley die Frau noch sagen, als er hinaustrat. »Die Fünfzigste gehört uns ja nicht.«

»Ich muß Matt Bescheid sagen! Ich muß Matt Bescheid sagen!« Er rannte die Kellertreppe hinunter, zum Lager, in dem er Boyle und den Ingenieur vor ein paar Minuten zurückgelassen hatte.

Harley begann unterdessen draußen zu traben. Er drängte sich eilig durch die Fußgänger. Am Überweg auf der Fünfzigsten Straße hatte sich eine Menschenmenge gesammelt, und ein Dutzend Fahrer von Autos und Lastwagen drückten protestierend auf die Hupen. Als Harley die Ecke des Gebäudes umrundete, traf ihn eine Bö, die ihn wieder nach dem Schutzhelm greifen ließ. Aus der Baugrube erhob sich eine große Rauch- und Staubwolke, die weiter oben, über den Gebäuden, vom Wind zerrissen und zerstreut wurde. Ein Polizist, der ein Funkgerät an den Mund hielt, versuchte ihn aufzuhalten. »Con Ed«, sagte Harley, während er an ihm vorbeistürmte. Er rannte bis zur Kante des Einbruchs mitten auf der Straße, dann mußte er zurückspringen, als noch ein Stück Straßenbelag abbrach. Er hätte das Gleichgewicht verloren, wenn der Polizist ihn nicht am Ärmel gepackt hätte.

»Da unten ist eine Dampfleitung«, sagte Harley, während er auf die Rohre deutete, die der Einbruch freigelegt hatte.

»Ich kann's abstellen, wenn ich das Werkzeug aus meinem Laster holen kann.« Der Lastwagen war fünfzig Fuß weiter geparkt, direkt neben der Baustellenabsperrung. Die Kante des sich ständig verbreiternden Canyons hatte bereits die Vorderräder erreicht.

»Machen Sie sich nicht unglücklich«, sagte der Polizist. Er drehte sich um und wandte sich an die Menge, die weiter zurückweichen sollte. »Wer Lust hat, sich von heißem Dampf verbrühen und danach ins Gefängnis stecken zu lassen, darf hierblieben«, sagte er, während er mit den Armen wedelte. »Und alle anderen gehen jetzt bitte *weiter*!«

Es gab ein tiefes Rumpeln, und ein großes Stück des Straßenbelags, das von der Mitte der Fahrbahn bis zum Zalian Building reichte, brach ab und glitt wie ein Schiff nach der Taufe ins Wasser. Harley wußte, daß er keine Zeit mehr hatte, seine Leute zu holen; er mußte allein zurechtkommen. Er mußte an der Ecke Eighth Avenue in den unterirdischen Schaltraum steigen und die Leitung abstellen, die über die Fünfzigste zum St. Clare's Hospital verlief. Dafür brauchte er einen Haken, mit dem er den Gullideckel ausheben konnte, und ungefähr fünf Minuten Zeit, um das Ventil zu schließen. Wenn er es nicht schaffte, würde zweihundert Grad heißer Dampf mit einem Druck von 160 Pfund pro Quadratinch...

Ein donnerndes, rauschendes Geräusch und ein ohrenbetäubendes Kreischen sagten ihm, daß es zu spät war. Aus dem Loch erhob sich eine Dampfwolke wie ein Flaschengeist. Sie stieg, bis sie zwanzig Stockwerke hoch war und sich oben gut achtzig Fuß ausgebreitet hatte. Die Schaulustigen brauchten keine weitere Aufforderung, sich in Bewegung zu setzen – sie stolperten zur Kreuzung zurück und drängten sich zwischen die verkeilten Autos, während ihre Gesichter auf die zuckende Dampfsäule über ihnen gerichtet waren. Harley hörte hinter sich hastende Schritte und erschreckte Schreie. Die Gewalt des aufschießenden Tornados war so groß, daß er trotz des Windes kerzengerade stehenblieb – eine kochende, stationäre, trichterförmige Wolke.

Ein Stück des Gehweges brach zusammen, so daß die

Vorderräder von Harleys Wagen frei in der Luft hingen. Er war kaum losgerannt, da neigte sich das Fahrzeug nach unten und verschwand im Loch.

Er blieb am Rand der Senke stehen und hielt sich die Ohren zu, um sie vor dem Brüllen und Kreischen des Dampfes zu schützen. Der Laster lag zehn Fuß unter ihm auf der Seite, zerteilte einen Schlammstrom wie ein Felsen im Wasser. Links blitzten und knallten grelle blaue Flammenbögen zwischen den Enden eines zerfetzten Starkstromkabels; ein paar Fuß darunter sah er etwas, das ihm wie ein geborstenes Gasrohr vorkam. Als er dann den Zusatzstoff roch, der das an sich geruchlose Gas identifizierbar machte, wußte er, daß er keinen Augenblick mehr zögern durfte. Er sprang von der Kante herunter und landete auf allen vieren auf der Seitenverkleidung des Lasters. Dann kletterte er die fließenden Erdmassen hinauf, bis er das Stromkabel erreichte, und benutzte eine Schieferplatte als Isolierung, um die Enden auseinanderzuziehen, damit die Lichtbögen unterbrochen wurden.

Er rutschte den Abhang zu seinem Laster hinunter, zog eine der Hecktüren auf und kletterte hinein. Als er einige Sekunden später mit dem Brecheisen wieder auftauchte, kniete der Polizist auf der Kante des Gehwegs und streckte einen Arm zu ihm hinab. Sie packten sich gegenseitig fest um die Handgelenke.

»Sie sind wirklich mutig, Mister«, sagte der Polizist, während er ihn hochzog.

Mitchell kam vor dem Fenster des Wachraums schlitternd zum Stehen. Der Wachmann, der darin saß, sprang überrascht auf, als Mitchell heftig winkte und rief, daß Boyle einen Arzt brauchte und daß die Sirenen eingeschaltet werden sollten, weil das Gebäude evakuiert werden mußte.

»Das Gebäude evakuieren?« fragte der Wachmann, indem er in sein Mikrophon sprach. »Meinen Sie wegen des Einbruchs draußen?«

»Wegen eines Einbruchs unter der Laderampe. Weil das Gebäude so stark schwankt.«

Der Wachmann preßte die Lippen zusammen und berührte einen Kippschalter auf dem Steuerpult. Dann zögerte er. »Die Stockwerke vierzig bis sechzig sind schon leer«, sagte er, »und soweit ich weiß, sind zwischen zwanzig und vierzig die meisten Leute auch schon weg. Will Matt das wirklich? Sind Sie sicher, daß –«

»Matt braucht einen Arzt, also rufen Sie einen und schlagen Sie Alarm. Das Gebäude ist nicht mehr sicher, es muß sofort geräumt werden. Ich weiß, daß Sie Sirenen und eine Rundrufanlage haben. Benutzen Sie beides, um die Leute möglichst schnell hier rauszubekommen.«

Der Wachmann wechselte einen Blick mit den beiden Kollegen, deren Gesichter über seiner Schulter aufgetaucht waren, dann sah er wieder zu Mitchell. »Die Lautsprecheranlage ist ausgefallen, wir reparieren sie gerade.« Seine Finger spielten unschlüssig am Alarmschalter.

»Nun legen Sie den Schalter doch um, verdammt, oder ich hole die Cops, damit die Ihnen das abnehmen! Machen Sie schon! Los!«

Der Wachmann holte tief Luft. »Na schön, aber Sie werden das Matt gegenüber vertreten müssen.«

Die Sirene über ihm war betäubend laut. Auf einer Schalttafel an einer Wand des Wachraumes leuchteten sechsundsechzig kleine Lichter auf, eines für jede Etage, und begannen, im Takt mit der heulenden Sirene zu blinken. »Alle Sirenen laufen«, sagte der Wachmann, indem er auf die Anzeige deutete.

»Erstaunlich«, sagte Mitchell.

Vom Ende des Ganges rief jemand: »Was, zum Teufel, machen Sie da? Es war Boyle. Obwohl er halb gebückt lief, war er so schnell, daß Coates, der ihn stützte, ihm kaum folgen konnte. Sein Gesicht war verzerrt, und er fuchtelte mit hoch über den Kopf erhobener Taschenlampe herum. »Verdammt nochmal, Mitchell, haben Sie denen gesagt, daß sie Alarm geben sollen? Stellen Sie ihn wieder ab! Sagen Sie ihnen, daß sie wieder ausschalten sollen!«

»Hören Sie nicht auf ihn«, flehte Mitchell den Wachmann

hinter der Scheibe an. »Er hat völlig die Fassung verloren...« Damit wandte er sich um und rannte zur Treppe.

In der Lobby strömten Menschen aus den Aufzügen und Treppenhäusern zu den Türen.

»Was ist los?« fragte eine besorgte Corey Hale Mitchell, als er außer Atem vor ihren Empfangstisch trat. »Ist das ein Evakuierungsalarm? Sollen wir alle raus?«

»Zumindest alle Mieter. Das Gebäude schwingt zu stark. Sie können bleiben, wenn sie wollen, Mrs. Hale.« Er griff nach einem Telefon und wählte 911.

»*Miß* Hale, bitte. Ich kann also bleiben, obwohl das Gebäude umkippt?«

»Ich hab' nicht gesagt, daß es umkippt. Ich hab' nur gesagt, daß es zu stark schwingt. Und ich habe Angst, daß Gebäude*teile* herunterfallen könnten – Fenster und Decken zum Beispiel.« Am anderen Ende der Leitung meldete sich eine Frau. »Police Operator 982. Wo ist der Notfall?«

»Zalian Building. Mein Name ist Mitchell, und ich –«

»Geht es um die Senkung an der Fünfzigsten und der Eighth? Die Meldung haben wir schon, Sir.«

»Nein, es ist das Gebäude selbst. Ich habe angeordnet, daß es geräumt wird. Ich bin Bauingenieur, und meiner Meinung nach ist das Gebäude bei diesem Wind nicht sicher.«

»Würden Sie bitte Ihren Namen wiederholen? Befinden Sie sich jetzt im Gebäude?«

»Brian Mitchell – ja, ich rufe vom Empfang in der Lobby an. Die angrenzenden Straßen und Gehwege sollten gesperrt werden, weil Glas herunterfallen könnte. Haben Sie verstanden? Beim Zalian Building besteht die Gefahr, daß es noch weitere Scheiben verliert. Die Straßen und Gehwege in der Nähe sollten geräumt werden.«

»Ich gebe Ihre Meldung weiter. Sind schon Kollegen von uns am Ort? Dann teilen Sie ihnen bitte auch mit, was Sie mir gerade gesagt haben.«

Mitchell legte auf und wählte die Nummer seines Büros im sechsundsechzigsten Stock. Er war erleichtert, als Carol sich sofort meldete. Es war 11.10 Uhr.

»Was hat die Sirene zu bedeuten?« fragte sie. »Sollen wir uns verkrümeln?«

»Ja, zuviel Schwingung. Ich hab' die Risse unter der Laderampe gefunden, und sie sind viel schlimmer, als ich erwartet hatte. Fahr zum Pan Am Building, ich ruf' dich später dort an. Wer ist noch bei dir oben?«

»Die Empfangsdame ist gerade gegangen, und Eileen ist noch beim Boß im Büro, also sind wir nur noch zu dritt. Was soll ich ihnen sagen? Wie dringend ist es denn?«

»Kein Grund zur Panik. Sag ihnen, daß es ein Notfall ist, und daß sie sofort gehen und sich in Sicherheit bringen müssen. Carol, halt dich von den Außenwänden fern. Es ist gut möglich, daß noch mehr Fenster herausbrechen.«

»Was ist mit den Briefen, die Eileen mir gegeben hat? Soll ich sie hierlassen oder mitnehmen? Sie sind äußerst brisant, Mitchell. Nach allem, was ich bisher gelesen habe, hat Zalian von Anfang an mit kriminellen Methoden gearbeitet; ich sag' so etwas nicht gerne über einen Klienten.«

»Nimm sie mit. Laß Zalian sie nicht in die Finger bekommen, sonst sind sie verloren. Ich muß jetzt auflegen – da draußen ist irgendwas los.«

Nachdem Mitchell sich aus seinem Griff befreit und Coates ihm bis zum Wachraum geholfen hatte, schickte Boyle den Wachmann Mitchell hinterher, um ihn zu verfolgen. »Bring ihn zurück«, befahl er. »Benutz deine Waffe, wenn es sein muß. Verhafte ihn wegen Hausfriedensbruch oder Einbruch.«

Dann betrat er den Wachraum und beschimpfte die drei Männer. »Mitchell hat euch also gesagt, ihr solltet Alarm schlagen? Seit wann gibt er denn Befehle? Mein Gott, das wird wirklich ein teurer Spaß. Schalt diese verfluchte Sirene aus –«

Er langte nach dem Schalter, doch er hielt inne, als es plötzlich hinter ihm in der Rückwand des Raumes zischte. Die vier Männer wandten sich um und betrachteten die Wand. An der Naht zwischen zwei Paneelen lief ein dünner vertikaler Riß durch die Farbe. Dann beulten sich die Paneele aus, als drückte von der anderen Seite eine gewaltige Kraft dagegen. Am Geräusch war deutlich zu erkennen, daß irgendwo etwas geborsten war. Das Zischen klang unheilvoll, wie die Warnung einer Schlange oder einer Katze, und der Ton wurde rasch höher und lauter.

Das erste Dampfwölkchen, das dicht unter der Decke aus dem Riß puffte, wirkte eher wie eine Fahne von Zigarettenqualm. Dann verbreiterte sich der Spalt mit einem knirschenden Geräusch, und eine stärkere, weiße Dampfwolke strömte in den Wachraum.

Boyle sprang auf. »O Gott, nein«, flüsterte er, als die heiße Luft über sein Gesicht strich. Er hatte nur noch Zeit für einen einzigen ausweichenden Schritt.

Der Dampf hatte erst vor einer Minute das Generatorenhaus in der Neunundfünfzigsten Straße West verlassen. Er war mit einer Geschwindigkeit von fünfundsiebzig Meilen in der Stunde durch das Hauptrohr unter der Eighth Avenue nach Süden geschossen. An der Fünfzigsten Straße zweigte ein Nebenrohr ins Zalian Building ab. Der kochendheiße Dampf strömte in einem isolierten Sechs-Inch-Rohr durch den nördlichen Wartungstunnel, bis er an einem Knie umgelenkt wurde, das verstärkt worden war, um die Druckwelle aufzufangen. Über ein Rohr, das durch die Rückwand des Wachraumes führte, wurde er zur Heizung und zur Klimaanlage weitergeleitet, wo der Druck gemindert werden würde. An der Dampfverteilung im Zalian Building war nichts Ungewöhnliches – praktisch jedes größere Gebäude in Manhattan war ähnlich konstruiert –, und man hielt diese Bauweise auch nicht für besonders unsicher. Doch das Zalian Building bewegte sich. Die massiven Säulenfüße hoben und senkten sich im durchnäßten Fundament, das Stahlgerippe des Gebäudes war verkantet, und die unbarmherzige Kraft des Windes zwang das ganze Bauwerk aus der Senkrechten. Die Bewegung wäre nur mit feinen Meßgeräten festzustellen gewesen, doch sie reichte aus, um eine Dampfleitung bersten zu lassen, die bereits durch den Innendruck stark belastet war.

Der Dampfstrahl explodierte mit der Gewalt eines Wasserwerfers durch die Wand, schob Schreibtische und Stühle vor sich her und erhitzte alles im Wachraum auf eine Temperatur, die doppelt so heiß war wie der Siedepunkt von Wasser. Die vier Männer hatten keine Chance. Es dauerte nur wenige Sekunden, bis der Dampf aus dem Kontrollraum drang und in den nördlichen Wartungstunnel strömte. Die Kraft des Strahls ließ das Rohr in den Wänden schlagen und zucken wie einen Löschschlauch, bis es an einem Dutzend Stellen gleichzeitig brach.

Coates hatte bereits die Feuerschutztür am Ende des Ganges erreicht, als er die Explosion hörte. Er wirbelte rechtzeitig herum, um zu sehen, daß das schußsichere Glas des Wachraumes barst und auf den Gang polterte. Als der Dampf durch die Öffnung drang, hob er schützend die Arme. Das hohe Heulen, das dem letzten Stoß vorangegangen war, erstarb, und gleichzeitig verstummten die Sirenen. Als er die Arme wieder senkte, sah er, daß der Dampf schnell verflog. Er ging vorsichtig den Gang hinunter, tastete sich mit einer Hand an der Wand vorwärts. Jetzt war nur noch ein schwaches, beängstigendes Zischen zu hören. Als er das ehemalige Fenster des Wachraumes erreichte, war er in warmer Luft gebadet.

Die vier Männer, die eingekeilt und aufrecht zwischen den Trümmern der Einrichtung saßen, waren in erschreckten und unwirklichen Haltungen erstarrt wie Schaufensterpuppen. Das nackte Fleisch an Armen und Gesichtern war rot, die Haut hing in Fetzen herab. Als Coates zurückwich, löste sich ein Hautstück aus Matt Boyles Wange und segelte leicht wie eine Feder auf den Boden.

Jerry Coates rannte. Er wollte schreien, doch er bekam nur ein rasselndes, kehliges Geräusch heraus, das er noch nie gehört hatte.

20

Mitchell kauerte sich an den Rand der Senkung und versuchte, die Hitze und das Brüllen des Dampfgeysirs zu überhören. Zwanzig Fuß tiefer konnte er unter der Nordseite des Gebäudes die Sockel der Pfeiler sehen. Sie bestanden aus Spannbeton, das hatte er aus den Plänen erfahren, und sie hatten einen Durchmesser von achtzehn Inches und ein achteckiges Profil. Jeweils sechs waren zu einem Bündel zusammengefaßt und trugen einen Betonblock, auf dem wiederum je ein massiver Stahlpfeiler ruhte. An den Sockeln klebte Schmutz und Schlamm, doch stellenweise lag der dunkelgraue Beton frei. Was seine Aufmerksamkeit besonders erregte, waren die münzgroßen, hellweißen Flecken. Sprangen da Betonstücke heraus und legten das sauberere Material darunter frei? Er wünschte, er hätte sein Taschenteleskop dabei, aber er hatte es im Hotelzimmer vergessen. Es war zu gefährlich, ins Loch zu klettern und die Sache aus der Nähe anzusehen, denn es brachen immer noch Felsstücke und Teile des Straßenpflasters ab und fielen hinunter.

Mitchell wußte, daß der Druck auf den Fundamenten durch die vom Wind verursachten Schwankungen abwechselnd auf beiden Seiten stieg und fiel. Wenn das Gewicht auf den westlichen Pfeilern auf Null fiel – oder wenn sie sogar unter Zug standen, wie ja die Risse in dem kleinen Tunnel bewiesen – dann mußten die östlichen Pfeiler das doppelte des normalen Gewichtes aufnehmen, wenn nicht mehr. Konnten sie einem solchen Druck widerstehen, ohne zusammenzubrechen? Er kniete sich an den Rand des Einbruchs und suchte die Betonsockel nach Anzeichen von Materialermüdung ab. Das Tier war offensichtlich verwundet, die Frage war nur, wie schwer? Würden weitere Fenster auf die Straße fliegen, wenn es sich um einige Inches setzte? Wenn einige der freiliegenden Pfeiler einbrachen, würden dann die anderen die zusätzliche Last aufnehmen können? Bestand sogar die Möglichkeit, daß das ganze Gebäude –

Aus einer der Säulen platzte ein weißer Kreis von der

Größe eines halben Dollars, als hätte ein Junge mit dem Daumen einen Kieselstein fortgeschnippt. Aus der Säule direkt daneben brach ein Betonstück von der Größe einer Faust. Die Säulen zerkrümelten unter dem Druck.

Als Mitchell aufstand, krampften sich sein Magen und seine Kehle zusammen. Kein Grund zur Panik, hatte er Carol vor ein paar Minuten noch gesagt, doch jetzt gab es einen Grund, und wenn sie noch nicht draußen war, dann wollte er ihr sagen, daß sie um ihr Leben rennen mußte.

Die Autos standen Stoßstange an Stoßstange, und die Polizisten, die das Chaos entwirren und die Menschenmenge unter Kontrolle halten wollten, mußten die Hupen und Sirenen überbrüllen. Als er um die Ecke bog, sah Mitchell die Fußgänger vor einem Krankenwagen und einem Mannschaftswagen der Polizei zurückweichen, die mit kreisenden Warnlichtern auf den Gehweg zogen. Vor dem Eingang zur Lobby blieben sie stehen. Die weiß gekleideten Sanitäter rannten mit ihrer Trage ins Gebäude, während die Polizisten von der Ladefläche des Lasters sprangen und ein Absperrseil über den Rinnstein auf der Eighth Avenue zogen. Mitchell faßte einen Sergeant am Arm und sagte ihm, daß die Straßen in mindestens einem Block im Umkreis geräumt werden müßten, vielleicht sogar die benachbarten Gebäude.

»Wer, zum Teufel, sind Sie überhaupt?«

»Ein Ingenieur vom Gebäude. Die Fundamente knicken ein, zumindest auf dieser Seite. Hier kann jeden Augenblick wieder Glas runterkommen, vielleicht sogar Platten aus der Granitverkleidung. Sehen Sie, da!«

Mitchell zog ihn am Arm bis zur Spalte zwischen Gehweg und Gebäude. Er deutete auf die kleinen Wolken aus Betonstaub, die auf der ganzen Strecke von der Ecke bis zum Eingang der Lobby aus der Fuge quollen. »Das Gebäude setzt sich. Hören Sie das Knirschen? Es reibt am Gehweg, wenn es sich bewegt.« Er hob die Augen. »Diese Seite hier könnte herunterkommen, und wenn die Granitplatten oben zuerst rausfliegen, dann könnten sie die ganze Wand abschälen.«

Der Sergeant sah jetzt auch nach oben. »Mein Gott, kann das wirklich passieren?«

»Es ist möglich.«

»Um die Straßen und Gehwege zu sperren, brauche ich zweihundert Mann...«

»Dann sollten Sie sie lieber anfordern.«

Dann stahl sich eine andere Möglichkeit in Mitchells Bewußtsein, tausendmal schlimmer als das Lösen der Verkleidung, heimtückisch wie ein Fragment eines vergessenen Alptraums. Er versuchte den Gedanken als zu unwahrscheinlich abzutun. Wie hatte Bert Faber ihn charakterisiert? Melodramatisch. Der Gedanke, daß ein so großer Bau wie das Zalian Building einfach umkippen konnte, war es gewiß. Wenn so etwas wirklich passieren sollte, dann mußten erheblich schlimmere Begleitumstände eintreten als die vorhandenen. Das Setzen des Fundamentes an der beschädigten Ecke könnte das Gebäude unbrauchbar machen, sicher, und es könnte die Hälfte seiner Verkleidung verlieren, aber es konnte doch wohl nicht im ganzen umstürzen? Bestimmt nicht in Amerika, und ganz sicher nicht in New York, wo man mehr über Hochhäuser wußte als irgendwo sonst in der Welt, und wo im allgemeinen ideale Bedingungen für das Gründen von Fundamenten herrschten.

Vom Gehweg sah das Zalian Building mit den vertikalen Granit- und Glasstreifen wie eine zehnspurige Autobahn aus, die in der Ferne konvergierte. Die Spitze war hinter einer lockeren Decke aus schwarzen Wolken verhüllt. Das Wetter klärte sich auf. In der Luft waren gleichzeitig Regentropfen und breite Balken von Sonnenlicht. Ungefähr zwei Drittel hinauf sah er eine Plattform, auf der zwei Fensterputzer arbeiteten.

Mitchell trat bis zum Rinnstein zurück und legte die Hände wie einen Trichter um den Mund. So laut er konnte rief er hinauf: »He, ihr da oben! Fensterputzer! Könnt ihr mich hören? Kommt runter! Kommt runter!« Über den Rand der Plattform erschienen zwei Köpfe. Mitchell rief noch einmal und winkte, doch die Männer antworteten nicht.

Der Sergeant, der neben seinem Mannschaftswagen stand, griff durchs Fenster nach dem Mikrofon seines Funkgerätes. »Das können die bei dem Krach nicht hören«, sagte er. »Ich sag's ihnen gleich mit dem Lautsprecher durch.«

»Tun Sie das. Die sind mausetot, wenn... Sergeant, das Gebäude könnte umkippen.«

Der Polizist hatte gerade das Mikrofon vor die Lippen gehoben. Er ließ es wieder sinken und starrte Mitchell entsetzt an.

Mitchell musterte das ganze Gebäude von unten bis oben. »Die Fundamente auf der anderen Seite stehen unter Spannung, auf dieser Seite brechen sie unter dem Druck zusammen. Es ist unterspült, es setzt sich... Wenn es sich zu weit neigt, könnte der Wind es umwerfen.«

»Könnte was umwerfen? Das ganze Gebäude? Was sagten Sie, wer Sie sind?«

Mitchell drehte sich um und blickte die Fünfzigste Straße hinab. Mit einer umfassenden Handbewegung sagte er: »Es würde in diese Richtung fallen. Wie heißt die übernächste Straße? Ist das der Broadway? Das Gebäude ist achthundert Fuß hoch, bis dorthin würde es also mindestens noch kommen.«

Der Polizist drückte auf die Ruftaste am Mikrofon. »Harvey? Sam hier, am Zalian. Wir haben hier 'ne ziemlich üble Situation, wirklich übel, und damit meine ich nicht nur den Straßeneinsturz. Schalte lieber den Chef ein. Ich hab' hier 'nen Ingenieur, der meint, das Zalian könnte, nun ja, es könnte *umkippen*. Nein, nicht *Aram* Zalian, sondern das Gebäude! Das Zalian Building! Durch den Einbruch ist es unterhöhlt, und jetzt setzt es sich. Wir brauchen hier alle verfügbaren Leute, um die Gegend zu räumen, und damit meine ich wirklich alle Kollegen in der Stadt.«

»Diese beiden Blocks dort sollten geräumt werden«, sagte Mitchell, während er in die entsprechende Richtung deutete. »In den Gebäuden da drüben ist niemand sicher.«

»Welche beiden Blocks? Welche beiden Blocks?«

Mitchell deutete noch einmal hinüber.

»Harvey? Der Ingenieur meint, daß die beiden östlichen Nachbarblocks geräumt werden sollten.« Zu Mitchell sagte er: »Wieviel Zeit haben wir noch?«

»Das kann man nicht sagen. Es könnte sich stabilisieren, oder es könnte in zwanzig Minuten umfallen. Entschuldigen Sie mich, ich muß da noch einen Freund rausholen.«

»Zwanzig *Minuten*? Sind Sie nicht bei Trost?«

Reverend Ralph schielte über das Geländer der Arbeitsplattform zu dem Verkehrsstau und der Menschenmenge hinab, die sich vierzig Stockwerke weiter unten versammelt hatte. »Ruft uns da jemand?«

Bill Slater lachte spöttisch. »Warum sollte uns jemand rufen? Die haben da unten genug zu tun. Sieh dir nur den Verkehr an! Ein Stau, so weit das Auge reicht.«

»Ich dachte, ich hätte gehört, wie da jemand was von ›Fensterputzern‹ gerufen hätte.«

Von ihrer Position an der Ostseite auskonnten sie die Senke nicht sehen, die vor der Nordseite lag, aber sie konnten den Dampfstrahl fauchen hören, und sie sahen sein Spiegelbild in den Fenstern der benachbarten Gebäude. »Sieht aus, als bekämen sie den Dampf jetzt unter Kontrolle«, sagte er, während er hinüberdeutete. »Er ist nur noch halb so hoch wie gerade. Vielleicht haben sie endlich das richtige Ventil gefunden.«

»Da unten winkt einer«, sagte Boone, der gerade zum Gehweg geblickt hatte. »Ich glaube, er meint uns. Siehst du ihn?«

Slater trat zu seinem Partner ans Geländer und sah hinab. »Ja, ich seh' ihn. Und? Das heißt doch nicht, daß er uns meint. Gehörst du denn zu den Leuten, die sich jedesmal umdrehen, wenn sie eine Autohupe hören, weil sie glauben, daß sie gemeint sind? Ich gehör' nicht dazu. Ich hab' darüber was im Alten Testament gelernt. Im Alten oder im Neuen Testament oder bei Shakespeare. Irgend so was. Vielleicht auch in der Verfassung. ›Kümmere dich nicht darum, für wen die Glocke schlägt, denn es ist todsicher, daß sie nicht für dich schlägt.‹«

Die Plattform bebte. Die Männer richteten sich auf und sahen sich an. »Was war das denn?« fragte Boone leise.

Slater wurde plötzlich ernst. Er ging zum Ende der Plattform und überprüfte die elektrische Seilwinde. »Rutscht das Ding? Wie sieht's bei dir aus,«

»Es ist in Ordnung. Bill, laß uns zur Straße runterfahren.«

Slater sah nach oben; er folgte mit dem Blick den Kabeln, die sechsundzwanzig Etagen weiter oben auf dem Dach verankert waren. »Mein Gott, sieh dir nur die Kabel an ... die schwingen wie Klaviersaiten.«

»Sieh mal, wie weit wir jetzt von den Fenstern weg sind«, sagte Boone, während er zum Rand der Plattform deutete. »Das sind mindestens fünf Inch. Weißt du, was ich glaube? Ich glaube, das Gebäude *neigt* sich. Es wird nicht mehr lange dauern, bis wir überhaupt nicht mehr an die Fenster drankommen.«

Slater seufzte. »Für einen Mann Gottes«, sagte er, »machst du dir aber eine Menge Sorgen. Nimm doch mal mich – ich bin kein Mann Gottes, aber ich habe vor nichts Angst.« Er stichelte seinen Partner oft auf diese Weise, aber diesmal klang seine Stimme nicht scherzend.

»Du mußt doch zugeben, daß da was nicht stimmt.«

»Ja ... ich geb' verdammt ungern zu, daß du recht haben könntest.«

Boone legte eine Hand auf die Kontrollen seiner Winde. »Runter?«

»Wir sind näher am Dach, ich glaube, wir kommen schneller hoch, und dann fahren wir mit dem Fahrstuhl nach unten. Außerdem ist mein Essen auf dem Dach.«

»Also rauf!«

Die Elektromotoren surrten. Und während die Plattform langsam am Gebäude hochstieg, starrten die beiden Männer einander wortlos an.

Mitchell hatte Schwierigkeiten, sich in die Lobby vorzuarbeiten. Sechs der zwölf Türen steckten fest, und durch die anderen strömten Menschen heraus. Als er endlich drin war, sah er, daß der Schaden, den er inzwischen für unvermeidlich hielt, bereits begonnen hatte. Hoch aus der linken Wand war eine Marmorplatte gefallen; die Reste lagen zersplittert auf dem Boden. Das Z aus Aluminium an der rechten Wand war ebenfalls heruntergekommen und lag als wirrer Haufen auf dem Boden. Wachmänner des Gebäudes, Polizisten und Sanitäter drängten sich um einige Verletzte. Eine Frau, die benommen auf dem Boden saß und mehrere Geschenkpakete umklammerte, hatten sie noch nicht bemerkt. Mitchell half ihr auf die Füße und schob sie sanft in die Richtung der Ausgänge. Irgendwo schrie ein Kind.

Mitchell fand einen Polizisten mit Streifen auf dem Ärmel und sagte ihm, daß die Lobby geräumt werden müßte, weil das Gebäude möglicherweise ganz zusammenbrechen könnte. Am Empfangstisch schrie Corey Hale in ein Telefon. Als sie Mitchell sah, berichtete sie ihm, daß Boyle und drei andere von einem Dampfausbruch getötet worden seien. Jerry Coates sei um Sekunden davongekommen, meinte sie, und deutete auf den Wachmann, der zusammengesunken auf einer Bank saß und das Gesicht in den Händen barg. Inzwischen waren die Telefone tot.

»Die Telefone sind tot!« wiederholte Mitchell entsetzt, während er ihr das Gerät aus der Hand riß. »Ich muß den sechsundsechzigsten Stock anrufen. Da oben sind noch Leute...« Als er kein Freizeichen bekam, warf er das Telefon auf den Tisch und hob ein anderes hoch.

»Wenn die jetzt nicht da rauskommen, dann sind sie ganz schön dumm. Dieser Bau hier wird gleich zum Teufel gehen. Es hat keinen Zweck, das Telefon ist auch tot, und die Münzfernsprecher auch.«

»Vielleicht merken sie gar nicht, wie schlimm es steht. Gibt es eine Notleitung oder einen Intercom oder so etwas? Mein Gott, wir können doch nicht ganz abgeschnitten sein! Warum läuft die Sirene nicht mehr?«

»Die Dampfexplosion hat das ganze Kommunikationssystem zerstört. Alles tot. Wir sind auch gleich tot, wenn wir nicht abhauen.« Sie schnappte eine Handtasche und einen Regenschirm. »Ich krieg' hier keine Gefahrenzulage. Ich *hau ab*! Ich *verschwinde*!«

»Wie kommt man am schnellsten ganz nach oben?«

Sie sah über seine Schulter hinter ihn und riß die Augen auf. »Jerry! Leg das weg! Was ist denn in dich gefahren?«

Mitchell drehte sich um und stellte fest, daß eine Pistole auf seine Brust zielte. Jerry Coates hatte rote Augen, und über seine Wangen strömten Tränen.

»Matt hat mir gesagt, ich sollte verhindern, daß Sie gehen«, sagte er leise. »Er meinte, ich könnte meine Pistole benutzen, wenn ich müßte.«

»Leg sie weg«, sagte Mitchell so ruhig er konnte. »Ich gehe nicht weg. Er hat dir das gesagt, weil er nicht wollte, daß ich das Gebäude evakuieren lasse. Er dachte, es wäre sicher. Was meinst du, wer recht hatte?«

»Matt war mein Boß«, sagte Coates und begann zu schluchzen. »Und jetzt ist er tot.« Die Waffe schwankte etwas.

Corey Hale ging um ihren Tisch herum. »Ganz recht, Süßer«, sagte sie unbefangen. »Matt ist tot. Und das bedeutet, daß er nicht mehr dein Boß ist. Ich bin jetzt dein Boß.« Sie legte ihre Hand um den Lauf der Waffe und zog sie zur Seite. »Und jetzt gib das Ding deiner Tante Corey. Braver Junge.«

Coates' Finger erschlafften. Er ließ sich von ihr die Waffe abnehmen, dann fiel sein Arm kraftlos herunter. Er sank auf die Bank und lehnte den Kopf nach hinten gegen die Wand, den Blick in unendliche Fernen gerichtet.

Mitchell schenkte ihr einen bewundernden Blick. »Sie haben gute Nerven.«

»Sie kennen Jerry nicht. Er ist wie ein kleines Kind. Wollen Sie wirklich ganz nach oben? Dann nehmen Sie nicht die Schnellaufzüge. Die bleiben schon an guten Tagen stecken. Nehmen Sie den großen Lastenaufzug, der hat eine eigene Stromversorgung. Langsam, aber sicher.«

»Zeigen Sie mir den Weg.«

Draußen löste sich im gleichen Augenblick eine drei mal vier Fuß große Granitplatte aus der Verkleidung der zwanzigsten Etage und stürzte wie ein Hackmesser auf den Gehweg. Sie zerbrach beim Aufprall nicht, sondern, es war ein kleines Wunder, fuhr halb in den Betonboden und blieb stecken – wie ein umgeworfener Grabstein.

Auf der 168. Straße in Washington Heights sah Manuel Rosa auf seine goldene Taschenuhr, während er den Fahrschalter in die erste Beschleunigungsstufe drückte. Sechzehn Minuten nach elf. Die zehn Wagen des Zuges der AA-Linie kreischten protestierend, dann begannen sie langsam zu rollen. Rosa klappte den Uhrdeckel zu. Wenn alles glatt ging, würde er zweiunddreißig Minuten bis zur Endstation am Hudson brauchen. Die Station Eighth Avenue und Fünfzigste Straße würde er in neunzehn Minuten erreichen. Er spürte, wie die Motoren auf die beiden nächsten höheren Fahrstufen reagierten. Der Zug wurde schneller. Er lehnte sich in seinem Sitz zurück und schaltete sein Bewußtsein auf Automatik. Der Zug rollte immer schneller über das endlose Stahlband der Gleise, das unter seinen Füßen verschwand. Alle Signale waren grün.

Eugenio Lusetti stand vor der Reihe der Haustelefone im Sheraton Center auf der Seventh Avenue und wartete darauf, daß die Vermittlung seinen Anruf durchstellte. »Wie ich hörte, hat er die ganze Etage gemietet«, sagte Lusetti zu Thornton, der stirnrunzelnd neben ihm stand.

»Wie kann ein Mensch nur soviel Platz für sich beanspruchen«, sagte Thornton mißbilligend.

»Das erleichtert die Sicherheitsvorkehrungen. Und wenn er es sich leisten kann, warum nicht?«

Schon beim ersten Klingeln meldete sich eine knappe, hohe Männerstimme. »Hallo? Hallo? Hallo?«

»Ja, ich möchte Scheich Al-Khalil Saud sprechen.«

»Am Apparat.«

»Scheich Saud? Hier ist Eugenio Lusetti. Ich stehe mit Mr.

Thornton in der Lobby. Draußen wartet eine Limousine, und wenn es Ihnen recht ist, möchten wir Sie zu Mr. Zalian begleiten und Ihnen das Gebäude zeigen.«

»Gut! Ja! Haha! Aber keine Limousine! Wir werden laufen. Es sind doch nur fünf Blocks, oder? Ja? Der Spaziergang wird uns gut tun!«

»Wenn Sie möchten, selbstverständlich, aber das Wetter –«

»Das Wetter ist wundervoll! Der Wind ist wirklich zauberhaft!«

»Wie Sie wünschen. Es regnet nur leider ein wenig.«

»Gut! Das ist eine Unannehmlichkeit, die wir in meiner Heimat leider nicht sehr oft genießen können! Haha! Ich komme sofort hinunter. Wir werden im Wind und im Regen spazierengehen, nur wir neun!«

21

Um 11.12 Uhr, als im sechsundsechzigsten Stock immer noch die Sirene heulte, schwang die schwere Tür auf. Carol Owens sah sich einem Aram Zalian gegenüber, den sie kaum erkannte. Die Silhouette im Türrahmen, umströmt vom Licht der Bürofenster dahinter, bot nicht den üblichen Anblick eines Mannes, der es gewohnt war zu befehlen. Er wirkte eher wie ein Mann, der von physischen Anstrengungen erschöpft ist. Seine Schultern waren eingesunken, der Kopf geneigt. Sie konnte in seinem beschatteten Gesicht kaum die tiefliegenden Augen erkennen.

»Mitchell hat mich gerade aus der Lobby angerufen«, sagte sie laut, um den Alarm zu übertönen. »Er hat die Räumung des Gebäudes angeordnet. Es schwingt zu sehr.«

Zalian starrte sie an, ohne sich zu bewegen. Als er dann sprach, war seine Stimme flach, mechanisch. »Ich bin überrascht, daß Matt das zugelassen hat. Ich werde mit Matt sprechen. Er sollte nicht auf Menschen mit schwachen Mägen hören.«

»Als ich gerade den Horizont beobachtete, wäre ich auch fast seekrank geworden. Ich mußte die Blenden herunterlassen. Mr. Zalian, im Keller sind Risse aufgesprungen, und es könnten noch weitere Fenster herausfallen. Wir tun besser, was Mitchell sagt.«

Obwohl seine Augen auf sie gerichtet waren, hatte sie das Gefühl, daß er nicht zuhörte. Er kam etwas näher, trat aus dem Schatten heraus, und sie konnte sehen, daß sein Haar wirr und sein Schlips zur Seite verrutscht war. Sie hatte Scherze darüber gehört, daß Zalian nicht einmal beim Schwimmen oder Lieben die Anzugjacke auszöge, doch jetzt trug er sie nicht, und sein weißes Hemd war mit dunklen Flecken beschmutzt.

»Ich bin sicher, daß es nicht so schlimm ist, wie er meint«, sagte Zalian. Sein Blick fiel auf die Aktenmappe in ihrer Hand. »Im letzten Jahr sind die Sirenen zweimal von selbst losgegangen. Falscher Alarm. Sie sind einfach zu laut, meinen Sie nicht auch? Zum Verrücktwerden.« Dann spielte ein leichtes Lächeln über seine Lippen. »Miß Owens, Sie haben einige persönliche Unterlagen von mir.«

Carol spürte das Gebäude zittern wie ein Flugzeug in einer Turbulenz. Dann hatte sie das Gefühl, daß das Gebäude zur Seite ruckte, und sie riß die Augen auf. »Haben Sie das gemerkt? Diesmal ist es kein falscher Alarm. Wo ist Eileen? Sagen Sie ihr, daß wir sofort hier raus müssen.« Sie stellte sich auf die Zehenspitzen, um über die Schulter des alten Mannes zu blicken.

»Geben Sie mir die Papiere.«

Carol wich einen Schritt zurück. »Ich möchte erst mit Mr. Rosen darüber sprechen. Wir müssen einen Weg finden, die Gegenseite ...«

Sie hielt inne, fragte sich, ob sie sich die Bedrohung, die von dem langsam näherkommenden Mann ausging, nur einbildete. Er hatte einen seltsamen Gesichtsausdruck, als hätte er Drogen genommen. Er würde doch nicht Gewalt anwenden ...

»Wir können jetzt gleich in meinem Büro darüber sprechen.« Als sie den Kopf schüttelte, sagte er: »Die Papiere sind mein Eigentum. Wenn Sie sie mir nicht zurückgeben, lasse ich Sie wegen Diebstahls festnehmen.« Er streckte eine Hand aus.

Carol sah, daß die Flecken auf seinem Hemdsärmel rot waren. War das etwa Blut? Was war mit Eileen geschehen? Sie sah rasch zum Empfangstisch und der Tür zum Treppenhaus hinüber und dachte daran, einfach zu fliehen. Sie konnte schnell rennen, aber Zalian, ein dünner, drahtiger Mann, sah trotz seines Alters so aus, als wäre er auch ziemlich schnell. Sie sah, wie im Empfangsbereich ein Stuhl vom Schreibtisch zurückglitt und wie von Geisterhand bewegt vor die gegenüberliegende Wand rollte. In der Nähe öffnete sich geräuschlos die oberste Schublade eines Aktenschrankes, dann die darunter. Die Sirene heulte immer noch. »Eileen«, rief sie während sie sich wieder zu Zalian umwandte, »Eileen! Wir müssen hier raus!« Keine Antwort.

Zalian kam noch etwas näher. Sein Gesicht wirkte jetzt beinahe besessen. Sie konnte sehen, daß seine geduckten Schultern und der gesenkte Kopf ganz und gar nicht auf Erschöpfung zurückzuführen waren; es war eher das Gegenteil. Er wirkte wie ein Raubtier, das gespannt und hellwach seine Beute anvisiert, dicht auf den Boden gedrückt und zum Angriff bereit. Sie rief noch einmal Eileens Namen, hoffte verzweifelt, daß sie endlich auftauchte. Eileen würde den Bann brechen, falls es einer war, und Zalian wieder zur Vernunft bringen. Stammten die Flecken auf Zalians Hemd etwa von Eileens Blut? Carols Hals schnürte sich vor Angst zusammen, als sie erkannte, daß sie möglicherweise allein einem Mann gegenüberstand, der anscheinend den Verstand verloren hatte.

Er schien ihre Gedanken gelesen zu haben. »Schreien Sie nur, wenn sie wollen. Niemand wird Sie hören. Die obersten zwanzig Stockwerke sind geräumt, haben Sie das nicht gehört? Inzwischen müßte dank Mr. Mitchell sogar schon das ganze Gebäude leer sein. Wirklich, er ist ein echter Freund. Geben Sie mir die Aktentasche.«

»Nein ... das werde ich nicht tun. Ich muß befürchten, daß Sie Beweismaterial vernichten würden, und das ist eine sehr ernste –«

»Ich muß Ihnen sonst den Hals umdrehen. Geben Sie sie mir. Zwingen Sie mich nicht, Gewalt anzuwenden.«

»Eileen! Eileen!«

Plötzlich erstarben die Sirenen, und die Stille kam genauso überraschend wie die Auslösung des Alarms. Als eine dritte Schublade aufglitte, verlor der Aktenschrank das Gleichgewicht, neigte sich, stürzte um. Sie war einen Sekundenbruchteil abgelenkt, und das reichte Zalian. Schnell wie eine angreifende Katze sprang er vor, und ehe Carol reagieren konnte, schlossen sich seine Finger um ihr Handgelenk wie eine eiserne Handschelle.

Sie wehrte sich stumm, schockiert, hielt den schweren, stahlbeschlagenen Aktenkoffer aus Zalians Reichweite. Wieder und wieder riß sie ihr gefangenes Handgelenk nach unten, mühte sich vergeblich, sich zu befreien. Ihre einzige Waffe war die Aktentasche. Eine plötzliche Welle von Wut und Angst ließ sie den Koffer vor seinen Kopf schwingen; sie erwischte ihn seitlich im Gesicht. Der Schlag ließ ihn taumeln, doch es hatte nicht gereicht. Er hielt sie weiter fest. Als sie noch einmal zuschlagen wollte, packte er ihr Handgelenk und knurrte zufrieden. Sie warf sich herum und verdrehte die Arme, schrie vor Schmerzen unter seinem erstaunlich kräftigen Griff. Zalian hielt sie eisern fest; er hatte die Lippen zurückgezogen, und durch die gebleckten Zähne zischte sein angestrengter Atem. Er machte einige Schritte zurück und zerrte sie zu seiner Bürotür.

Lieber Gott, betete Carol, laß mich für ein paar Sekunden ein Mann sein! Gib mir die Kraft, mich zu befreien!

Sie hob ein Knie und versuchte, Zalian mit dem Absatz auf den Fuß zu treten. Der Versuch brachte ihn in Rage, und mit einer Kraftanstrengung, der sie nichts entgegenzusetzen hatte, wirbelte er herum und zerrte sie durch die Tür. Carol mußte ein paar große Schritte machen, um nicht zu stürzen, doch sobald sie wieder im Gleichgewicht war, senkte sie den

Kopf und stürmte auf seine Brust los. Der rasche Wechsel von Widerstand und Angriff überraschte ihn, und plötzlich war er es, der ums Gleichgewicht kämpfen mußte; jetzt hielt er sich an ihren Handgelenken nur noch fest, um nicht zu fallen. Er stolperte über die Kante seines Teppichs, der vor dem Schreibtisch lag, und als sie fühlte, daß er stürzen würde, ließ sie den Koffer los und warf sich auf ihn, drückte ihm die Unterarme ins Gesicht und schlug beim Aufprall seinen Kopf so hart sie konnte auf den Boden.

Der Schlag war hart genug gewesen, um ihre Handgelenke aus seinem Griff zu reißen, doch ehe sie auf die Füße kommen konnte, packte er sie am Fußgelenk, und sie fiel hin. Sie rollte sich auf den Rücken und trat ihm mit dem Absatz auf eine Hand. Sein Schmerzensschrei sagte ihr, daß sie getroffen hatte. Der nächste Tritt war auf sein Gesicht gezielt, und um auszuweichen, mußte er sie wieder loslassen und sich zur Seite rollen.

Sie arbeiteten sich beide auf die Füße. Carol hob die Aktentasche auf, doch Zalian versperrte ihr den Weg zur Tür. Sie standen einander gegenüber, schnappten mit schwer arbeitenden Schultern nach Luft. Aus einer Wunde an Zalians Kopf tropfte Blut, und er schlenkerte seine verletzte Hand.

»Ich könnte dich umbringen, du Aas!« Er faßte zur Wange und betrachtete das Blut auf seinen Fingerspitzen.

»Sie könnten mich umbringen«, sagte Carol mit mühsam beherrschter Stimme, während sie die Aktentasche hob, »weil Sie ein paar lumpige Akten wiederhaben wollen? Warum denn? Es muß doch ein Dutzend Kopien geben! Haben Sie denn völlig den Verstand verloren? Wissen Sie eigentlich, was Sie getan haben, als Sie mich angriffen?«

»Es gibt keine Kopien. Sobald die Akten in dem Koffer verschwunden sind, ist die Sache erledigt.«

Carol schob sich hinter seinen massiven Schreibtisch, wo sie sich relativ sicher fühlte. Er konnte sie eine Woche um den Schreibtisch jagen, ohne sie zu fangen, und sobald sie eine Gelegenheit bekäme, würde sie zur Tür rennen. »Eileen sagte mir, sie hätte an alle möglichen Leute Kopien geschickt.«

Zalian kam einen Schritt näher. »Das hat sie mir auch gesagt. Bluff, reiner Bluff.«

»Wo ist sie? Was ist mir ihr passiert?« Carol warf einen raschen Blick zur mittleren Schreibtischschublade. Dann richtete sie die Augen wieder auf den Angreifer, der ihr jetzt direkt gegenüberstand. Sie senkte die Hand, zog die Schublade in der Hoffnung auf, einen Brieföffner zu finden.

»Ich bin kein Arzt«, sagte Zalian ruhig, mit gleichmütigem Ausdruck, »aber ich glaube, sie ist tot. Wenn Sie gerne nachsehen möchten, sie ist in meinem Badezimmer.«

»Damit Sie mich einschließen können?«

Zalian schwieg einen Augenblick, dann sagte er: »Sie hatte einen Unfall. Sie ist gestolpert und mit dem Kopf vor die Tischkante gestoßen.« Er berührte die gläserne Platte. »Ungefähr hier. Ich glaube, dabei wurde ein Gesichtsknochen in ihr Gehirn gedrückt. Ein verdammter Unfall. Ich hab' sie nicht umgebracht. Ich werde gleich gehen, aber ich möchte, daß Sie allen sagen, daß ich sie nicht getötet habe.«

Carol spürte wieder eine seltsame, seitliche Bewegung des Bodens, ein langsames Rollen, das mehrere Sekunden anhielt. Sie hatte das Gefühl, daß das Gebäude weit nach Osten geschwungen war, weiter als je zuvor, und verharrt hatte, ohne nach Westen zurückzuschwingen. Ein Ölgemälde, das hinter dem Konferenztisch an der Wand hing, krachte auf den Boden. Diesmal zuckte sie nicht zusammen. Sie senkte den Blick zur Schublade und sah etwas Besseres als einen Brieföffner: eine Schere.

»Ich werde ihnen sagen, daß Sie sie nicht getötet haben«, sagte sie. »Aber meinen Sie nicht, daß wir so langsam hier verschwinden sollten? Der Boden sackt weg, und wenn Sie sich umdrehen, können Sie sehen, daß einige Stühle vom Konferenztisch zur Wand gerollt sind.«

Er sah sie weiter an. Als er dann sprach, war seine Stimme weich, als wollte er mit einem Geschäftsfreund vorteilhafte Bedingungen aushandeln. »Ich habe nicht die Absicht, Sie im

Badezimmer einzuschließen, Miß Owens – Miß Owens ist doch richtig, nicht wahr? –, aber ich werde Sie im Büro einschließen. Ich werde eine kleine Reise machen, Sie verstehen, und ich möchte nicht, daß jemand versucht, mich aufzuhalten. In ein paar Stunden werde ich den Wachraum anrufen und Matt sagen, daß Sie hier sind. Er hat einen Schlüssel.«

Indem sie sich nur auf ihren Tastsinn verließ, legte sie die Finger um den Griff der Schere.

»Bevor ich gehe«, fuhr Zalian fort, »möchte ich, daß diese Papiere vernichtet werden. Links von Ihnen ist ein Kamin. Leeren Sie die Mappe dort hinein und zünden Sie die Papiere an.«

Carol hob triumphierend die Schere und bedrohte sein Gesicht. »Wie können Sie mich zwingen, solange ich das hier habe? Frauen können gut mit einer Schere umgehen, das wissen Sie sicher. Wir lernen es schon als Kinder. Aus dem Weg! Sie können hierbleiben und mit dem sinkenden Schiff untergehen, wenn Sie wollen, aber ich gehe jetzt.« Sie bewegte sich zum Ende des Tisches und stach nach ihm. »Ich sagte, aus dem Weg.«

Zalian rührte sich nicht. Er schob die Hand in die Tasche und zog die Automatik. »Ich muß Ihnen noch einmal sagen, zwingen Sie mich nicht, Gewalt anzuwenden. Wenn ich muß, werde ich diese Waffe auch benutzen.«

Und zum Beweis feuerte er einen Schuß über ihre Schulter ab. Durch das Gebäude lief ein Zittern, als hätte es auf den Schuß reagiert; das Zittern war so heftig, daß sie beide einen kleinen Schritt machen mußten, um nicht das Gleichgewicht zu verlieren. Carol schossen verzweifelte Tränen in die Augen, und die Schere fiel klappernd auf den Boden.

Zalian zielte mit der Pistole auf ihren Rücken, während sie vor dem Kamin kniete und die Papiere in die Flammen warf. Er musterte den Ärmel seines ausgestreckten Arms, der mit Eileens Blut beschmutzt und beim Kampf mit diesem Biest, das jetzt vor ihm kniete, zerrissen war. Er müßte sie eigentlich töten, dachte er, hob die Waffe und zielte auf ihren Kopf. Dann war die Sache erledigt. Sie war eine hübsche junge Frau, selbst jetzt noch, mit diesem verängstigten Ausdruck und dem verschmierten Make-up. Er hatte sich sein Leben lang mit Schönheit umgeben, sie aber nie zerstört. Sie zu erschießen würde alles nur schlimmer machen, falls er überhaupt die nötigen Nerven haben würde. Er ließ die Waffe sinken, während sein Kopf die Probleme wälzte, die er noch lösen mußte, um rasch fortzukommen. Aus der Wunde auf seiner Wange tropfte immer noch Blut – er mußte die Wunde säubern und irgendwie behelfsmäßig verbinden. Er mußte die Kleider wechseln; er konnte nicht in einer Aufmachung auf dem Flughafen erscheinen, als hätte er gerade ein Schwein geschlachtet. Die Owens würde nicht ruhig blieben, während er sich wusch und umzog. Konnte er es riskieren, sie zu fesseln? Sie konnte kämpfen, sie war stark, und sie würde vielleicht wieder anfangen, sich zu wehren. Er fluchte verhalten. Er mußte sie wenigstens für ein paar Minuten ganz ausschalten. Er wog die Pistole in der Hand, um sich an ihr Gewicht zu gewöhnen, dann drehte er sie herum und faßte sie wie einen Stein. Er hob sie ein paar Fuß über ihren Kopf. Schlag sie nicht zu fest, warnte er sich selbst. Schlag ihr nicht den Schädel ein – sie soll nur bewußtlos werden, mehr ist nicht nötig.

Er ließ die Waffe heruntersausen. Sie zuckte reflexartig zusammen und fiel nach vorn, ohne einen Ton von sich zu geben, und landete mit dem Kopf dicht vor den Flammen. Zalian schleifte sie zurück, ehe ihre Haare oder Kleider Feuer fingen. In ihren Haaren, an der Stelle, an der er sie getroffen hatte, tauchte ein kleiner, dunkelroter Blutfleck auf. Er trat sie leicht in die Rippen, dann noch einmal, etwas fester. Keine Reaktion.

Überzeugt, daß sie bewußtlos war, packte er sie am Kragen und zerrte sie über den Boden in seine Wohnung. Im Schlafzimmer hielt er inne, um zu Atem zu kommen. Er sah sich um, fragte sich, wo er sie am besten ablegen konnte, entschied sich schließlich fürs Badezimmer. Während er sie in die Duschkabine schob und die Tür schloß, hielt er die Augen von der Badewanne abgewandt. Der Riegel knackte laut, wenn man die Kabine öffnete oder schloß – er würde es im Schlafzimmer auf jeden Fall hören, wenn sie zu sich kam und auszubrechen versuchte.

Als er sich im Spiegel über dem Waschbecken begutachtete, stellte er fest, daß die Wunde auf der Wange nicht so schlimm war, wie er befürchtet hatte. Er wusch sie vorsichtig aus und verband sie mit einem Stück Mullbinde und Pflaster.

Dann zog er sich im Schlafzimmer eilig um – ein frisches Hemd, ein sauberer Anzug – und packte eine kleine Reisetasche. Plötzlich bekam er das Gefühl, daß mit dem Raum irgend etwas nicht stimmte. Er richtete sich auf und sah zu den Fenstern an der Nordseite hinaus, blieb reglos stehen, doch er sah kein Anzeichen einer Bewegung. Das Gebäude hatte zu schwingen *aufgehört*, das war es. Aber da war auch noch etwas anderes; er mußte sich ein paarmal umsehen, um es zu erkennen. Der Raum war eindeutig nach Osten geneigt... oder? Ein Pendel bleibt doch nicht am Ende seiner Bahn einfach stehen. Er packte rasch weiter. Keine Zeit, einen Schlips anzulegen oder die Münzsammlung mitzunehmen. Seine Finger zitterten, und er mußte sich eingestehen, daß er Angst hatte. Wie schön wäre es, wenn er das verdammte Gebäude bereits verlasse hätte und tausend Meilen weiter wäre!

Er hörte das Klicken der Duschkabine. Die Pistole, wo war die Pistole? »Gehen Sie sofort wieder da rein«, rief er, während er die Waffe vom Frisiertisch nahm und ins Badezimmer rannte. Die Frau stand mit dem Rücken zu ihm und starrte in die Badewanne. Sie hob langsam die Hände und preßte sie seitlich vor den Kopf. Zalian trat einen Schritt vor, packte sie am Nacken und wollte sie in die Kabine zurückstoßen, doch ein ohrenbetäubender, schriller Schrei ließ ihn innehalten. Als er zur Badewanne sah, mußte er sich mühsam beherrschen, nicht auch selbst zu schreien. Eileens Leiche trieb in sechs Inch hohem, blutigem Wasser, und um das verstümmelte, gräßliche Gesicht schwebte ein Kranz aus Haaren.

Carol wirbelte herum und starrte ihn entsetzt an, immer noch die Ohren bedeckend, als wollte sie sich vor dem Klang ihrer eigenen Stimme schützen.

Die von den Kacheln und dem Porzellan reflektierten Schreie waren unerträglich durchdringend. Zalian brüllte sie an, sie solle aufhören, doch sie gehorchte nicht; statt dessen ging sie mit vorgestreckten Fingernägeln auf sein Gesicht los und zwang ihn, sie zum Schweigen zu bringen, indem er noch einmal mit der Pistole zuschlug.

22

Pete Harley kletterte an den stählernen Ringen zur Straße hinauf. Er schob den Kopf und die Schultern durch das Loch und sah nach Westen. Der himmelhohe Geysir war verschwunden, und das Pfeifen und Dröhnen hatte ebenfalls aufgehört. Überall waren Polizeiwagen zu sehen, er hörte Funkgeräte knacken, und weit entfernt noch mehr Sirenen. Ein Warnruf ließ ihn nach oben schauen, gerade rechtzeitig, um einen Blitz aus reflektiertem Licht an der Seite des Gebäudes niederfahren zu sehen. Fallendes Glas! Er duckte sich und zuckte zusammen, als die Scheibe dreißig Fuß vor ihm auf den Gehweg schlug. Dem krachenden Aufschlag folgte ein Regen von Splittern, von denen einige auf seinen Schutzhelm prasselten. Als er den Kopf wieder herausstreckte, hörte er die Schreie und sah zwei Passanten auf der anderen Seite der Eighth, die offensichtlich von Glassplittern getroffen worden waren. Ein Polizist lief auf ihn zu und rief: »Im Zalian ist ein Dampfeinbruch! Können Sie die Leitung auch abschalten?« Harley nickte und kletterte wieder in den dunklen, engen Gang zurück. Über ihm erschien der Kopf des Polizisten: »Soll ich den Gullideckel wieder draufschieben?« fragte er. »Zu Ihrem Schutz... vom Gebäude fällt alles mögliche runter.«

Im achten Stock des Hauses Police Plaza Nr. 1, einen Block von der City Hall in Lower Manhattan entfernt, nickte Sergeant Robert Pinske grimmig. Wie immer, dachte er. Sobald es hektisch wurde, tauchte eine Besuchergruppe auf. Er gab dem kleinen, kahlköpfigen Lehrer rasch die Hand. »Mr. Levine? Freut mich.« Er würde ihnen mit seiner barschen Art zeigen, daß er sie zwar alles ansehen lassen wollte, daß er aber keine Zeit hatte, sie den ganzen Tag hier herumhängen zu lassen, schließlich hatte er noch andere Dinge zu tun. Er sah so freundlich wie möglich zu dem Dutzend Zehnjähriger, die sich eng zusammendrängten und ihn mit großen Augen fasziniert anstarrten. Unter ihnen waren so viele Rassen vertreten, daß sie aussahen wie eine Miniaturausgabe der Vereinten Nationen.

»Tja, Jungs und Mädchen«, sagte er, »das hier ist das Nervenzentrum der Stadt, und es ist die fortschrittlichste Einrichtung dieser Art auf der ganzen Welt. Wenn ihr hier durch das Glas schaut, könnt ihr die Vermittlung sehen. Im Augenblick ist die Annahme mit einunddreißig Kolleginnen besetzt. Jeder, der neun-eins-eins wählt, landet bei einer dieser Telefonistinnen. Wie ihr sehen könnt, tragen alle Kopfhörer und Mikrofone, außerdem haben sie einen Bildschirm und eine Tastatur. Der andere Kasten mit den Knöpfen ermöglicht es ihnen, die Anrufer mit der Feuerwehr oder mit den Krankenhäusern zu verbinden, falls es gewünscht wird.«

Ein ernster kleiner Chinese winkte mit der Hand und fragte, ob sie sich das große Gehirn ansehen könnten.

Mr. Levine sah ihn streng an und sagte ihm, er solle den Mann erzählen lassen.

»Meinst du den Computer? Der ist im Stockwerk unter uns. Nein, den kannst du dir nicht ansehen, dazu war er zu teuer. So, und jetzt will ich mal versuchen, euch zu erklären, was hier passiert. An einem normalen Tag bekommen wir zwanzigtausend Anrufe, und das ist... das ist eine ganze Menge. Wenn zum Beispiel jemand in der Bronx bemerkt, daß sein Hund brennt und neun-eins-eins wählt, läuft der

Anruf automatisch bei einer Telefonistin auf, die für die Bronx zuständig ist, da drüben.« Der Witz mit dem brennenden Hund brachte ihm bei Erwachsenen normalerweise ein Lächeln ein, aber die Kinder starrten Pinske düster an. »Vielleicht sollte ich sagen, daß meines Wissens noch nie jemand angerufen hat, weil ein Hund brannte. Aber wir bekommen hier alle möglichen Anrufe, das könnt ihr mir glauben; ungefähr eintausend pro Tag beziehen sich auf verschiedene Feuer, allerdings nie auf brennende Hunde oder andere Haustiere. Einsätze für Rettungswagen machen ebenfalls einen großen Teil der Anrufe aus. Wir haben auch oft sogenannte ›hilflose Personen‹.« Für die anderen unhörbar murmelte er: »Verdammte Hilos.«

Pinske deutete auf ein halbes Dutzend Telefonistinnen in der Mitte des Raumes. »Die Kolleginnen da drüben nehmen auf, was die anderen nicht mehr schaffen. Wenn in einem Bezirk zuviele Anrufe auflaufen, werden sie dorthin weitergeleitet. Niemand braucht länger als dreißig Sekunden zu warten.« Eine der Telefonistinnen winkte herüber, und die Hälfte der Kinder winkte zurück.

Pinske blickte zum Lehrer. »Kann ich mich darauf verlassen, daß sie sich ruhig verhalten, wenn ich es ihnen sage?«

Levine nickte und wandte sich an seine Gruppe. »Wenn er sagt, daß ihr euch nicht rühren sollt«, sagte er streng, »dann rührt euch auch nicht. Behaltet eure Hände bei euch.«

Pinske führte sie durch die Tür in den Glaskasten und ließ sie sich um eins der Terminals versammeln. Die Telefonistin, die gerade einen Anruf hatte, konnte sie nur mit einem Nicken begrüßen.

»Dies hier ist der Funkraum für den Bezirk Manhattan«, sagte Pinske, »und hier arbeitet die Kollegin Smith. Laß dich nicht durch uns stören, Emmy. Emmy ist eine der vier Telefonistinnen auf dieser Schicht, die Spanisch sprechen. Jetzt achtet auf den Bildschirm. Wenn sie einen Anruf annimmt, tippt sie Codeworte und Zahlen auf den Schirm. Die Zahlen zehn-dreißig zum Beispiel bedeuten, daß ein Einbrecher am Werk ist; wer die Serie ›Polizeirevier Hill Street‹

kennt, weiß das ja. Was Emmy jetzt gerade eingegeben hat, bedeutet, daß neben dem Zalian Building eine Straße eingebrochen ist; wir hatten in den letzten zwanzig Minuten eine Menge solcher Anrufe. Gerade bevor ihr hier reingekommen seid, hatten wir einen Anruf von einer Sekretärin im Gulf und Western Building am Columbus Circle; sie meinte, von ihrem Fenster aus sähe es so aus, als hätte sich ein hohes Gebäude ungefähr zehn Blocks weiter im Süden nach links geneigt. Sie konnte nichts Näheres sagen, so daß wir uns nur höflich bedanken konnten und abwarten müssen, ob noch weitere Anrufe kommen. Wahrscheinlich hat sie von dem Einbruch in der Straße gehört, und den Rest hat dann ihre lebhafte Fantasie erledigt. Wenn sich wirklich ein großes Gebäude neigen sollte, dann würden ungefähr zehn Millionen Leute anrufen. Nun ja, laßt uns jetzt mal annehmen, Emmy bekommt eine Adresse, die es nicht gibt. Der Computer ist wirklich ein riesiges Gehirn. Er kennt jede richtige Adresse in der Stadt und noch eine Menge anderer Sachen. Wenn zum Beispiel ein alter Knacker aus Queens anruft und sagt, daß auf der Jerome Avenue ein Hund brennt, dann weiß der Computer, daß er in Wirklichkeit die 101. Avenue meint, die früher einmal Jerome hieß. Es ist ein fantastisches System. Ich wüßte gar nicht, was wir ohne es machen würden.«

Emmy Smith hob die rechte Hand und spreizte einige Male die Finger. Die Geste sollte bedeuten, daß sie sehr genau wußte, was man ohne das System tat. Der Computer war am Morgen für eine Stunde ausgefallen, so daß die Telefonistinnen gezwungen gewesen waren, die Anrufe auf Papierstreifen festzuhalten. Sie mußten dabei fest aufdrücken, um durch die beiden Durchschläge durchzuschreiben, und nach einer Stunde taten ihnen die Hände so weh, daß sie laut jubelten, als der Computer wieder lief.

Pinske klopfte ihr auf die Schulter, als sie ihre Kabine wieder verließen. »Sehr witzig, Emmy«, sagte er geheimnisvoll. Er würde einem Haufen Zehnjähriger gewiß nicht erzählen, daß der Rechner ab und zu zusammenbrach. Warum sollte er so etwas auch erörtern? Damit die Eltern dann an die *Times* schrieben? Er führte Levine und seine Kindergruppe einen kurzen Gang hinunter.

»Jungs und Mädchen, hier seht ihr das, was man als das Nervenzentrum des Nervenzentrums bezeichnen könnte. Das hier ist Phyllis. Alle Anrufe laufen durch ihren automatischen Verteiler.«

»Nerven ist genau das richtige Wort«, sagte die Frau, ohne aufzuschauen. Sie war mit einigen elektronischen Geräten auf einem Computertisch beschäftigt.

»Jedes dieser kleinen weißen Lichter auf der Anzeigetafel markiert ein eingehendes Gespräch.« Pinske runzelte die Stirn. Alle fünfzig Lampen brannten. Er beugte sich nahe an Phyllis und informierte sich rasch flüsternd.

»Überlastet?«

»Ja, ganz plötzlich.«

»Zalian?«

»Fast alle.«

»Mach eine Lautsprecherdurchsage.«

Sie nickte und schaltete eine Sprechanlage ein, deren Durchsagen von allen Telefonistinnen gehört werden konnten. »Bitte die Gesprächsdauer bei Anrufen in bezug auf das Zalian Building kürzen. Der Einbruch auf der Fünfzigsten und die Rohrbrüche sind bereits registriert. Nehmen Sie nur neue Informationen auf und trennen Sie sofort für das nächste Gespräch.«

»Jetzt wird's hier etwas hektisch«, erklärte Pinske den Schülern, während er sie durch den Gang zurückführte, »deshalb werde ich euch nur noch eine Sache zeigen.«

Er blieb vor einem Glaskasten stehen, in dem ein Mann vor einem Bildschirm saß. Während er in ein Mikrofon sprach, machte er Eingaben über eine Tastatur. Die Kinder versammelten sich um den Mann. »Ed hier ist einer unserer zweiundsiebzig Einsatzleiter. Er ist für Manhattan zuständig, und das heißt, daß er ziemlich viel zu tun hat. Sobald eine Telefonistin einen Anruf für Manhattan aufgenommen und auf Irrtümer überprüft hat, schaltet sie die Meldung auf seinen Monitor. Ed schickt dann die benötigten Fahrzeuge und Einsatzkräfte zum Ort des Geschehens. Seht ihr die Konsole rechts neben ihm? Mit den Knöpfen kann er über UKW-Funk jede Wache in der Stadt erreichen, außerdem die Streifenwagen, die Zivilwagen, Polizeihubschrauber, und wenn er will, sogar die siebentausend mit Handfunkgeräten ausgerüsteten Fußstreifen.«

Während er sprach, langte der Einsatzleiter zur Konsole und legte eine Reihe von Schaltern um. Pinskes Stimme erstarb, als er dem Kollegen über die Schulter blickte und die Anzeigen auf dem Monitor studierte. »Aus dem Zalian fällt Glas?«

Der Einsatzleiter nickte. »Und Granitstücke.«

»Dann schick Rettungswagen los.«

»Schon unterwegs. Sieh mal hier...« Er deutete auf eine Anzeige, die gerade auf dem Bildschirm erschienen war: ZALIAN NEIGT SICH NACH OSTEN. GEFAHR DES UMSTÜRZENS RICHTUNG BROADWAY UND FÜNFZIGSTE.

»Allmächtiger«, sagte Pinske. »Von wem kommt das?«

»Emmy.«

Der Polizist richtete sich auf und sah sich über die Schulter um. Über den Glaskästen der Telefonistinnen für Manhattan sah er Emmys winkenden Arm. Er drückte sich durch die Schüler und trabte den Gang hinunter.

Emmy Smiths Finger tanzten auf dem Keyboard. Pinske hielt den Atem an, als er die Worte sah, die auf dem Bildschirm erschienen: DAMPFLEITUNGSBRUCH IM ZALIAN – VIER TOTE. GEBÄUDE SETZT SICH, VERLIERT BAUTEILE. KÖNNTE UMSTÜRZEN. DRINGEND EVAKUIERUNG ALLER GEBÄUDE DER BEIDEN NACHBARBLOCKS IN ÖSTLICHER RICHTUNG. MÖGLICHERWEISE NUR NOCH FÜNFZEHN MINUTEN ZEIT.

»Von wem kommt das?« sagte Pinske ihr leise ins Ohr. »Ist das wieder so ein Verrückter?«

Sie tippe die Antwort auf dem Monitor: BERICHT VON CHIEF LARRY EAGAN, WACHE MIDTOWN NORTH, VOR ORT.

Pinske erbleichte. Ein Hochhaus kippte um? Sein Bewußtsein weigerte sich, die Konsequenzen auszumalen. Es war unmöglich, innerhalb von fünfzehn Minuten zwei Blocks zu evakuieren – selbst bei neunzig Minuten würde er alle verfügbaren Männer brauchen. Er mußte sofort an sein Terminal... er brauchte die Standleitungen zur Verkehrsabteilung, zu Con Ed, zum Wasserwerk, zu den Krankenhäusern, zur Feuerwehr... er mußte den Bürgermeister anrufen...

Er wandte sich so abrupt um, daß er eins der Kinder umstieß; sie hatten sich unbemerkt hinter ihm versammelt.

»Schaffen Sie die Kinder hier raus«, rief er, während er in sein Büro rannte.

Der kleine Chinese stand wieder auf. »Mann, Mr. Levine«, sagte er mit einer hohen Piepsstimme zu seinem Lehrer, »müssen wir wirklich gehen? Das ist doch echt toll hier!«

Nachdem sie Mitchell den Lastenaufzug gezeigt hatte, rannte Corey Hale in die fast menschenleere Lobby zurück. Inzwischen war noch ein Stück Marmor aus der Wand gefallen und zersprungen; die Trümmer lagen überall auf dem Boden verstreut. Die letzte der verletzten Personen, eine Frau, die unter dem Aluminium-Z begraben worden war, wurde gerade von zwei Sanitätern auf einer Trage hinausgetragen; die Helfer sahen kaum älter aus als Coreys Sohn. Neben der Trage hüpfte ein Cop, der eine Infusionsflasche hochhielt. Er blickte zu Corey und deutete mit dem Kopf zum Ausgang. »Alles raus hier«, rief er, »und damit meine ich auch Ihren Freund da drüben.«

Jerry Coates saß immer noch auf der Bank vor dem Empfangstisch. Er stand auf und reichte Corey ihre Handtasche und ihren Regenschirm. »Ich glaube, wir sollten besser gehen«, sagte er. »Gerade haben sie Matt und Slim und Charlie und Tom in Leichensäcken rausgeschleppt. Hat keinen Zweck mehr, hierzubleiben.« Sie nahm die Handtasche und den Schirm und warf sie auf einen Stuhl. »Wir haben noch etwas zu tun, Jerry. Wir müssen sichergehen, daß die unteren Stockwerke auch wirklich geräumt sind.«

»Wie denn? Die Lautsprecher und Wechselsprechanlage sind kaputt, und die Sirenen gehen auch nicht mehr.«

Sie nahm ihn am Arm und führte ihn zur Treppe. »Auf die alte Art«, sagte sie. »Mach alle Türen auf und brülle: ›Macht, daß ihr rauskommt!‹«

»Ach Scheiße, Corey, ist das nicht ein Job für die Cops? Ich seh' nicht ein, warum wir –«

»Weil es unsere Aufgabe ist, das Gebäude zu schützen, deshalb.« Sie packte ihn an den Schultern. »Wenn dieser Ingenieur, der nicht einmal hier arbeitet, bereit ist, in die Sechsundsechzigste hochzufahren, dann solltest du wenigstens bereit sein, bis zur Zwanzigsten hochzugehen. Von dort an nach unten sind die Schwingungen nicht so stark; ich glaube, daß da noch einige Nachzügler sein könnten. Ich möchte wetten, daß wir ein paar Übereifrige finden, die immer noch am Schreibtisch sitzen, und ein paar Leute, die glauben, der Alarm hätte nicht ihnen gegolten.«

»Ach, Scheiße, Corey!«

»Du bist besser in Form als ich, deshalb nimmst du zwanzig bis elf; ich nehm' von zehn an alles nach unten. Brüll einfach in jeden Gang rein, mehr brauchst du nicht zu tun. Ich sage ja nicht, daß du in jeden Schrank und in jede Toilette sehen sollst.«

Sie zog die Tür auf und schob ihn hindurch. »Los, mach schon«, sagte sie, während sie auf die Treppe deutete.

Coates sah nach oben; auf seiner Stirn stand Angstschweiß. »Ich hätte nach Hause gehen sollen, als ich die Chance dazu hatte«, sagte er. Er sah aus, als würde er gleich weinen.

»Glaubst du, Matt hätte auch nur einen Augenblick gezögert? Er war ein Schleimer und ein Arschloch und ein Schwein, aber ein Feigling war er nicht. Er wäre ohne nachzudenken da raufgegangen. Er hätte nicht hier rumgestanden und sich in die Hosen gemacht und geheult wie ein Baby.«

Coates blickte zu dem feuchten Kreis hinab, der sich um seinen Hosenstall bildete. Dann preßte er die Lippen zusammen und rannte, zwei oder drei Stufen auf einmal nehmend, die Treppen hinauf. Corey Hale keuchte hinterher und hoffte, das Richtige getan zu haben. Sie kämpfte gegen ihre eigenen Impulse an, zu weinen und einfach nach Hause zu gehen.

Nachdem Mitchell gegangen war, brütete Charles Castleman noch eine Stunde über den Plänen für die Fundamente des Zalian Building. Er blätterte dicke Ordner mit technischen Berechnungen durch; um ganz sicher zu sein, würde er Computerzeit brauchen, aber es sah tatsächlich so aus, als wären die Säulensockel stark unterdimensioniert, so daß sie keine große Standfestigkeit gewährleisten konnten. Die nächste Stunde verbrachte er damit, Löcher in die Luft zu starren, während im Radio auf seinem Schreibtisch klassische Musik lief. Er fand nicht die Energie, sich zu bewegen, er konnte nicht einmal mehr nachdenken. Als er sich auf die Dinge konzentrieren wollte, die er in der nächsten halben Stunde zu tun hatte, drang ständig die Frage in sein Bewußtsein, was er mit dem Rest seines Lebens tun sollte. Er bemerkte mehrmals, daß er einige Minuten lang absolut nichts gedacht hatte. Im Radio quälten sich die Berliner Philharmoniker durch die langweiligste Interpretation des Kanons in D, die je in der Musikgeschichte aufgezeichnet worden war. Öde. Farblos. Wie sein Leben. Dieser Gedanke ermöglichte es ihm, die erste Entscheidung in diesen Tagen zu treffen. Es war genau die richtige Musik für ein Begräbnis. Er würde zu seinem Testament einen Zusatz machen und diese Musik dazu bestimmen. Er hob einen Füller auf und machte sich eine Notiz.

»Wir werden sofort zu Pachelbel zurückkehren«, unterbrach ein Ansager, »aber vorher eine Eilmeldung aus unserer Nachrichtenredaktion. Durch die Westwinde hat das Zalian Building an der Eighth Avenue mehrere Fenster verloren. Dies und der Straßeneinbruch, über den wir schon berichteten, hat eine äußerst gefährliche Situation geschaffen, so daß Fußgänger und Autofahrer unbedingt die nähere Umgebung meiden sollten. Außerdem ließ die Polizei verlauten, daß die Möglichkeit bestehe, daß das Gebäude – gibt es denn so etwas? – *umstürzen* könne. Alle Menschen, die sich im Augenblick in den Blocks zwischen der Neunundvierzigsten, der Fünfzigsten Ost, der Eighth und dem Broadway befinden, sollten sofort die Gebäude verlassen. Ich wiederhole, meiden Sie die Umgebung der Fünfzigsten Straße und der Eighth Avenue, und wenn Sie im Augenblick noch dort sind, dann verlassen Sie augenblicklich den Gefahrenbereich. Das Zalian Building verliert Glas und könnte den gerade eingehenden Berichten zufolge *umstürzen*. Wir werden diese Nachricht noch einmal überprüfen, und in der Zwischenzeit unterhalten wir Sie wieder mit Musik.«

Castleman war aufgesprungen. Langsam wurde er sich der Schmerzen im Zeigefinger bewußt. Als er den Blick senkte, sah er, daß er den Füller zerquetscht hatte. Die Feder war in den Finger eingedrungen. Seine Hand war mit Tinte bespritzt.

Fünf Minuten später stand Castleman neben dem Schreibtisch seiner Sekretärin und legte seinen Regenmantel an. »Martha, ich möchte, daß Sie einen Brief an George Della vom Building Department aufnehmen. Seine Adresse und die genaue Anrede können Sie den Akten entnehmen. Der Name ist Della, D-E-L-L-A. Schreiben Sie ihm, daß ich die Pläne vom Zalian Building noch einmal durchgesehen und schwere Planungsfehler in den Verankerungen der Säulen gefunden habe, besonders in bezug auf Widerstand gegen Spannung bei Westwind in zwei westlichen Säulen. Der Bau wurde anscheinend von dem pakistanischen Ingenieur überwacht, der Strouts Nachfolger war. Schlagen Sie seinen Namen nach. Ich hab' die entsprechenden Pläne und Berechnungsunterlagen auf meinem Schreibtisch liegengelassen. Sagen Sie ihm, daß, wenn das Gebäude die Krise übersteht, auf jeden Fall größere Umbauten vorgenommen werden müssen, falls es überhaupt noch gerettet werden kann. Schließen Sie damit, daß ich die Fehler sehr bedaure, und daß ich die volle Verantwortung auf mich nehme, weil ich bei der Aufsicht versagt habe.«

Als er bemerkte, daß sie nicht mehr mitschrieb, sondern

ihn nur mit hochgezogenen Augenbrauen anstarrte, sagte er: »Nur zu, schreiben Sie alles auf. Sagen Sie ihm, daß ich seine Frau Shirley grüßen lasse. Hochachtungsvoll, und so weiter. Sie können es unterzeichnen und danach abschicken.«

Als sie alles aufgeschrieben hatte, gab er ihr einen weißen Umschlag. »Martha, es tut mir leid, daß Sie am letzten Freitag Ihr Gehalt nicht bekommen haben. Wie Sie ja wissen, waren wir nicht liquide.«

»Ich wollte heute schon darauf zu sprechen kommen«, sagte sie ruhig, »aber ich weiß ja auch, daß die Dinge nicht zum Besten stehen.«

»Sie hätten ruhig etwas nachdrücklicher werden sollen. Wenn Sie selbst zu kurz kommen, setzen Sie sich einfach nicht durch. Wie lange sind Sie jetzt in der Firma? Dreißig Jahre?«

»Vierzig.«

»Sehen Sie? Sie haben mich nicht ausreichend an die Bedeutung Ihrer Mitarbeit erinnert. Im Umschlag ist ein Scheck für Sie, der auf mein Privatkonto lautet. Sie brauchen nicht auf Ihren Gehaltsscheck zu warten, bis sich die Firma wieder erholt hat, falls sie das überhaupt jemals tun wird.«

»Wirklich, Mr. Castleman, das ist doch nicht nötig –«

»Dann ist da noch die Gehaltserhöhung, die ich Ihnen im letzten Jahr versprochen habe, und die Sie nie bekamen. Es ist nicht so, daß Sie es mir nicht wert wären, glauben Sie mir. Ich halte genauso große Stücke auf Sie wie mein Vater. Ich hab' den Scheck etwas höher ausgestellt, um die Verzögerung auszugleichen.«

Er ging zum Aufzug. Dann drehte er sich noch einmal um und setzte hinzu: »Ich weiß noch nicht, ob ich morgen ins Büro komme. Aber egal wie, lösen Sie den Scheck nur ein.«

»Zalian Building«, sagte Castleman zum Taxifahrer.

Der Fahrer drehte sich um und sah ihn groß an. »Ich hab' gerade gehört, daß da das totale Chaos ausgebrochen ist. Ich weiß nicht, wie nahe wir drankommen.

»Fahren Sie, so weit es geht, ich laufe dann das letzte Stück.«

»Wie Sie wollen, Kumpel, aber wenn wir eingebuchtet werden, werde ich nicht in Begeisterungsschreie ausbrechen.«

Der Scheck war auf zehntausend Dollar ausgestellt; es war der größte Privatscheck, den Martha Hollins je gesehen hatte. »Er muß sich verschrieben haben«, sagte sie mit angehaltenem Atem. Nachdem sie ihn eine Weile angestarrt hatte, entschloß sie sich, ihn im Firmensafe zu verwahren und mit Mr. Castleman darüber zu sprechen, sobald er zurück wäre.

23

Der Aufzug blieb im dreiundfünfzigsten Stockwerk stecken. Mitchell kletterte aufs Dach der Kabine, zerrte die Türen des darüberliegenden Stockwerkes auf und benutzte für den restlichen Weg die Treppe. Als er oben ankam, schnaufte er schwer.

»Ist jemand hier?« rief er im Vorraum. Niemand antwortete. Carol und der Alte und Mrs. McGovern waren wohl doch schon gegangen. Wenn sie gegangen waren, als er Carol am Telefon gewarnt hatte, waren sie wahrscheinlich noch im Treppenhaus, vielleicht fünfzig Etagen unter ihm.

Er setzte sich auf die Kante des Empfangstisches und schnappte nach Luft, massierte sich die Waden, die von der ungewohnten Anstrengung schmerzten. Er hatte in der letzten Zeit zu wenig Tennis gespielt, dachte er. Die dreizehn Stockwerke hinaufzuklettern, war schon schlimm genug gewesen; sechsundsechzig Etagen wieder hinunterzulaufen, würde noch schlimmer. Seine Beinmuskeln würden sich so stark verkrampfen, daß er wahrscheinlich eine Woche lang das Bett nicht verlassen konnte.

Der Bürobereich war ein großes Durcheinander, überall lagen Trümmer herum. Alle Regale hatten ihren Inhalt verstreut, und ein Aktenschrank mit vier Schubladen und mehrere kleine Tische waren umgefallen. Auf den Schreibtischen und der Telefonzentrale war kaum etwas stehengeblieben; sogar einige Schreibmaschinen und Telefone waren heruntergefallen. Das Hauptquartier des Zalian-Konzerns sah aus, als hätte man es völlig auf den Kopf gestellt und dann verlassen.

Das Gebäude schien im Augenblick nicht sehr stark zu schwingen, aber er spürte deutliche Vibrationen. Das einzige Geräusch machte der Wind. Als ein Wasserspender laut auf den Boden krachte, fuhr Mitchell zusammen. Die bauchige Glasflasche löste sich aus dem Ständer und rollte schnell zur östlichen Wand, während das Wasser aus der Öffnung spritzte. Auf dem Weg in sein Büro richtete er sie wieder auf. Carols Mantel und der Aktenkoffer waren nicht da, wie er erleichtert feststellte, aber was war das – ihre Handtasche? Dann mußte sie noch –

Seine Gedanken wurden von einem Geräusch unterbrochen, das wie ein halberstickter Schrei klang. Er ging langsam in die Mitte des Großraumbüros und lauschte. Waren das wirklich Schreie oder heulte da nur der Wind? Er schüttelte den Gedanken ab, das Gebäude selbst könnte schreien, weil es seinen kommenden Tod spürte – guter Gott, die Gefahr, in der er sich befand, und die gespenstische Umgebung setzten ihm ganz schön zu.

Als er sich der offenstehenden Tür von Zalians Büro näherte, wurden die Geräusche deutlicher, aber er bemerkte, daß sie aus den Räumen dahinter kamen. Zalians Apartment? Das waren mit Sicherheit menschliche Schreie, und die Stimme kam ihm schrecklich bekannt vor. Um Gottes Willen, warum war Carol oder sonst jemand denn noch hier? Dann wurde es plötzlich wieder still, und Mitchell fragte sich abermals, ob ihm seine Fantasie einen Streich gespielt hatte.

Er betrat Zalians Büro. »Hallo?« rief er, hoffte schon fast, keine Antwort zu bekommen. »Carol? Ist jemand hier?«

Im Kamin glühte Asche, und es roch nach verbranntem Papier.

Auf der anderen Seite des Raumes ging die Tür zu Zalians

Apartment auf, und der alte Mann erschien. Er hielt einen kleinen Koffer in einer Hand, die andere spielte mit einem Schlüsselbund. Auf der linken Gesichtshälfte trug er einen Verband.

Sie starrten einander einen Augenblick überrascht an, ehe Mitchell hervorsprudelte: »Warum sind Sie noch hier? Haben Sie die Sirenen nicht gehört? Der ganze, verdammte Bau fällt um. Wo ist Carol? Ich habe sie schreien gehört!«

Zalian öffnete den Mund, schloß ihn wieder. »Ja, Carol«, sagte er schließlich, während er vorstürmte und über die Schulter nach hinten deutete. »Sie ist im Badezimmer. Hysterisch...«

»*Wo* ist sie?«

Zalian schob sich an Mitchell vorbei zur Tür. »Ich wollte sie zum Gehen bewegen, aber sie wollte nicht hören. Wollte nicht aufhören zu schreien. Vielleicht können Sie sie beruhigen und –«

»Was reden Sie da, zum Teufel?« Mitchell griff nach Zalian, doch der alte Mann hob abwehrend den Koffer und drückte sich durch die Tür. Carols Schrei, der von hinten kam, ließ ihn herumfahren.

»Mitch! Halt ihn auf! Er will uns einschließen!«

Ihr Gesicht war auf einer Seite blutüberströmt.

Mitchell drehte sich wieder um und sah gerade noch, wie die Bürotür zuschwang. Er warf sich dagegen, doch es war zu spät. Der Griff ließ sich nicht drehen, und als er sich mit der Schulter gegen das Holz stemmte, hörte er ein metallisches Klicken. Mit tödlicher Endgültigkeit glitt ein starker Riegel an seinen Platz.

»Was tun Sie da?« rief Mitchell, der beide Hände auf den Griff gelegt hatte. »Lassen Sie uns raus!«

»Ich brauche Zeit«, hörte er Zalian sagen. »Man wird Sie in ein paar Stunden herausholen.«

»Ein paar Stunden! Wir haben vielleicht nur noch ein paar Minuten! Machen Sie auf! Zalian! Zalian!«

Er fühlte Carols Hand auf seiner Schulter.

»Mein Gott, was ist geschehen? Hat er dich geschlagen?«

»Zweimal, mit einer Pistole.«

»Du brauchst jetzt erst einmal einen Verband. Dann wollen wir sehen, ob wir hier rauskommen.«

Sie warf ihm die Arme um den Hals. Er erwiderte ihre Umarmung, und sie küßten sich, doch nach einem Augenblick, als sich der Boden unter ihnen bewegte, trennten sie sich wieder und sahen sich bestürzt an.

Zalian zog den Schlüssel aus dem Schloß und seufzte erleichtert. Gott sei Dank, dachte er. Die beiden bin ich los. Die kommen da nicht mehr raus, ehe ich nicht jemand schicke, der sie befreit. Die Telefone sind tot, es gibt keinen anderen Ausgang, und um die Tür aufzubrechen, braucht man schwere Artillerie. Ich werde Matt vom Flughafen aus anrufen. Er kann sie noch ein bißchen einschüchtern und davon überzeugen, daß sie besser den Mund halten.

Er schob sich durch die Trümmer zu Thorntons Büro, hielt sich einen Moment fest, als das Gebäude beängstigend ruckte, dann kniete er sich vor den Safe. Während er die Kombination einstellte und sich bemühte, die Zahlen im Halbdunkel zu erkennen, wurde ihm bewußt, daß die Aufzüge auch nicht funktionieren würden, wenn die Beleuchtung und die Telefone und Alarmanlagen ausgefallen waren. Er fluchte laut, denn nun mußte er den ganzen Weg bis zur Straße hinunter die Treppen benutzen! Mit seinem schmerzenden Fuß würde er ewig dazu brauchen. Coretta würde eine ganze Weile im Flughafen auf ihn warten müssen.

Im Safe war nicht soviel Bargeld, wie er gehofft hatte. Einige Bündel – vielleicht einhunderttausend Dollar. Er warf alles in den Koffer und schloß ihn; dann stand er gerade noch rechtzeitig auf, um Thorntons Schreibtisch auszuweichen, der gegen seine Beine gerutscht war. Mein Gott, dachte er, der Boden rollt ja wie ein Schiffsdeck! Vielleicht kam er überhaupt nicht mehr aus diesem verdammten Haus heraus!

Er rannte zur Treppe, wich einem heruntergebrochenen Teil der Decke aus, verlor fast das Gleichgewicht, als er auf einer feuchten Papierschicht ausglitt. Was für ein Durcheinander! Wenn die Stadtverwaltung das sah, würde sie das Gebäude mit Sicherheit schließen, vielleicht sogar den Abriß anordnen, und wahrscheinlich war das auch besser so.

Die Aufzüge funktionierten nicht. Es war nicht leicht, die Feuerschutztür zum Treppenhaus aufzuziehen, doch Gott sei Dank war sie nicht ganz verklemmt.

Er machte sich an den Abstieg, schonte den verletzten Fuß. Der Koffer kam ihm schon nach kurzer Zeit ziemlich schwer vor, obwohl er nicht sehr groß war. Er ließ die rechte Hand über das Geländer aus Stahlrohren gleiten, daß sich zu einer unendlichen Spirale nach rechts unten wand. Er war nicht ganz sicher, aber jeder Treppenabsatz schien ein wenig mehr geneigt als der vorige. Außerdem spürte er Vibrationen, und jetzt hörte er sogar ein weit entferntes Grollen. Um Gottes willen, wollte das Gebäude etwa auseinanderbrechen, bevor er heraus war? Warum waren nicht Martineau und Castleman und Schuster an seiner Stelle hier? Wo blieb da die Gerechtigkeit?

Sein Herz schlug immer schneller, und schneller und schneller bewegten sich seine Füße. Er rannte mit einer Geschwindigkeit, die er sich nicht mehr zugetraut hätte, wirbelte herum und herum wie ein Kind, das sich schwindlig drehen will. »Herr im Himmel«, sagte er; er schluchzte jetzt fast. »Herr im Himmel, Herr im Himmel!«

Als die Plattform die fünfundfünfzigste Etage erreichte, wurde den beiden Fensterputzern klar, daß sich das Gebäude zur Seite neigte. »Wir sollten runterfahren, nicht rauf«, sagte Bill Slater, während er sich besorgt umsah.

»Runter?« wiederholte Reverend Ralph. »Jetzt willst du auf einmal wieder runter?«

»Willst du vielleicht im obersten Stock auf einen Aufzug warten? Wahrscheinlich funktionieren sie schon lange nicht mehr. Willst du achthundert Fuß die Treppen runterlaufen?«

Sie ließen ihre Steuerhebel los, und die Plattform blieb stehen. Slater fuhr drängend fort: »Mit dem Ding hier nach unten zu fahren, geht viel schneller, als nach oben zu fahren und dann die Treppen runterzurennen.«

Boone zögerte. »Wir könnten von irgendwas getroffen werden. Du hast doch gesehen, wie das Fenster rausgefallen ist.«

»Und wenn uns da drin was erwischt? Eine Decke? Eine Wand? Komm schon, wir können in ein paar Minuten unten sein. Das ist das Beste, das wir tun können.«

»Deine Pausenbrote sind auf dem Dach.«

»Scheiß auf meine Pausenbrote! Komm, wir fahren runter!«

Sie drückten die Hebel nach unten. Boone senkte den Kopf zum Gebet, während Slater nach oben sah und auf fallende Steine achtgab.

Langsam glitt die Plattform an zitternden Kabeln hinab, und während sie sank, wurde der Spalt zwischen der Innenkante und dem Gebäude immer breiter.

Die vergoldete Pyramide auf dem Dach des Zalian Building, ein ebenso auffälliger Teil der Skyline wie die Spitze des Citycorp Center, nahm nicht die ganze Dachfläche ein. Zwischen ihrer quadratischen Basis und der Außenbrüstung lief ein zehn Fuß breiter Gang rundherum. In der Pyramide waren Umlenkrollen für die Aufzüge untergebracht, ein Teil der Klimaanlage und der Heizung, ein Zehntausend-Gallonen-Wassertank und die Treppe zur obersten Aufzugtür.

Die einzige Tür in der Basis der Pyramide lag im Westen, und gegenüber dieser Tür, auf dem Rundgang, stand die kaputte Fensterputzmaschine der Skywash Corporation. Ron Jaragosky, Chef des Reparaturtrupps, hing kopfüber darin und hämmerte irgendwo herum. Nachdem er in den letzten zwei Wochen alle Hydraulikteile und jeden Stromkreis überprüft hatte, nachdem er jede Verbindung nachgezogen und alle Teile ersetzt hatte, die irgendwie unzuverlässig wirkten, hatte er es fast geschafft. Wenn sie dieses Mal nicht funktionierte, würde er es aufgeben. Er wischte sich ein paar Regentropfen aus dem Gesicht, ließ den Hammer fallen und hob einen Schraubenschlüssel auf. Er wußte, daß er eigentlich Feierabend machen sollte, aber so kurz vor dem Ziel würde er sich durch ein bißchen Regen nicht stören lassen, obwohl die Schwingungen so stark waren, daß ihm nicht ganz wohl war.

Während er den Schraubenschlüssel in einen Spalt schob, der dafür eigentlich zu schmal war, verfluchte er den Ingenieur, der die Maschine konstruiert hatte. Was mußte das für ein Mann sein, fragte er sich, der eine wichtige Justierungsschraube an einer Stelle anbrachte, die nicht einmal ein zwergenhafter Schlangenmensch erreichen konnte? Was für ein sadistisches Monster hatte sich so etwas ausgedacht?

Er hörte ein Kratzen und spürte eine Bewegung. Er richtete sich auf und setzte die Füße auf den Boden. Hatte sich die Maschine bewegt oder was war da los? Er blickte durch die Öffnungen im Stahlrahmen der Maschine nach draußen und rang um seine Fassung. Er hörte wieder das Geräusch, und wieder ruckte die Maschine. Um Himmels willen, sie rutschte auf dem Beton herum, als zöge jemand mit einem Seil daran! Er hob die Füße wieder an, damit sie nicht eingeklemmt wurden, wenn die Maschine in östlicher Richtung weiterrutschte. Zuerst prallte ein Ende vor die Wand, dann das andere. Die Tür war versperrt.

»Verdammter Mist!« fauchte Jaragosky, während er aus der Maschine krabbelte. Er stellte sich davor, stemmte die Hände in die Hüften und starrte sie an. Sie war einfach von der Brüstung bis zur Tür gerutscht! Kein Wunder, dachte er, der Rundgang war geneigt. Der Gang war geneigt? Warum hatte er das nicht schon lange bemerkt? Er sah sich verwirrt um. Alles war schief. Er fühlte, wie es in seinem Magen rumpelte, und die Haare auf seinen Armen stellten sich auf.

In seinem Werkzeugkasten war eine Wasserwaage. Er holte sie heraus und legte sie auf den Betonboden, auf die Brüstung, auf die Wand der Pyramide. Als er sie umdrehte, blieb das Ergebnis dasselbe: Die Blase kam nicht in die Mittelstellung. Alles war ungefähr fünf Grad aus der Senkrechten. Das ganze Gebäude hatte sich geneigt!

Er rannte auf den Gang zur Ostseite und sah hinunter. Bill und Ralph waren weit unter ihm; sie fuhren hinab. Er rief ihnen nach, doch der Wind trug seine Worte fort. Die Kabel der Gondel zitterten wie Harfensaiten, und die Plattform selbst sah aus, als hätte sie sich mehrere Fuß weit vom Gebäude entfernt. Die Straßen waren mit stillstehenden Fahrzeugen verstopft. Auf den Dächern von Polizeiwagen und Krankenwagen blinkten Lampen. Durch die Schuhsohlen spürte er die Vibrationen.

Er rannte zur Nordoststrecke, suchte nach einer Tür oder einem Fenster, aber dort war nur die kahle Wand der Pyramide. Als er an der Nordseite nach unten sah, bemerkte er die gezackte Narbe auf der Straße, den Einbruch, der bis zum Fuß des Gebäudes führte, und er sah die Schaulustigen, die nach oben starrten.

Das Gebäude bewegte sich wieder, sackte unter ihm weg, und sein Magen überschlug sich. Er erbrach sich einige Minuten, ehe er zur Westseite wanken konnte. Der Gang stieg vor ihm an wie eine Rampe.

Der einzige Ausgang war durch die Fensterputzmaschine versperrt. Wenn er die nicht fortbekam, konnte er die Tür nicht aufziehen. Er drückte sich in der absurden Hoffnung dagegen, die Angst gäbe ihm genug Kraft, um drei Tonnen Stahl zu bewegen, doch das Gebäude war jetzt so stark geneigt, daß die Maschine fest gegen die Wand gepreßt wurde. Er schob sich vor das Stück der Tür, das er sehen konnte, und versuchte, ein Loch durchzutreten, indem er mit beiden Beinen gleichzeitig zustieß, aber auch die Tür bestand aus Stahl.

Er rannte noch einmal ganz um den Rundgang, dann legte er sich mit dem Rücken vor die Westwand der Pyramide. Er starrte zum Horizont und sah New Jersey langsam hinter der Brüstung verschwinden.

24

Der Bürgermeister der Stadt New York freute sich, und das mit gutem Grund. Die Speisekarte sah hervorragend aus, er konnte fast alle am Tisch gut leiden, und er konnte einige gute Witze anbringen. Er war der älteste Mann in dieser Gruppe und zugleich der vitalste, und selbst den Aushilfskellnern war völlig klar, daß er die Führung des Gesprächs als das Selbstverständlichste der Welt betrachtete.

»Kann es«, sagte er mit einer umfassenden Geste, »kann es einen besseren Ort geben als den Fulton Fish Market an einem windigen Tag? Der Wind treibt den Gestank weg.« Er schielte zur Tageskarte, die oben über die Speisekarte geheftet war, und überlegte, was er bestellen sollte; jetzt hätte ihm seine Lesebrille geholfen, aber er trug sie nicht gern in der Öffentlichkeit. »Im Meer sind jede Menge trübe Fische, vom Bridge Cafe ganz zu schweigen.«

»Euer Ehren«, bot einer seiner Mitarbeiter feierlich an, »ich glaube, heute ist *gefilte Fisch* besonders zu empfehlen.«

Die Bemerkung ließ hie und da Gelächter aufbranden, was den Bürgermeister zu beleidigen schien. »Sehr witzig, C. J.«, sagte er, »aber ich kann mich nicht erinnern, Sie um Rat gefragt zu haben. Ich glaube, ich werde Sie ins Klärwerk versetzen.«

Dieses Mal stimmte er in das Lachen ein; als ein Zivilbeamter von hinten seinen Arm berührte und fragte, ob er unterbrechen dürfte, wurde er jedoch schnell wieder ernst.

»Das haben Sie schon getan«, sagte der Bürgermeister, indem er sich herumdrehte und die Stirn runzelte. »Ich will gerade essen, sehen Sie das nicht? Ich bin mitten in einer Besprechung und stehe im Augenblick nicht zur Verfügung.« – »Entschuldigen Sie, aber es ist sehr wichtig.«

Der Bürgermeister schob verdrossen seinen Stuhl zurück und folgte dem Leibwächter in eine Ecke des Raumes, wo sie sich flüsternd besprachen.

»Sir, ich befürchte, daß wir in der Midtown ziemliche Schwierigkeiten haben.«

»Midtown? Scheiße. In der Midtown lieben mich alle.«

»Ich meine keine politischen Schwierigkeiten. Es geht um das Zalian Building. Es –«

»Nicht schon wieder! Ich hab' doch zugestimmt, daß es geschlossen wird. Was ist denn jetzt noch?«

»Es neigt sich und könnte umstürzen.«

Der Bürgermeister wiederholte fassungslos die Worte. »Es neigt sich und könnte umstürzen.«

»In etwa zehn bis fünfzehn Minuten. Wir haben bestätigte Meldungen vom Schauplatz.«

»Das Zalian Building *neigt* sich und könnte *umstürzen*? Meinen Sie, der ganze Brocken könnte auf die verdammte *Straße* kippen?«

Der Polizist nickte. »Die Fünfzigste. In zehn oder fünfzehn Minuten.«

»In zehn oder fünfzehn *Minuten*? Charlie, das kann doch nur ein Witz sein. Gebäude *kippen* nicht einfach um. Einsakken, na gut. Sich etwas neigen, auch gut, aber umkippen?«

»Sie sollten besser sofort hinfahren.«

»Ist mein Wagen draußen?«

»Mit Eskorte.«

Der Bürgermeister ging zur Tür. »Sagen Sie den Jungs am Tisch, sie sollen zur City Hall zurückgehen und an ihren Telefonen warten. Ich hoffe bei Gott, daß das ein Witz ist, Tony, obwohl es Ihnen an den Kragen geht, wenn es einer ist.«

Zwei Limousinen voller städtischer Beamter zogen mit quietschenden Reifen vom Rinnstein auf die Straße, und die Begleitmotorräder stellten die Sirenen an. Im Wagen sah der Bürgermeister von einem besorgten Gesicht zum nächsten. »Ich wünschte, ich wäre der Gouverneur und nicht der Bürgermeister«, sagte er resigniert. »Ich könnte den Urlaub gut gebrauchen. Okay, gebt mir die Einzelheiten.«

Um 11.08 Uhr waren die ersten Berichte der Polizei bei der Einsatzleitstelle des Emergency Medical System in Queens eingegangen: zwei Dampfleitungsbrüche, vier bestätigte Todesfälle, sechs Menschen durch herabfallende Trümmer verletzt. Jetzt, um 11.20, kam die Nachricht, daß ein größerer Zusammenbruch unmittelbar bevorstünde, so daß mit Hunderten von Verletzten oder Toten zu rechnen sei. Der für Manhattan zuständige Dispatcher gab dem Schichtleiter ein Zeichen. Sie studierten zusammen die beiden Bildschirme, von denen einer die Standorte der Krankenwagen, der andere ihre Zielorte zeigte.

»Wie viele Wagen sind draußen?«

»Im Augenblick neunundvierzig. Was ist mit den anderen Bezirken?«

»Insgesamt hundertfünfzig. Schicken Sie ein Dutzend von Ihren eigenen zum Zalian. Sagen Sie ihnen, sie sollen von Westen anfahren, auf keinen Fall aus östlicher Richtung. Klar?«

»Klar. Man rechnet mit mehreren hundert Verletzten. Ein Dutzend werden da nicht –«

»Ich gebe für alle Alarm. Aber ich will, daß diese Meldung erst bestätigt wird, ehe ich so viele Krankenwagen in die Gegend jage.«

Die Bestätigung kam, bevor er geendet hatte. Eine der zwölf Telefonistinnen war aufgestanden und gab an alle in Hörweite eine Nachricht weiter. Sie hatte einen Augenzeugen in der Leitung, den Direktor des St. Clare's Hospital; seiner Meinung nach würde das Gebäude mit Sicherheit umstürzen, und die Einsatzleitung sollte alles schicken, was sie hatte.

Für die Tansit Authority stellte sich genau das entgegengesetzte Problem: Statt Fahrzeuge in das betroffene Gebiet zu schicken, mußten die Züge herausgehalten werden. Der Fahrdienstleiter der IND, der in der Leitstelle in Brooklyn saß, ordnete für alle Züge Langsamfahrt an; im nächsten Bahnhof sollten sie zunächst anhalten. Dann wurde rasch ein Plan ausgearbeitet, nach dem die Züge der Linien A und AA an der Station Columbus Circle auf die Expreßgleise unter der Sixth Avenue umgeleitet wurden, um auf der West

Fourth Street wieder auf die alte Strecke zurückzukehren. In nördlicher Richtung wurden die A- und AA-Züge an der Canal Street auf Ortsgleisen über die West Fourth Street zur Sixth Avenue geführt. Die Züge der E-Linien wurden in gleicher Weise umgeleitet; bei ihnen begann die Umleitung nördlich der Zalian Station auf der Fifth Avenue und der Dreiundfünfzigsten Straße.

Die Bahnpolizei wurde angewiesen, mit der Stadtpolizei zusammenzuarbeiten und die Station an der Fünfzigsten Straße zu sperren; außerdem mußten die gefährdeten Stationen auf der Eighth Avenue und dem Broadway evakuiert werden.

Binnen weniger Minuten wurden alle Blocksignale der betroffenen Tunnels auf rot gestellt, und mit allen Zugführern außer einem wurde direkter Funkkontakt hergestellt. Manuel Rosa, der einen AA-Lokalzug von der 168. Straße zum Hudson Terminal steuerte, antwortete nicht. Entweder war er in einem Funkloch, oder sein Gerät war defekt. Der Computeranzeige zufolge hatte sein Zug die Lincoln Center Station verlassen und näherte sich dem Columbus Circle, dem letzten Halt vor der Zalian Station an der Fünfzigsten Straße. Die roten Signale im Tunnel und das Haltsignal am Columbus Circle würden ihn wahrscheinlich zum Halten bringen, aber um ganz sicher zu gehen, rief der Fahrdienstleiter den Stationsvorsteher am Columbus Circle an und wies ihn an, sich auf den Bahnsteig zu stellen und Rosa mündlich anzuweisen, auf keinen Fall ohne Freigabe in südlicher Richtung weiterzufahren.

Nachdem er die Dampfleitung zum Zalian Building gesperrt hatte, kletterte Pete Harley wieder die Leiter hinauf, die aus dem unterirdischen Gewölbe führte. Er schaltete die Taschenlampe aus und hängte sie sich an den Gürtel; jetzt fiel nur noch Licht durch die Schlitze im Stahldeckel über seinem Kopf. Er drückte mit seinem Stahlhelm von unten gegen den Gullideckel und hob ihn gerade hoch genug, um hinauslugen zu können.

Der Anblick ließ ihn schlucken. Aus dem Gebäude fielen Glasstücke und Betonbrocken, die wie Bomben aufs Pflaster schlugen. Er zog den Kopf zurück und ließ den Deckel an seinen Platz zurückgleiten. Es wäre Selbstmord, wenn er jetzt hinauskletterte. Er würde lieber warten, bis sich die Lage beruhigt hatte.

Er legte den Kopf auf die oberste Sprosse und starrte in die Dunkelheit. Die zunehmenden Vibrationen waren mindestens genauso erschreckend wie die herabstürzenden Trümmer. Zuerst hatte er gedacht, daß ein U-Bahnzug in die direkt unter ihm liegende Station einführe, vielleicht sogar zwei oder vier Züge gleichzeitig, und alle mit Flachstellen. Jetzt aber wurde ihm klar, daß das Gebäude die Straße zittern ließ. Es setzte sich, vibrierte und löste sich dabei selbst auf. Es könnte sein, daß es sich nicht mehr beruhigte. Es könnte noch schlimmer werden; es *wurde* schlimmer. Wenn es noch ein paar Minuten so weiterging, mußte er die vorübergehende Sicherheit seiner Höhle verlassen und um sein Leben rennen.

Mitchell verband Carols Kopf und machte einen schnellen Rundgang durch Zalians Büro und das Apartment. Es gab keine Fenster, die man öffnen könnte, keinen Hinterausgang, keinen Zugang zum Dach. Die Räume waren gesichert wie eine Festung.

Er schlug mit den Knöcheln vor die Tür, die Zalian hinter sich geschlossen hatte. Es war eine massive Platte, keine Hohltür, die man mit einem Hammer zerstören konnte... falls er überhaupt rechtzeitig einen Hammer finden konnte. Der Boden neigte sich so stark, daß sie innerhalb der nächsten Minuten ausbrechen mußten, wenn sie noch entkommen wollten. Das Gebäude stabilisierte sich nicht; die Bewegung wurde eher noch stärker. Die Wände im Osten und Westen sahen aus, als wären sie etwa fünf Grad aus der Senkrechten gekippt; Mitchell wußte, daß nichts in der Welt ein Umstürzen des gesamten Gebäudes verhindern konnte, sobald der Winkel zehn oder fünfzehn Grad betrug. Irgendwo in diesem Bereich würde der Zug der Schwerkraft so stark, daß sie das Gebäude weiter kippte, statt es aufrecht zu halten. Plötzlich fiel ihm eine Zeichnung aus einem Lehrbuch der Mechanik ein, das er manchmal für seinen Unterricht verwendete. Es zeigte ein Rechteck, das über eine der unteren Kanten gekippt wurde. Die Frage lautete, an welchem Punkt der Block allein durch die Schwerkraft weiterkippte. Es war eine einfache Frage. Sobald ein vom Schwerpunkt aus gefälltes Lot außerhalb des Körpers auf den Boden traf. Eine klare, leicht verständliche Aufgabe. Nichts, worüber man sich aufregen müßte. Es sei denn, man wäre in einem Raum ganz oben in diesem Kasten eingesperrt.

Mitchell sah zu Carol. Sie hatte Zalians Schreibtisch in der Hoffnung durchsucht, einen zweiten Schlüsselbund oder eine Waffe zu finden, um das Schloß zu öffnen. Doch sie hatte nichts Nützliches aufgetrieben, und nun saß sie hinter dem Schreibtisch und barg ihren bandagierten Kopf in den Händen; sie wirkte etwas benommen. Er vermutete, daß sie mindestens eine Gehirnerschütterung hatte, vielleicht sogar einen Schädelbruch.

Ihre Blicke trafen sich. »Kommen wir noch rechtzeitig raus?« fragte sie ruhig, monoton.

»Wir brauchen eine Art Ramme. Etwas, mit dem wir durch die Wand brechen können. Die Tür ist viel zu schwer.«

Mitchell trat vor den Schreibtisch und ging in die Hocke. »Sind da Rollen drunter? Nein, verdammt auch.«

Er blickte zum Konferenztisch. Sein Design war modern, dänisch, die Ecken abgerundet. Auf jeder Seite waren vier Beine, die anmutig in Zinnspitzen ausliefen. Er wog mindestens dreihundert Pfund, aber die Beine hatten keine Rollen, auf denen man ihn schnell genug über den Boden rollen konnte. Auf einer Seite waren alle Drehstühle zusammengerollt, sie standen jetzt an der Wand. Der erste war umgefallen, so daß der Mechanismus zur Einstellung der Lehne und der Sitzhöhe freilag. Mitchell konnte sehen, daß der ganze obere Teil des Stuhls in einem Rohr mündete, das von dem etwas größeren Rohr des Unterteils mit den Rädern aufgenommen wurde. Er ging hinüber und sah sich den Stuhl aus der Nähe an. Er hielt eine Kontermutter unter dem Radsatz fest und drehte den oberen Teil des Stuhls mit der anderen Hand gegen den Uhrzeigersinn. Die Sitzfläche hob sich aus dem Rädergestell, bis am Ende der Spindel eine gefederte Sperre sichtbar wurde. Er zog den Bolzen mit dem Zeigefinger heraus und drehte den Sitz weiter, und die Sitzfläche trennte sich von dem Untergestell und hinterließ ihm einen stabilen, vierrädrigen Radsatz.

»Carol«, sagte er, während er sich den nächsten Stuhl schnappte und den Sitz drehte, »kannst du gehen? Wenn ich den Tisch anhebe, kannst du dann –«

Er brauchte nicht weiterzusprechen, denn sie stand schon neben ihm. Einen Augenblick später hob er eine Seite des Tisches an, während sie den Radsatz darunterschob. Er versenkte vorsichtig die Beine in den Röhren der Radgestelle. Als der Tisch auf vier solcher Fahrgestelle stand, rollte sie ihn versuchsweise ein paar Schritte hin und her. Die Unterbauten der Stühle waren stabil, und die gut geölten Rollen trugen leicht den Tisch. Als nächstes zogen sie die Perserteppiche beiseite.

»Die Säulen haben einen Abstand von zehn Fuß – das heißt, daß eine neben der Tür ist, und die nächste da drüben in der Ecke. Die schwächste Stelle sollte etwa hier sein.« Mitchell deutete mit dem Finger ein X auf der Holzvertäfelung an. »Das ist unser Ziel. Wie geht's dir?«

»Etwas benommen. Komm, laß es uns versuchen.«

Sie nahmen auf beiden Seiten ihrer improvisierten Ramme ihre Plätze ein, Mitchell auf der abschüssigen Seite, damit sie nicht bergab rollte, wenn sie durch den Raum stürmten. Zwanzig Fuß waren kein großer Anlauf, aber mehr hatten sie nicht.

Sie holten noch einmal tief Luft, und auf Mitchells Nicken rollten sie den Tisch auf die Wand zu und versuchten, auf der verfügbaren Entfernung möglichst weit zu beschleunigen. Der Tisch knallte laut krachend vor die Wand, doch der einzige Erfolg bestand in einer horizontalen Delle in der

Verkleidung und einem heruntergefallenen Ölbild. Sie zogen sich zurück und stießen noch einmal zu. Dieses Mal gab die Wandverkleidung nach, und die abgerundete vordere Tischkante grub sich sechs Fuß tief ein.

Wieder nahmen sie Anlauf, und wieder stürmten sie vor, beschleunigten den Tisch mit aller Kraft. Als er in die Wand schlug, brach ein kleines Loch bis zur anderen Seite durch. Das Splittern der Ziegelsteine und des Putzes war das süßeste Geräusch, das Carol Owens und Brian Mitchell je gehört hatten. Als sie für den nächsten Stoß Anlauf nahmen, lachten und weinten sie zugleich. Mitchell drängte Carol weiter, obwohl ihm auf schreckliche Weise klar war, daß ihre Anstrengungen fast sinnlos waren. Es sah jetzt so aus, als könnten sie zum Treppenhaus durchbrechen, aber das Gebäude neigte sich jetzt so schnell nach Osten, daß sie keine Chance hatten, die sechsundsechzig Stockwerke hinter sich zu bringen, ehe das Gebäude in freien Fall überging, vor allem nicht Carol, die so benommen war, daß sie kaum stehen konnte.

»Los, komm«, sagte er mit so viel Optimismus in der Stimme, wie er aufbringen konnte, »noch ein paar Einschläge von diesem Kaliber, und wir sind draußen.«

25

Lusetti war verlegen. Der Scheich trug einen arabischen Kopfputz und ein weit wallendes weißes Gewand; zwei seiner Begleiter waren ähnlich gekleidet, die anderen vier trugen Anzüge aus der Saville Row. Alle waren sie schwarze, bärtige Männer mit intensiven braunen Augen, und alle außer dem Scheich schienen Lusetti mit einem Ausdruck zu beobachten, der wohl Verachtung ausdrückte. Der Scheich war ein großer Mann mit einer Adlernase, und mit ihm und seinen Begleitern die Dreiundfünfzigste Straße hinunterzuspazieren, gab Lusetti das Gefühl, Mitglied einer Werbetruppe für einen Zirkus aus dem Nahen Osten zu sein.

»Hallo! Wie geht's denn so? Schön, Sie zu sehen«, rief der Scheich den Fußgängern zu, die seine Blicke erwiderten. In der East Side, in der Nähe der Vereinten Nationen, dachte Lusetti, hätte man der Gruppe kaum einen zweiten Blick geschenkt, doch auf der West Side waren die Leute nicht daran gewöhnt, erwachsene Männer zu sehen, die sich in ihre Bettlaken gehüllt hatten.

»Ah, dieser Wind ist erfrischend, nicht wahr, Mr. Lusetti«, sagte der Scheich mit seiner dünnen, durchdringenden Stimme, während er lächelte und niemand im Besonderen zuwinkte. Seine Schritte waren lang, und seine Gewänder blähten sich wie Segel. »Oder soll ich Sie Gene nennen?«

»Ja, sagen Sie Gene. Wie möchten Sie angesprochen werden? Scheich? Exzellenz?«

»Das ist viel zu formal, mein Lieber! Mein Name ist Al-Khalil Saud. Sagen Sie einfach Al, haha!«

Lusetti riskierte einen kurzen Blick zu Thornton und verdrehte die Augen.

Die Araber waren nicht bereit, sich hintereinander durch den dichten Fußgängerstrom zu fädeln, sondern drängten sich eng um den Scheich. In der Nähe der Eighth Avenue wurde der Gegenverkehr so stark, daß der Scheich sein Gefolge vom Gehweg hinunter auf die Straße führte. Ein Laster mußte eine Vollbremsung machen, um sie nicht zu überfahren.

»Ihr verdammten Clowns!« brüllte der Fahrer.

Der Scheich antwortete mit einem freundlichen Winken. »Hallo! Schön, Sie kennenzulernen!«

»Geh' nach Hause und spiel' im Sand!«

»Wie geht es Ihnen? Ist es nicht ein wundervoller Tag?«

Lusetti wandte sich an Thornton und flüsterte: »Der hat ja nicht alle Tassen im Schrank.«

»Aber jede Menge Geld.«

Sie überquerten die Eighth Avenue und wandten sich nach Süden. Sie waren jetzt im Windschatten, und die drei kostümierten Araber sahen nicht mehr so aus, als wollten sie gleich abheben wie ein Drachenflieger.

Al-Khalil Saud zupfte Lusetti am Ärmel und zog ihn nahe zu sich heran. »Dieses Gebäude, das Sie verkaufen wollen«, sagte er vertrauensselig, »ist es auch bestimmt gut?«

»Es ist das beste.«

»Warum wollen Sie es dann – wie heißt das noch – abstoßen?«

»Verkaufen heißt das. Wir brauchen Bargeld für andere Unternehmungen.« Lusetti verrenkte seinen Hals. Ein Stück vor ihnen hatte sich eine Menschenmenge auf der Straße versammelt. Überall schreiende und rennende Gestalten. Die Straße war für den Verkehr gesperrt; die Fahrzeuge durften nur wenden und in südlicher Richtung wieder davonfahren.

»Sind Sie zu mir gekommen, weil Sie glauben, alle Araber hätten viel Bargeld?«

»Wir hörten, daß Sie ein angemessenes Hauptquartier suchen.« Lusetti musterte mit zusammengekniffenen Augen den Auflauf vor ihnen. Eine Bombendrohung? Ein Filmteam?

»In meiner Heimat gibt es auch arme Leute. Besonders seit der Ölschwemme.«

Lusetti, der inzwischen die Führung übernommen hatte, fühlte sich etwas unbehaglich und verlangsamte seine Schritte. »Ja, die Ölschwemme«, sagte er abwesend. »Wir haben es sehr bedauert, als wir davon hörten.«

»Haha! Ich kann mir gut vorstellen, wie Sie es bedauerten! Sehr witzig!«

Bevor sie an der Zweiundfünfzigsten Straße auf die Fahrbahn traten, hob Lusetti einen Arm und hielt die anderen auf. Acht Augenpaare folgten seinem Blick nach oben.

»Ist das das Gebäude, das Sie verkaufen wollen?« fragte der Scheich, »das sich so über die Straße beugt? Ist es auf allen Seite so oder nur auf dieser? Wenn das Gebäude kippt, habe ich, glaube ich, kein Interesse.«

Auf Lusettis Stirn bildeten sich tiefe Falten. Er öffnete und schloß seinen Mund. Er spürte Thorntons Hand, die seinen Arm umklammerte. Man konnte Sirenen und Polizeifunk hören. Eine weinende Frau rannte auf sie zu. An der nächsten Ecke sah er zwei Polizisten, die ihnen zuwinkten. »Es kippt *wirklich*«, hörte er Thornton flüstern. Zwanzig Stockwerke über ihnen hing eine Plattform von Fensterputzern, dreißig Fuß vom Gebäude entfernt und mitten über der Eighth Avenue.

»Die Fotos zeigen nicht, daß es ein schiefes Gebäude ist«, sagte der Scheich. »Auf den Fotos ist es ganz gerade. Da sieht es genau wie die anderen Gebäude aus.«

Es war keine optische Täuschung – das Gebäude hatte sich fünf oder zehn Grad nach Osten geneigt. Ein elfstöckiges Gebäude zwischen der Zweiundfünfzigsten und der Einundfünfzigsten versperrte ihnen den Blick, aber die östliche Ecke des Zalian Building war dahinter wie ein schlanker, dünner Keil zu sehen. Oben zwei Reihen Granit und Glas, unten nichts. Während Lusetti die Augen aufriß, erschien oben eine dritte Fensterreihe. »Das Gebäude *bewegt* sich«, sagte der Scheich, »als ob es nicht gereicht hätte, daß es schief ist. Schämen Sie sich, Mr. Gene! Sie wollen mir ein schiefes und wanderndes Gebäude verkaufen! Ich glaube, es heißt in diesem Fall doch abstoßen.«

Lusetti ging langsam weiter. Die Menschen, die nach Norden davonrannten, mußten ihm ausweichen. Er sah einen dunklen Gegenstand von weit oben herabfallen. Er verfolgte seine Bahn mit den Augen, bis er verschwand. Einen Augenblick später hörte er einen donnernden Aufschlag. Er hob wieder die Augen, ging schneller und wechselte zur östlichen Straßenseite hinüber, um besser sehen zu können. Überall in der Ostwand des Gebäudes sah er die dunklen Rechtecke, die die heruntergefallene Verkleidung hinterlassen hatte. In den vertikalen Glasbändern sah er die Wolkenkratzer der Midtown, die zitterten wie Reflektionen in unruhigem Wasser. Dann wurde ihm das beständige Dröhnen wie von einem weit entfernten Gewitter bewußt.

Lusetti begann zu rennen. Die schrille Stimme des Scheichs verfolgte ihn: »Das Gebäude bricht ja auseinander. Es kippt um. So etwas hatte ich mir aber nicht vorgestellt. Ich bin sehr schockiert und bekümmert, weil Sie mich hereinlegen wollten, Mr. Gene! Ja, laufen Sie nur fort und schämen Sie sich! Sie haben wohl geglaubt, ich wäre gestern vom Kamel gefallen!«

Lusetti setzte rücksichtslos seine Arme ein, um sich durch die Menschenmenge zu drängen. Er achtete nicht auf die Schreie und die Anblicke um ihn her. Er konnte die Augen nicht von dem gewaltigen, zitternden Monolithen vor ihm nehmen. Sein Bewußtsein schien wie gelähmt, weigerte sich zu akzeptieren, daß er Zeuge eines Unfalls war, der nicht bewußt geplant war. Er konnte sich vorstellen, daß sich ein Gletscher von unwiderstehlichen Naturkräften gezwungen im Meer auflöste, doch dies war ein *Gebäude*, das von *Menschenhand* errichtet war... und es konnte einfach nicht *zufällig* umkippen. Es würde doch bestimmt gleich innehalten und nicht *ganz* umstürzen! Etwas so ungeheuer Großes konnte doch nicht einfach... es *mußte* irgendwie unter Kontrolle sein... aber welchen Grund könnte es geben... das Gebäude kippte, es versank im Boden, es *bewegte* sich! Es konnte nicht sein, aber es geschah wirklich. Er schüttelte immer wieder den Kopf, versuchte verzweifelt die Wahrheit abzuschütteln, die seine Augen ihm mitteilten.

Er wurde vom Arm eines Polizisten aufgehalten, der mit zehn Kollegen eine lockere Kette gebildet hatte. Sie versuchten, die Menschen nach Norden zu drängen, fort von der Fünfzigsten Straße. Einige Menschen wandten sich um und rannten los, andere, wie Lusetti, befanden sich in einer Art Trance, unfähig, den Blick von dem verblüffenden Schauspiel zu wenden – ein sechsundsechzigstöckiges Gebäude, das gerade umkippte. Da war eine Katastrophe von unvorstellbaren Ausmaßen im Gange – ein Erdbeben, ein Vulkanausbruch, und die Luft war mit Gerüchen von Staub, Gas und Furcht geschwängert.

»Zurück! Zurück!« überbrüllten die Polizisten den lauter werdenden Donner, während sie sich immer wieder rasch zu dem hinter ihnen drohenden Verhängnis umsahen. »Es kippt um! Rennt doch!«

Die Kreuzung war jetzt Niemandsland, menschenleer und mit Trümmern übersät. Lusetti sah Streifenwagen und Krankenwagen über Rinnsteine holpern und über Gehwege rasen, um der angeschlagenen Ostflanke des Gebäudes zu entgehen. Mitten auf der Straße standen einige wenige verlassene Fahrzeuge, unter ihnen auch ein Feuerwehrwagen, der von eine Granitplatte zerquetscht worden war wie eine Bierdose.

Das Gebäude hatte sich so weit gesetzt, daß die Eingangstüren und die Schaufenster im Erdgeschoß nicht mehr zu sehen waren. In das Rauschen der Niagarafälle mischte sich ohrenbetäubendes Krachen von Stahl- und Betonteilen, die aufeinander rieben, zerdrückt und zerfetzt wurden.

Die Kabel der Fensterputzerplattform waren am Boden abgerissen und baumelten jetzt mitten auf der Straße; die Plattform selbst hing eher über der Ostseite als über der Westseite der Eighth Avenue, immer noch hundert Fuß über dem Boden. Als Lusetti den Kopf in den Nacken legte, konnte er sehen, daß die Spitze des Zalian Building direkt über ihm war, und während er zusah, nahm die riesige Wand aus Granit und Glas einen immer größeren Teil des Himmels ein.

Ein Mann, der ihn in seinem verzweifelten Bemühen, vorbeizukommen, fast umgerissen hätte, brachte ihn wieder zu sich. Es war der Polizist, der ihn aufgehalten hatte – er hatte die Nase voll und wollte seine eigene Haut retten. Es war offensichtlich, daß es auf den angrenzenden Straßen eine Menge Tote geben würde, wenn das Gebäude herunterkam. Lusetti trat einige Schritte zurück. Er wollte sich gerade umdrehen und losrennen, als er etwas sah, das ihn innehalten ließ: Dicht vor dem Zalian wurde ein Gullideckel vom Kopf eines Mannes hochgedrückt. Ein Arbeiter in einer Uniform der Con Ed, der einen Schutzhelm trug, kletterte aus dem Loch. Er warf den Deckel zur Seite und sah sich verwirrt in alle Richtungen um. Von weit oben stürzten aus einem fehlenden Fenster Tische und Stühle herab und wurden auf der Straße zerschmettert. Der Arbeiter erblickte Lusetti und einen einsamen, zurückgebliebenen Cop und rannte zu ihnen herüber. »Das schafft der nie«, hörte Lusetti den Polizisten sagen.

Als Ron Jaragosky über sich einen Hubschrauber bemerkte, hörte er zu weinen auf. Er klammerte sich an den Stahlrahmen der Fensterwaschanlage und sah zum inzwischen fast wolkenlosen Himmel hinauf. Er wischte sich mit der Hand übers Gesicht und blinzelte in die Sonne. Wo war das Ding? Das Knattern wie von einem Motorboot, das einen See überquert, erfüllte ihn mit solcher Freude, daß ihm fast schwindlig wurde. Der Hubschrauber würde ihn retten! Er würde ihn ganz einfach vom Dach herunterpflücken!

Und da war er auch, ein paar hundert Fuß höher über der Westseite. Er flog rasch nach Norden. Hatten sie ihn nicht gesehen?

»Hier!« schrie Jaragosky, während er die Arme über den Kopf warf. »Hier bin ich!« Der Helikopter machte kehrt und kam zurück, wollte noch einmal das Gebäude überfliegen, doch er war immer noch zu hoch für einen Rettungsversuch.

Sie haben mich gesehen! freute sich Jaragosky. Er kletterte auf die Maschine. Sie kommen zurück! Ich will es ihnen leicht machen, indem ich so hoch klettere wie möglich.

Von seinem neuen Standort aus konnte er die Unterkante der Kupferpyramide erreichen. Er hob nacheinander seine Knie und zog sich hoch, bis er in der Regenrinne stand und sich gegen die steile Fläche drücken konnte. Dann drückte er sich mit einer Hand ab und winkte mit der anderen dem Hubschrauber, der hoch über ihm vorbeiflog.

»Hier! Hier!« rief er, nicht mehr vor Verzweiflung, sondern vor Freude schluchzend.

Wahrscheinlich ist es für sie zu riskant, mich hier herunterzuholen, dachte er. Es ist ziemlich windig. Ich krieche am besten ganz nach oben.

Er drückte die Hände und den Bauch und die Kanten seiner Schuhe flach auf das Dach und schob sich Fuß um Fuß nach oben. Normalerweise wäre das Dach zu steil für eine derartige Besteigung gewesen, besonders wenn es zitterte wie ein Ford T, aber das Gebäude war inzwischen so weit geneigt, daß der Hang auf der Westseite nicht mehr sehr steil war. Er hielt die Augen auf die Spitze der Pyramide gerichtet, einen spitz zulaufenden, sechs Fuß langen Kupferdorn. Vom Wind unterstützt kroch er immer höher. Als er die Spitze erreicht hatte, schlang er die Arme fest um den Dorn und zog sich auf die Füße. Der Hubschrauber stand über der Plaza, als wollte der Pilot die Situation einschätzen. Er war immer noch mindestens zweihundert Fuß entfernt.

Jaragosky spürte, wie sich das Gebäude setzte und noch etwas kippte. Er wußte, wenn er nach unten blickte, würde er sich entweder wieder übergeben oder vor Angst sterben. Er winkte dem Hubschrauber, näherzukommen, doch der hielt sich ein Stück entfernt und weit über ihm. »Komm schon«, schrie er. »Laßt mir ein Seil runter! Kommt doch! Kommt doch!«

Der Hubschrauber kam etwas näher. Der Pilot versuchte anscheinend, über ihm zu schweben, konnte aber die Maschine bei diesem Wind nicht halten.

Warum zieht er nicht direkt über mich? fragte sich Jaragosky. Die haben doch lange Seile... die könnten mir ein langes Seil runterwerfen, ohne sich selbst in Gefahr zu bringen.

Der Hubschrauber kam noch etwas näher und sank, bis er auf gleicher Höhe mit ihm war. Er drehte sich langsam, bis er seitlich vor ihm stand. Nun sah er auch die große Nummer, die auf die Tür gemalt war. Er gehörte einer Fernsehstation und manövrierte, um eine günstige Kameraposition zu bekommen. Wahrscheinlich hatte er überhaupt keine Rettungsgeräte an Bord.

Jaragosky konnte sehen, wie sich der Pilot abmühte, die Maschine stillzuhalten, während der Kameramann begeistert nickte und sein Objektiv ausrichtete. Oh, eine tolle Aufnahme. Eine wundervolle Aufnahme. Sie würde mindestens für eine Nominierung zum Pulitzer-Preis reichen.

Jaragosky schüttelte die Faust. »Ruft doch Hilfe, ihr Arschlöcher!«

Selbst wenn sie es schon getan hatten – er wußte, daß es sinnlos war. Es war zu spät. Das Gebäude kippte um. Sein Magen protestierte. Er schloß die Augen und konzentrierte sich darauf, nicht zu brechen. Seine Familie würde die Abendnachrichten verfolgen. Er umarmte mit ganzer Kraft den Dorn, während unter ihm die Welt wegsackte.

Der Stationsvorsteher am Columbus Circle schoß aus seinem Büro und rannte die Treppe hinunter. Der AA-Lokalzug verließ gerade den Bahnsteig und wurde langsam schneller. »Haltet den Zug auf«, rief er, so laut er konnte. Er schrie weiter, während er sich durch die herausströmenden Fahrgäste dränge und über die Sperren sprang.

Zu spät. Er rannte mit dem letzten Wagen ein Rennen, das er schon verloren hatte. Am Ende des Bahnsteiges blieb er stehen und sah dem Zug nach, der im Tunnel verschwand, weiter beschleunigte und zur Fünfzigsten Straße raste. Als er außer Sicht war, bemerkte er, daß die Blocksignale grün waren statt rot, und daß die drei gelben Haltlichter in der Station nicht angegangen waren. Nicht nur Rosas Funk war ausgefallen, sondern auch die elektrische Signalsteuerung. Jetzt gab es nur noch eine Möglichkeit, den Zug zum Halten zu bringen: Er mußte den Fahrdienstleiter in der Leitstelle anrufen und ihm sagen, daß er den Fahrstrom abschalten sollte. Er rannte in sein Büro zurück, doch ihm wurde unterwegs klar, daß er es nicht rechtzeitig schaffen würde. Er konnte nur noch rennen, so schnell ihn seine Beine tragen wollten und hoffen, daß weiter unten die Signale auf Halt standen oder daß sich der Notfall beim Zalian als blinder Alarm herausstellte.

26

In den Etagen zehn, neun, sieben und sechs antwortete niemand auf Corey Hales Warnrufe. Als sie aber die Tür zur fünften Etage aufzog, fand sie ein besorgtes junges Paar, das gerade die letzten Kleidungsstücke anlegte. Der Boden und die Wände zeigten jetzt eine deutliche Neigung.

»Raus hier«, sagte sie, während sie die Tür aufhielt. »Schön machen könnt ihr euch draußen.«

»Was ist denn los?« fragte die Frau, die gerade in ihre Nylonstrümpfe schlüpfte. »Was ist denn passiert?«

»Das weiß ich auch nicht genau, meine Liebe«, sagte Corey. »Aber was ich *weiß*, ist, daß wir gleich tot sind, wenn wir nicht *auf der Stelle* hier verschwinden. Habt ihr nicht die Sirenen gehört? Spürt ihr nicht, wie sich das Gebäude bewegt?«

Der Mann hatte inzwischen seinen Gürtel angelegt und reichte seiner Gefährtin ihre Handtasche. »Wir waren beschäftigt.«

»Wenn ihr überhaupt nichts gemerkt habt«, sagte Corey, während sie die beiden an sich vorbei zum Treppenhaus schob, »dann muß es bei euch ja gut abgegangen sein. Ich wünschte, ich würde so etwas auch mal erleben.«

Der Boden neigte sich bedenklich, und aus einem Büro hörten sie das Geräusch von splitterndem Glas. »Scheiße auch, Bob«, sagte das Mädchen vorwurfsvoll, während sie mit den Stöckelschuhen in der Hand die Treppe hinunterlief, »du hast gesagt, das wäre nur ein Probealarm. Wenn ich schon mal auf dich höre!«

»Hör auf, Diana. Als ob du's nicht auch gewollt hättest. Ich hätte auch nicht auf dich hören sollen.« An Corey gewandt setzte er hinzu: »Werden Sie uns auch nicht verraten? Unser Chef würde ausrasten.«

»Wer, ich? Ich hab' nichts gesehen.«

Auf den Treppenabsätzen der vierten und dritten Etage riß Corey die Feuerschutztüren auf und rief: »Alles raus hier! Das Gebäude kippt um!«

Die Vibrationen und das Rumpeln verstärkten sich, und in den Wänden des Treppenhauses sprangen Risse auf. In der zweiten Etage stand die Tür weit auf; sie war von großen Betonbrocken auf dem Boden eingeklemmt. Corey rief im Vorbeilaufen ihre Warnung, ohne ihren Schritt zu verlangsamen.

Die Frau begann zu weinen.

Der Boden der Lobby war mit Trümmern übersät, die aus den Wänden und der Decke gefallen waren, und ständig kamen weitere Brocken herunter. Die drei schoben sich gerade durch eine Stelle, an der die Decke schon heruntergekommen war, als Corey sie aufhielt und einen Arm ausstreckte. Das Gebäude hatte sich so weit gesetzt, daß die Unterkanten der Türen einige Fuß unter dem Straßenniveau lagen und ständig tiefer sanken.

Corey dirigierte sie zur frei hängenden Treppe, die ins Zwischengeschoß führte. Es war schwierig, hinaufzukommen, weil einige Stufen teilweise abgebrochen und die anderen mit Schutt bedeckt waren. Als sie oben waren, brach direkt hinter ihnen die ganze untere Hälfte zusammen. Sie legten schützend die Hände über den Kopf und rannten an gesprungenen Schaufenstern und eingestürzten Wänden vorbei zur höherliegenden Westseite des Gebäudes. Die schrillen Schreie der jungen Frau durchdrangen das donnernde Zerstörungswerk.

An der Westseite des Gebäudes war ein Balkon, der die Plaza überragte. Die Glastür war teilweise vom verzogenen Rahmen blockiert, und sie mußten zu dritt ziehen, um sie so weit zu öffnen, daß sie sich hindurchwinden konnten.

Das Gebäude hatte sich hier fünf Fuß gesetzt, so daß der Balkon nur noch sieben Fuß über der Plaza hing. Zwischen dem Pflaster und dem Gebäude hatte sich ein zwei Fuß breiter Spalt geöffnet, doch sie konnten ihn überwinden, indem sie sich vom Geländer des Balkons hinabließen. In der Nähe war eine Versammlung von Rettungsfahrzeugen, und einige Polizisten kamen herübergerannt, um ihnen zu helfen.

Corey Hale hatte kaum die Füße auf dem Boden, da wollte sie sich schon wieder aus dem Griff des Polizisten befreien, der sie fortführen wollte, um auf den Balkon zurückzuklettern. »Um Himmels willen, was haben Sie da vor? Sind Sie lebensmüde?«

»Jerry ist noch da drin! Er war hinter uns!«

»Wir müssen hier weg«, sagte er, während er sie grob mit sich zerrte. »Wir stehen hier praktisch auf einem Schießplatz.«

Wie um seine Worte zu unterstreichen, löste sich in der Nähe der südlichen Ecke im zwanzigsten Stock eine Scheibe und rutschte wie ein Schlitten an der gekrümmten Flanke des Gebäudes herunter, bis sie mit lautem Krachen im Spalt verschwand. Dann folgte eine Explosion von Splittern, die wie Hagelkörner über die Plaza prasselten.

Verzweifelt schluchzend gab Corey nach und ließ sich von dem Polizisten fortziehen. »Jerry ist da drin«, wiederholte sie. »Wir müssen ihn retten!«

»Er wird sich selbst retten müssen.«

»Es war meine Schuld! Ich hab' ihn nach oben geschickt...«

Aus einer Entfernung von hundertfünfzig Fuß, hinter der Kühlerhaube eines Streifenwagens in relativer Sicherheit, beobachtete Corey Hale, wie sich das Zalian Building langsam selbst zerstörte. Die Krümmung der Westseite wurde immer stärker, und während die unterirdischen Stockwerke unter dem Druck zusammenbrachen, sackte das ganze Gebäude weg. Nach einer Weile verschwand auch der Zwischenstock mit dem Balkon, von dem aus sie entkommen war, begleitet von schweren Erschütterungen und einer dichten Staubwolke, so daß für eine Weile nichts mehr zu sehen war. Der Spalt zwischen dem Beton auf der Plaza und dem Gebäude hatte sich auf fünf Fuß erweitert.

Als der zweite Stock fast verschwunden war, tauchte Jerry Coates in einem herausgefallenen Fenster des dritten Stocks auf.

»Da ist er!« schrie Coretta. »Jerry! Jerry!« Sie rannte winkend und rufend auf das Gebäude zu. »Spring! Du schaffst es! Oh, Herr im Himmel!«

Coates sah nach hinten, nach vorn und hinab. Sein Gesicht war schmutzig und blutig, die Uniform zerrissen. Wie ein Fallschirmspringer, der ein abstürzendes Flugzeug verlassen will, stieß er sich weit ab und übersprang den breiter werdenden Spalt.

Er landete sicher zehn Fuß tiefer auf dem Pflaster, aber durch den Aufprall brach ein Stück vom Pflaster ab und ließ ihn abstürzen, bis nur noch sein Kopf und die Unterarme zu sehen waren.

»Halt dich fest, Jerry«, rief sie im Laufen, »Tante Corey holt dich schon da raus!«

Ein Cop überholte sie und schob sie mit einer Hand zurück. »Ich hol' ihn schon«, sagte er, »aber Sie bleiben...«

Ein reißendes, knirschendes Geräusch ließ sie erstarren. Corey schlug entsetzt die Hände vors Gesicht. Direkt über Coates löste sich ein riesiges Stück der Verkleidung bis hinauf zum zwölften Stock und halb so breit wie das Gebäude im ganzen von der Wand. Es knallte noch einige Male, dann begann es wie eine Lawine zu rutschen. Coates, der verloren seine vermeintlichen Retter anstarrte, wurde unter sechzig Tonnen Granit und Glas begraben.

Corey Hales Beine knickten ein. Dieses Mal mußte sie in Sicherheit getragen werden.

Als der Strom ausfiel, waren Bill Slater und Reverend Boone gezwungen, ihre Plattform mit Handkurbeln abzusenken. Es ging quälend langsam, und die Plattform schwankte so stark, daß sie auseinanderzubrechen drohte. Als sie noch hundertzwanzig Fuß über der Straße waren, hob Slater verzweifelt die Arme.

»Wenn wir mit dieser Geschwindigkeit weitermachen, sind wir im Eimer. Der verdammte Bau wird uns auf den Kopf knallen.« Slater schwang die Beine über das Geländer. »Ich rutsche am Kabel runter.«

»Nein! Dreh weiter! Wir haben noch genug –«

Die Plattform machte einen schwindelerregenden Satz. Sie klammerten sich an die Streben und sahen entsetzt nach oben. Die Plattform hüpfte noch einmal, als versuchte sie die Passagiere abzuwerfen, dann löste sich auf Slaters Seite oben auf dem Dach das Tragekabel vom Ausleger. Die Plattform stürzte in eine vertikale Position, so daß Slater plötzlich mit wild peitschenden Beinen zwölf Fuß unter seinem Partner hing. Ihre ganze Ausrüstung – Eimer, Bürsten, Wischer und Flaschen mit Putzmitteln – flogen in hohem Bogen davon. Wie durch ein Wunder überlebten beide Männer den Ruck, weil sie sich instinktiv an die Streben geklammert hatten. Sie hielten eisern fest, während das siebenhundert Fuß lange Seil ein paar Inches neben ihnen durch die Luft peitschte; sie öffneten erst die Augen, als sie den Aufschlag der Klammer auf der Straße hörten.

»Verdammte Scheiße«, keuchte Slater. Er sah Boones Schuhsohlen über sich baumeln, während die Plattform eine halbe Drehung machte, so daß das Gebäude und der Himmel zu rotieren schienen. »Ist dir was passiert, Reverend?«

»Alles klar. Dem Herrn sei Dank.«

»Du kannst meinetwegen dem Herrn danken, während ich ihn einen verdammten Bastard nenne, aber jetzt *müssen* wir am Kabel runterrutschen. Kannst du zu mir runterklettern? Na? Schaffst du es?«

»Nein. Ich... ich kann nicht loslassen. Wenn ich loslasse, falle ich runter.«

»Du mußt es versuchen! Das Gebäude fällt wie ein Hammer. Komm' mir nach! Sieh zu, es ist nicht schwer.«

Slater ließ sich sinken, bis er die Beine um das Kabel schlingen konnte. Als er sicher war, daß seine Beine sein Gewicht tragen würden, verlagerte er erst eine Hand ans Kabel, dann auch die andere. Er sah wieder zu Boone hoch, der vor Angst erstarrt am oberen Ende der Plattform hing. »Willst du hierbleiben und beten?«

»Ja. Die Kraft des Gebetes wird mich retten.«

»Der Herr hilft denen, die sich selbst helfen. Wenn du hierbleibst und betest, wirst du plattgequetscht wie ein Käfer. Gott hat mir gerade gesagt, daß ich abhauen soll, also auf *Wiedersehen*!«

»Der Herr ist mein Hirte«, schluchzte Boone mit einer hohen, dünnen Stimme. »Mir wird nichts mangeln. Und ob ich schon wanderte im finsteren Tal, fürchte ich kein Unglück.«

Slater schnaubte verächtlich. »Schön, aber du wanderst nicht, du *hängst*!« Er löste seine Beine ein wenig und ließ sich Hand über Hand nach unten zur Straße gleiten. Er forderte seinen Partner ein letztes Mal auf, ihm zu folgen, doch der Reverend hörte nicht auf ihn.

Boone hatte seinen Ellbogen so fest über die Querstange des Geländers gelegt, daß es fast unerträglich schmerzte, doch er schaffte es einfach nicht, den Griff zu lockern oder sonst irgendeinen Versuch zu seiner Rettung zu unternehmen. Er hatte die Augen fest geschlossen, die Zähne zusammengebissen, und aus seiner Kehle entwich ein hohes Wimmern, derselbe klagende Ton, den seine Großmutter immer von sich gegeben hatte, wenn sie in ihrem Kummer versank. Unfähig, ein Wort über die Lippen zu bekommen, sprach Boone ein stummes Gebet.

»Hilf mir, Herr. Hilf mir in dieser Stunde. Wenn du wirklich einem Diener helfen willst, der dich von Herzen liebt, dann hilf mir *jetzt*. Ich brauche dich jetzt, Herr! Laß nicht zu, daß der Heide gerettet wird und ich sterben muß!«

In seinen Ohren brüllten Geräusche, doch die Antwort auf sein Gebet war tiefes Schweigen. Über seine Wangen rannen Tränen, während er ergeben auf sein Ende wartete.

Irgend etwas prallte vor die Plattform. Noch einmal. Boone schlug die Augen auf und sah nach unten. Das untere Ende der Plattform ruhte auf dem Dach des zehnstöckigen Gebäudes, das gegenüber vom Zalian Building auf der anderen Straßenseite stand. Er riß verwundert die Augen auf – nur sechs Fuß unter ihm war ein wundervolles Asphaltdach!

Mit einem Freudenschrei streckte er die Arme und ließ sich fallen. »Danke, Herr!« schluchzte er, während er aufstand. Er schoß wie betrunken über das Dach, ohne den massiven

Schatten zu bemerken, der ihm folgte. Er stürmte durch die Tür ins Treppenhaus und eilte hinab, nahm vier, sechs, acht Stufen auf einmal.

»Danke, Herr«, rief er immer wieder, während er hysterisch lachte. »Danke, Herr!«

Mrs. Annette Wyman saß im vierzigsten Stock des Garner Tower in ihrem winzigen Büro; ihre feingliedrigen Hände schwebten wie Kolibris über der Tastatur ihres Textverarbeitungssystems. Sie bemühte sich, die Stimme zu verstehen, die durch den kleinen Kopfhörer in ihre Ohren gespielt wurde, und ließ die unverständliche Passage noch einmal durchlaufen, indem sie auf das Fußpedal drückte. Wenn es überhaupt einen schlimmeren Diktierer gab als Mr. Muskowitz, dann wollte sie ihn gerne einmal kennenlernen. Seine Stimme krachte entweder wie Donnerschläge, oder er nuschelte, als spräche er mit Mehlpampe im Mund. Heute war es überwiegend Mehlpampe. Meinte er »Schweinebraten« oder »Schwein verraten«?

Sie saß mit dem Gesicht zum Fenster. Normalerweise hatte sie trotz des bedrückenden Anblicks des Zalian Building achtzig Fuß weiter im Westen die Sonnenblenden offen, doch vor ein paar Minuten hatte sie sie geschlossen, weil sich der Himmel aufgeklärt und die Sonne direkt über der Pyramide gestanden und sie geblendet hatte. Jetzt lag wieder Schatten auf dem Fenster, und sie zog an der Kordel, die die Blenden öffnete.

Der nächste Satz war sogar noch dunkler. Sie mußte wählen zwischen »Sie haben Bier hineingeschüttet, als wäre es Wasser« und »Sie haben hier gewütet, daß alles verblaßte«.

Seltsam, wie die Reflexionen in den Fenstern des Zalian Building tanzten.

Mrs. Wyman starrte die vertikalen Streifen des Zalian an, die ihr Fenster ausfüllten. Erstaunlich! Wenn sie es nicht besser wüßte, hätte sie schwören können, daß das Gebäude jetzt näher war als vor einer Viertelstunde. Je länger sie starrte, desto näher schien es zu rücken. Noch schlimmer, es schien in ihre Richtung geneigt, als wollte es umkippen.

Sie nahm die Kopfhörer ab und legte sie beiseite, sah noch einmal genau hinüber. Sie wollte eigentlich nicht ans Fenster gehen, denn ein zu genauer Blick hätte die köstliche Illusion zerstört. Von ihrem Platz aus wirkte es verblüffend realistisch; es war ähnlich dem Effekt, wenn man in der Untergrundbahn saß und sich vorstellte, daß sich die Station bewegte und nicht der Zug. »Charlene«, rief sie, »komm doch mal rüber und sieh dir das an. Ich glaub', ich werd' verrückt.«

Sie bekam keine Antwort. Sie lehnte sich in ihrem Stuhl zurück und zog die Tür des Verschlages auf. Charlene saß nicht an ihrem Schreibtisch. Auch die anderen Schreibtische waren verlassen. Wo waren die denn alle? Hatte sie etwas verpaßt, weil sie Mr. Muskowitz' Mehlpampe im Ohr hatte?

Sie stand auf und trat ans Fenster. Auf den Straßen waren nur Rettungsfahrzeuge und ein paar rennende Menschen zu sehen. Auf der Fünfzigsten, in der Nähe der Eighth Avenue, war ein... ja, was denn, ein Einbruch? Sah aus, als wäre ein riesiges, dreieckiges Stück der Straße zusammengebrochen. Vom Gehweg vor dem Zalian erhob sich eine Wolke – Dampf oder Rauch oder Staub. Als sie die Fassade des Nachbargebäudes musterte, sah sie mindestens ein Dutzend fehlender Fenster und Granitplatten, und aus einem Fenster tauchte etwas auf – ein Tisch oder ein Schreibtisch – und stürzte nach unten.

Das Gebäude kam *wirklich* näher, keine Frage. Das ganze Ding bewegte sich – sie konnte es an den tanzenden Reflexionen in den Fenstern erkennen. Und daß es geneigt war, wurde offensichtlich, als sie zum Dach hinaufsah, das nicht mehr war, wo es hingehörte, sondern direkt über ihr. Das Zalian Building stürzte auf sie herab, und zwar mit einer Geschwindkeit, die jeden Fluchtversuch von vornherein sinnlos erscheinen ließ.

Mrs. Wyman wich zurück, tastete sich an den Möbeln vorbei, während sie wie gebannt den näherrückenden Berg anstarrte. Sie wandte sich um und rannte zwischen verlassenen Schreibtischen hindurch, an den Aufzügen vorbei, an der Treppe vorbei. Keine Zeit, noch zur Straße hinunterzulaufen – sie konnte nur noch versuchen, sich so weit wie möglich von der Halluzination zu entfernen, die sie verfolgte, und das bedeutete, daß sie wie von Furien gehetzt den Gang hinunterlaufen mußte.

27

Von allen Passanten, die die Polizei über die Fünfzigste Straße zum Broadway zu scheuchen versuchte, leistete der alte Mann, der ein Jackett mit Suppenflecken trug, den hartnäckigsten Widerstand.

»Verdammt, Alterchen«, rief ihm ein wütender Cop zu, während er ihm einen Stoß in den Rücken gab, »willst du wohl weitergehen?«

»Warum denn?« fragte der Alte mit einem Achselzucken. Er ließ sich zwar weiterschieben, aber von sich aus tat er keinen Schritt. »Wir werden doch sowieso alle in ein paar Minuten untergehen. Ich sage nicht gerne ›Ich hab's ja gleich gesagt‹, aber gesagt hab' ich's.«

»Ja, über Einstein hat man auch gelacht.«

»Wenn man so viele Gebäude auf die Insel stellt, muß sie einfach irgendwann untergehen. Warum hat keiner auf mich gehört? Wenn man die Gesetze Gottes und der Natur ignoriert, muß man eine furchtbare Strafe bezahlen. He, langsam! Das tut weh! Ich kenne Sie doch – ich hab' Sie schon mal hier gesehen. Sie sind doch einer der Cops, die ich warnen wollte. Aber Sie wollten ja nicht hören, genau wie die anderen.«

»Wenn man einen Cop gesehen hat, hat man alle gesehen. Los, weiter.«

»Manhattan geht jetzt unter wie Atlantis. Es ist zu schwer. Und Gott wird sich nicht darum kümmern. Gott sorgt schon für die gerechte Strafe.«

Der Cop wedelte mit seinem Gummiknüppel. »Wenn Sie nicht sofort die Beine in die Hand nehmen, zieh' ich Ihnen eins über und schleife Sie weg!«

»Das wäre eine absolute Energieverschwendung. Wir werden alle untergehen, die Gebäude und die Menschen. Es ist doch egal, ob ich auf der Eighth ersaufe oder auf dem Broadway, oder? Die ganze Insel wird untergehen... mitten in dem Müll, den wir seit Jahren versenkt haben. Sehen Sie's doch ein!«

»Manhattan ist keine Insel, es ist eine Halbinsel. Halbinseln gehen nicht unter.«

»Wer sagt das denn? Wer sagt, daß Halbinseln nicht untergehen können?«

Der Schatten des Zalian Building lag schon über dem Uris-Theater auf der Nordseite der Straße und zog wie eine Regenwolke weiter über das Paramount Building, das sich von der Mitte des Blocks bis zum Broadway erstreckte. Als er den Schatten bemerkte, sah der Polizist über die Schulter, und was er sah, ließ sein Interesse an dem alten Mann augenblicklich schwinden. »Es fällt in diese Richtung«, rief er den Menschen zu, die vor ihm liefen. »Runter von der Fünfzigsten! Geht nach Norden oder nach Süden!«

Der alte Mann schüttelte den Kopf, als er die Panik ausbrechen sah. Wie unwürdig! Die Leute rannten und schrien wie ein Haufen hysterischer Kinder, und die Polizei war auch nicht besser! »Es ist der Tag des Jüngsten Gerichts«, deklamierte er mit ausgebreiteten Armen. »Versucht, etwas *Würde* zu zeigen!«

Aus der Brustwehr löste sich ein Betonbrocken und stürzte siebenundachtzig Fuß herab. Er schlug mit einer Geschwindigkeit von hundertfünfzig Meilen auf der Kreuzung ein und explodierte mit der Gewalt einer Dynamitladung. Ein Bruchstück von der Größe einer Bowlingkugel hüpfte über die Straße wie ein flacher Stein auf einem Teich und traf den rennenden Pete Harley von hinten. Der Brocken rollte seine Beine und seinen Rücken hinauf, wirbelte den Schutzhelm fort und warf den Mann mit dem Gesicht zuerst flach auf die Straße, wo er reglos, mit ausgebreiteten Armen, liegenblieb wie ein Schiffbrüchiger, der sich an sein Floß klammert.

Lusetti und der Cop neben ihm machten einen Schritt auf den Mann zu, der fünfundzwanzig Fuß vor ihnen gestürzt war, doch dann zögerten sie, sahen nach oben, ob noch mehr herunterkäme. Ein älterer Mann in einem dunkelblauen Anzug schob sich an ihnen vorbei und betrat entschlossen die Kreuzung. Entweder wußte er nicht, in welcher Gefahr er schwebte, oder er hatte sich entschlossen, sie zu ignorieren. Er ging aufrecht, seelenruhig; seine Schritte erinnerten an einen Gutsbesitzer auf einem Rundgang. Er beugte sich über den bewußtlosen Harley und packte seine Handgelenke, wollte ihn aus dem Gefahrenbereich schleifen – ein Unterfangen, mit dem er allein offensichtlich überfordert war. Durch den Mut des Mannes angestachelt, rannten Lusetti und der Cop hinüber, um ihm zu helfen.

»Nehmen Sie ihn«, sagte der Mann, indem er ihnen die Handgelenke reichte.

»Charley!« keuchte Lusetti ungläubig. »Was tun Sie denn hier?«

Lusetti und der Cop nahmen je einen Arm und schleppten Harley im Laufschritt nach Norden. Der Mann in dem blauen Anzug sah ihnen nach. Er machte keine Anstalten, ihnen zu folgen.

»Charley!« rief Lusetti über die Schulter zurück. Er war schon ziemlich außer Atem. »Laufen Sie weg!« Zum Cop sagte er: »Wissen Sie, wer das war? Charley Castleman! Er hat das Zalian Building entworfen!«

»Ach? Da hat er aber ganz schön geschlampt.«

Lusetti ließ seine Hälfte der Last fallen, blieb in der Mitte der Straße stehen und rief und winkte. »Charley! Was ist denn? Laufen Sie doch, um Himmels willen!«

Das Zalian Building war jetzt so stark geneigt, daß seine Spitze ein gutes Stück über den Gebäuden auf der anderen Straßenseite schwebte. Während es sich weiter setzte, wallte unten auf dem Gehweg, wo die Verkleidung am Beton des

Gehweges rieb, eine langgestreckte, niedrige Staubwolke auf. Das Donnern und Grollen wurde immer wieder vom Geräusch von splitterndem Glas übertönt. Castleman trat ungerührt mitten auf die Kreuzung, blieb stehen und sah zu der gewaltigen Wand hoch, die sich über ihn neigte. Er machte einige Schritte zur Seite.

Zum ersten Mal seit Jahren hatte Lusetti Tränen in den Augen. »Nein!« rief er seinem Freund zu. »Tu's nicht!« Seine Stimme brach; man hätte ihn einen halben Block weiter kaum noch hören können.

Anscheinend befriedigt, daß er sich genau im Zentrum des kommenden Aufschlags aufgebaut hatte, stand Castleman ruhig, mit erhobenem Gesicht und angelegten Armen auf der Kreuzung. Er zuckte nicht zusammen, als in der Nähe ein Trümmerbrocken auf dem Gehweg knallte. Er stand da wie ein Mann, der auf den Siegerkranz wartet.

Am hellichten Tag sind nicht viele Männer bereit, zwanzig Dollar dafür auszugeben, daß sich ihnen eine nackte Frau auf den Schoß setzt, mit der sie Zärtlichkeiten austauschen können. An diesem Tag war im Dreamland Encounter Parlor genaugenommen überhaupt kein Kunde. Das Etablissement lag in einem zehnstöckigen, ziemlich verfallenen Ziegelbau neben dem Garner Tower, direkt gegenüber dem riesigen, phallischen Zalian Building. Doreen und Madge, die beiden einzigen Schoßsitzerinnen, die zur Zeit Dienst hatten, hockten bei Kerzenlicht in ihrem Auskleideraum und fragten sich, ob der Stromausfall Minuten, Stunden oder Wochen dauern würde. Es gab immer die Möglichkeit, daß weltweit die Energieversorgung zusammenbrach, so daß die menschliche Rasse wieder um ihre Nahrung kämpfen mußte, sagte Doreen, die sich an eine Prophezeiung aus einem Revolverblatt erinnerte.

Diese wenig tröstlichen Gedanken und die Dunkelheit waren nicht die einzigen Gründe dafür, daß sie einander besorgt ansahen. Da waren auch diese Vibrationen. Ihr altes, kaputtes Haus, das schon zum Abriß freigegeben war, zitterte, als hätte man es auf einen Laster geladen. Tiny Tim, der Rausschmeißer, Kassierer und Zeremonienmeister, war zur Straße hinuntergegangen, um nachzusehen, was dort im Gange wäre; das war vor fünf Minuten gewesen, und er war noch nicht zurückgekehrt. Jetzt hörten sie über ihren Köpfen jemand die Holztreppe vom Dach herunterrennen. Bumm, bumm, bumm, BUMM! Bumm, bumm, bumm, BUMM! Drei Riesenschritte und ein Sprung auf den Treppenabsatz, und es kam immer näher, wurde immer lauter. Sie hörten ein schrilles Lachen und Rufe: »Danke, Herr, danke!« Irgend jemand raste die Treppen herunter und würde in wenigen Augenblikken auf sie stoßen, so unmöglich es auch war – die oberen Stockwerke waren gesperrt und sollten eigentlich leerstehen.

Die Frauen standen auf und schoben ihre Arme in die Kunstfasermorgenmäntel, als die Tür aufgerissen wurde und »Reverend Ralph« Boone zwischen sie sprang. »Die Treppe«, rief er, während er sich wild im Halbdunkel umsah. »Was ist mit der Treppe passiert?«

Madge deutete bestimmend zur Tür, vor der ein Vorhang hing, während Doreen den Mund öffnete und zu schreien versuchte.

»Muß hier raus«, sagte Boone und riß den Vorhang auf. Er stürmte in den dahinterliegenden Gang. »Das Zalian kippt um!« Er machte noch drei große Schritte, dann hielt er inne und kam in den Raum zurückgerannt. Die beiden Frauen hatten sich in eine Ecke gedrängt. »Der Allmächtige hat mich gerettet«, sagte Boone, »deshalb werde ich jetzt euch retten. Gelobt sei der Name des Herrn.«

Madge hielt ihm eine brennende Kerze vor die Nase. »Rühr mich nicht an«, knurrte sie, »sonst brenn' ich dir deine verdammten Augen aus!«

»Der Herr wird dir deine lästerlichen Worte vergeben«, sagte Boone, während er die Flamme mit der Hand abwehrte. »Kommt schon, wir müssen hier raus! Dieses Haus ist dem *Untergang* geweiht!«

»Meinen Sie, daß der Abbruchunternehmer *jetzt* anfangen will?«

Er nahm die beiden Frauen an den Handgelenken und zog sie durch die Tür in den Gang hinaus. Die letzten Stufen führten in gerader Linie zur Straße hinaus, und er nahm sie mit großen Sprüngen, ohne auf die protestierenden Frauen zu achten, die sich verzweifelt bemühten, auf den Füßen zu bleiben.

Sie betraten die Eighth Avenue, und Boone jagte wie ein Rennboot mit zwei Wasserskiläufern im Schlepp durch die Trümmer und Glasscherben.

Als die Frauen nach oben blickten und das Zalian Building über ihnen hängen sahen, gaben sie ihren Widerstand auf. Statt Boone zurückzuhalten, rannten sie jetzt neben ihm her. Ihre nackten Beine blitzten, und ihre offenen Mäntel flatterten wie Capes hinter ihnen.

Boone bemerkte schnell, daß die Seelen, die er gerettet hatte, Nudisten waren. Er sah die hüpfenden Brüste zu seiner Linken, er sah die hüpfenden Brüste zu seiner Rechten, hob gequälte Augen zum Himmel und suchte nach einer Antwort.

Seine Beine verloren ihre Kraft, er wurde langsamer und hoffte, die beiden Sünderinnen würden weiterrennen und sich von ihm trennen; aber nein, anscheinend fürchteten sie, er wäre außer Atem. Sie packten seine Arme und zerrten ihn zu den Gaffern, die sich zwischen der Neunundvierzigsten und der Achtundvierzigsten Straße versammelt hatten. »Warum?« rief Boone zum Himmel hinauf. »Warum nur?«

Bill Slater, der von der Kletterei und dem Sprint danach noch schwer schnaufte, empfing seinen Partner mit ausgebreiteten Armen. »Mein Gott, Reverend«, sagte er grinsend und kopfschüttelnd, während Doreen und Madge ihre Mäntel zuzogen, »ich laß' dich einen Augenblick allein, und schon ist es passiert. Willst du uns nicht vorstellen?«

Mitchell hatte einen Arm um Carols Hüfte gelegt, damit sie nicht das Gleichgewicht verlor, während sie die endlose Spirale der Betonstufen hinunterhetzten. Sie versicherte ihm immer wieder, daß es ihr gut ginge, aber er konnte an ihrer

Gesichtsfarbe und an ihren halbgeschlossenen Augen sehen, daß sie ständig am Rande einer Ohnmacht war. Er fühlte sich auch selbst etwas benommen; sie wirbelten so schnell um die engen Kehren, daß er zweimal stehenbleiben mußte, um seinen Gleichgewichtssinn zu beruhigen.

Mitchell schätzte, daß das Gebäude mittlerweile zwischen zehn und fünfzehn Grad geneigt war, und es zeigte keine Anzeichen einer Stabilisierung. Bei der Geschwindigkeit, mit der es im Augenblick kippte, würde es in zwei oder drei Minuten in den freien Fall übergehen. Sie würden auf keinen Fall rechtzeitig die Straße erreichen; sie konnte nur noch so weit wie möglich nach unten gehen. In den oberen Stockwerken würde der Aufschlag so hart sein, daß alles zerstört werden würde; in den unteren hätten sie wenigstens noch eine Chance zu überleben.

Im vierzigsten Stock warf Carol ihre Schuhe fort. Im fünfunddreißigsten wurde sie so schwach, daß ihre Beine einknickten. Sie machte weiter mechanische Laufbewegungen, während Mitchell sie halb um die endlosen Kurven trug.

Als Carol ihre Schuhe fortwarf, wurde Mitchell an eine Szene erinnert, die er nie ganz vergessen konnte: die zusammengebrochenen Fußgängerbrücken in Kansas City. Als er sechs Stunden nach dem Desaster eingetroffen war, hatte er fast als erstes überall auf dem Gehweg und in der Lobby des Hotels abgestreifte Frauenschuhe gesehen. Frauen, die in Not geraten, streifen ihre hochhackigen Schuhe ab. Er hatte auch bei anderen Unfällen Schuhe gesehen, aber niemals so viele wie beim Hyatt Regency; sie gemahnten an eine Massenpanik und an den Tod.

In der Lobby des Hyatt hatte es noch ein schreckliches Detail gegeben: ein flacher Teich mit rosa Wasser. Das Gewirr der eingestürzten Brücke, die Gesichter der Rettungsmannschaften – all das war schon gräßlich und dramatisch genug, aber dieser Teich mit dem rosa Wasser kam ihm immer wieder in den Sinn. Als sich die beiden Brücken von ihren Stahlseilen losrissen und zusammen mit den Zuschauern auf die Tänzer darunter stürzten, brachen einige Sprinklerleitungen. Als das Wasser endlich abgestellt wurde, stand es schon einige Inches hoch in der Lobby, so daß die Trümmer eine Insel bildeten. Erst nachdem er einige Minuten darin gestanden hatte und herumgelaufen war, kam ihm in den Sinn, daß das Wasser rosa war, weil es mit Blut gemischt war. Er erinnerte sich an die Übelkeit, die über ihn kam, als ihm klar wurde, wieviel Blut geflossen sein mußte, um soviel Wasser zu färben. Die Arbeiter, die über die Trümmer kletterten, suchten nicht nach den Ursachen des Einsturzes, sondern sie wollten Menschen retten, die vielleicht darunter gefangen waren, und er stürzte sich auf diese Aufgabe, weil sie ihn aus seiner Starre riß. Er half, einen Stahlträger von den Beinen einer Frau zu ziehen, die kurz darauf starb, ihre Hände in seine gelegt... er war zurückgefahren und hatte unbeweglich vor ihr gestanden, hatte die alptraumhafte Szene angestarrt, während Tränen über seine Wangen rollten.

Noch nie im Leben hatte er sich so hilflos gefühlt. Nichts in seiner Ingenieursausbildung gab ihm die Fähigkeit, diese Frau zu retten und die zurückzuholen, die schon tot waren, oder die Schmerzen der zahllosen Verletzten zu lindern. Er konnte nicht einmal garantieren, daß solche Tragödien nie wieder passieren würden. Er wußte mit erschreckender Gewißheit, daß es wieder geschehen würde, egal, wie viele Kurse er gab, wie viele Aufsätze er schrieb und wie viele Vorträge er hielt. Sie würden wieder und wieder geschehen, und niemand konnte sagen, wann und wo. Egal, wieviel die Menschen über Planung, Material und Bautechnik wußten – es war und blieb nichts im Vergleich zu dem, was sie nicht wußten.

Dasselbe Gefühl der Hilflosigkeit packte ihn auch jetzt, als er mit Carol in ihrem verzweifelten Tanz die Treppe im Zalian Building hinunterwirbelte. Es war Alices Abstieg ins Kaninchenloch, ein surrealistischer Sturz in einen Mahlstrom, während der tosende Weltuntergang in ihren Ohren brüllte. Hinab, hinab, immer weiter hinab rannten sie, weil es das einzige war, was sie noch tun konnten. Zu bleiben, wo sie waren, bedeutete den sicheren Tod; weiter unten war das

Unbekannte, eine Ungewißheit, die vielleicht eine Chance für ihr Überleben barg. So flohen sie ins Ungewisse.

Als sie den siebenundzwanzigsten Stock hinter sich gelassen hatten, dessen Wände schon zwanzig Grad aus der Senkrechten waren, warf sie ein heftiger Ruck von den Beinen. Das Gebäude verhielt noch einmal, rollte schwerfällig im Uhrzeigersinn, dann nahm es seinen unausweichlichen Niedergang wieder auf.

Zwanzig Stockwerke unter ihnen wurde Aram Zalian ebenfalls von den Füßen geworfen. Er hielt verbissen den Koffer fest und zog sich am Geländer wieder hoch. Dann nahm er, vom Fuß behindert, den er sich gestern abend aufgeschnitten hatte, die nächste Windung in Angriff. Die Wunde hatte sich wieder geöffnet – der pochende Schmerz und das Blut auf seinem Schuh waren Beweis genug. Auch in seinem Kopf pochte es; ein Abschiedsgeschenk dieser verdammten Rechtsanwältin, die ihn geschlagen hatte. Wenn er hier lebend rauskam, schwor er sich, würde er erst einmal eine ganze Weile im Krankenhaus verbringen. In der Schweiz gab es einige hervorragende Krankenhäuser, fast schon Erholungsheime.

Er *würde* entkommen, da war er sicher. Er passierte den Absatz zum sechsten Stock, dann den fünften. Wie das Gebäude kippte, sah es so aus, als würde er gerade noch rechtzeitig die Straße erreichen, und sobald er draußen wäre, würde er mit Höchstgeschwindigkeit fortrennen, egal wie groß die Schmerzen waren. Wenn nur sein alter Körper durchhielt...

Zwischen dem fünften und dem vierten Stock wurde er durch eine Staubwolke aufgehalten, die aus dem Innern des Gebäudes hochkochte. Die Treppe zitterte so heftig, daß er den Koffer fallen lassen und sich mit beiden Händen ans Geländer klammern mußte. Zwischen dem allgegenwärtigen Donnern und Krachen hörte er ein neues, beunruhigendes Geräusch: nicht weiter als ein Stockwerk unter ihm knirschte und kreischte zerbröckelnder Beton.

Er bückte sich, um den Koffer aufzuheben, der jedoch in

einen plötzlich aufklaffenden Spalt rutschte. Durch den wirbelnden Staub konnte Zalian sehen, wie er auf einen brodelnden Strom aus Kies und Betonstücken fiel, der von unten gespeist wurde wie aufwallende Lava in einem Vulkan. Dann brach die ganze Treppenflucht unter ihm weg, so daß er direkt an der Kante über einem Abgrund stand. Er zog sich einige Stufen zurück, gab nur widerstrebend soviel Geld auf, dann wandte er sich um und rannte zum nächsthöheren Absatz. Hinter ihm brach die Wand mit ohrenbetäubendem Krachen an zwei Stellen zusammen; die Massen warfen ihn wieder von den Füßen und begruben die Stufen, auf denen er lag. Das Gebäude setzte sich, während es gleichzeitig kippte, und die unteren Stockwerke und Treppen brachen nach und nach zusammen.

Zalian nahm alle Kraft zusammen und arbeitete sich wieder auf die Füße, versuchte sich vor dem rasch näherrückenden Verfall in Sicherheit zu bringen; es sah aus, als näherte sich ihm ein gefräßiges Maul. Doch seine geschwächten Beine waren überfordert. Das Monster war über ihm. Kurz unter dem fünften Stock, wo er das Treppenhaus verlassen und ein Fenster suchen wollte, aus dem er sich mit einem Sprung retten konnte, brach unter seinem rechten Bein eine Stufe zusammen, so daß sein linkes Bein unter der plötzlichen Belastung einknickte. Er klammerte sich verbissen an das Geländer, versuchte, genug Kraft zu sammeln, um wieder aufzustehen. Er schloß die Augen vor den wirbelnden Staubmassen, verschloß die Ohren vor dem betäubenden Dröhnen, versuchte sein Bewußtsein vor der Erkenntnis zu verschließen, daß alles vorbei war. Selbst wenn er sich auf den Treppenabsatz hochziehen konnte, war er verloren. Selbst wenn seine Beine und sein Herz und die Lungen jung und stark wären, könnte er niemals dem Untergang entkommen, der um ihn aufsprudelte wie eine Fontäne.

Der Absatz des fünften Stocks und die frei daran hängenden Treppen brachen im ganzen ab und stürzten mit ihrem Passagier fünf Fuß tief in den mahlenden Schutt; große Betonplatten lösten sich aus den Wänden und fielen wie umkippende Grabsteine hinterher. Eine zerschlug Zalians Beine, eine seine Hüfte und seinen Leib, die dritte Kopf und Schultern.

28

Es ging an der Freiheitsstatue vorbei, den East River hinauf, dann hinüber zum Harlem River, unter der George Washington Bridge hindurch und den Hudson River wieder hinunter, der den letzten Teil der Rundfahrt um die Insel Manhattan bildete. Das Ausflugsboot der Circle Line machte jetzt gute Fahrt, denn es fuhr auf dem Hudson stromabwärts. Es nahm Kurs auf den Ausgangspunkt der Rundreise am Pier 83, direkt am Fuße der Dreiundvierzigsten Straße.

Die ständig plappernde Lautsprecherstimme tat ihr Bestes, um die Stimmung der sechzig vom Regen durchnäßten und vom Wind zerzausten Touristen zu heben. »Von hier aus haben wir einen ausgezeichneten Blick auf das Rockefeller Center und die neuen Glastürme in der Midtown. Ist es nicht ein wundervoller Ausblick? Es ist besonders schön, wenn die Stadt vom Regen frisch gewaschen ist und in der Mittagssonne blitzt. Ich bin sicher, daß Sie jetzt froh sind, daß Sie nicht gemeutert haben! Aber ich mach' nur Spaß! Die Fahrgäste auf der Jersey zugewandten Seite können nach Süden sehen, dort liegt Hoboken, der Geburtsort Frank Sinatras. Auf der Seite von Manhattan, auch ein Stück südlich, sehen Sie die goldene Pyramide auf dem Dach des New York Life Insurance Building; das Design wurde durch Motive aus dem alten Ägypten angeregt... oder aus Yucatan, falls Mayas an Bord sind. Wie ich schon beim Ablegen sagte, haben wir einen vollen Kreis um der Erde größtes Finanz-, Kultur-, Mode- und, wenn Sie wollen, auch kulinarisches Zentrum beschrieben. Uns gegenüber liegt nun noch ein Wolkenkratzer mit einer goldenen Pyramide auf dem Dach, das Zalian Building, das bei diesem Licht aussieht, als wollte es versinken und umkippen. Die Pyramide auf dem Zalian zeigt, daß sich die Kultur ebenso in Kreisen bewegt wie unser Circle-Line-Ausflugsboot. Natürlich sinkt es nicht *wirklich* ein und kippt um... oder doch? Mein Gott, kann das sein? Meine Damen und Herren, ich... mein Gott, das ist... ich glaube, wir sehen... um Himmels willen, es... ich...«

Und sechzig Touristen keuchten, während das Zalian Building wie in Zeitlupe nach Osten kippte. Als die oberen Stockwerke vor das Nachbargebäude prallten, gab es eine majestätische Fontäne von Trümmern, und die kleinen hellen Punkte des fallenden Glases wirkten wie ein Schauer aus tausend Goldmünzen.

Aus dem Fenster ihres Galaxy-Tower-Apartments in Jersey hatte Coretta Cantrell ebenfalls einen guten Ausblick auf die Midtown, und ebenso ihr Taxifahrer, der neben ihr stand und die beiden Koffer hielt, die sie gerade gepackt hatte. Sie standen wie gebannt am Fenster und sahen zu, wie ein zwei Meilen entferntes Gebäude sich langsam setzte und verschwand, als hätte man einen Pfahl in Treibsand gesetzt. In schockiertem Schweigen starrten sie zu der Skyline hinüber, die sich vor ihren Augen veränderte. Unglaublich – vor ihren Augen war ein Hochhaus zusammengeschmolzen, als hätte es nur in ihrer Einbildung existiert. Es war verschwunden, als hätte man einen Aufkleber von einem Bild gezogen, wie ein Kraut, das eine Wühlmaus in ihre Höhle zog.

Der Fahrer ließ die Koffer auf den Boden poltern. »Spinn' ich denn? Hab' ich 'se nicht mehr alle?«

Coretta sank langsam auf die Knie. »Ich glaube, ich habe gerade meinen Job verloren.«

»Oh, Mann, Herrgott! Können Sie sich vorstellen, was das für ein Verkehrschaos wird?«

Über der Skyline erhob sich der Pilz einer Staubwolke.

Das ruckweise Absinken des Gebäudes sagte Mitchell, daß die unteren Stockwerke, die der verkantet herabdrückenden Belastung nicht mehr standhalten konnten, in sich zusammenbrachen. Genau wie der Schornstein, dachte er; er war zusammengesackt, weil seine Fundamente zerkrümelt waren. Mitchell wurde langsamer, dann blieb er stehen, legte seinen Arm fester um Carols Hüfte. Selbst wenn sie rannten, konnten sie nur noch ein oder zwei Stockwerke hinter sich bringen, bevor das ganze Gebäude in den freien Fall überging, und möglicherweise liefen sie genau ins Zentrum der Gewalten, die das Gebäude von unten auffraßen.

»Was... was ist denn los?« fragte Carol, während sie versuchte, ihre Augen scharf einzustellen. Ihre Stimme verlor sich im Donnern, doch er las die Worte von ihren Lippen ab.

»Wir werden nicht mehr weitergehen.«

»Wo sind wir denn?«

»Im elften Stock. Wir werden hierblieben und versuchen, es zu überleben.«

Der elfte Stock, aber wenn er richtig geraten hatte, befanden sie sich nur noch vier oder fünf Stockwerke über dem Boden, der ständig näher kam. Er dachte an die Meßinstrumente im umgestürzten Kamin, die kaum beschädigt worden waren, weil sie sich in der Nähe der Drehachse befunden hatten. Vielleicht würde es Carol und ihm genauso gut ergehen.

Der Boden war zwischen zwanzig und fünfundzwanzig Grad geneigt. Er führte Carol zur Ostwand. Wenn das Gebäude auf die Straße prallte, würde die Ostwand zum Boden und sie würden dagegengeschleudert – die Auswirkungen dieser Kräfte konnten vermindert werden, indem sie die Distanz zur Wand auf Null drückten. Er zog seine Jacke aus und faltete sie zu einem Kissen zusammen, dann half er ihr, es ihm nachzumachen. Er gab ihr ein Taschentuch und empfahl ihr, durch den Stoff zu atmen, um ihre Lungen vor den zu erwartenden Staubmassen zu schützen.

Als sie sich gegen die Wand gepreßt hatten und die Gesichter in ihre improvisierten Kissen drückten, beschleunigte sich die Drehung des Gebäudes wie eine Kirmesattraktion. Mitchell bedeckte Carols Kopf, so gut er es vermochte, mit den Armen und einer Schulter; wenn die gegenüberliegende Wand beim Aufprall zerbrach und auf ihnen landete, würde vielleicht wenigstens sie überleben.

»Halt dich fest«, sagte er. »Jetzt geht's los!« Sie drückte seine Hand.

Mit fest um die Spitze der Pyramide geklammerten Armen und Beinen und ebenso fest geschlossenen Augen lauschte Ron Jaragosky dem Rauschen des Windes, während er mit ungeheurer Geschwindigkeit nach Osten getragen wurde. Als das Zalian Building mit dem Garner Tower zusammenprallte, wurde er wie ein Kiesel aus einer Schleuder in die Leere katapultiert. Seine abwärts geneigte Flugbahn trug ihn an dem niedrigeren Gebäude vorbei, über die klaffende Lücke hinweg, in der das Uris-Theater lag, bis er in Höhe des achtunddreißigsten Stockwerkes ins Paramount Building einschlug. Er fegte durch das Glas, glitt mit der Gewalt einer Kanonenkugel quer durch das ganze Gebäude – wobei er einen schnurgeraden Strich aus Blut und zerschmetterten Büromöbeln hinterließ – und hatte danach immer noch genug Geschwindigkeit, um auf der anderen Seite durch die Fenster zu brechen. Der Körper, der inzwischen nur noch von den Kleidern zusammengehalten wurde, stürzte fünfunddreißig Stockwerke ab und brach im Winter Garden Theater, das den kurzen Block zwischen dem Broadway und der Seventh Avenue einnahm, durchs Dach. In horizontaler Richtung hatte das Bündel aus Fleisch und zerschmetterten Knochen, das einmal Ron Jaragosky gewesen war, neunhundert Fuß zurückgelegt.

Die Kollision zwischen den Gebäuden, die bei beiden die obersten Stockwerke völlig zerstörte und das Zalian leicht um seine Mittelachse drehen ließ, schleuderte nicht nur Ron Jaragosky ins Leere – auch der Zehntausend-Gallonen-Wassertank wurde vom Dach katapultiert. Der zwanzig Fuß breite und fünf Fuß hohe Stahlbehälter fetzte durch die Wand der Pyramide, als wäre sie dünnes Einwickelpapier – ein schwerfälliges, plumpes Raumschiff, das unkontrolliert zur

Erde stürzte. Es sank wie ein Stein im Wasser seinem Ende in der Mitte des Blocks entgegen.

Der alte Mann hatte sich mit ausgebreiteten Armen auf der Straße aufgebaut, als wäre er an ein unsichtbares Kreuz geschlagen, und predigte der Menge, die vor ihm über die Kreuzung zwischen dem Broadway und der Fünfzigsten Straße floh. »Trage dein Schicksal wie ein Mann!« rief er, während Freudentränen über seine Wangen strömten. »Gottes Gericht kann niemand entgehen! Aus dem Wasser sind wir gekommen, und ins Wasser werden wir zurückkehren!«

Plötzlich fiel ein gewaltiger Schatten über die Szene, der immer weiter anschwoll, während ein lautes Donnern die Luft erfüllte. Durch den Canyon fegte ein Windstoß, der seine Hosenbeine flattern ließ und ihn mit solcher Kraft in den Rücken stieß, daß er sich nur mühsam aufrecht halten konnte. Der Wind wurde stärker und stärker, trieb jedes Staub- und Schmutzteilchen vor sich her, Zeitungsseiten, Müll. Es war kein gewöhnlicher Wind – dies war ein Hurrikan, der von Gott gesandt schien, um das Ende zu verkünden, als wollte er das Land bis auf die nackten Felsen schleifen, ehe es zum Meeresgrund geschickt wurde. Eine gewaltige Wand aus hochgewehten, wirbelnden Trümmern raste an dem alten Mann vorbei, hob ihn fast von den Füßen... und als der Wassertank hinter ihm auf die Straße prallte, hörte er das Tosen des Wassers. Eine Welle überspülte ihn von hinten, warf ihn um und schlug über ihm zusammen. Er hatte seit Jahren gewußt, daß diese Flut kommen würde. Sie hob ihn hoch, wirbelte ihn herum und schlug für immer über seinem Kopf zusammen. Er hatte recht gehabt! Er hatte recht! Wo war jetzt dieser Clown, dieser Verrückte, dieser Dummkopf? Befriedigt öffnete er den Mund und füllte seine Lungen mit Wasser.

Das Zalian Building prallte vor die nordwestliche Ecke des Garner Tower, ein sechsundvierzigstöckiges Hochhaus, das auf der anderen Seite der Eighth Avenue stand. Die zeitlupenartige Behäbigkeit ließ die Begegnung der beiden Giganten fast gemächlich erscheinen, wie die Kollision zweier Supertanker oder das vertraute Aneinanderreiben von Walen. Die Spitze des Garner Tower bog sich fünfzehn Fuß zurück, als wollte sie den Störenfried abschütteln. Sie verkantete sich um zehn Grad und kehrte langsam in die Ausgangslage zurück. Durch die Reibung wurde das Stahlgerüst seiner Verkleidung beraubt, die wie ein silberner Vorhang auf den Boden rieselte. Auf allen vier Seiten war eine funkelnde Kaskade aus buntem Glas zu sehen.

Annette Wyman, die an der Ostseite im vierzigsten Stock kauerte, war ganz sicher, daß der Aufprall den Garner Tower umwerfen würde wie den zweiten Dominostein in einer Reihe. Sie wurde auf die Hände und die Knie geschleudert und rutschte plötzlich einen stark geneigten Fußboden hinunter, in die Richtung einer Außenwand, die nicht mehr da war.

Sie bekam einen Türpfosten zu fassen und hielt sich fest, gefaßt auf das Allerschlimmste. Einen schrecklichen Augenblick verharrte das Gebäude – wie ein Ozeandampfer, den ein Riese umgestoßen hatte und der sich nun nicht entschließen konnte, ob er weiter kippen oder sich wieder aufrichten sollte.

Es war schon schlimm genug, vierzig Stockwerke über dem Boden auf einer Rutschbahn zu hängen, doch was sie durchmachte, als das Gebäude elastisch zurückschwang, war noch schlimmer. Ihre größten Verletzungen erlitt sie während der nächsten dreißig Sekunden, als das Gebäude stark schwankte und sich in allen Richtungen verdrehte, bis es sein Gleichgewicht wiedergefunden hatte. Der Boden federte wie ein Sprungbrett, wurde eben, schwang weiter, stieg so schnell, daß sie fast unter die Decke geschleudert wurde. Sie konnte nicht einmal auf allen vieren die Balance halten. Zuerst sackte der Boden unter ihr weg, dann stieg er wieder, und gleichzeitig wand er sich in alle Richtungen, so daß sie zwischen den Wänden hin und her geschleudert wurde.

Als es wieder ruhig wurde, befand sie sich in einem Gebäude, das ein Drittel seiner Nutzfläche verloren hatte. Das Zalian Building war in seinem Niedergang zu einer Kralle geworden, die den Garner Tower vom Dach bis zum Keller aufgeschlitzt hatte; Aufzüge und Treppen waren herausgerissen, als hätte ein Metzger einen Knochen sauber freigelegt. Sie saß 480 Fuß über dem Boden in einem Gebäude fest, das kaum mehr als ein Gerippe ohne Haut und Wirbelsäule war.

Sie blieb Stunden zusammengekrümmt liegen, ehe sie die Kraft fand, zu einer Außenkante vorzukriechen, wo sie sich bemerkbar machen konnte.

Lusetti beobachtete den Zusammenstoß in luftiger Höhe, während er sich rückwärts über die Kreuzung an der Einundfünfzigsten Straße zurückzog. Er sah, wie beide Gebäude ihre Häute verloren, er beobachtete, wie die Ecke des Garner Tower von dem stürzenden Zalian zerquetscht wurde, und er sah Charles Castleman, der fast heiter mitten auf der Straße darauf wartete, daß die himmelhohe Wand aus Stahl und Beton auf ihm landete. Lusetti hätte auf der Einundfünfzigsten nach Osten oder Westen rennen müssen, um noch eine Gebäudereihe zwischen sich und diesen tödlichen Regen aus herabpolternden Trümmern zu bringen, doch er konnte die Augen nicht von dem Schauspiel lösen – ein achthundert Fuß hoher Wolkenkratzer kippte um, stürzte, stürzte, stürzte wie eine zweihundert Millionen Pfund schwere Axt.

Als das Zalian Building auf die Straße prallte, wallte sofort eine brodelnde Staubwolke hoch. Lusetti wurde von einem staubgeschwängerten Wind eingehüllt, vor dem er die Augen schließen und den Kopf mit den Armen schützen mußte. Bevor er den Aufprall hören konnte, spürte er die Erschütterung unter seinen Füßen. Wäre er fähig gewesen, die Augen offenzuhalten, wäre er vielleicht auf die heftige Aufwärtsbewegung des Gehweges gefaßt gewesen. So aber wurde er wie die in der Nähe geparkten Autos fünf Fuß in die Luft geschleudert. Als er wieder landete, prasselte ein Regen aus kleinen Granitstückchen auf ihn nieder. Er stand auf, wurde aber sofort noch einmal umgeworfen – diesmal von einer Geräuschflut, die ihn traf wie eine unsichtbare Wand. Der Donner war so unerträglich laut, daß er die Hände über die Ohren schlug und schrie. Tief in seinem Schädel hörte er zwei knackende Geräusche, danach wurde es völlig still. Er versuchte fortzulaufen, aber seine Beine knickten unter ihm zusammen. Er blieb auf dem Bauch liegen, drückte sich auf die Ellbogen hoch und sah sich um. Alles um ihn her war zerstört – in vier Blocks in allen Richtungen fielen Fenster und Simse von Gebäuden herab, Dampf und Wasser brachen durch die Straßendecke, und vom Staub halbblinde Menschen rannten panisch fort oder tasteten sich auf die Schreie der Verwundeten zu.

Weit vorne tauchte jetzt ein Lichtpunkt über den Schienen auf – die Lichter der Station an der Fünfzigsten Straße. Manuel Rosa kniff die Augen zusammen. Da stimmte etwas nicht. Das letzte Signal war erloschen gewesen, und als er den Funk einschalten wollte, um die Störung zu melden, schwankte sein Führerstand so stark, daß er seine Absicht aufgeben und sich auf die Kontrollen konzentrieren mußte. Die Gleise schienen sich zu wellen, und aus der Schwärze über ihm, von der Decke des Tunnels, rieselten Staubschleier herab. Der Steuerwagen begann zu bocken wie ein Stier in einer Box im Schlachthaus.

Rosa bekam Angst, er könnte entgleisen, und so schob er den Fahrschalter zurück, bis er nur noch im Schrittempo fuhr. Das Licht der Station füllte jetzt sein halbes Gesichtsfeld, und er konnte die Stahlsäulen vor der vierhundert Fuß langen Bahnsteigkante sehen. Mein Gott, da waren ja Leute im Tunnel! Sie drückten sich an die Wand, als der Zug näher kam.

»Was ist denn mit euch los?« fragte Rosa, als er an ihnen vorbeirollte. »Seid ihr verrückt geworden? Macht, daß ihr hier rauskommt!«

»Anhalten! Anhalten!« riefen sie.

Aus seinem Lautsprecher drang die Stimme des Schaffners, der mitten im Zug saß: »Warum halten wir an?«

»Schlechte Gleislage, und da sind Menschen –«

Als er einen Bahnpolizisten winkend auf sich zulaufen sah, riß er den Fahrschalter ganz zurück und bremste. Als der Zug endgültig stand, waren nur die ersten beiden Wagen am Bahnsteig – eine Schlange, die vorsichtig die Nase aus ihrem Loch steckte. Der Bahnsteig war für diese Zeit, es war Mittag, ungewöhnlich leer. Rosa konnte einige dunkle Gestalten sehen, die vom Bahnsteig auf die Schienen sprangen und am Südende der Station im Tunnel verschwanden. Der Steuerwagen zitterte auf seinen Federn, und Rosa hörte ein Grollen wie von entferntem Donner.

»Setz zurück!« rief der Bahnpolizist, als er neben dem Führerhaus stand. »Setz zurück...«

»Was ist denn?« Rosa drückte auf den Knopf der Sprechanlage, damit der Schaffner mithören konnte.

»Ein Gebäude stürzt um... leg den Rückwärtsgang ein... das ist die sicherste Möglichkeit –«

Ein lautes Krachen ließ sie herumfahren. Hundert Yards weiter vorn sprangen blaue Funken aus der Stromschiene. Die ganze Station schien sich seitwärts zu neigen. Dann wurden die Funken von Steinen verdeckt, die aus der Decke herunterpolterten.

Rosa rüttelte am Fahrschalter. »Tot! Kein Saft!«

»Schick alle durch den Zug nach hinten und laß sie da aussteigen!« Der Donner war so laut geworden, daß der Polizist schreien mußte. »Sie können dann bis zur Siebenundfünfzigsten laufen.«

Dann sprang er zu Rosas Verblüffung vom Bahnsteig herunter und rannte in den Tunnel.

Rosa hakte den Daumen unter die goldene Kette, die an seiner Weste hing, und zog die Taschenuhr heraus. Für den Bericht, den er anfertigen mußte, war es wichtig, die genaue Zeit festzuhalten. Der Uhrdeckel glitt genauso leicht und geräuschlos wie immer. Perfekte Handarbeit. Früher wußte man noch, wie man so etwas machte.

Die Fahrgäste waren aufgesprungen. Einige starrten ihn ängstlich und verwirrt an, einige drängten sich bereits nach hinten. Ein Mann hatte die Schiebetüren weit genug aufgestemmt, um sich durchzuquetschen.

»Sehr verehrte Fahrgäste, wir wurden soeben aufgefordert, den Zug in geordneten Reihen durch den letzten Wagen zu verlassen. Bitte laufen Sie nicht. Wenn wir alle ruhig bleiben –«

Als er bemerkte, daß der Donner so laut geworden war, daß weder er noch der Schaffner, der die gleiche Durchsage über die Lautsprecher machte, zu verstehen war, hielt er inne.

Er drehte sich um und sah durch die Vordertür des Wagens hinaus. Die Schienen waren krumm wie Spaghetti, und von der Decke kam das alte Gemäuer herunter wie ein Erdrutsch. Die Beleuchtung des Bahnsteiges wurde trüb und erlosch ganz. Im letzten Augenblick sah er das andere Ende der Station auf einer Strecke von mindestens hundert Fuß verschwinden, als wäre es von einem Schmiedehammer plattgeklopft worden. Dann stand er im Dunkeln; er hörte das Donnern der niederbrechenden Decke und der einstürzenden Wände, zuerst ein Stück vor ihm, dann überall um ihn her. Der von der Notbeleuchtung trübe erhellte Wagen wurde heftig von einer Seite zur anderen gestoßen, ehe er vom Steinschlag zertrümmert wurde.

Vier Tage später – seine Leiche wurde als letzte geborgen – mußte man seine Finger gewaltsam von der Taschenuhr lösen, die um 11.35 Uhr stehengeblieben war. Genau nach Fahrplan.

29

Der Zusammenbruch des Zalian Building konnte noch in Washington, D. C., in Boston und in Chicago auf Seismographen registriert werden. Auf dem Newark International Airport, zehn Meilen weiter südwestlich, und in Hackensack, New Jersey, zehn Meilen im Nordwesten, war er als tief grollende, donnernde Explosion zu hören. Die Hochhäuser der Midtown, die als Schutzschirm wirkten, dämpften den Knall jedoch so weit, daß in Brooklyn, in Queens oder in der Bronx kaum etwas zu hören war; selbst bei den Vereinten Nationen, die nur zwei Meilen entfernt auf der First Avenue lagen, trat der Zusammenbruch nur als kurzes, scharfes Zittern in Erscheinung, dem ein Geräusch folgte, das man für einen Überschallknall hielt.

Manhattans West Side wurde vom Lincoln Center im Norden bis zur Penn Station im Süden, ein Gebiet, das etwa hundertachtzig Blocks umfaßte, vorübergehend verkrüppelt. Telefon, Strom, Wasser- und Gasleitungen fielen aus, drei U-Bahntunnel wurden durch Einbrüche blockiert, und das schlimmste Verkehrschaos, das die Stadt je gesehen hatte, zwang Polizei und Krankenwagen auf die Gehwege.

Dank der frühen Warnung – Mitchells Notruf war einunddreißig Minuten vor dem Zusammenbruch eingegangen – waren viele städtische Bedienstete und Mitarbeiter der Versorgungsbetriebe bereits am Unfallort. Zuerst wurden die Rettungsarbeiten behindert, weil die Rettungsmannschaften selbst durch herabstürzende Trümmer verletzt wurden; aus neuen Gebäuden regnete es Glas, von alten fielen Mauervorsprünge, Ziegelsteine und sogar Feuerleitern herunter.

Auf der Zalian Plaza richtete man eine Leitstelle ein; die Kommunikationsanlagen wurden mit einem Hubschrauber eingeflogen. Zuerst übernahmen zwei hohe Beamte der Wache Midtown North die Leitung, die das Kommando jedoch bald an den Police Commissioner, den Fire Commissioner und den Bürgermeister abgaben. Eine rasche Bestandsaufnahme der Schäden führte zu der Entscheidung, im Umkreis von zehn Blocks alle Gebäude zu evakuieren und zu sperren. Die ersten eingehenden Meldungen über Verletzte und Tote waren erschreckend; die Zahlen wurden im Laufe des langen Nachmittags noch schlimmer: zwischen zweihundert und vierhundert Tote, drei- oder viermal so viele Verletzte. Die

Zahlen wären noch erheblich höher gewesen, wenn der Turm schräg auf einen gegenüberliegenden Block gefallen wäre, statt auf die Straße, denn innerhalb der verbleibenden zwanzig Minuten war die Polizei außerstande gewesen, die angrenzenden Gebäude zu evakuieren. Der Sachschaden wurde grob auf zwei Milliarden Dollar geschätzt; genaue Zahlen würden erst vorliegen, wenn man ein Gebäude nach dem anderen untersucht hätte, was einige Wochen in Anspruch nehmen würde. Die sechs- und achtstöckigen Wohnhäuser an der Neunundvierzigsten Straße, gegenüber der Plaza, sahen aus, als hätten sie einen Tornado hinter sich. Auf der Länge eines ganzen Blocks waren die Gebäudefronten abrasiert, so daß die Apartments im Innern freilagen. Die überwiegend heil gebliebenen Sofas, Stühle, Lampen, Tische und Tapeten ließen die Szene erscheinen wie eine Reihe von Puppenhäusern. Man konnte nicht abschätzen, wie viele Menschen unter dem Schutt auf dem Gehweg begraben waren.

In den beiden Blocks zwischen der Eighth, dem Broadway, der Neunundvierzigsten und der Fünfzigsten waren sämtliche Fenster zerbrochen, und in den rundum anschließenden Blocks waren immer noch fünfzig Prozent zerstört. Noch aus einer Meile Entfernung gingen Berichte über kaputte Fenster, herabgestürztes Mauerwerk und rissige Fundamente ein. Einzelne Stücke der Dachbrüstung des Zalian wurden im Eingang der Radio City Music Hall gefunden – an der Kreuzung Sixth Avenue und Fünfzigste Straße, drei Blocks weiter im Osten. Die Pyramide hatte sich beim Sturz gelöst und war hinter der Seventh Avenue gelandet. Die zerknüllte Außenhaut klemmte jetzt zwischen dem Hotel Taft und Woolworth's.

Der Garner Tower, der beinahe umgeworfen worden wäre, und das Paramount Building auf dem Broadway, das ebenfalls einen Hieb abbekommen hatte, wurden von den Rettungsmannschaften gemieden, bis städtische Ingenieure bestätigt hatten, daß keine unmittelbare Einsturzgefahr bestand. Andere wichtige Gebäude, die schwer beschädigt wurden, waren die St. Malachy's Church, das Uris-Theater, das Hotel Mansfield-Hall, das Rivoli-Theater und das Hotel Taft. Die Untergrundstation an der Eighth Avenue, die sich von der Neunundvierzigsten bis zur Zweiundfünfzigsten Straße erstreckte, war völlig zusammengebrochen, alle Eingänge waren blockiert. Rettungsmannschaften der Transit Authority arbeiteten sich von benachbarten Stationen aus durch die Tunnels vor.

Nach kurzer Zeit waren die Betten und die Gänge des St. Clare's Hospital, das nur drei Blocks entfernt lag, hoffnungslos überfüllt. Schon wenige Minuten nach dem Zusammenbruch trafen die ersten Verletzten ein, einige aus eigener Kraft, andere in den Armen von Fremden. Alle Arten von Fahrzeugen wurden requiriert, um dem anfänglichen Mangel an Rettungsfahrzeugen zu begegnen: Taxen, Privatwagen, Lastwagen, Fahrräder, Handkarren und mindestens in einem Fall sogar ein Einkaufwagen.

Das Wrack des Zalian, zum größten Teil zwischen den benachbarten Gebäuden verborgen, war ein surrealistisches Gewirr, das die Fünfzigste Straße auf der Länge eines Blocks bis zum Überquellen füllte. Von der Plaza aus erhob es sich bis zum zwölften Stock des Garner Tower an der Eighth Avenue, um dann in gezackten Stufen zum Broadway abzufallen, wo der Haufen immer noch fünf Stockwerke hoch war. Dort, am Broadway, waren die oberen Etagen gelandet, und dort war die Wucht des Aufschlages am stärksten gewesen; zwanzig oder dreißig Fuß hoch erhob sich ein nacktes Stahlgerüst, ohne Böden, ohne Decken und Wände, wie Knochen über einem dreißig Fuß hohen Schuttwall. Der mittlere Teil des Gebäudes war zwar stark verzogen und verkantet, doch das Stahlgerüst hatte gehalten und barg noch Teile von Zwischendecken und Innenwänden. Einige der unteren Stockwerke, die nicht so tief gestürzt waren, hatten sich, wie Augenzeugen später berichteten, nur leicht gedreht und waren deshalb nicht sehr stark beschädigt. Die Kelleretagen, die Lobby, die Ladenpassage und der Zwischenstock, außerdem die ersten fünf Stockwerke waren durch das Setzen des Gebäudes völlig, der sechste und der siebente Stock teilweise zerstört. Die achte und neunte Etage waren weitgehend intakt; dort war der Stahlrahmen nur leicht verzogen, und die Böden und Wände waren zum größten Teil noch an ihrem Platz. Später sollte ein Zeitungsfoto, aufgenommen mit einem Teleobjektiv, um die ganze Welt gehen: Es zeigte ein gerahmtes Bild im neunten Stock, das noch an seinem Haken hing, wenn auch im rechten Winkel zu seiner normalen Position.

Die einzigen Maschinen, die sofort für die Ausgrabungen herangezogen werden konnten, waren drei Frontlader von der Baustelle auf der anderen Seite der Plaza; eines dieser Fahrzeuge hatte von dem vorangegangenen Straßeneinbruch platte Reifen. Erst einige Stunden später, nachdem das Verkehrschaos aufgelöst war, trafen weitere Räumungsfahrzeuge ein, unter ihnen auch einige große Kranwagen, die schwere Stahlteile anheben und gefährdete Wände und Gebäudefronten umdrücken konnten.

Vom Zalian Building brachen ständig weitere Teile herunter und fielen auf tiefere Ebenen – im Gewirr der umgekippten Wände und Böden krachte und prasselte es unablässig –, und einige Male schien die ganze Masse aufzustöhnen und zu erschauern, als wollte sie sich tiefer in ihr Grab betten. Angesichts der Trümmer war es schwer vorstellbar, daß darin noch Überlebende sein sollten. Die Beamten, die die Rettungsarbeiten leiteten, konnten nur hoffen, daß alle rechtzeitig entkommen waren. Sie konzentrierten ihre Bemühungen auf einen Bereich, der einen halben Block entfernt war, denn dort war das Risiko weiterer Verletzungen geringer.

Corey Hale widersprach energisch. Nachdem sie zwei Stunden lang, selbst halb benommen, Erste Hilfe geleistet hatte, begann sie über Brian Mitchell nachzudenken. Sie war sicher, daß er der Typ war, der bei den Rettungsarbeiten eine wichtige Rolle gespielt hätte, wenn er entkommen wäre, aber sie hatte ihn nicht gesehen, und sie hatte mehrmals vergeblich nach ihm gefragt. Niemand hatte seinen Namen im Funk gehört. Ein Mann mit Schutzhelm und Kopfhörern hatte überhaupt noch nichts von einem Mann namens Mitchell gehört, und er konnte auch nicht sagen, warum niemand den großen Trümmerberg in Angriff nahm. Ein schwitzender Vorarbeiter von Con Ed sagte ihr, sie solle es doch bei den großen Tieren in der Einsatzleitung versuchen; dort aber erklärte ihr ein Police Captain, daß ihm der Name Mitchell nichts sagte, und sie solle gefälligst aufhören, ihm reinzureden, sonst würde er sie einsperren.

Kurz danach sah sie den Bürgermeister vor einem Funkwagen stehen. Sie schoß durch die kleine Menschenmenge und packte ihn am Arm. »Warum kümmert sich eigentlich niemand um Mr. Mitchell?« fuhr sie ihn an wie eine wütende Mutter. »Er hat als erster Alarm geschlagen... wenn er nicht wäre, dann wären wir alle umgekommen... er ist noch da drin...«

Der Bürgermeister faßte sie langsam, aber unerbittlich an den Handgelenken und schob sie zu einem seiner Leibwächter. Als er das Firmenzeichen der Zalian-Gruppe auf ihrer Schulterklappe sah, hob er die Hand; sie sollte noch nicht abgeführt werden.

»Waren Sie im Gebäude?«

»Na, und ob! Das war doch mein Job! Ich glaube, ich war die letzte, die rausgekommen ist, aber Mr. Mitchell ist noch drin, und vielleicht auch Mr. Zalian. Warum sucht denn niemand nach ihnen? Warum sorgen Sie nicht dafür, daß man was unternimmt?«

»Wir können nicht alles gleichzeitig tun«, sagte der Bürgermeister geduldig. »Wir werden nach ihnen suchen, sobald es sicher ist. Es ist sinnlos, Rettungshelfer zu opfern. Und jetzt entschuldigen Sie mich bitte...«

In der Tür des Funkwagens erschien ein großer Mann. »Sagte sie, daß Mitchell noch im Gebäude ist?«

»Wer ist Mitchell?« fragte der Bürgermeister gereizt, während er die Gesichter seiner Adjutanten suchte.

Der Mann kam näher und schüttelte Coreys Hand. »George Della vom Building Department. Mitchell ist noch drin? Brian Mitchell?«

Corey Hale nickte heftig. »Er hat Alarm geschlagen und uns alle rausgeschickt. Er meinte, im Sechsundsechzigsten wären noch Leute und ist raufgegangen. Ich hab' ihm selbst den Lastenaufzug gezeigt.«

»Und er ist nicht rechtzeitig wieder rausgekommen?«

»Jerry Coates hat es nicht geschafft, und der ist nur bis zum Zwanzigsten hoch. Ich weiß verdammt gut, daß Mr. Mitchell wie der Teufel die Treppen runtergerannt ist, weil wir es genauso gemacht haben. Aber er war höher, und deshalb ist er noch drin.«

Plötzlich war sie von einem Kreis von Gesichtern umgeben, die sich um sie drängten, um kein Wort zu verpassen. Sie wurde verlegen, weil sie so viele wichtige Leute belästigt hatte, verstummte und zuckte die Achseln.

»Ich glaube, Sie sollten wenigstens mal nachsehen.«

»Wer ist Mitchell?« fragte der Bürgermeister noch einmal.

»Ein Ingenieur, der das Gebäude untersuchte«, antwortete Della. »Wenn er noch lebt, dann kann er uns besser als jeder andere sagen, warum es umgestürzt ist.«

Der Bürgermeister hob die Hände. »Sollten wir dann nicht nachsehen, wie diese Dame vorgeschlagen hat?«

»Das ist furchtbar gefährlich«, sagte Della, während er die Trümmer musterte. »Es bricht immer noch weiter auseinander.« – »Scheiße«, schnaubte Corey Hale. »Geben Sie mir einen Schutzhelm und eine Axt, dann geh' ich selbst rein.«

Der Bürgermeister wandte sich an den Police Commissioner. »Was meinen Sie, Ben? Ob jemand bereit ist, da reinzugehen?«

»Das ist eine Sache für Freiwillige. Ich könnte die Situation erklären und sagen, daß sie ablehnen können, wenn es ihnen zu gefährlich ist.«

»Dann tun Sie das. Es sieht so aus, als wäre das das mindeste, was dieser Mitchell verdient hat.«

Und wieder war der Bürgermeister überrascht – ehe er ausweichen konnte, hatte Corey Hale ihm schon die Arme um den Hals geworfen und küßte ihn auf die Wange. »Ich bin froh, daß ich für Sie gestimmt habe«, sagte sie.

Die Sergeants Paul McKinney und George Fels von der Bereitschaftspolizeieinheit I entschlossen sich, das zertrümmerte Gebäude in der Mitte des Blocks zu betreten. Der aus Beton gegossene Zentralbereich, in dem sich auch das Treppenhaus befand, lief wie ein achthundert Fuß langer Spieß durch das Gebäude. Im oberen Drittel des Gebäudes war er bis zur Unkenntlichkeit zerstört, und im mittleren Drittel war er stark verworfen und teilweise ganz verschwunden. Im unteren Drittel aber, besonders zwischen den früheren Etagen neun bis fünfzehn, befand er sich noch an seinem Platz mitten zwischen den umgekippten Böden; er hatte viele Risse, aber er hielt noch zusammen. Auf dem Dach des Uris-Theaters wurde ein Basislager eingerichtet. Man brachte verschiedene Rettungsgeräte hinauf, die sich als nützlich erweisen konnten: Seile, Tragriemen, einen Rettungssitz, ein kompaktes Gerät, das fünf Tonnen Zugkraft entwickeln konnte, eine zwei Fuß hohe Hydraulikmatte, die, wenn sie mit komprimierter Luft aufgeblasen wurde, bis zu fünfundzwanzig Tonnen heben konnte, Haken und Aluminiumleitern, ein tragbares Schweißgerät, Schienen, Krankentragen und – man konnte ja nie wissen – einige Leichensäcke.

McKinney und Fels entschlossen sich, auf ihrem ersten Rundgang nur Taschenlampen und kleine Brechstangen mitzunehmen. Sie hatten sich wie Bergsteiger an den Hüften zusammengebunden und arbeiteten sich vorsichtig ins Zentrum des Wracks vor, auf einem Sims, der von einem vertikalen Boden und einer horizontalen Decke gebildet wurde. Nachdem sie die Oberseite des Zentralbereichs erreicht hatten, wandten sie sich nach Westen und mußten durch zwei Etagen durchbrechen, ehe sie eine Feuerschutztür fanden, die nicht unter dem Schutt begraben war. Mit den Händen legten sie das Rechteck frei, bis die Tür mit der Zahl »14« zugänglich war. Dann meldeten sie über Funk ihre Fortschritte zum Basislager.

»Kennst du den Film ›The Poseidon Adventure‹?« fragte McKinney seinen Partner, während sie die Türkante mit den Brecheisen bearbeiteten.

»Nein.«

»Sah genauso aus.«

Die Tür klappte auf wie eine Falltür. Sie leuchteten mit den Taschenlampen in den darunterliegenden Raum.

»Nichts«, sagte McKinney. Er schob sich über die Kante und ließ sich hinunterfallen. »Ich wette zehn zu eins, daß wir niemand finden«, setzte er hinzu, während er zu Fels hochsah. »Das ist doch verrückt, was? Diese Treppen, die seitwärts verlaufen. Tja, ich frag' mich, ob wir nicht erst –«

Seine Frage wurde von einer Polizeipfeife beantwortet, die zwanzig oder dreißig Fuß entfernt im Treppenhaus ertönte.

»Hast du das gehört? Da ist jemand!«

Noch ein Pfiff.

McKinney sprang über die Treppen in Richtung des Geräusches.

»Hallo? Hallo? Haltet durch, wir kommen euch zu Hilfe.«

Vier Minuten später war im Funkgerät des Basislagers eine aufgeregte Stimme zu hören: »Zwei Überlebende gefunden... Namen: Brian Mitchell und Carol Owens... anscheinend die Beine gebrochen... schickt Tragen rein...«

30

Die Frau lugte ins Zimmer und sah, daß Brian Mitchell wach war. Carol Owens saß neben dem Bett auf einem Stuhl; ihr Gipsbein ruhte auf einem Hocker. Ihre Krücken hatte sie gegen die Wand gelehnt. Die Frau trat ein und klopfte leise an die Tür.

»Guten Morgen, Miß Owens«, sagte sie lächelnd. »Als ich bemerkte, daß Sie nicht auf Ihrem Zimmer waren, war ich sicher, Sie hier zu finden. Guten Morgen, Mr. Mitchell. Wie geht es denn unserem prominenten Patienten heute? Die Ärzte sagen, daß in ein paar Tagen alles vorbei ist. Ist das nicht wundervoll?«

Mitchell saß aufrecht gegen Kissen gelehnt im Bett. Die beiden Gipsbeine machten ihn völlig bewegungsunfähig.

»Haben Sie nicht das Schild ›Nicht stören‹ gesehen?« fragte er die Frau stirnrunzelnd. »Wie sind Sie nur an der Stationsschwester vorbeigekommen?«

»Ich bin Linda Rothman, Leiterin der PR-Abteilung dieses Krankenhauses. Mein lieber Mann, Sie beide sind ziemlich populär! Alle wollen Interviews! Die Lobby ist voller Reporter!«

»Haben die kein Zuhause?«

»Ich habe eine telefonische Nachricht für Sie«, sagte sie, indem sie einen Zettel hochhielt. »Soll ich –«

»Lesen Sie vor.«

Rothman rückte ihre Brille zurecht. »Sie ist von einem gewissen Bert Faber. Da Sie seine Anrufe nicht beantworteten, weiß er nicht, was er mit den Dokumenten tun soll, die er von Mr. Zalians Sekretärin mit der Post bekommen hat.«

»Sagen Sie ihm, er soll sie an den Bezirksanwalt schicken. Der kann wahrscheinlich eine zusätzliche Kopie gut gebrauchen.«

»Außerdem hat er mich gebeten, Ihnen zu sagen, daß er und Emil annehmen, daß es Ihnen nicht Ernst damit war, die Firma zu verlassen. Er sagte, sie hätten sich über eine Umstrukturierung verständigt, die Ihnen sehr zusagen würde.«

»Erinnern Sie ihn daran, daß ich meine Meinung niemals ändere, wenn eine Entscheidung einmal gefallen ist. Ich bin fest entschlossen, den Sprung zu wagen und ohne die zahnärztliche Versorgung und die Sonderleistungen im Todesfall durchs Leben zu gehen.«

»Ich werde es ihm sagen. Für Sie habe ich auch eine Nachricht, Miß Owens. Mr. Rosen teilt Ihnen mit, daß Mr. Lusetti sich gut erholt und daß Ihr Job auf Sie wartet, wann immer Sie sich fit dafür fühlen.«

»Danken Sie ihm, und sagen Sie ihm, daß ich nur bei der Firma bleibe, wenn ich an einem Forschungsprojekt arbeiten kann. Ich werde nächste Woche mit ihm selbst darüber sprechen.«

»Ich gebe die Nachricht weiter.« Sie wandte sich wieder an Mitchell. »Was nun diese Reporter angeht –«

»Aha! Jetzt kommen wir zum wirklichen Grund Ihres Besuchs!« – »Nun, ich habe mich nur gefragt –«

»Wie viele sind es?«

»Etwa dreißig. Die Lobby ist schon ziemlich überfüllt, und es werden immer mehr.«

Mitchell schüttelte den Kopf. »Wir sind erst drei Tage hier, und wir haben schon fünfundzwanzig Interviews gegeben. Oder waren es fünfhundertzwanzig? Jetzt ist Schluß. Von jetzt an werden *wir* entscheiden, wann wir Interviews geben. Ich habe gehört, daß zehntausend Journalisten nach New York gekommen sind, fünftausend allein aus den USA. Wir haben einfach keine Lust, mit allen oder einigen oder mit weiteren zu sprechen. Sie können runtergehen und ihnen sagen, daß wir ausquartiert sind. Wir dürfen nicht gestört werden. Wir liegen im Koma. Haben Sie verstanden?«

Rothman zögerte, dann sagte sie: »Sie würden mir einen großen Gefallen tun, wenn Sie –«

Mitchell deutete mit dem Finger zur Tür. »Ich bin nicht hier, um Ihnen einen Gefallen zu tun! Hinaus!«

Als sie gegangen war, lachte Carol ihren Freund an. »Du superharter Machotyp«, sagte sie spöttisch. »Oh, ich liebe es, wenn du so auf den Putz haust!«

»Ich hau' nicht auf den Putz, ich bin einfach sauer. Carol, wir müssen uns irgendwo verstecken, wo wir uns ohne diesen Rummel erholen können. Ich muß einen Bericht schreiben, und dazu brauche ich viel Zeit und Ruhe. Wie wär's mit meinem Haus in den Bergen von Colorado? Es würde dir bestimmt gefallen.«

»Nicht so hastig. Wir haben erst einmal zusammen geschlafen, und jetzt soll ich mit dir durchbrennen?«

»Ja. Wir haben nur einmal zusammen geschlafen, aber wir haben zusammen eine Ewigkeit an Leiden und Schmerzen durchgemacht. Ich kenne Menschen, die eine lange Ehe auf weniger begründet haben. Ich habe dir das Leben gerettet, erinnerst du dich? Du mußt tun, was ich dir sage.«

»Im Gegenteil, ich habe *dir* das Leben gerettet. Ich hatte die Geistesgegenwart, meine Polizeipfeife mitzunehmen. Ich habe dir gesagt, wir sollten auf Hilfe warten, während du mit zwei gebrochenen Beinen im Dunkeln herumkriechen wolltest.«

»Genau. Du hast mir das Leben gerettet, und jetzt mußt du tun, was ich dir sage. Was war das denn für ein Forschungsprojekt?«

»Du hast in deinem Vortrag erwähnt, daß die technischen Grundlagen verloren sind, wenn die Unfälle außergerichtlich geregelt werden. Ich möchte mich sechs Monate mit diesem Problem befassen. Ich werde auch einen Bericht schreiben. Ich glaube, ich kann Rosen und Lusetti überreden, es mir zu erlauben. Nachdem sie Zalian so lange Jahre vertreten haben, sollten sie eigentlich Interesse daran haben, etwas zu tun, das ihr Ansehen wieder hebt.«

»Das ist eine ausgezeichnete Idee«, sagte Mitchell und sah sie bewundernd an. »Ein Stapel guter Bücher und dich in einer Berghütte! Ich kann's kaum erwarten!«

»Ich möchte diese Hütte irgendwann mal kennenlernen, aber nicht jetzt. Wir sollten an der Ostküste bleiben. Es wird eine endlose Serie von Anhörungen und Prozessen geben. Du wirst dir als Gutachter eine goldene Nase verdienen. Ich denke, Vermont wäre genau richtig. Meine Familie besitzt da ein schönes Haus in Brandon, das wir den Sommer über benutzen können.«

»Vermont wollte ich schon immer mal kennenlernen. Gibt's da fließendes Wasser und Strom, wie es sich für ein zivilisiertes Land gehört?«

»Nein, aber dafür nur uns beide.«

Sie reichten sich die Hände über den trennenden Zwischenraum, kämpften gegen die hinderlichen Gipsverbände auf ihren Beinen. Zuerst trafen sich nur ihre Finger, dann konnten sie sich an den Händen fassen.

»Wenn Schwester Ratchett kommt«, sagte Mitchell, dessen Augen vor unerwarteten Tränen glänzten, »werde ich sie fragen, ob wir die Tür abschließen können.«

ANHANG

Auszüge aus dem Bericht, den Brian Mitchell dem Untersuchungsausschuß für das Zalian-Desaster vorlegte

WARUM DAS GEBÄUDE UMSTÜRZTE

Die Fundamente des Zalian Building wurden unter der Annahme entworfen und errichtet, daß das fertige Gebäude etwa 127 000 Tonnen wiegen würde; dadurch wäre ein Sicherheitsfaktor gegen Umstürzen von 3,0 gewährleistet worden, also doppelt soviel wie der in der New Yorker Bauordnung vorgeschriebene Wert von 1,5. Durch verschiedene Veränderungen in der Planungsphase wurde jedoch das Gesamtgewicht auf 82 000 Tonnen gedrückt, so daß der Sicherheitsfaktor gegen Umstürzen nur noch 0,95 betrug.

Im einzelnen wurde das Gewicht durch folgende Maßnahmen gedrückt:

1. Eine Veränderung der Außenwand von 6 Fuß starkem Granit und 4 Fuß starkem Glas zu 4 Fuß starkem Granit und 6 Fuß starkem Glas.
2. Ein Wechsel von 2,5 Inch starkem Granit auf 5,5 Inch starken Beton zu 1,0 Inch dickem Granit auf 4 Inch starkem Beton.
3. Veränderungen in den Zwischendecken von 2,5 Inch starkem Stahlbeton auf einer 3 Inch starken Rippendecke zu 2,5 Inch starkem Leichtbeton auf einer 2,0 Inch starken Rippendecke.
4. Eine weitere Gewichtsreduzierung von etwa 10 % durch wiederholte Computeranalysen der erforderlichen Menge an Baustahl.

Obwohl das Gesamtgewicht durch diese Maßnahmen, die sämtlich von der Bauordnung erlaubt sind, um 35 % reduziert wurde, wurden die Fundamente nicht dahingehend verändert, daß die Außenpfeiler Windbelastungen besser widerstehen konnten. Je leichter ein Gebäude ist, desto anfälliger ist es für horizontale Kräfte.

Das östliche Drittel des Gebäudes ruhte auf Spannbetonsockeln. Es gibt Hinweise darauf, daß nicht alle Sockel im Fels verankert waren. Wenn die Ausgrabungen auf dem Gelände diese Annahme bestätigen, dann würde das bedeuten, daß die anderen Pfeiler Belastungen ausgesetzt waren, die ihre Kapazität weit überstiegen, und zwar selbst dann, wenn das Gebäude nicht schwankte.

Die Schlankheit des Gebäudes und sein relativ leichtes Stahlskelett verursachten eine außergewöhnlich hohe Flexibilität und damit eine normale Schwingungsdauer von zwanzig Sekunden. Zum Vergleich: Die Schwingungsdauer des World Trade Center beträgt zehn Sekunden, und die von Gebäuden an der Westküste, die seismischen Kräften widerstehen müssen, beträgt nur fünf oder sechs Sekunden. Bei mehreren Gelegenheiten, einschließlich des Morgens, als das Gebäude umstürzte, traten Böen auf, die im Zalian Building eine Resonanz erzeugten, die zu extrem hohen Schwankungen und nach einiger Zeit zur Zerstörung der Fundamente auf der windabgewandten Seite führte.

Abgesehen von den Resonanzen scheint auch die generelle Windbelastung höher gewesen zu sein, als die Bauordnung unterstellt. Versuche im Windkanal könnten den Beweis erbringen, daß das vor kurzem fertiggestellte staatliche Behördengebäude am westlichen Rand der Plaza einen Venturi-Effekt hervorrief, der nicht nur die Windbelastung auf der Westseite des Zalian Building erhöhte, sondern auch die Luftströmungen nach oben verlagerte, so daß die einwirkende Kraft noch einmal verstärkt wurde.

Die Unterhöhlung an der Nordwestecke durch den Straßeneinbruch reichte schließlich aus, um das bereits unsichere Gleichgewicht zu zerstören.

Bei jeder Ingenieursarbeit gibt es Fehler – in der Planung, bei der Herstellung, bei der Errichtung, in bezug auf die spätere Nutzung des Gebäudes, einfach in jedem Bereich. Fast immer sind sie so geringfügig, daß sie von den verschiedenen anderen Sicherheitsfaktoren mit abgedeckt werden. Manchmal kompensieren sich Fehler oder gleichen sich gegenseitig aus. Beim Zalian Building jedoch verstärkten sie einander. Alle Pfeile deuteten in dieselbe Richtung, und das Gebäude stürzte um.

WAS GETAN WERDEN SOLLTE

Meine Vorschläge, die dazu dienen sollen, solche Desaster in Zukunft zu vermeiden, richten sich nicht nur an die Stadt New York, sondern an alle Orte mit Hochhäusern.

1. Die Bauaufsicht sollte in den Händen der Stadtverwaltung liegen und nicht beim Bauausführenden. Große Gebäude sind eine große Bedrohung für die öffentliche Sicherheit, also sollte die Öffentlichkeit jederzeit Bevollmächtigte am Ort des Geschehens haben, damit ihren Interessen gedient wird. Was bereits für große öffentliche Bauvorhaben gilt, sollte auch für private Großbauten gelten; als gutes Beispiel sei die Stadt Los Angeles erwähnt.
2. Bei größeren Projekten sollten Windkanalstudien vorgenommen werden. Erfahrungen aus der letzten Zeit in den Städten Boston, Chicago, Galveston, Houston und jetzt auch New York beweisen, daß die derzeitigen Vorschriften für die Konstruktion von Fenstern inadäquat sind. Wenn mit maßstabgetreuen Modellen Tests gemacht werden, sollten auch die Einflüsse von Nachbargebäuden berücksichtigt werden.
3. Für alle Pläne sollten Gegenprüfungen vorgeschrieben werden. Die Planer müssen gezwungen werden, ihre Arbeit unabhängigen Prüfern vorzulegen, die auch die kleinste Verbindungsstelle prüfen. Dieser Wandel in der amerikanischen Baupraxis ist gewiß nicht billig – in Europa sind die Gegenprüfungen mitunter genauso teuer wie der eigentliche Entwurf –, aber er ist bei großen freitragenden und bei sehr hohen Gebäuden unabdingbar. Wenn wir weitermachen wie bisher, ist das Risiko zu groß.
4. Es muß ein Weg gefunden werden, die technischen Daten aus vergangenen Unfällen der Öffentlichkeit zugänglich zu machen. In den Akten der Versicherungsunternehmen, die viele Fälle außergerichtlich beigelegt haben, ruht

ein gewaltiger Schatz an Informationen. Im Augenblick sind diese Daten nicht einmal Planungsspezialisten zugänglich, weil die Beteiligten sich vor Prozessen schützen wollen. Vor kurzem wurden zwei Vorstöße in dieser Richtung unternommen, und zwar die Gründung des Engineering Performance Information Center, kurz EPIC, das eine Datenbank aus den Unterlagen der Bauträger und der Versicherungsgesellschaften zusammenstellen soll, und das National Center for Investigating Failure, das ermächtigt werden sollte, jeden Unfall nach seiner Wahl zu untersuchen und zu dokumentieren. Beide Organisationen verdienen die Unterstützung der öffentlichen Hand.

Dies sind nur einige erste Schritte auf dem Weg, den wir gehen müssen, um hohe Bauwerke sicherer zu machen und das Vertrauen derer wiederzugewinnen, die in ihnen leben und arbeiten.

DANKSAGUNG

Für ihre großzügige Unterstützung meiner Arbeit an diesem Buch danke ich vor allem Richard Meehan, Earth Sciences Associates; Roger McCarthy und Bernhard Ross, Failure Analysis Associates; H. W. Lew, National Bureau of Standards, National Engineering Laboratory; Neal Fitz-Simon, Engineering Counsel; Ned Godfrey, *Civil Engineering Magazine*; Art Fox, *Engineering News Record*; Charles Thornton, Lev Zetlin Engineers; Lev Zetlin, Lev Zetlin Associates; Barry LePatner, Barry LePatner & Associates, Rechtsanwälte; Clark Whelton, Büro des Bürgermeisters von New York; Mark Thomas, Police Officer, Wache Midtown North; Joseph Arnao, Communications Division der Polizei von New York; Sergeant Peter Smith und Police Officer Gary Gorman von der Bereitschaftspolizei New York; Martin Gitten und Philip McGivney, Consolidated Edison Company; Deborah A. Richberg, New York City Transit Authority; Frank Rizzo, Citicorp Center und Walter Hensolt, Chin & Hensolt Engineers.

Ganz besonders möchte ich Fitz-Simon, LePatner und Hensolt dafür danken, daß sie Teile des Manuskriptes lasen und viele wertvolle Hinweise gaben, und Aram Zalian, Lehrer für Naturwissenschaften in Mill Valley, Kalifornien, dafür, daß ich seinen Namen benutzen durfte.

Trotz der Qualifikation meiner Berater bin ich nicht in jedem Fall ihren Hinweisen gefolgt, so daß etwaige Irrtümer und Unstimmigkeiten in diesem Text zu meinen Lasten gehen.

Robert Byrne
San Rafael, Kalifornien